明治文壇の人々

馬場孤蝶

ウエッジ

明治文壇の人々　目次

カバー標題・扉（一部修正）　木村荘八

明治文壇の人々

自然主義を育ぐくむ文界

一

教科書以外の書物と云つたところで、少年の時分のことだから、もとより娯楽の為めの読書であるのは勿論だが、さういふ書物を何時頃から読みだしたものだか、時々大凡のところでも思ひ出してみようとするけれども、何《ど》うもまるで記憶がない。しかし、推定して行けば、大抵明治十四、五年頃からのことだらう位には考へられぬことはない。そこで、それは先づそれにして置いて、一体何んなものから読みはじめたものであつたらうか。

今日のやうな少年向きの単行ものとか、同じ向きの雑誌などのある時代でなかつたことは勿論であるのだから、大人の読むもの——と云つたところで、少年が読むのだから、小説とか、それに類似の物語り本に限るのだが――を読むより外しかたがなかつたのだ。

その時分には、所謂る大新聞と小新聞といふものゝ区別が形の上に判然と表はれてゐた。大新聞――東京日日、郵便報知、朝野《てうや》など――は四号活字で殆ど振仮名の部分はなく、論説が全く主要部であり、次ぎには、法令とか、政治記事などが重要事項として、取り扱はれて居つたといふ風で、挿絵などは絶対にない、全くの政治新聞と云つていゝ位の体裁のものであつたが、小新聞の方は、五号の総振仮名で刷つてあつて、続き物――小説と云へば云へるもの――のなかには、極く俗な挿絵があり、雑報――今でいふ社会記事――には、市井の出来事が幾分の文飾を加へて書いてあつて、全体の振り合ひから見れば、何うしても娯楽的の読み物であつた。所で、僕のうちなどへは『絵入新聞』――これが一つの新聞の名であつたのだから、唯これだけでも、当時の大新聞と小新聞との差異の一端が窺へるだらうと思ふ――といふのがはひつて居つた。僕は何うもそれなどから読み始めて、娯楽的の読書の習慣にはひつたのではなからうかと思ふ。

その時分には、前代出版の古い木版ものを重ねて高くしようつて、家庭を廻はつて歩るく貸本屋があつたので、さういふ貸本屋の本を何時の間にか読みだした。

父は決して学者と云ひ得るほどの読書人ではなかつたのだが、若い時分雑書は可なり読んだことがあるやうであり、母も仮名だけしか読めなかつたのだが、それでも古い小説は少し読んでゐたやうであつた。僕には直ぐ上に兄があつて、これは十九歳位で死んだのだが、それが貸本屋からいろいろ借りて読んだ。父も、母も、さういふ種類の本を読むことには反対しないどころではなく、すべて書物を読むといふことはいゝ事で、さういふ小説類を読むのでもそれはそれで相当の益はあるのだと考へてゐたらしく、時々は斯《か》ういふ本が面白いとか、これ〳〵の本を昔読んだことがあるとかいふやうな話さへする位であつたのだから、僕等のうちでは読書の自由だけは十分にあつた。其所《そこ》で、僕も何時とはなしに、兄の借りた貸本を読みだしたのだ。兄は絵が好きであつたからかとも思ふのだが、『三国志』、『水滸伝』、『八犬伝』、『弓張月』といふやうなものがうちへ入つて来たので僕はさういふものをぽつ〳〵読んだやうに思ふ。一九だの、三馬のものものはひつて来たのだらうと思ふのだが、その時分それを読んだといふ覚えはない。恐らくは読みかけても、少年にはその面白みが解らなかつたので、読まずにしまつたのだらうかとも思ふ。兄の死後、遺物のなかから活字本の『滑稽和合人』を発見して、読んで大笑ひをしたことは、それから何うしても三四年後のことであつたらう。

因みに云ふが、僕の此の兄は、僕に小説を読む機縁をつくつて呉れたのみならず、本郷の若竹《わかたけ》へ度々僕をつれて行つてくれたのも、此の若い兄であつた。僕のやうな三文文士になることにさへ、何等かの家庭的感化が必要であるといふのであるのなら、さういふ感化の可なりの部分をば、僕は此の兄から受けたものと思はなければならぬ。

兄が死んでから後、少しの間は、僕自身が貸本屋から本を借りて読んだやうに思ふ。馬琴の『三七全伝南柯夢』を借りたことだけは確に覚えてゐる。

二

さて、その時分からは、活版本を買つて読みだしたのだが、それらは大抵古い本の飜刻ものであつた。日本紙へ活版で刷つて、色刷の表紙をつけたもので、半紙版のものもあれば、四六版位の大きさのもあつた。中には、原版の方の絵を縮写か何かしていれた立派な飜刻などもあつた。『八犬伝』『南柯夢』などが、さういふ本で出て居たのだが、その当時の代価では一冊五十銭にはついてゐなかつたと思ふのであるが、今あんなものを出せば、一冊何うしても二円位にはなるであらう。さし絵だけでも『水滸伝』『三国志』などの飜刻は立派なものであつた。前者の口絵は芳《よし》年《とし》であつた。『弓張月』は四六版位のものであつたが、絵は芳年門下の年恒であつた。その外、三十間堀の栄泉社といふのから、『古今実録』といふ叢書が出た。半紙版の一冊二十丁（頁にすれば四十頁）余位の本で、これは、『大岡政談』とか、『伊達顕秘録』とか、『天草軍記』とか、『箱崎文庫』といふやうな講釈の種本であつたやうである。その外に、『時代世話劇種本《かぶきのたねぼん》』といふ叢書もあつた。これは、『忠臣蔵』、『妹背山』、『伊賀越乗掛合羽』といふやうな義太夫の丸本の飜刻で、色刷りの表紙の裏に、役々に当時の役者をあてたものが刷つてあつた。なかにもさし絵がある。絵は落合芳幾《よしいく》の筆になつたものであつた。これも半紙版の本であつた。その外に『やまと文庫』と云つて、義太夫の丸本が合冊になつて出たことを覚えて居る。これは四六版の洋紙の可なり厚い本であつた。

要するに、明治十四年位から明治二十一、二年位までは、出版界では、飜刻が大勢力をしめて居つたと云つて宜《よ》からう。

明治十五、六年頃には、創作とか、新刊とかいふものは全く無かつたといふに、全く無いのではなかつたが、その数は僅であつたのみならず、その質に於ても、前代――徳川時代のものとは比較にならぬものであつたので、その方から云つても読書界の渇を医するためには、前代の書物を飜刻するより外はなかつたと同時に、当時次第に発達しかけて居た印刷界の印刷能力の方に十分の余裕があつた為めもあつたらうと思はれる。尚それ以外に、中学以上の文科教科書は大抵漢文であつたので、それ等の需要を満たす為めにも、前代の木版物を活版で刷る必要があつたことは勿論である。詰まり、庶民が前代のやうに本とあまり関係のない生活は送くつて居られなくなつたところが、その需要をみたすには前代に印刷した本だけではトテモ足りないので、その飜刻を急ぐといふ訳であつたのだと思ふ。

今その時分の本を出してみるのに、総振仮名つきのものであるに拘らず、本文《ほんもん》は勿論のこと、振仮名にも、誤植が殆どないと云つてい〻位だ。何と云つても当時はまだ印刷業が今日のやうな大商業になつて居なかつたので、文字の素養の幾らかあるやうな人間でなければ、活版工には採らないといふやうな風で、熟練工のみを使つて居られたのであらうと思ふ。それから又、何と云つても、活版所も今日のやうな大規模のものはなかつたのであるから、一体にさう忙がしくはなかつたので、自然仕事が丁寧にし得られたのであらうと思ふ。

斯ういふところにも、近代的工業の発達の状態がありくと窺はれるのは、聊《いささ》か興味ある事柄である。

三

ところで、その時分新作をした作者は何ういふ人々で、且《かつ》何ういふ風な作物を公にしたかといふことも一言する必要があらうと思ふ。

徳川時代に於て既に作物を公にしたことがあるとか、さなくとも徳川時代の作家の作風を多分に伝へて居るとかいふやうな人々が可なりあつたらうと思ふのだが、吾々の聞いたところでは、その代表者として、染崎延房《そめさきのぶふさ》、山々亭有人《さんさんていありんど》、仮名垣魯文《かながきろぶん》の三氏を数へるのが至当であらうと思ふ。

染崎氏は為永春水の弟子で、二代目か三代目の春水に当る人であつたらうと思はるゝ。『絵入新聞』の社員であつたやうである。春水の『いろは文庫』は『梅暦』よりも広く読まれたやうに思はれるし、『梅暦』よりも作風その他がこみ入つて居ることは明かであるのだが、饗庭篁村《あへばくわうそん》氏の考証では『いろは文庫』は春水自身の作ではなくして、染崎氏の代作だといふのである。『いろは文庫』は今日のやうに活版で刷れば大して長いものではないのだが、あれでも木版物としては可なりの長編であつたらうと思はれるので、或はその一部分などは、明治時代にはひつてからではないにしても、明治に近い時代に書かれたものかも知れぬと思はれる。さうすると、饗庭氏の説のやうに『いろは文庫』は全部、染崎氏の筆になれるものではなかつたにしても、終りに近い部分位は染崎氏の作であつたことは確かかも知れないであらう。それはともかく、明治十年代になつては、染崎氏の名で公にされた作物はもうなかつたやうに思ふ。或は『絵入新聞』に出た読物即ち准小説のなかに、染崎氏の筆になつたものが幾つかあつたのだけれども、作者の名が表はして無かつたか、又は表してあつても、僕などは気がつかなかつたかで、僕などは知らずにしまつたのであるかも知れぬのである。

山々亭有人氏のものも、僕などは記憶してない。氏が後になつて條野採菊《でうのさいきく》の名で書かれたものゝ方を記憶して居る位である。

猫々道人《めうめうだうじん》仮名垣氏にも纏まつた小説といふやうな作はあつたやうだが、今一寸それを何れとも指示し得るだけの材料が手近に出てゐないので、何ともいふことはできないが、何うもさう大したものがあつたらうとは思はれない。仮名垣氏は、滑稽文とか、引札といふやうな短文を書かせては、全く独歩の雄であつた。殊に引札に至つては、ことぐ〳〵く稀有の名文であつたと伝へられるのであるが、その性質上皆散逸してしまつて、後に伝はらぬのは、好事の士の痛惜措かざるところであらう。

明治十年前後の短文家としては、成島柳北氏を数へざるを得ないのであるが、氏にも後にまで感化を及ぼすといふやうな作物のなかつたことは確である。

此の時代の文芸的作品といふ点から云へば、よし、それは雑文といふ形式のものであつたとして如上の四氏のものを挙げるより外はないにしても、形式の上からいへば、又長さの方からもこれを云へば、小説と云はなければならぬ作品をとにかく新作した人々が外に数氏あつたにはあつたのである。

兄の借りた貸本を読んだ時代のことであるが、その時分位に出た新しい草双紙式の小説を読んだことを記憶する。一つは『冠松真土夜嵐』といふ神奈川県の真土村といふに起つた農民暴動のことを書いた一篇三冊続きで、三編位になつてゐるもので、作者の名は竹田某とあつたかと思ふ。それから、も一つは河竹默阿彌の『霜夜鐘十字辻占』であつて、これは一篇が三冊づゝで五編位にはなつて居たかと思ふのだが、両方ともさし絵は芳年であつた。草双紙と云つたところで、総仮名ではなく、版下流の字ではあつたが、大抵字でそれに振仮名がついて居たと思ふ。草双紙型の本では、これ等などが最後のものではなかつたのではあるまいか。明治十六年頃の赤本的小説の作者としては伊東橋塘《いとうけうとう》を先づ挙げなければならぬであらう。敢て優れたる作家といふ意味ではないが、とにかく作物の多かつた点に於て、沿革的の観方に於ては、その名を逸する訳に行かぬと思ふのだ。その作は大抵七五調で書いた通俗小説であつた。相政《あいまさ》の名で通つてゐた相模屋政五郎の伝記とも見るべき『花春時相政』、日本橋辺の商人某――吉安《よしやす》とか云つた――が同じく日本橋の芸者――歌吉といつたかと思ふ――と情死したことを書いた『日本橋浮名歌妓《うたひめ》』、それから、五《ご》明楼《めいろう》玉輔《たますけ》の続き話を書いた『写真の仇討』といふやうな作があつた。これ等は皆半紙半切《はんせつ》位の日本紙の本であつた。柳亭燕枝《りうていえんし》の続き話を書いた『島衛沖津白浪』、春《しゅん》風亭柳枝《ぷうていりうし》の続き話を書いた『唐模様倭撫子』、何れも伊東氏の名で出たものであるが、これは半紙版の日本紙の本であつた。

此の時代に於て、注目すべき出版界の現象は所謂る小新聞の台頭である。所謂る絵入新聞の発展である。自由党の結党以後、その主義の宣伝機関として『自由新聞』は大新聞として有識社会に対してアツピールする用に供せらるゝと共に、別に民衆に訴へる機関として、『自由之燈《じゆうのともしび》』なる絵入りの小新聞を其後発行することゝなり、それより少し後になつて、『朝野新聞』と何れだけの関係になつて居たものかそれは知らぬが、『絵入朝野新聞』といふのが、朝野新聞社の向ふ側――尾張町の北角、震災前山崎洋服店になつて居たところ――から発行せらるゝに至つた。『改進新聞』の創刊も大凡それに近い頃のことゝ見て宜しいであらう。これ等の小新聞は、大新聞では無かつたに相違ないが、それでもそれ以前の小新聞即ち絵入りの新聞よりはその体裁内容とも、ずつと進歩したものであつたのである。だから、従来の小新聞に比すれば、これは謂はば中新聞ともいふべきもので、小新聞が大新聞の領地へ一歩踏み入りかけたものと見ることができるであらう。思ふに、これ等の小新聞即ち絵入りの新聞は大新聞より比較的発行部数などは多くつて、営業としては成功の望があつたので、次第に今日のやうな新聞にまで発達してしまつたのであらう。大阪の『朝日』、『毎日』といふやうな新聞は大新聞でありながら、始めから小新聞の形式を採つたのだらうかと思ふ。

『自由之燈』は、続き物に芳年門下の芳宗の筆になる可なり大きな絵を入れてゐた。沿革的に云へば、形式では小新聞――絵入りの新聞――が大新聞を侵略して現今の如き体裁の一般新聞を作りあげた訳である。

四

所で、『自由之燈』――直きに『絵入自由新聞』になつたかと思ふ――には、花《はな》笠文京《がさぶんきやう》（渡辺氏）の小説が幾つか出たと思ふ。『身を知る雨』、『浜の松風』とかいふやうな続き物が出たことを覚えてゐるのだが、作者の署名は無かつたかも知れぬが、大抵渡辺氏の作であつたらうと思ふ。宮崎夢柳《みやざきむりう》氏の『鬼啾々《しうく》』といふやうな露西亜虚無党の時代のことを書いた小説やうのものも『自由之燈』若くは『絵入自由新聞』に出て居た。

さて、こゝまで挙げてきた作家も、そのうちに柳北氏などを除けば、徳川時代の戯作家及びその作物とさうした差違のあるものではないのであるが、明治十六、七年頃からは、もつとずつと知識階級即ち学者と云ひ得る人々の筆から小説若くはそれに類似の作品が世に問はれることになつたのである。さういふ作品の早いものゝ一例としては、坂崎紫瀾《さかざきしらん》氏の『汗血千里駒』を挙げるべきであらうと思ふ。これは、幕末の志士坂本龍馬の外伝と見るべきものであつて、土陽《どやう》新聞か何か新聞の続き物で出たものを、更に東京で、半紙半切位の日本紙刷の二冊本にしたものであつた。但し、作そのものゝ傾向としては、その時分から萌芽しかけて居た明治前期の新文学にさしての影響を及ぼし得べき性質でなかつたことはいふまでもあるまい。

けれども、学者の著作に就て書く前に、一般読書界の知識程度若くは傾向を大凡指示するものとして、飜訳書の小流行を録して置くのが宜しからうと思ふ。

井上勤氏の飜訳が一番多かつたやうに記憶する。ジユール・ヴエルヌの『空中旅行』『海底旅行』、ラムの『沙翁物語』――これは『マアチヤント・オブ・ヴエニス』が『人肉質入裁判』といふ名で出て――それから続いて袖珍本で数種の劇が物語として訳されてゐた。外には『狐の裁判』と『亜刺比亜物語』(アラビアン・ナイト)が井上氏によつて訳されてゐた。その外、牛山某氏のスコツトの『アイヴアンホオ』の抄訳が『梅蕾余薫』の名で出てゐたと思ふ。

その外、ベカンフイールドのものや、リツトンのものなど一二飜訳されたやうにも思ふのだが、さしかゝつて、判然といふことのできるまでの記憶がない。

唯こゝで一言して置き度いことは、これ等の飜訳書は皆四六判の洋紙刷りのものであつたことである。

科学、政治、などの書は既に洋紙になつてゐたのだが、文学ものゝ書が洋紙に刷らるゝやうになつたのは、これ等の飜訳書から追々一般に及ぼしたものと見られよう。

断はつて置くが、これ等の本は出版年月は、多分伊東橋塘の作品その他当時でさへ旧派と見なさざるを得なかつた作者の著作の出版年月といろ〳〵に入り組んで居るので、年月だけで劃然と区別ができるといふ訳には行かなからうと思ふのだ。

例へば、速記をもとにして作つたもの、或は速記そのまゝのものといふやうな小説は、その内容に於てはさまでの意味はなかつたにしても、速記といふ割合に新しい技術の一般的応用といふ謂はゞ新しい著作方法によつたものであるといふ性質上、従来の著作方法によれるものより幾らか後になつて出たのは当然であらう。

桃川如燕《もゝかはじよえん》の講談を速記か筆記かしたものに基いて書いたらしい『暁星五郎』——執筆者は伊東橋塘——は、前記の燕枝の続き話、柳枝の続き話によつて同じ人の書いた『沖津白浪』『倭撫子』などよりは少し後で出たものゝやうに思ふ。若林玵蔵《わかばやしかんざう》氏速記の円朝の『牡丹燈籠』が出たのはまたそれよりも少し後かと思ふのだが、若しそれが前後して居つたにしても、年月の違ひは何れにしてもいふに足る程の隔りはないに違ひない。円朝の『松操美人生理』や、『業平文次』の出たのは、そのまた少し後であつたらう。『松の操』は本を見なかつたが、『業平文次』と『暁星五郎』とは半紙判の本で幾冊にも分冊されて出版された。『牡丹燈籠』も分冊で逐次に刊行された点は前二者と同じだが、型は半紙半切位の大きさであつた。何れも半紙本のことであるから、厚くなることが印刷能力などの関係からも不便であつたのと、代価——当時一般のかういふ娯楽的の書は精々一冊二十銭位なものであつたらう——の関係などでさういふ風に分冊することになつたものであらう。本の体裁から云へば、『暁星五郎』のは、表紙挿絵等に、その前の赤本の体裁が——色刷りではなかつたけれども――まだ残つて居り、『牡丹燈籠』にも表紙は余程単純になつてゐたとはいへ、幾らか赤本だちのところがなかの挿絵の風に残つて居たのだが、『業平文次』になると体裁がもう一層単純で装飾がずつと減つて居つたやうに思ふ。

五

坪内逍遙氏の春廼舎朧《はるのやおぼろ》の名で公にせられた『書生気質』、『内地雑居未来之夢』の二小説は確に明治前期の新興文学――硯友社の勃興から明治二十五、六年位迄の時代のものを指してさういふことにして――に対しての暁鐘であつたものと見るべきであらうが、その出版年月は前記の旧傾向の出版物の勢のまだ衰へぬ最中であつたらうかと思ふ。少くとも本の体裁は半紙全紙の分冊もので、円朝の速記本の系統に属するものであつた。その発刊が何うしても明治十七年より後ではなかつたことだけは確である。

坪内氏の『書生気質』には、所謂る文政、天保時代の伝奇的趣向が全く排けられて居たといふのではないが、殺人とか、強盗とかいふが如き日常生活にはさう度々は起らない事件を趣向のなかゝら全く排除したる点や、学生としての日常生活を可なり如実に描いた点や、それまでの普通の小説とは異なつて、作中の人物をば何れを主人公とは定め難いといふ描法を執つて居た点や、作中の人物にはそれ〴〵幾分かのモデルがあつた点などで、当時の作物としては確に異彩あるものであつたと共に、従つて可なり新味のあるものであつたことは疑ひない。それで、さういふ新味の点、即ち謂はゞ幾分の前期的写実傾向が、その後に表はれた諸小説——例せば、硯友社同人の初期の作物など——に多大の影響を与へたことは拒み難いであらう。

　氏の小説はさういふ風に、小説の主義、技巧の点に於て著るしき影響を当時の文壇に及ぼしたことは疑ひを容れざるところであると共に、坪内氏の如き当時の最高学府に於て修学を卒《を》へた謂はゞ学者がまだ当時では何処までも戯作と考へられてゐた小説なるものを書いたといふ事実だけが、読書界——それは今日の読書界に比べては霄壌《せいじやう》も啻《ただ》ならざる位極く狭いものであつたことはいふまでもないが——に及ぼした影響は決して軽視するを得ないものであつた。

　当時の帝国大学は名実共に確に最高学府であつたし、その課程を卒へた人士は、当時の智識界の水準から云へば、確に学士であり、学者であつた。これは世間もさう思つて居り、当人等も自らさう任じてゐた。男は十五歳からはもう大人として扱はるゝことになつてゐた封建の時代を去ることまださう遠くはなかつたので、当時二十四五にでもなるやうな若者は対世間的にも、今日の同じ年齢の人々よりずつと大人者びてゐたので、世間から如上のやうに厚く遇されることがさう可笑しくはなかつたのだ。当時要路にゐた人々も大抵五十以下であつたのを見ても、その時代が何の方面に於ても若者の世であつたことは想見するに難くはないであらう。

さて、さういふ風に世間から尊重せらるべき位地にゐた若き学者が小説を書きだしたのであるから、小説といふものに対する読書界の考に多少の影響を及ぼすに至るのは自然の数《すう》であつた。平俗な言葉を以つて之を言へば、あゝいふ学者ですら小説を本気になつて書くのであつて見れば、小説なるものは決して軽んずべきものでなく、従つて、相当学識ある者が小説を書いても決して自ら恥づるに及ばぬ訳である。といふやうな考が読書界に起されたものと見て宜しからうと思ふ。

坪内氏が『小説神髄』を著して、氏の小説に対する主義を闡明《せんめい》せられたのも、小説の著作後さう年月を隔てたことではなかつたと思ふのであるが、これは当時生れ出ようとしてゐた若き文学者に取つての小説作法教科書の役を勤めたことは疑ひを容れざるところであらう。

即ち作家としての坪内氏の出現は、後の青年文士の出現に対しては、春の青草をはぐくむ慈雨の如き観があつた。山雨の来らんとするに先だつて楼に満つる涼風の趣があつたと云つても宜しいであらう。

作風その他の点に於て、坪内氏の先蹤《せんしょう》を追つた硯友社の勃興は、坪内氏の諸作の刊行に対しては殆どその直後と云ひ得る程までに、年月に於て相接してゐるのではあるが、硯友社の勃興を叙するに先だつて、便宜上、所謂る学者の筆になれる小説――これは坪内氏の場合とは事かはつて、何れも素人わざと見ざるを得ざるものではあつたけれども――に就て、数言を費して置かうと思ふ。

先づ思ひ出づるのは矢野龍渓《やのりゅうけい》（文雄）氏の『経国美談』のことである。これは、古希臘のテエベがスパルタと戦つて、民主国が専制国に勝つといふ伝奇であつて、小説と云はんには余まりに事を語るのが主だつた作物であつた。しかし、作中の大立者たる民主主義の政治家エパミノンダスの言行などが、当時の民主主義的傾向の思想を持つてゐた青年等の人気に投じて、可なりに広く読まれたものであつた。本の体裁は四六版の洋紙で、挿絵の有無は記憶せぬが、あつたにしてもさう多くはなかつたらうと思ふ。

末広鉄腸《すえひろてっちゃう》（重恭）氏の、所謂る政治小説『雪中梅』、『花間鴬』の二連小説が出たのは、少し遅くなつてであつて、多分明治十九年か二十年であつたと思ふ。国野基といふ民間政治家が、政府の圧制と戦つて、遂に立憲の時代を来して、議会の大立者となるといつたやうな趣向のものであつた。作中の人物にも幾分のモデルがあるやうに想像せしむるやうな描法を用ゐたものであつたので、可なり読書界の人気を集めたと伝へられた。二十年頃になつての末広氏の洋行費が此の二連小説の印税から出たといふ巷説はあつたものゝ、四六版の洋紙で一冊精々一円にはならぬ定価の本であつたのだから、何れ程よく売れたところで——当時の本の売れ高で見て——とても、著者にそれほどの収入はなかつたことは明《あきらか》である。此の二連小説は四号活字で刷つてあつたやうに思ふ。

　文章に於ては確に明治の文章であり、題材に於ても、確にその時代のものではあつたのだが、技巧に於て何等の新味の殆どないものであつたので、純文学史的に之を見れば、さまでの価値のあるものではなかつた。唯題材の点から云へば、須藤《すどう》南《なん》翠《すゐ》氏が『改進新聞』に書いた所謂る政治小説に幾分の影響を及ぼし、作に対する暗示を与へたことなどはあらうかと思はれるまでゞある。

　東海散士《とうかいさんし》（芝四朗）氏の『佳人之奇遇』は何うしても明治二十年より早くはなかつたらうと思ふ。漢文崩しの如何にも華麗な文章が読書界の人気を呼んだ。これは、半紙へ四号活字で刷つた装飾の少しもないものであつた。何年もの間に亘つてぽつぽつと巻を逐つて出版されたのであるが、遂に未完に終はつたかと思ふ。

これも元より伝奇的の作であつて、純文学としては価値を認めがたいものでもあつたことは勿論である。

須藤南翠氏が『改進新聞』へ連載した長篇小説は、その水準に於ては矢張り『雪中梅』程度のものと見て宜しからうと思ふ。趣向に於ても、文章に於ても、末広氏の二連小説よりは、小説としての資格が幾らか多く備はつたものではあつたが、要するに矢張り事を語るのが主になつて居つて、作中の人物の心理とか、場面の描写などに注意を払ふといふやうな傾はまだ少しも見えてゐなかつた。須藤氏のさういふ小説のなかには、デイツケンスの『オリヴアー・ツイスト』の飜案などもあつたやうに思ふのだが、それとても、原作とは余程違つて、話の筋を運ぶのが主になつて居たやうである。

これ等の諸作は皆旧時代の伝奇の臭味の多分に残つたものではあるが、それでも尚、題材とか、文章などの点では、その時代の色彩を可なりにもつて居つたので、旧き伝奇には飽きはてゝ、何等か幾分でも新しいものを、前時代の系統を追つたものとはとにかく幾分でもかはつたものを求めてゐた読書界からは可なりに歓迎されたのである。何時の時代でも俗衆には余まり新しくては迎へられない。実体は古くつて、外観だけが新しく見えるといふやうなものが一番一般に迎へられるものである。前記の諸作の迎へられたのは善く此の間の消息を語るものと云はなければならぬ。

社会何れの方面を問はず、新しい改革が起る場合には、新しいものと、その前からあつた制度などとが、重なり合ふやうになつて、新しい物と古い物とがしばらくは幷存して行くものであつて、思想とか芸術とかいふものゝ世界にあつては、尚一層さういふ傾向が常であるのだから、明治文学の初期の新興時代にあつても矢張その通りで、坪内氏に始まつたと見做し得べき当時での新興文学の進行即ち硯友社の諸氏その他の活動などが可なり顕著に始まりだした時代に於てさへも、前記の如き旧套を脱しきらざる文学が可なりに幷存して居たことは已むを得ない現象である。

六

硯友社の勃興は、坪内氏によつて始められたと見るべき謂はゞ明治の新文学の運動を直ぐに受けて起つた現象と云つて宜しからうと思ふ。創作の主義は坪内の主義と全く同じな客観主義、前期写実主義と云つていゝものであつた。その社中の重なる人々が皆当時大学予備門に籍を置いて居た点などから云つても、ともかくも坪内氏が当時の最高学府卒業者の位置から身をその当時では世人から全然度外視されてゐた小説の創作界へ投じたことの影響を受けたものであることは明《あきらか》だと思はるゝ。

硯友社が団体となつたのは何年頃であるのか正確には今知るを得ないのだが、僕自身が『我楽多文庫《がらくたぶんこ》』といふその機関雑誌――四六四倍版位の折りツぱなしの新聞形のもの――を手にしたのは、明治十九年以後ではなかつたやうに思ふのである。それはその雑誌の十号とか二十号とかいふやうなのではなく、少くとも印本になつてから僅に数号たつたものであつたやうに記憶してゐる。その号には、何ういふ人々が執筆してゐたのか、それも今はもう何等の記憶もないのだが、唯山田美妙斎《やまだびめうさい》の『夏木立』か何かの批評が載つてゐたかと思ふ。硯友社創立の当初には美妙斎もその加盟者の一人であつて、間もなく何かの事情で脱退したといふ訳ではなかつたらうか。

とにかく『夏木立』は美妙斎の短篇小説集のやうなものであつたやうに思ふ。武蔵野で討死する武士の話などがあつて、その挿絵か何かのところに、『古里に今宵限りの生命ぞと知らでや人の我を待つらん』といふ歌が引いてあつたやうに思ふ。序《ついで》に一言して置くが美妙斎は、長谷川二葉亭と共に、我国小説界での言文一致の創始者として、歴史的には忘るべからざる人である。二葉亭は『だ』とか『のだ』といふやうな章尾で、一種の文章体を採つたのだが、美妙斎の方は『ます』『です』といふやうな口語体を用ゐたのであつた。

勿論二葉亭も明治の新文壇へは早く出た作家の一人であつて、飜案の趣き――ツルゲエネフの『余計者の日記』などからの――のあらはな『あぢけなし』といふ小説の出たのは、矢張り明治十八、九年の頃であらうと思ふ。系統――親近した先輩から筋を引くとだけのものだが――から云へば、二葉亭と嵯峨《さが》の家《や》おむろは坪内氏の系統に属する人々と云つて宜しいのであつて、硯友社とは別派であつた。当時不知庵と云つた内田魯庵《うちだろあん》氏も、坪内氏の方へ近い人で、硯友社とは別派であつたと思ふ。

所で、硯友社では、尾崎紅葉、川上眉山、江見水蔭《えみすいいん》、石橋思案、巌谷《いはや》漣《さゞなみ》山人《さんじん》、春亭九華《しゆんていきゆうくわ》、などといふ人々がその重なる作家で、刑法学者の岡田朝太郎氏も虚心亭といふ号で、その一員であつた。広津柳浪氏の加盟は少し遅かつたのではなからうかと思ふ。

『我楽多文庫』は間もなく、四六四倍判位の、赤で落款の形を幾つか刷つた表紙つきの雑誌になつて、数号刊行されたと思ふ。紅葉の二宅某といふ女学校の習字の教師が女生徒のうちの美人――少し足りない生れの娘――に懸想《けさう》するといふ筋のものが載つてゐたことを記憶する。他の小説も大抵男女の学生の生活を題材にしたものであつた。勿論、坪内氏の『書生気質』よりは、描写の幾分複雑なものであつた。その時分でさへ、紅葉の作物は、その筆致に才気の溢れてゐる点や、固《もと》よりまださう大したものではなかつたが、人生知識ともいふべきもの丶、社中の人々よりは幾分多かつたらしく見える点などに於て、一派の主領たる勢を可なりに示してゐたやうに思ふ。

『我楽多文庫』は、やがて『文庫』と改題して、菊判になり、それが又『閨秀文学』となり、『江戸紫』――これは別紙の表紙を用ゐない折りツぱなしの菊判位の大きさの雑誌――になつた。

ところで、淡島寒月氏なんださうであるが、愛鶴軒《あいかくけん》といふ名で西鶴のことが紹介されたのは『文庫』の誌上であつたやうに思ふ。

井原西鶴の諸作、続いて江島屋《えじまや》其磧《きせき》（自笑）などの所謂る八文字屋本に、当時の新文壇の人々が接触した結果が、それ等の諸作から殊に西鶴の忌憚なき人生に対する観察及び人間の肉欲に関する透徹せる描写からは固よりのこと、その含蓄に富める簡潔――時には遒勁《しうけい》の域にも達したる――の筆致から、当時の文壇に於ける俊秀の人々が学び得たるところの多かつたことは、今更こ丶に贅するには及ばぬと思ふ。

さういふ風な所謂る元禄文学が創作家の思想及び文体に影響を及ぼし得る力は、明治二十八、九年頃までは、確にその勢を持ち続けたことは明である。

七

硯友社の『我楽多文庫』によつての旗上後は明治小説界の行路は殆ど坦々たる平路の如き観があつたと云つて宜しからう。

硯友社の外の文学団体としては、可なりルーズな団体ではあつたらうが、饗庭篁村、森田思軒、條野採菊、前田《まへだ》叢雪《さうせつ》(健次郎)、南新二氏などの『新小説』派を挙げて宜しいであらう。

雑誌『国民の友』の発刊が何時頃であつたか明かには記憶せぬが、大抵二十年頃であつたらうとは推定せらるゝ。始めは勿論、政治の論議専門のものであつたのだが、直きに発行者徳富氏の烱眼は当時長足の進歩を示し始めた純文学が我文化の現象の一として決して軽視し得べきものでないのを看破したる為めか、それとも、当時の正典派とも目すべき森鷗外、落合直文氏等が、英国流進歩派の機関として、青年間に可なりの勢力を有してゐた『国民之友』の一部をば、文学的機関として活用するの目的を以つて、森氏等の方からして、進んで徳富氏を動かしたものであるのかその孰《いづ》れであるかは、此所では判じ得ないが、森氏、落合氏などの筆になつた訳詩集『おも影』（新声社輯）といふやうな署名の下に、『国民之友』の附録のやうな形で出たのは、明治二十二年頃のことかと思ふのだが、それには、ゲエテの『ミニヨンの歌』、バイロンの『マンフレッド』などが訳出されてゐたことを記憶する。鷗外氏の『しがらみ草紙』の旗上げは、確に此の『おもかげ』を先駆としたものと見て宜しからうと思ふ。

坪内逍遙氏を盟主とし、島村抱月、後藤宙外、水谷不倒等の諸氏に加ふるに、遊撃の意味で饗庭篁村氏を加へた『早稲田文学』の発刊も『しがらみ草紙』と殆ど同時位と見て宜しからう。

小説専門の雑誌『都の花』が金港堂から発刊されたのは、明治二十二年頃であつたらうかと思ふ。初号には、美妙斎の『花車』といふのが巻頭に出て居たと思ふ。二葉亭の『めぐりあひ』、『あひゞき』嵯峨の家の『初恋』が出で、露伴氏の『露団々』が出たのは、此の雑誌であつた。ずつと後になつてのことであるが、二葉亭の創作小説『浮きくも』が矢張り此の雑誌に出た。

硯友社の諸氏の作物は『都の花』には殆ど出なかつたやうに記憶する。

饗庭氏等の拠つた『新小説』が春陽堂から出たのは、幾分『都の花』に対抗したやうな意味かとも思はれるのだが、後者の方が新進の作家を紹介する主義であつたやうなので、後者の方がはるかに賑かであつた。そんなところを見ると、前者の執筆者の方では、別に対抗といふ程の心持もなかつたらうかとも思はれる。春陽堂が饗庭氏が読売新聞へ書いたものだらうと思はれる短篇を集めた『むら竹』を刊行したのも、大凡その時分であつたらう。

工学士（?）吉岡氏経営の吉岡書店から『新著百種』といふ創作小説の叢書が出たのは、二十二年より遅くはなかつたやうに思ふ。第一巻は、紅葉の『色懺悔』であつた。筋は伝奇的の恋愛物語の部に属すべきものであつて、当時に於てさへ決して推賞すべき程のものではなかつたが、文体――それも未だ熟したものとは云ひがたかつたけれども、――に於て、如何にも若々しい華やかさと、気鋭の作家に共通な幾分新味の試みの含まれて居る点に於て、若き読者の心を魅した傾があつて、作家の文壇に於ける位置がこれでよほど確保されたことは疑ひないと思ふ。

『新著百種』の第二巻は饗庭氏の『掘り出し物』であり、第三巻が巖谷氏のものであり、広津柳浪氏の『残菊』はそれから少し後になつて出たと思ふ。これは肺病の女か何かを取扱つた極くヂミな小説であつたと記憶するが、柳浪氏の文壇への出現は大凡此の作の発刊からと見ても宜しいであらう。岡田虚心亭（朝太郎）氏のものもそのうちの一巻として出たのであるが、今はその内容は勿論、表題までも憶ひ出し得ない。

『新著百種』は四六判の、色刷りの紙表紙二百頁かそこらの小さい本であつた。『むら竹』も同じ型であつたが、『むら竹』の方が先きであつたやうに今は記憶して居る。その時分には、さういふ型のものが新小説界では稍《やや》流行を始めた傾きでもあつたのだ。

八

少し話が後戻りする嫌ひはあるかも知れぬが、明治二十五、六年頃から以後の文壇の新潮流を語らんが為めには、こゝで是非とも言及して置かなければならぬ出版界の現象がある。

明治十四、五年から始まつた飜刻のことは前に挙げたのだが、明治二十一、二年頃からもまた盛に飜刻が行はれだした。前の時代の飜刻は、文学の方面で云へば、主として、文化、文政頃の小説であつて、先づ民衆に娯楽的読物を供するといふだけ位の目的を以つてしたに過ぎなかつたのだが、後の時代の飜刻は、出版者が読書界の進歩に着眼して、謂はゞ日本文学の研究資料となり得るやうなものを供給するといふやうな意味があつたと見做して宜しいと思ふ。固より、なかには稍《や》や稀覯書になつて居るものを飜刻してみるといふやうな考の出版者のあつたことはいふまでもないことではあるが。

それらの有意義な飜刻のなかで、吾々の今も尚記憶して居るものゝうち、第一に挙ぐべきは、神田宮本町の武蔵屋といふ小さい本屋から出た近松門左衛門の丸本であるが、これは四六版で大抵一篇が一冊になつて居るのであつたから、極く薄いパンフレットであつた。大近松《だいちかまつ》のものゝみならず『大塔宮曦鎧《あさひのよろひ》』とか、『心中二河白道』とか、『末広十二段』といふやうな出雲、海音の曲も二三篇出た。西鶴ものゝ飜刻も武蔵屋が一番早かつたと思ふ。『五人女』と『一代男』が小冊型で出た。挿画はなかつた。

『一代女』は大阪の本屋から出た。其所からは『西鶴置きみやげ』の外に、『古著百種』の表題で、其磧の『傾城曲三味線』、『傾城禁短気』その他の収められたものが刊行された。これは、四六版仮り綴ぢの本であつたが、表紙にも何か模様のやうなものがあり、なかには原画が復刻してあつた。『文反古』も、少しも飾りのない四六版の本で出たが、今出版者を記憶してゐない。春陽堂からは、紅葉の校訂で『本朝若風俗』（男色大鑑）が出た。無論、四六版の仮綴ぢの本であつたが、印刷、校正の具合など可なり丁寧なものであつた。

当時文学青年であつた吾々はさういふ飜刻を通して、所謂る元禄文学に接したのであつた。

尤も、熱心な人々は、もう既に原本の蒐集を始めてゐた。物価の安い時分であつたので、今日数百円を以つてせずば何うしても手に入らないやうなものが、五円足らずで大威張りで買へたのであつた。現に西鶴の好色本が一部（六冊もの）が五円だといふのであつたが、その時分にはその五円が吾々には可なりな金高であつたので、買ひ兼ねたのであつた。今日になつては全く夢のやうな話ではないか。

それでも、島崎藤村君などは、原本を買ひ集めてゐたやうであつた。薬研堀《やげんぼり》あたり、あれはもう浜町何丁目かになるのであらうが、小柄なコチ〳〵と痩せた爺さんの京屋常七（京常）といふ店主の小さい和本屋があつたが、島崎君はそこから古い和書をよく買つたやうであつた。

島崎君から『武家義理物語』の一冊欠けた本を貰つて、今尚保存してゐるが、この本も右の浜町の京常爺さんのうちから出たものではないかと思ふ。

僕自身もその店で、丸本を少し買つたことを覚えてゐる。

日本の古典の飜訳が安い叢書になつて出始めたのも、矢張り明治二十一、二年頃からだと思ふ。博文館から出た『日本文学全書』『続日本文学全書』『日本歌学全書』『続日本歌学全書』――前二者は落合直文、小中村《こなかむら》（池辺）義象《よしかた》二氏校訂、後二者は佐佐木信綱氏校訂で、各四六版の十二冊から成つてゐた――は当時の読書界に取つては、極めて便利なものであつた。

大阪からであつたと思ふのだが、『湖月抄』――これは二三他の註釈書の加はつたものであつたやうだ――が四六版の五六冊本で出た。

『万葉集略解』――これは菊版――が飜刻されたのも、大凡同じ頃であつたらう。

『百家説林』（正続）――菊版で――十二冊が吉川書房から出、『温知叢書』――四六版で十二冊が博文館から出たのは、それよりも幾らか後になつてである。

俳書の飜刻も幾つか出た。これは四六版で無論洋紙に刷つたものではあつたが、大抵和書の体裁を模したものであつた。『芭蕉一代集』『俳諧七部集』はまだそれ程和書型ではなかつたが、『本朝風俗文選』、『俳諧寂栞』、『鶉衣』、『俳諧畸人伝』などは、更紗の帙《ちつ》に入つて居た。

念の為めに、記して置くが、明治十四、五年の徳川文学の飜刻は大抵日本紙であつたのだが――当時の文学的新刊書が大抵日本紙刷りであつたと共に――こゝに云ふ明治二十一、二年頃以後の一般書籍は洋紙刷りになつてしまつたのであるから、以上に挙げた飜刻書は皆洋紙刷りであつた。此の時代では、余程特殊な書籍でなくば日本紙には刷らなくなつてゐた。又之を装釘の方から云つても、前代の文学書の表紙に彩色画を用ゐるといふやうなことはなくなつて、精々のところで、模様を描いた表紙を用ゐる位なことになつてゐた。尚、さういふ風な装釘に進歩を来した結果、クロッスの使用が広くなり、念の入つた装釘の書にあつては、前代よりはズッと良質のクロッスが用ゐらるゝと共に、小説書の口絵――これのみは日本紙刷り――に刷り彩色に手数の加はつたものが附けられるやうになつた。尤もさういふ美装小説は大抵春陽堂から出版されたのであつた。本文のなかの挿絵はさういふ謂はゞ高級出版物では最早廃されてゐた。要するに、本文のなかへ幾つも挿絵を入れる代りに、口絵に念を入れるといふ訳になつたのだ。

序《ついで》に記して置くが、春陽堂からは、紅葉の『此のぬし』篁村の『勝鬨』などを収めた木版刷りの日本紙の叢書、それから紅葉の『七十二文生命の安売り』緑雨《りよくう》の『かくれんぼ』などを収めたもう少し薄い叢書――これも日本紙の木版刷りが出た。

九

読売新聞が改進党の機関誌となつた関係上、高田早苗氏が同新聞の幹部になつた為めであらうと思はれるのだが、同新聞が文学に重きを置くことになり、坪内氏先づ一臂の力を貸し、次いで大学出身者であつた紅葉を社員として聘《へい》したので、硯友社の人々が自然読売新聞に拠ることになつたのは、明治二十三年頃のことであつたらうと思ふ。

因みにいふ。尾崎紅葉、川上眉山、石橋思案（当時は思案外史と署してゐた）の三氏は、硯友社創立の当時は大学予備門在学であつたのだが、石橋氏は退学し、尾崎、川上の二氏は大学の法科に進んでから、やがて文科（国文科？）へ転じたのだが、直きに退学してしまつたと聞いてゐる。当時の文学者では、内田不知庵氏と石橋忍月氏とが予備門に学んだ人であらうと思ふ。内田氏は中途で退学したが、忍月氏は法科に進んで卒業した。山田美妙斎も予備門にゐたのではなからうかと思ふのだが、これは確には知らない。漣山人（巌谷小波）氏は独逸協会の出身だと聞いてゐる。

硯友社の諸氏が文壇に於て十分に地歩を占めると共に、その作物発表の壇上としては読売新聞を有し、出版書肆としては、春陽堂をその薬籠中に収めるといふ勢になつて来たのであるから、前日の如く『我楽多文庫』その他のやうな意味の機関雑誌の必要はなくなつたのではあらうが、尚硯友社の風を望んでその傘下に集り来たらんとする後進の為めとでもいふのでもあつたらうか、一、二の小雑誌が発行された。その一つは『千紫万紅』といふので、会員組織といふやうな風になつてゐたので、僕は或る日、金富町の石橋思案氏を訪ふて、入会の申し込みをしたことがある。何でも三ケ月か、六ケ月分かの雑誌代を持つて行つたと思ふ。誰だか先客が座に在つたやうに思ふのだが、石橋氏から、

『何かお出来ですか』

と云はれたことだけは覚えてゐるが、何《ど》んな話をしたのだか、何ういふ風にして、別れたのだか、その辺の記憶になると唯座敷から瞰下する町の眺めのよかつたことの外には何も彼《か》も全く夢のやうに朧気である。多分さしたる事は語り得ず、又問ひも得せずに引きさがつたに違ひなからう。

尾崎氏との初対面の方はそれよりはズッと明に記憶してゐる。

時は明治二十四年の八月上旬、場所は相州の酒匂《さかは》の松濤園《しようたうゑん》に於てゞあつた。

親類の者が病気であつたので、その附添ひに行つて松濤園の離れの二階に泊つてゐた僕は、病人が昼寝のひまに、ゾラの『ナナ』の英訳を持つて、松濤園の母屋の庭の松の根方に腰をかけて、頁をめくり出したが、一寸《ちよつ》と一間位離れたところに二十六七位に見える、眼の鋭い、如何にもキリ〳〵と引き締まつた顔だちの若い男が、踞《しや》がんで砂を握つては指の間から滾《こ》ぼし、又握つては滾しゝて、如何にも無聊《ぶれう》らしい風で居る。着てゐるのは宿の借し浴衣か何かで、別段注意を引くやうなものではなかつたが、締めてゐたしごきは当時の僕のやうな全くの書生には、一寸眼につくものであつた。濃い納戸色か何かの豆絞りであつたが、何うも縮緬ではなく、羽二重のやうなものではなかつたかと思ふ。

『ゾラをお読みですか？』

と先きから言葉をかけられたので、

『えゝ、面白いものだと聞きましたもんですから、友達四人程で云ひ合せて「ナナ」を四冊取つて読むことにしたんですが、私は今それを読み始めたところです』

と、答へると、

『それは惜しいことでしたな、同じものをお買ひなさらずとも、皆さんがちがつたものを一冊づゝお取りなすつて、交換してお読みなすつたら、よかつたでせうに』

と、いふやうな意味のことを云つてから、ゾラの作物の話をいろ〳〵してくれた。坪内氏からもゾラの諸作物の話を聞いたのだが、何とかといふ作は斯ういふのださうで、又何とかといふ作は母子の不倫の恋を取り扱つたものだといふやうな話であつたと記憶する。

話の様子で考へると、その人は文学の知識を可なり豊富に持つて居るらしいのであつたが、何ういふ人であるのか、まだ一寸と見当がつかなかつた――当時はまだ新聞は勿論のこと、雑誌にも文学者の肖像などの出ることはなかつたのだ。

勿論、話はおもに先きからのみ語り続けられるのであるが、それでも、何となく親しみは加はつて行くやうな感は増して行くので、それが如何なる人であるか、此方から聞くか先方から名乗るかしなければならないやうに、だん〴〵なつて行くのであつた。

此方からも『貴下はどなたですか』とブッキラボウに聞くのも、何だか我殺なやうな気がしたし先きも又、『実は私はかういふ者だ』とぢかづけに名乗るのも何だか不遜のやうな感じを起すかもしれぬといふやうな遠慮もあつたものか、自分の身の上を暗示するやうなことはなか〳〵云はなかつた。さうなつて来ると、此ちらからは少しづゝ話を進めて、先きの身分を言ひ当てる範囲を次第に縮小して行つて、

『あなた誰それ君でせう』と云ひ得るやうな点に達することに骨折り、先きは先きで、又少しづゝ此方からさう云ひ得る点に達するのに便利な材料をそろ〳〵と供給しなければならないやうになつて行くのであつた。

文壇の話が始まつた序《ついで》に、僕は『千紫万紅』のことで石橋氏を訪うたことを話した。けれども、それは話の始まつたずつと始めの時なので、その時はまだ先きを誰だとも少しも見当のつかなかつた時であつたと思ふ。

そのうちに或る新聞から頼まれて、奥州の方へ或る史実を調べに行つたが、その史実に就ての重野《しげの》（安繹《やすつぐ》）さんの意見はかう〳〵であつたといふやうなことを、先きから話しだした。

『では読売に御関係ですか』

と僕がいふと、先きは

『えゝ、さうです』

と、答へた。

もう大抵分つたやうな気がしたけれども、まだ何とも云はずにゐた。

やがて、話が西鶴の作品のことに転じて、西鶴の好色本に淫画の挿絵のあるものがあつた。それは可なり高価なものであるといふ話もしてくれた。それから、西鶴が作中の人物の肉交に至るまでの描写の段取りともいふべきものゝ見事なのを激賞した末に、遂にかう云つた。

『西鶴の文中には師匠の西山宗因《にしやまさういん》の俳句が大分使つてあります。私が或る本屋から頼まれて「男色大鑑」の校訂をやつた時にも、方々に宗因の句が使ひ込まれてゐるのに気がついたので、註でも入れて置かうかと思つたのですが、私の気の着かぬのが若しあつては、それもせんのないことだと思つたんでやめました』

其所《そこ》で、僕は笑ひながら、

『あなたは尾崎さんですね』

と云ふと、先きでも、

『えゝ、さやうです』

と、云つて、快く笑ひ出した。やつと、それで双方とも重荷をおろしたやうに感じたのだ。

その晩、尾崎氏の部屋――母屋の二階の一室――を訪うて、雑談をしたが、尾崎氏はサイフホンのラムネを飲みながら、僕の質疑に答へてくれた。正直正太夫の名で、短文の諷刺を読売へ書いてゐた斎藤のことを聞いてみたのだが、

『あれは唯あゝいふ皮肉なことを書くだけの男で、何でもありません』

といふやうな答へであつた。緑雨がまだ真技倆を発揮しない時分のことであつたので、此の評はさして無理ではなかつたであらう。

その外の話では、越路と綾瀬との優劣論とでもいふやうなことを一寸やつたことを覚えてゐる。尾崎氏は、ひどく綾瀬を挙げたが、僕は承服しなかつた。

翌朝になると、病人に附いて箱根へ行くことになつたので、出発の挨拶に来た女中頭のやうな女に、

『母屋の二階のお客さんに宜しく云つてください』

と頼むと、その女中頭が、

『彼《あ》の方《かた》は一体何ですね』

と云ふので、僕は唯、

『新聞に関係のあるエライ人なんだ』

と、云つて置いた。

僕は八月末に東京へ帰つて来ると、職業をさがすのに忙殺され、それからその年の十二月に、高知の私立の英語学校の教師の口を得て、土佐へ行つたので、尾崎氏を訪ふ機会がなかつた。

時代は大方飛ぶことになるけれども、序だから、尾崎氏に関する話だけを此所で書き終はつて置かう。

一〇

僕はもう一遍尾崎氏に逢つたことがある。

明治二十九年の一月であつたが、川上眉山君のその頃住まつてゐた小石川の上富坂町の家へたづねて行つて、訪なふと、内で、『来た、来た』と、云つて二三人の笑ひ声がする。座敷へ通ると、尾崎氏が年始廻りらしい袴羽織の出で立ちで、戸川《とがは》秋骨《しうこつ》、平《ひら》田《た》禿木《とくぼく》などゝ、笑ひ話の最中であつた。

松濤園では何か事件があつたことは、兼ねて大体川上氏から聞いてゐたのだが、もつとくはしく尾崎氏の口づから聞いてみたかつたので、その話を持ちだすと、

『イヤ、あの時は大しくじりさ』

と、尾崎氏は軽く笑つて、それから、翌朝になつてみると、財布が紛失してゐる。隣りの部屋に何うも怪しげな者が泊つてゐたのだが、そのことを尋ねると、もうとつくに立つてしまつたといふ。実は読売新聞のかういふ者だが、勘定は東京へ帰つ

て送くるまで待つて貰らひ度いと云つたが、宿では承諾しない、それでは昨夜来たむかふの離れの客が、私の身分を知つてゐる筈なんだから、あの人の証明を得て呉れと云つたところが、あのお客はもう立つてしまつて居ないといふ、それで何うにもしやうがないので、持つてゐた時計をかたに置いて、宿を出た。といふ話しをして、

『イヤ、その宿を出て来る時なんぞは騙《かた》りの面《つら》をよく見てやれといはんばかりの風で、家《うち》ぢゆう帳場まで出て来ましたね』

と、云ふ。

『それでね、あんまり癪に触はつたので紀行を書いて、あの宿屋をこツぴどく退治てやらうと思つたんだが、後でこつちの身分を誰れかに聞きでもしたものと見えて、むすこが菓子折を持つてあやまりに来ました』

と、話を結んだ。

それから、読売新聞社の関如来《せきにょらい》君が折角自分の好みを尽くした正月着が出来後《おく》れたので、社の二階か何かに引つ込んで何処へも出ずに居たのだが、着物が出来てくると、早速まんべんなく年始廻りを始めたといふ話をし、

『着物が出来たら、やつさぞ方々廻るだらうと思つてゐたところが、果せるかな、

知り合ひを一軒残らず廻はつてゐる』

といふ口調で、一座を笑はした。

そのうちに、戸川氏が揮毫を頼んでゐたと見えて、

『僕に書けといふのは何ですか』

と云つて、戸川氏が『マアロオ詩集』――昔の版のマアメエド叢書の分――を出して、これへ願ひますといふと、

『よし、早速書かう』

と、如何にも勢好く早口に云つて、焦茶色のズックの革鞄のなかゝら、簾巻の筆と銅の墨池を出して、詩集の見返しへ、

『お目出たいものを書きますぜ』

と、云ふが早いか、直ぐすらくと、如何にも達筆に書いて、戸川氏の前へ詩集を軽く突きやつて『狼の人喰ひし野も若菜かな』

と、読んで聞かした。

遒勁《しうけい》と優美を兼ね具へたクリストフアー・マアロオの詩集の見返しに書いたものとしては、如何にも適切な句だと云つて、戸川氏はひどく喜んだ。

僕は此の時きり尾崎氏に逢ふ機会がなかつた。

右のマアロオ詩集は、平田氏の手もとへ行つてゐて、明治三十一、二年頃、神田明神裏の平田氏の下宿が火事に逢つたのでその時焼けてしまつたとか聞いてゐる。

此所まで書いて来ると、『新著百種』のなかに幸田露伴氏の出世作と云つて宜しい『風流仏』が入つてゐたことを書き漏らしたことに気がついた。当時の読書界は露伴氏のあの作をあの叢書の光りと見なしたのであつた。

博文館から『日本之文華』といふ菊判の雑誌が出たのは、矢張明治廿一、二年頃だらうと思ふのだが、露伴氏の『縁外縁』が載つたのはその紙上であつた。その作は後で『対髑髏』と改題されたのだと思ふ。『五重塔』はもう少し後になつての作であらう。露伴氏は新聞『国会』の社員になつたやうに聞いてゐる。

二

明治二十五、六年の文壇は勿論小説が中心であつて、その小説壇の中堅となれるものは硯友社の諸氏であつたのだが、客観主義に基いて作くらるゝ紅葉氏の小説にあきたらずして、もう少し主観を以つて読者に臨み得る文学の他の形式はなからうかといふ風な考を持つた文学青年がだんぐ出来だしたと共に、文学者の評伝とか、作品の批評とか思潮に対する評論などをもとむる気運が読書界に生じて来た。『早稲田文学』創刊の当時に於て、坪内氏が唱へた『没理想主義』、それに対して森鷗外氏が『しがらみ草紙』に於てなしたる駁論、さういふ論争は評論界に非常な活気を吹き込む効果のあつたものである。坪内氏の『没理想論』は勧懲主義排斥といふ位の意味のものであつたので、議論の陣立が十分でなかつた為めに、森氏との取り組みではとかく受太刀の観なくばあらずであつた。その他森氏が『しがらみ草紙』に拠てなしたる諸種の美学的論議は、当時の文壇に取つて多大の刺激と指導になつたことは疑ひなきところである。

所謂る新体詩即ち新邦詩の暁明期も此の時分であつたと見て宜しからう。中西梅花道人《なかにしばいくわだうじん》は専門の新詩人であつたが、専門でない人々の間にも、新詩に対する努力が致され始め、山田美妙斎氏の如き、前記の『おも影』に執筆した諸氏の如き、十分尊重すべき態度を示してゐた。

北村透谷氏の劇詩ともいふべき『蓬莱曲』といふ長篇が刊行されたのは、明治二十五年頃であつたであらう。

第一に挙ぐべきは、前に云つた硯友社の一団、次ぎは、早稲田文学の一団、それから、春陽堂の『新小説』を機関誌としてゐた森田、饗庭、條野氏などの一団、新聞派ともいふべき半井桃水《なからゐたうすい》、右田寅彦《みぎたとらひこ》、村井弦斎《むらゐげんさい》、村上浪六《むらかみなみろく》、遅塚麗水《ちづかれいすい》などの諸氏、遊星とみるべき内田魯庵、幸田露伴、山田美妙斎、斎藤緑雨――もうその時分には、緑雨の『かくれんぼ』も『油地獄』も出てゐたと思ふ――長谷川二葉亭、嵯峨の家おむろの諸氏、森鷗外氏の『しがらみ草紙』の一団、それから最後には、民友社の『国民之友』の文学的色彩が濃くなつて其所に集まつた山路愛山、人見一太郎、塚《つか》越停春楼《ごしていしゆんろう》などの評論家諸氏の一団、先づ大凡さういふ風に分れて居つたと思ふ。

所で、当時の思想界ではまだ基督教界の人々が新思想家であつたのだから、准基督教文士と云つて宜しかつた徳富蘇峯氏の傘下に集まつた山路氏等の意気はなかなか盛なるものであつたが、当時の基督教界での花形の観のあつた巌本善治《いはもとぜんぢ》氏は明治女学校を経営する傍、『女学雑誌』を発行してゐて、巌本氏はその雑誌を以つて、『国民之友』に並んで、基督教界の思想兼文学雑誌にまで発達させよう――『国民之友』よりももつと深みのある、もつと情味のある雑誌にしよう――といふ考があつたのだらうと思はれるのだが、明治二十四、五年頃から、基督教に関係ある若い人々を明治女学校の教師として迎へ、傍ら『女学雑誌』への執筆を奨励するやうにしたのであつた。

『文学界』の同人のなかでは、星野天知《ほしのてんち》氏が一番早く明治女学校へ迎へられたのではなからうかと思ふ。島崎藤村氏は巌本氏には少し前から接近して居つたやうであるが、明治二十四年の秋頃から『女学雑誌』に執筆し――僕の記憶してゐるのは、アデイソンの『ヴイジヨン・オブ・マアザ』の訳と、セキスピアーの『ヴィーナス・アンド・アドオニス』を近松振りの浄瑠璃体に訳したるものとであつたが――て居るうちに、明治女学校で教鞭を執ることになつた。所で、島崎氏が二十五年の秋になつて、教師を辞したあとへ、北村透谷氏が入り、二十六年になつて北村氏が退いてから、戸川秋骨氏がその後を襲つたとでもいふ順序かと思ふ。

　それはとにかく、二十五年になつては『国民之友』の純文芸に対する態度が極まつた――鷗外氏の創作小説『舞姫』が『国民之友』で発表されたのはその少し前であつた位で、夏期附録と云つて当時の一流の文人の作を三四篇程集めて載せることはまだ始めてゐなかつたかも知れぬが、何れにしても、純文学を誌面へ取り入れる意向は顕著になつてゐた――のであるから、それに対抗の意味もあつたのであらうが、『女学雑誌』でも文芸欄を豊富にしたし、それが次第に進んで、星野、島崎、戸川、平田の諸氏に戸川《とがは》残花《ざんくわ》氏を加はへて、一大活動をしようといふことになり、矢張り『女学雑誌』の一部をその機関に使ふといふ議に始まつて、中頃から別に新たな雑誌を女学雑誌社から出す方がよからうといふ議になり、最後にはたうとう社名も別にして、発行所をも外に設けることに決してしまつたのだと聞いてゐる。『文学界』創立の諸氏は、みな一度は基督教信徒であつたのだが、文学をやり出してからは、基督教の信条とか、基督教の道徳観などの範疇外へ、思想がだんぐ踏みだして行つて、残花氏を除いた他の諸氏の書いたものは、『女学雑誌』に載つたものでさへ、既に巌本氏が基督教界の名士である立場からいふと、極めて迷惑なものがあつたらしいので、新たな雑誌発行の時分になつては、尚一層累を巌本氏に及ぼす虞《おそれ》が深くなつたらしかつた。されぱと云つて、巌本氏に遠慮して、おだやかなもののみを書いてゐるといふ気分なぞには到底なれようはなかつたので、一同『女学雑誌』とは袂別して、『文学界』といふ雑誌を発行することになり、出資と経営とには、星野天知、星野夕影（男三郎）の両氏が当ることに決したのは、二十五年の末頃であつたらうと思ふ。

雑誌『文学界』の初号が出たのは、明治二十六年の一月の末だと思ふのだが、同人の重なる人々は、この結社は、単なる文芸の創作を目的とするのではなくして、文芸をとほして、精神界への突入、物に生きずして霊に生きる努力といふやうなことを主義とし、主張するものであるといふ意気であつたやうに見える。

島崎藤村君は当時は古藤庵無声《ことうあんむせい》といふ号であつたが、同君は不意に、同じ年の二月に、高知にゐた僕のところへたづねて来て、『文学界』発行の主旨や、藤村君自身の芸術及び人生に対する態度を詳細に物語つてくれた。

露西亜の作家アレクサンドル・クウプリンの評伝を見るといふと、その小説のなかに、

『今日までに王国と王があつた。けれども彼等のものとして残つてゐる遺跡は唯沙漠の風のみである。多くの長い無残な戦ひがあり、その終りには、将帥の名が星のやうに輝いた。けれども、時が彼等の記念をことぐくかき消してしまつたけれども葡萄園の哀れな娘と大なる王との恋は、決してかき消されずに、常に人間の心のうちに生きるであらう。何となれば、恋は真正に美くしいからである。何となれば恋するところの有らゆる女は女王であるからである。何となれば、彼女は死よりも強いからである』

といふ言葉があるといふのだが、藤村君のその晩の言葉が余程それに似たものであつたことを記憶する。

『文学界』の始めのうちは、島崎君は随分よく書いた。初号から二三号は確に続いた『秘曲琵琶法師』といふ詩――一行十七字のもの――から同じく劇詩の『茶のけむり』、『朱門のうれひ』、外に『かたつむり』、『馬上人生を懐ふ』、『刀工堀井胤吉』

の如き散文といふ風に、驚くべき健筆であつた。

けれども論争家としては、北村透谷が最も世人の注目をひいた。山路愛山氏の『文学は人生に相渉るを要す』といふ、文学功利主義、物質主義の論議に対して、北村君が駁撃を加へた『人生に相渉るとは何の謂ぞ』といふ論文などは、今日これを見ても、唯少しく用語が古いと感ずるのみで、尚その力は少しも失つてゐないものであると思はざるを得ない。

愛山君が、文学は事業なり、何となれば、第一、為すところあるが為めなり、第二、世を益するが故なり、第三、人生に相渉るが故なりと云ひ、文章の事業たり得ざるもの〻条件を挙げて、第一、空を撃つ剣の如きもの、第二、空の空なるもの華辞妙文の人生に相渉らざるものと云ひたるに対する駁論のうちに、北村君の次のやうな言がある。

『極めて拙劣なる生涯の中に、尤も高大なる事業を含むことあり。極めて高大なる事業の中に、尤も拙劣なる生涯を抱くことあり。見ることを得る外部は、見ることを得ざる内部を語り難し。盲目なる世眼を盲目なる儘に睨ましめて、真摯なる霊剣を空際に撃つ雄士は、人間が感謝を払はずして恩沢を蒙むる神の如し。天下斯の如き英雄あり、為す所なくして終り、事業らしき事業を遺すことなくして去り、而して自ら能く甘んじ、自ら能く信じて、他界に遷るもの、吾人が尤も能く同情を表せざるを得ざるところなり。

吾人は記憶す、人間は戦ふ為に生れたるを。戦ふは戦ふ為に戦ふにあらずして、戦ふべきものあるが故に戦ふものなるを。戦ふに剣を以てするあり、筆を以てするあり、戦ふ時は必らず敵を認めて戦ふなり、筆を以てすると剣を以てすると、戦ふに於ては相異なるところなし、然れども敵とするものゝ種類によつて、戦ふものゝ戦を異にするは其当なり。戦ふものゝ戦の異なるによつて、勝利の趣も亦た異ならざるを得ず。戦士陣に臨みて敵に勝ち、凱歌を唱へて家に帰る時、朋友は祝して勝利と言ひ、批評家は評して事業といふ、事業は尊ぶべし、勝利は尊ぶべし、然れども高大なる戦士は、斯の如く勝利を携へて帰らざることあるなり、彼の一生は勝利を目的として戦はず、別に大に企図するところあり、空を撃ち虚を狙ひ、空の空なる事業をなして、戦争の中途に何れへか去ることを常とするもののあるなり。

斯の如き戦は、文士の好んで戦ふところのものなり。斯の如き文士は斯の如き戦に運命を委ねてあるなり。文士の前にある戦場は、一局部の原野にあらず、広大なる原野なり、彼は事業を齎《もた》らし帰らんとして戦場に赴かず、必死を期し、原頭の露となるを覚悟して家を出るなり。斯の如き戦場に出で、斯の如き戦争を為すは、文士をして兵馬の英雄に異ならしむる所以にして、事業の結果に於て、大に相異なりたる現象を表はすも之を以てなり。』

所で、此の一節は、今にして思へば、透谷君自身の数奇な生涯を説明したものゝやうになつてしまつたので、今日これを読んでは感慨いとゞ深きものがある。明治二十六、七年頃は、まだ出版界も読書界も極めて狭いものであつて、新文学の使徒が唯一枝の筆のみで生活しようといふには、実に困難な時代であつた。妻あり、子ありといふ透谷君の生活上の苦心は察するに余りがある。北村君は、外には思想の為めに戦ひ、内にあつても生活の為めに戦はなければならなかつたのであらう。僕は北村君の夭折をば、北村君のさういふ苦しい戦ひの為めの疲憊の結果と思はざるを得ない。

一二

平田禿木君は『文学界』での花形の一人であつた。芸術の技巧の微細な点にまで感触が及ぶのであつた。鋭敏な感覚の持主であつた禿木君の、当時の文壇の諸作品に対する批評は、文界の注意をひくことが少くなかつた。『西洋料理と日本料理とを一緒に食つてヘドを吐いたやうなものだ』と云つた尾崎紅葉氏の評は『文学界』全体にあてたものだか、禿木君の評論をさして云つたものだか、今は記憶しないが、『三人妻』か『隣の女』であつたか、何か新刊を評してくれといふ手紙をわざぐ禿木君のところへよこしたことがあつた。

柿色の太い線で縁を取つた大きい封筒——確に半紙の幅より少し長い位の竪で、横幅も四寸位はあつたらうと思ふ——であつたのだが、あとになつて、その話を川上眉山君にしたら、尾崎氏は原稿を竪に折つたのみで封じることができるやうにといふので、そんな大型の封筒をこしらへたといふのであつた。

硯友社の人々は、皆並みの半紙の下へ罫を引いた紙を入れて書くのであつて、罫線のある原稿紙は用ゐなかつた。勿論、原稿紙は一般に半紙若くは唐紙に罫線を印刷したものであつたのだから、皆毛筆で書いたことはいふまでもないであらう。

樋口一葉君が『文学界』に作を載せ始めたのは、二十六年の二月の『雪の日』からであつた。一葉君の処女作は二十五年の春に、半井桃水氏主宰の雑誌『武蔵野』に載つたといふのだが、僕の見た一葉君の作は、二十五年の秋頃に『都の花』に出たと思ふ『埋れ木』であつた。その次ぎが同じ雑誌に出た『暁月夜』であつた。

『雪の日』も、その後で出た『琴の音』もさして、文壇の注目に値ひする程のものではなかつたのだが、二十七年になつてから『文学界』へ載り始めた『やみ夜』からは、一葉君の筆が可なりに自在に動き始めた。『花ごもり』にも、後の名作の光となつたやうな鋭い筆つきがところ〴〵見えだして来てゐたのだが、その作風の大体が本当にきまつたのは、二十七年の暮に出た『大つごもり』からである。

　二十六年の夏から翌二十七年の春位までは、一葉君の大音寺前《だいおんじまへ》時代であつたのだ。一葉君が菊坂町《きくざかちやう》の家を捨てゝ、一時下谷《したや》龍泉寺町《りゆうせんじまち》へ移つて、荒物駄菓子といふやうな小あきなひを始めたのは、自分の文学的才能に対する信念が更にできて居なかつた為めであることは明である。僅に二年後位にあれ程までに優れた賦才を発揮し得た一葉君にさへ、己れを信じ得なかつた時代が直ぐその前にあつたといふのは、余程面白いことだと思ふ。一つは、文学が職業になし難い時代であつた為めもあるには相違ないのだが、前代の人の方は概して、今の人々よりも、己れを信ずることが薄かつたやうでもあるのだ。一葉君の傑作『たけくらべ』は二十八年の春頃から『文学界』へ載り始めたのだが、広くそれが世に知られて、鷗外、露伴氏等から激称さるゝに至つたのは、二十九年になつて全部が一遍に『文芸倶楽部』に再掲されてからであつた。勿論、それは、一葉君の『にごりえ』と『十三夜』が前の年の秋に同じ『文芸倶楽部』に載つてから後のことであつた。

一三

二十六年の八月頃になると、その年の始めに東京を出たきりで、近江に滞在してゐた島崎藤村君が東帰することになつたので、透谷、秋骨、禿木君などが、東海道吉原まで出迎へに行つた。藤村君の『春』が其所から筆を起してあることは、人の知るところであらう。

一行は元箱根の青木といふ宿屋まで来て、其所で藤村、秋骨の二君だけが残つて、月末近くまで滞在してゐた。高知の学校をやめて帰つた僕が両君をたづねて行つたのは、その月の十日頃であつたらうかと思ふ。

両君とも学校時代は極く真面目であつて、うつかり女の話などをしようものなら、顔をしかめられさうに思へた位であつたが、しばらく振りで元箱根で逢つてみるといふと、さすがに猥談をするまでにはなつてゐなかつたけれども、平気で『艶福《えんぷく》』などといふやうな言葉を口にするまでに、両君ともさばけてゐたので、一寸勝手がかはつて少し瞠若《だうじやく》たらざるを得なかつた。

『文学界』へ僕の作を載せて貰つたのは、二十六年の十一月号からで、それは『酒匂川』といふ極めて幼稚な長詩であつた。その次ぎには、『想海漫渉』といふ論文と感想文との合ひの子のやうなものを載せて貰らひ、翌年の一月号位には『片羽のをし』といふ小説めいたもの、続いて『流水日記』といふこれも先づ小説といふよりほかなかりさうなものといふ風に、続々拙劣を極めたものを載せて貰らつた。けれども、二十六、七、八の三年間位は誰も彼れも、文壇へ足を踏み込んだ当座であつたので、とにかく熱心だけは十分にあつたのだ。不才僕の如きさへとにかく熱の籠つたものだけは書き得たのだ。その時分の作物を今日若し眼先きへ突きつけられたら、全体としてのその拙劣さに冷汗背をうるほすことになることは必せりだと思ふけれども部分的に云へば、今日ではとても書けぬやうなところが一二ケ所位はどうもありさうな気がするのだ。

まして、他の才分多き人々の当時の作などのうちには、沿革的の資料としては勿論のこと、作そのもの丶価値から云つても、保存に堪ゆるものが少くなからうと思ふ。全集のなかへも何も入らずじまひになるのは、如何にも惜しいと思ふのだ。

支那との戦争の後を受けた二十八年頃からは、文壇の勢がます〳〵盛になつた、とにかく出版界だけでも、活気を帯びて来た。

博文館が、『文芸倶楽部』と『太陽』を出し始めたのは、その頃からであつたであらう。前者の巻頭には、川上眉山君の『大盃』が乗り、後者の小説は紅葉氏の名で『取り梶』が出た。これは既に『予備兵』と『義血侠血』の作者として、批評家の注目をひいてゐた泉鏡花君の作だと消息通人間には認められてゐた。

その前から『文学界』に加はつた上田敏君が、文科の選科へ入学した戸川秋骨と共に、大学の若い文士の間に勢力を持ちだしたのもこの頃からであつた。

もうその頃には、正岡子規氏の俳諧の結社ができてゐたらうと思ふ。その社中に加はつた大野洒竹《おほのしやちく》氏は、秋骨君の従弟であつたといふ関係で、『文学界』の同人のやうにもなつてゐたのであつた。

尾崎紅葉氏は『三人妻』の長篇から、『心の闇』、『隣の女』といふ風に続々尊重すべき作品を公にして、当時の大家たる実力を十分に示してゐた。

露伴氏の『新葉末集』は何うであつたか今一寸確言し得ないが、とにかく、氏の文壇の重鎮たる位地も動かしがたくなつてゐた。

森氏の『めざまし草』に集まつた人々は、露伴、緑雨、篁村の諸氏であつたのだが、何にしろ、当時は既に坪内氏と共に文壇の元老格の位地を占めてゐた鷗外氏の威力は偉大なるものがあつた。

年月などの不正確であることや、前後したところなどもありさうなことなどは、残念であるが、本も何も殆ど見ずに唯思ひ出す儘を書いてみるといふ此の回顧記のことであるのだから、さういふ不正確な点もまた一興かと思ふのだ。

明治時代の閨秀作家

上

明治文壇への女作家の出現は大凡何時《いつ》時分であつたらうか、手許には今何等の書類もないのだから、何とも云ひやうはないのだが、無論男の作家の出現よりは少し遅いことは確であつて、何うしても二十二年位から後のことだとは云つてよからうと思はれる。

年代は勿論確ではないが、木村曙《あけぼの》女史などが早い方ではなかつたらうか。此の人は木村荘太、同荘五、同荘八君などの姉さんのやうに聞いて居る。尾崎紅葉君の門下ではなかつたらうかと思ふのだが、何ういふ作物があつたのか、今一向に記憶がない。唯読売新聞などでその人に関する消息を読んだことだけは、朧気ながら覚えて居る。此の人は若くして死んだらしい。荘五君などは覚えて居らぬやうだ。

その次ぎには、田辺花圃《たなべくわほ》女史即ち今の三宅龍子《みやけたつこ》君の名を聞いた。同君の『藪の鶯』が坪内大人の推薦的序文つきで発售《はつしう》されたのは、これもはつきり何時だかは記憶に止まつて居らぬが、二十四年頃でゞもあつたらうかと思ふ。

その次ぎには、小金井きみ子、若松賤子《わかまつしづこ》――前者は故鷗外大人の令妹で、医学博士小金井良精氏の夫人、後者は、当時基督教会の名士で教育家であつた巌本善治氏の夫人――の両君ぐらゐな順にならうかと思ふけれども、世間では此の両君に就ては、明治二十八年秋の文芸倶楽部の『閨秀小説号』なるものが出るまでは、余り多くは知らなかつたらうと思ふ。両君のものは大抵飜訳物であつたやうに思ふ。何か創作があつたかも知れぬが、僕などの記憶には止まつてゐない。前者の筆になつたものは『しがらみ草紙』に現はれ、後者のものは『女学雑誌』に現はれたと思ふ。

田沢稲舟《たざわいなふね》女史の名を吾々が聞いたのは何時頃であつたらうか。大抵明治二十六七年頃であらう。山田美妙斎氏に結婚しないうちに既に幾分の名声はあつたのではなからうかと思ふ。前記の『閨秀小説号』であつたと思ふのだが、稲舟女史の『白薔薇』とか何とかいふ作が出てゐた。今はその梗概さへ記憶しないが、唯そのなかに、男が女に対して麻酔剤を用ゐる条下があつたので、女作家としては、可なり大胆なことを書いたものだといふので、当時の人々の噂に上ぼつたことだけは記憶してゐる。けれども、小説そのものは、当時の標準から見ても、余り芸術的に完備したものではなかつたやうに覚えて居る。無論そんなにくはしい写実的なものでもなかつた。

稲舟女史はもうその時は、美妙氏とは別れて居つたのではなからうかと思ふ。此の人は、秋田か何処かのお医者の娘さんであつたといふ話であつた。自殺したのは、その『白薔薇』とか何とかいふ小説が出てから間もなくであつたらうと思ふ。

当時の世評では、美妙が稲舟女史との別れ方が無情であつたといふのであつて、これが為めに、美妙の人気はすつかり落ちてしまつた。大橋乙羽《おおはしおとは》の話では、美妙斎のものを載せると承知しないぞといつたやうな脅迫状が博文館あたりへは盛んに舞ひ込んだので、雑誌へ美妙氏のものを載せるわけにいかなかつたといふのであつた。

当時の『早稲田文学』には――ほかの雑誌も無論さうであつたが――美妙の不徳なるものを大に攻撃した短評のやうなものが出た。平田禿木がそれに対して、『わけ知りの坪内さんもいらつしやることだし、さうまで美妙をやつつけなくてもよからうぢやないか』といふやうなことを『文学界』の月評欄へ書いたところが、早速翌月号で、『文学界のやつ等はけしからんことをいふ。あゝいふ不徳が見のがせるか。あれを何とも思はぬやうでは、文学界派の者どもの道念の存在が疑はしい』といつた意味のお叱りを蒙むつて、一同大に閉口した。

それから少しあとになつてからだと思ふのだが、川上眉山君から、山田氏のおつかさんといふのは、なか〳〵行儀作法のことなどのやかましい人で、山田氏の朝寝などにも小言をいふのださうだといふ話を聞いた。山田氏と田沢女史との絶縁は実際已むを得なかつたのであらう。

僕等は事情を――唯世間話で聞いただけで――直接何も知らなかつたので、何もいへなかつただけであつたのだ。

北田薄氷《きただうすらひ》女史の作も前記の『閨秀小説号』に出て居つたと思ふ。此の人は日本橋の弁護士北田正董氏の娘さんで、紅葉門下であつたと聞いて居つた。後に画家梶田《かぢた》半古《はんこ》氏に嫁したのも、紅葉氏などの媒酌ではなかつたかと思ふ。

大塚楠緒子《おおつかなほこ》――文学博士大塚保治夫人――の作も何か『閨秀小説号』に出て居つたらうかと思ふ。此の人は明治女学校へ通つて、透谷、藤村、秋骨などの人々の講義を聞いたのではないかと思ふ。

北田女史は余り作を遺さずに夭折したけれども、大塚女史の方は割合にあとまで生きて居つたためもあるのだらうが、可なりな量の作品を遺して居ると思ふ。大塚女史の逝いたのは、或は大正へ入つてからではなかつたらうか。明治四十一二年の頃、一度夏目漱石君のところの新年会で見かけたことがある。

『閨秀小説号』では、若松賤子女史の『小公子』が大分評判であつた。小金井女史のものも可なり長い飜訳ものであつたやうに思ふ。

中

以上、まことに取り留めもない話で、こんなことなら、今日多念《たんねん》に当時の新聞、雑誌などを調らべられる人々の方が、よつぽど確なことを書かれることゝ思ふのだが、僕としてはこんなこと位しきや知らないのだから、しかたがない。

樋口一葉女史以外の古い女作家のことで、僕の今端的に思ひ出せるものはこんなものであるのだが、一葉女史のことになれば、可なり詳細に書き得る。それは、女史はなか〳〵くはしい日記を遺して居るのだから、女史のこと――殊に作家となつてからのこと――を書くには、あの日記を抜き書きさへすればいゝからなのだ。

此頃の何処かの雑誌に『文学人国記』といふやうなものが出て居つて、それには樋口一葉は甲州の人だと書いてあつた。けれども、樋口女史は明治五年に麴町区山下町で生れたのみならず、一度も甲州へは行つたことがなかつたらうと思はれる。

樋口女史の父母は甲州の塩山《えんざん》から一里程山の方へ入つた大藤《おほふぢ》村の人であつたが、侍になる積りで夫婦一緒に安政年間に江戸へ出て、お父さんの方は旗本菊池家、お母さんの方は同じく稲葉家へ奉公して、間もなく与力の株を買つて、八丁堀衆に加はり、幕臣となり、維新後東京府の役人となつて、前記の山下町の官舎に居て、其所で一葉女史が生れたのだと聞いて居る。だから、斎藤緑雨が全集の巻頭に序したやうに一葉女史は東京の人なりと云ふ方が宜しからうと思ふ。昔は三代住まはなければ江戸ツ子ではないと云つたさうなんだが、東京になつてからは、二代位で東京ツ子でよからうではないか。

第一、『人国記』などゝ云つて、唯生れた場所ばかりで、同じ日本の人間を一様に分類することが何の意味があるのであらうか、現に僕などは土佐人といふことになつて居るのだが、土佐で生れたには相違ないにしても、土佐を出たのは十歳の時で、東京の生活の方は何うしても四十年以上になる。その四十年の方へは何等の考慮も払つてくれずに、十歳までしきや暮らして居らなかつた土地の方ばかりを重い関係に見られるのは、ヘンなものであると思ふ。さういふ例は外にも幾らもある。戸川秋骨君なども肥後人となつて居るのだが、これは、父祖からして定府《じやうふ》で、唯維新後一寸藩地へ引き払つて、其所で秋骨君が生れ、その後直きに東京へ定住してしまつたのだから、殆ど東京人と云つていゝ位である。

さて、話を戻して、一葉女史のことをいふことにするが、女史は若い時分に父を失ひ、兄を失つて、戸主になつた。それは女史の十八の時であるといふのだ。教育といふのは、それまでに、小学校――池《いけ》の端仲町《はたなかちやう》文海《ぶんかい》小学校――揚げ出しの筋向ふ位の池に面したところにあつた私立小学校であつたと思ふ――を先づ卒業したと云つて宜しいのであらう。

日記に拠ると、明治十九年八月に、小石川安藤坂の歌人中島歌子の門に入つた。だから、一葉女史の教育は国文教育を受けたと云つていゝのである。今全集に入つてゐる女史の日記は、二十四年の四月十一日から始まつてゐる。さうすると、それは一葉女史の二十歳の時であるのだが、それにしては、雅語の駆使などいかにも自由で、可なりに馴れた文体である。教育の具合も無論ちがひはするが、今の二十歳位な女の人などにあれだけの文章――雅文――の書ける人は全く絶無であらう。当時でも何うであつたらうか。兎に角所謂真の才媛であつたにちがひない。

それまでに、一葉女史は文化、文政からしての徳川期の和かい文学、当時の新聞、単行本などで小説といふやうな読書は可なりやつて居たのであらう。

生活の為めといふ意味もあり、また学問的の仕事に就くといふ意味もあつたであらうが、一葉女史はその時分から小説を書き習ひはじめようと思ひ立つた。野々宮きく子といふ友達が、半井桃水氏を知つて居つて、紹介してくれたので、一葉女史が四月十五日に始めて、桃水氏を芝南佐久間町の寓居に訪問して、入門したことは、日記にくはしく書いてある。その時は、女史は書いて持つて行つた小説一回分を批評を請ふため置いて来た。

同じ月の二十一日のところには、桃水氏に見て貰らうために、前の小説の続稿を五回書いたとある。此の小説は今全集のなかに収められて居る題のない小説らしいのである。二十二日には、その小説を持つて半井氏のところへ行つたところが、半井氏から左の如く云はれたといふのだ――

『先の日の小説の一回新聞にのせんには少し長文なるが上に、余り和文めかしき所多かり、今少し俗調にと教へ給ふ』

一葉女史の筆になれるものは、始の方のもの、即ち『おほつごもり』――二十七年十一月頃の作――以前のものは、小説でも随筆でも皆此の和文めかしきところ即ち雅文調が勝つて居ることは人の知るところである。殊に、『暁月夜』、『五月雨』、『経机』といふやうな作は、著しく雅文脈のものである。日記でさへ、二十七年位までのところは、雅文調が強くなつて居るやうに思ふ。

四月二十五日には、桃水氏から小説のことで相談があるから、表神保町《おもてじんぼうちやう》の俵屋といふ下宿屋へ来てくれといふ手紙が来たので、一葉女史は二十六日の午前に、震災前まで南明倶楽部のあつたところの裏あたりの下宿屋に桃水氏を訪問した。日記に治集館とあるのは、南明倶楽部になる前の勧工場《くわんこうば》である。後にその勧工場は焼けて、その跡へ南明倶楽部が建つたのだと思ふ。

五月十二日に桃水氏は麴町区平河町へ転居したので、一葉女史は翌十三日に桃水氏を訪うて居る。

さういふ風にして、半井氏との交際が親密になつて、二十五年の二月四日には、雪の日に半井氏を平河町に訪うて、長く談話した。明治二十六年の一月頃になつて書いた『雪の日』――『文学界』所載――はその時の気分を材にして書いたものらしく思はるゝ。

同じ月の十三、十四日のところには、一葉女史が小説を書いたことが出て居る。これは多分、女史の作ではじめて活版になつた『闇桜』のことであらう。

三月七日には、一葉女史は半井氏を訪問して、半井氏等の同人雑誌『武蔵野』創刊の前景気の話などを聞いてゐる。このあたりの記述の調子は今から見ると、如何にも古風で、当時の文学者——謂はば旧派の人々——の口調などがよく出てゐて、甚だ面白いと思ふ。

一葉女史の日記の二十四、五年のところには、図書館へ通つたことが度々出てゐる。その時分は上野より外に公開の図書館はなかつた。一葉女史は図書館へ通つて勉強してゐた。図書館へ女はめつたに行かない時分であつた。

三月二十八日にも小説を書いてゐる。これは半井氏の紹介で、当時あつた『改進新聞』といふのへ出さうといふのであつたらしい。これは『玉だすき』で、浅香のぬま子といふ名で出たものださうだ。

六月頃になると、半井氏との交際に関し、知人間で飛んでもない噂が始まつたので、中島氏とも相談の上で、一葉女史は桃水氏との交際を断つてしまつた。此の時分には、半井氏が左の如く云つて——

『君が小説のことよ。さまぐ〵に案じもしつるが、到底絵入の新聞などには向き難くや侍らん、さるつてをやうく〵に見付けて、尾崎紅葉に君を引合せんとす、かれに依りて読売などにも筆とられなばとく多かるべし、又月々極めての収入なくば経済のことなどに心配多からんとて、是をもよくく〵計らはんとす……』

さういふ風に一葉女史を紅葉氏に紹介する筈になつてゐたのだが、右の絶交のために、一葉女史の方から紹介を断はり、又外のつてゝからも尾崎氏へ行くのは、半井氏に対して義理が悪い訳であつたのだから、そのまゝになつてしまつて、一葉女史は紅葉氏には逢はずにしまつたのであるが、此の時尾崎氏に逢つて居つたならば、一葉女史はもつと早く文名が出たらうと思はれる。

下ノ一

更に又日記を参照すると、一葉女史は九月十五日に小説『うもれ木』を脱稿して、田辺龍子氏のもとまで持つて行つた。これは、龍子氏の紹介で小さい本にしようといふ積りで本町三丁目の金港堂へ送らうといふのであつた。此の小説は陶器画工の妹を主人公にしたものであるのだが、日記の二十四年の九月分あたりのところを見ると、花瓶の図様を書き留めたものがある。一葉女史の二番目の兄さん虎之助氏――が陶器画工であつたので、それから聞いて書きとめたものに違ひないと思ふのだが、『うもれ木』のなかにはその図様及び焼きつけ方がすつかり使つてある。

同じ月の二十三日に甲州の『甲陽日報』といふのへ小説を書いてやることにしたといふ記入がある。脱稿したのは二十四日頃らしい。これは『経机』なのであらう。

十月二日のところに左の如くある。

『田辺君よりはがき来る。うもれ木一と先都《まづ》の花にのせ度よし金港堂より申来りたるよし、原稿料は一葉二十五銭とのこと、違存ありや否やとなり、直ちに承知の返事を出す』

日記には何も書いてないやうであるが、大凡十月ぢゆう位に小説をもう一つ書いたらしく思はるゝ。これは二十六年になつて『都の花』に出た『暁月夜』である。十月から暮へかけて、金のことでひどく頭を悩ませて、原稿料のとゞくのを鶴首して待つてゐる有りさまが、日記の諸所で窺はれる。殊に十二月二十七、八日あたりの、『暁月夜』の原稿料を受け取るあたりが甚だ面白い。其所の記述には後年の『濁り江』の材料になつたかと思はれる一節がある。それは稲葉こう子の貧居を訪うた記述である。『濁り江』の源七佗住居のくだりと併せ読むべきものであらう。

二十九、三十両日は『必死と著作に従事す』とあり、二十六年の一月二十日のところには『小説雪の日したゝめ終る』とある。

一葉女史のその後の生活は所謂る生活難に対する悩みであつて、直接文学に関することは余り日記には表はれ居らぬやうである。

二十六年七月になつてからは、一葉女史の一家は小あきなひを始めることに相談をきめて、十五日から家さがしをやりだした。方々見て廻はつた末に、十七日に至つて、大音寺前――下谷区龍泉寺町三百六十八番地といふのに家を見つけた。それは、日記によれば、間口二間、奥行六間ばかり造作はなかつたが、店は六畳で、五畳と三畳の座敷があり、敷金は三円で、家賃は月壱円五拾銭であつたといふのだが、今日の相場からいふと、全く嘘のやうな話である。場末であつたにしても、何しろ安いものであつたと云はなければなるまい。

樋口家の人々がその家へ引き移つたのは、同じ月の二十日である。龍泉寺町が吉原遊廓の裏手であることはこゝにいふまでもなからうと思ふのだが、念の為めにここに附記して置く。商なひでは荒物及び小児のおもちや、駄菓子といふやうなものであつたので、一葉女史自身神田多町（たゝ、ち、やうと読んで頂きたし）へ買ひ出しに行つた。

日記のこの辺の記述によると、当時の細民の生活状態、物価等の一班が窺ひ得られて如何にも面白い。

樋口家の人々は二十七年四月一杯まで龍泉寺町に住まつてゐたのであるが、その時分の作物は二十六年十一月頃に出来た『琴の音』――『文学界』への寄稿――と二十七年の二月十八、十九日に四回分二十枚ばかり書いたといふ『花ごもり』――

同上――だけであつたやうだ、尤も此の『花ごもり』の原稿は龍泉寺町に居る間書き続けたらしく思はれるのだが、それが何時のことだか、日記では分らない。

樋口家の人々の本郷丸山福山町四番地へ引き移つたのは、二十七年五月一日であつた。『家は本郷の丸山福山町とて、阿部邸の山にそひて、さゝやかなる池の上にたてたるがありけり。守喜《もりき》といひしうなぎやの離れ座敷なりしとて、さのみ古くもあらず、家賃は月三円也、たかけれどもこゝとさだむ』とある。六畳二間に四畳半があつて、池があり、庭があつて、月三円、それでも少し高いのであつたといふ時代なんだから、当時の物価の大体は窺ひ得られやうと思ふ。

此の家が一葉女史終焉の家である。しかし、家そのものは、明治四十三年の秋隣りの山の崖が崩れてこはれてしまつたので、今は存在して居らぬ。

一葉女史が福山町へ越してから、最初に書いたのは、小説『やみ夜』らしい。これも『文学界』へ出たものであるが、書き始めは何時であつたのか、日記にはない。唯七月十九日のところに『小説やみ夜の続稿いまだまとまらず、編輯の期近づきぬれば心あわたゞし、此夜馬場孤蝶子のもとにふみつかはし、明日の編輯を明後日までにのばし給はらずやと頼む』とあるのみである。二十二日のところには『今朝やみ夜の続稿郵送』とある。

二十七年七月二十三日以後の日記がないのであるから、何時だか分らないが、とにかく十月頃に『おほつごもり』を書いたらしい。一葉女史の文体も考想もこの作で一転機を来たし、要するに、驚くべきほどうまくなつたのであるが、これは次第に筆が熟してさうなつて来たのが主因であるには違ひないのだが、一つは、その夏頃から一葉女史が西鶴の好色本などを可なり丁寧に読み始めたことは、それ等の文体等の変化に余程の影響があつたことだと云つてもよからうと思ふ。

一葉女史の傑作『たけくらべ』が何時起稿されたものだか、日記が前記の通りないのだから、確なことは分らないのだが、二十七年の十一月か、十二月に起稿したには違ひないのだ。あの作は人の知る通り、材を大音寺前あたりの子どもの生活に取つたもので、吉原の裏手といふ極めて特殊な場所の人生を描写した点に於て、記憶すべきものがあるのだが、あゝいふものを書いてみようといふ考は、大音寺前居住の時代にも起つたものとは推定し得られようと思はるゝに拘らず、それに関することは日記のなかにもなければ何等の記録も樋口家には遺つて居ない。尤も、一葉女史は作に関する思ひつきとか材料といふやうなものを手帳とか紙ぎれとかいふものに、心覚えに書きとめて置くといふのではなかつたやうであるのだから、『たけくらべ』に就ても日記のなかにそれに関して書いたところがない以上、外に記録がないのは敢て怪しむに足らざることである。但し、『たけくらべ』のなかの或る章句などに就ては、その材料が大音寺前時代の日記のなかにあることは、誰でも気づくことであらうと思ふ。

唯、あの作の始めの方の三枚ばかりのところの下書きが樋口家に遺つて居る。そのことに就ては、真筆版『たけくらべ』の末の方へ僕が書いて置いたが、題は『雛鶏』といふやうになつて居つたかと思ふ。文章はあの作の始めとさう違つては居らぬ。

『たけくらべ』は『文学界』の一月号位から十月か、十一月号位までで完結したと思つて居る。『文芸倶楽部』へ出たのは、その翌年の一月頃である。

下ノ二

二十八年頃になつての一葉女史の作は『太陽』へ出た『ゆく雲』であるが、これに就ては日記のなかに何も記載はないけれども、三月頃に書いたものであらうと思ふ。

『濁り江』は同年の九月の『文芸倶楽部』へ出たのだが、日記六月十日のところに、

『小説著作に従事す、全篇十五回七十五枚ばかりのもの作らんとす、いまだ筆おもふまゝに動かで……』とあるのだが、これが或は『濁り江』になつたのではなからうか。これは、福山町の一葉女史の住居の近辺は銘酒屋の巣窟であつたので、さういふ家に居た女の一人をモデルにして、あのあたりの人間の生活を描写したものである。

その次ぎの作は『十三夜』で、これと『やみ夜』――此の方は二度の勤――とが、『文芸倶楽部』の『閨秀小説号』へ出たのであつた。その時には、既に『濁り江』で読書界の注意を可なり喚起して居つたので、『十三夜』が出ると、一葉女史の名は可なり挙つたのだと思ふ。

二十八年ぢゆうでの作では、此の外に『軒もる月』――四月頃の作か――と『うつせみ』――八月頃の作か――とがあるのだが、『軒もる月』は、斎藤緑雨が読売に載せて居た『門三味線』を急に中止したので、一葉女史がそのあとを埋めるために大急ぎで徹夜で書いたものであつたと思ふ。『うつせみ』は、一葉女史の住居の隣りへ狂女が引越して来て、時々女史の家へなども飛び込んで来たさうであつたが、それからヒントを得て書いたものであつた。

一葉女史が博文館の通俗百科全書のなかの『女子書簡文』を書いたのは二十九年

の始め頃であつたらうと思はるゝ。

日記の七月の十二日のところに『此ほど博文館の義捐小説中に随筆やうのもの書けり、いとあわたゞしうてみぐるしかりしか』とあるのだが、此の随筆やうのものといふのは、全集の随筆中に入つて居る『ほとゝぎす』であらう。三陸地方に大海嘯《おほつなみ》があつたので、その救恤のために、博文館が『文芸倶楽部』の義捐小説号なるものを出したのであつたやうに記憶して居る。同じ随筆の『そゞろごと』は、二十八年の十月頃の作らしいのだが、これは『文学界』の連中で『うらわか草』とかいつた特別号のやうなものを出したので、それへ載つたのであつた。

書き洩らしたが、『われから』は二十八年の十二月頃の作らしいのだが、これは『文芸倶楽部』へ出た。あの作は、島田三郎氏の最初の夫人——その夫人とは一葉女史は中島歌子氏のところで同門であつた——のことからヒントを得たものであらうと思ふ。『わかれ道』も同じ頃の作である。これは翌年の『国民の友』へ出た。この作は『たけくらべ』と同じく材を大音寺前に得たものだと聞く。傘屋の小僧はその当時実在してゐたといふ話である。

斯ういふ風で、二十九年へ入つてからは、一葉女史の筆を取つたのは、断片の『うらむらさき』と、前記の『女子書簡文』だけであつたやうである。

その年の四月頃から、一葉の病が進みはじめて、八月になつてますく〵重くなり、遂に十一月二十三日になつて遠逝してしまつた。

丸山福山町へ引き移つてからの一葉女史の日記は『水の上日記』といふ名になつて居る。家の前も後も池であつたので、それが為めに日記にさういふ名をつけたのであつた。この日記の二十七年の末あたりから終りへかけてが、実に面白い読み物である。僕の見るところでは、あの部分には、一葉女史の勘違ひが随分多く表はれて居るやうであるのだが、人生記録としては、さういふところが非常に面白いと思ふ。終りの方の斎藤緑雨との交渉なども如何にも面白い。

緑雨も一葉の死後あの日記を見るまでは、一葉女史によつてあゝいふ風に緑雨自身が書かれて居ようとは思つて居らなかつたらしいのである。明治三十六年の秋頃、一葉女史のあの日記を公にしようかといふ話が起つて、その時は、斎藤が鷗外氏に主として相談したのであつたが、その時嘗て『めざまし草』の連中へ一葉女史を加盟させようとする鷗外氏側の運動に対して緑雨がその裏へ廻つて一々ぶちこはして居る経緯が日記では余りに明になつて居るので、日記を鷗外氏に見せるのは少しきまりが悪るいと、緑雨は苦笑して居た。

一葉女史の日記は、その後緑雨が預つて居つて、三十七年の三月、医者から絶望状態であることを告げられると、僕を呼びに来て、僕が本所横網《ほんじよよこあみ》の緑雨の寓居へ駈けつけると、緑雨は、自分の命が旦夕《たんせき》に迫つて居ることを告げてから、樋口家へ返して呉れと云つて、日記を僕に渡したのであつた。

一葉女史が死んでからは、もう既に四十年もたつて居る。緑雨が死んでからも三十年を少し越えて居る。考へてみれば可なり古いことだ。その後でも、文壇では可なり多くの人が死んで居る。僕などは、平凡無能のお蔭か、はたまたその祟りか、何うにか今まで生き延びて来た。気の利いた化物なら、もうとつくに引つ込む筈であるのだが、未だにまご〳〵して居るなどは汗顔の外はないのだが、しかし、世のなかゞ新しくなつたり、古くなつたりするので、僕等のやうな立廻りのうすのろな者は引込みがつかなくなつてしまつたやうな気もするのである。

拙稿は、一葉女史の日記を使つて、女史の実生活の方を示めしたいのであつたが、筆を取つて見ると、それをやり出すと、なか〳〵四十枚や五十枚の原稿では何うにもなりさうもないので、その方は思ひ切つて、こんなものを書いて、責を塞ぐことにした。

最後にいふ、本稿の『中』に、一葉女史が『改進新聞』へ書いた小説を『たまだすき』として置いたが、これは間違ひで、『別れ霜』である。『たま襷』は『武蔵野』へでも出たものではあるまいかと思ふ。

一葉女史のことを調べられる方は、全集中にある日記と、全集の末にある僕の跋と、それから真筆版『たけくらべ』の後について居る諸家の一葉観その他を一読されんことを切望する。

北村透谷君

北村透谷君の処女作は『蓬萊曲』と云ふので、バイロン式の韻文戯曲であつた。同君が島崎藤村君と友達になつたのは、たしか二十五年頃だらうと思ふ。巌本善治氏の『女学雑誌』が、当時大分あたらしい派の文芸的作品を載せて居たので、其の雑誌に縁故の深かつた島崎君が、原稿のことか何かで、北村君と知り合ひになつたのであらうかと思ふ。二十五年の暮か二十六年の初めか、一寸覚えないが、島崎君が旅行に出る時に、其の時分同君がやつてゐた明治女学校の教師の後任に、北村君を推薦した。私は、二十六年の十月頃から翌年の春までに北村君と三四回会つたのみであつた。私は同君を何となく捌《さば》けない人だと思つた。妻もあり、子もある人としては、人生の智識などが割合に狭い人のやうに思つた。で、あんまり親しくもしなかつたし、真面目な話もして見たことはなかつた。只其の時に気が付いたのは、神経系統に幾らかの異状があるに違ひないといふことであつた。で、二十七年の夏かと思ふが、北村君が死んだといふ知らせを得た時に、直《すぐ》に自殺ではなからうかと思つて、『病気ですか』と殊更に聞いたくらゐであつた。北村君の死んだのは、思想上の原因もあらう。又、生活上及び家庭の関係もあらうが、単に自殺と云ふ行為だけを引き離してみれば、肉体上、即ち健康上の異状といふことを重《おも》な原因と見做さなければなるまい。私の知つて居る人で、自殺をした人は外に二人程あるが、それ等の人々は皆前から神経に異状を来して居たらしく思はれる。神経に異状のある人は皆自殺すると云ふ議論は成り立たないのであらうが、神経に異状がなければ、大抵は自殺しないと云へようかと思はれる。尤も刑罰を受けるのを厭うて自殺する人の場合は特例であらうけれども。

斯う云つたところで、私は、詩人とか、思想家とか云ふ人々の自殺を、馬鹿なことだとか、笑う可きことだとか云ふのでは、決してない。さう云ふ悲しむべき行為に達するまでの径路、さう云ふ行為を実行する当時の心持には同情も表するし、或る場合には羨ましくも思へることがないではない。只しかし、事実として言へば透谷君の最後の如きは、どうも其の原因が神経系の病気に関係があると云ふまでゞある。

北村君は小田原の生れだといふ。之れは全く伝聞であるが、北村君のお母さんは、同君の生母ではなかつたさうである。数寄屋橋外の四つ角のところに、小さい煙草屋が今もあるが、其処が同君の家であつた。私は其処へ一二度行つて、二階で北村君に会つたことがあるが、お母さんは小柄な品のない並の町家の内儀さんと云ふやうな人であつた。同君の細君の父親と云ふのは、自由党の政治家であつたが、同君が其の細君と一緒になつたのには、いろ〳〵込み入つた事情があつたやうに聞いて居る。それで同君が生家の人々と別居してゐるのも変であるし、同居して居ても又うまく行かぬといふやうな有様であつた上に、当時は原稿生活の未だ困難な時代であつたので、同君のやうなプライドのある、神経質な人には随分厭なことが多かつたらうかと察しられる。そんなことも、北村君の身体には随分応へたことであらう。要するに同君にとつては、時代も、境遇も、体質も皆不利なものであつたのだ。しかし、私は、前に云つた通り、北村君のことを余り多くは知らない。島崎君の『春』の中の青木と云ふのが、北村君のことださうだが、私の伝聞したところでは大抵『春』に書いてあるところは事実に近いもの丶やうに考へられる。

それから北村君の、文学上の事業であるが、同君が『文学界』へ物を書いた時分には、中々人気があつた。同君の一種の理想主義、強みのある文体などが、其の頃の新思想を求めると云ふやうな若い人々の間には、大いに迎へられて居たやうであつた。一言にして云ふと、在来の文学に籠つて居た因襲的な道学的観念を破壊した。それまでの人々が持つて居た浅薄な、文学即実用主義と云ふやうなものに打撃を与へた。と云ふのが北村君の功績の一つであらう。又一方から見れば、当時の状態では、文学は洒落者の仕事、寧ろ道楽のやうに考へられて居たのであるが、それが、教育ある若い人の、真面目な精神上の欲求を満たすに足るものであるといふことを、若き人々に明らかに示したのは北村君の功績であらう。要するに今日まで進んだ、新しき文学の為めに道を開いた人、文学が今日まで渡つて来る道の飛石の一つになつた人であることは、疑ひがあるまい。

尚ほ其の上に、形式の方から云へば、北村君は明治文学に対して認むべき貢献をしてゐる。それは、同君の書いた韻文戯曲の形式である。今日の自由な詩形から見れば何んでもないやうに見えるであらうが、当時ではあゝ云ふ試みでさへ、非常に新しい物であつた。韻文で長いことを叙するといふことは、極く僅少な人の試みたことであつて、北村君のやうに広い大きい範囲にまで、韻文を使つて進まうとした人は、さうたんとない時代であつた。さう云ふ点に於ても、同君の開拓者としての功績は没すべからざるものであらう。

只、私どもの欲を云へば、北村君は浅薄な古い道学的観念を破つたけれども、同君自身一種の道学的観念に囚はれて居るやうなところがあつた。従つて文学者としては働くべき天地が狭くはなかつたか、生きてゐてもさう長く勢力を有し得る人であつたか、どうだか私には決し兼ねる。古い時代との間に立つ、情熱のある思想家と云ふのが、或は北村君の位地ではなかつたらうか。

上田敏君

僕が上田君に初めて会つたのは明治廿七年の初め位のことであつたと思ひます。後でもさうですが色々と変る人もありますが、見たところの上田君は余り変らなかつた様です。若い時の上田君は勢のいゝ、洒落た事を言ふ人でした。学問好きで、本好きで、よく色々なものを読んでゐました。トルストイの『クロイッチェル・ソナタ』などを上田君が、馬場が面白がる馬場向きの本だと云つて、貸て呉れたこと等がありました。その時分には平田禿木、戸川秋骨の両君が池之端七軒町《しちけんちやう》の同じ下宿屋に下宿してゐましたので、上田君も、よく来て話をしました。

『文学界』の連中では、平田君が一番上田君と親しかつたやうで、たしか高等学校で同級だつたかと思ひます。之で上田君を仲間へ引き入れた訳なんです。上田君はひどく勢がよかつたと申しましたが、大変に上品で、若い内にも、余り乱暴なことなどは云ひませんでした。大分一葉の日記の中にも出てゐますが、上品で落着いた、穏やかな人と書いてあります。

『帝国文学』などの出来だしたのはあれは三十年頃でしたらうか、その時分からか、その少し前からか、一体『文学界』に従来の関係者も吾々もあまり筆を執らないやうになつて、上田君は『帝国文学』の方へ多く筆を執りました。で、二十八年頃から私は地方へ出ましたから、その間の上田君は知りません。従つて上田君の処へは暫く行きませんでした。それから三十五年頃から又上田君に会つたりしました。それは上田君が僕より前に『明星』へ物を書き、僕も平田君に勧められて『明星』へ原稿を書く、そんなことで、又上田君と親しくなる様になりました。さうして三十七年頃からですか、よくあの西片町の上田君の許へ行つて夜中まで話したものです。

其時分森田草平、生田長江、栗原古城《くりはらこじやう》、中村古峡《なかむらこけう》、川下江村《かはしたえそん》、五島駿吉《ごとうしゆんきち》、辻村鑑《つぢむらかん》などの諸君が集まつて『花雲珠』と云ふ回覧雑誌を出してゐたのでしたが、僕は偶然に諸君と親しくなつたのでした。その連中は上田君の教へを受けるやうになつたところから、皆一緒に集つて雑誌を出さうと云ふ事になり、銀座の細川芳之助君に島崎君が口を利いてくれて、金を出して貰ふことが出来たので、三十九年に出し初めました。それは、上田君と僕とが監督して、生田森田両君が重《おも》に書くかたちでした。その雑誌は上田君が前にやつてゐたことのある『芸苑』の名を今一度使ふ事になつて、暫らくこれをやつてゐましたけれ共、その内に吾々どもが飽きてしまつて遂にやめました。

上田君が洋行して、やがて帰つて来るや、京都へ行つてしまひましたが、親切な人でよく訪ねては呉れましたので、僕も会へる機会を求めて会ひました。年に一二度で、而《し》かも僅かしか会ひませんでした。それで最後に会つたのは大正四年九月頃で、色んな話をした末に頻りに東京へ帰住の事を話しましたところが、いづれさうする積りだと云つてゐました、が、一寸の間話したに過ぎませんでした。――何でも九日の夜九時頃に、与謝野君が入沢博士から上田君が危篤だとの知らせがあつたからすぐ行くと言つて来たので、私も一緒に行きました。九日の三時に死んだのでしたから、死顔を見て引取つた様なわけです。どうも帰朝後身体が悪くなつた様です。三十四五年頃迄酒を飲んで、可成り強かつたらしいのです。尤も若い時分にはさして飲まなかつた様ですし、仲間に飲み手がありませんから、酔つたのを見ませんでした。病気は胆石、黄疸、中耳炎、腎臓炎と色々あつたので、そんな病気が重なつた結果であつたのでせう。六日に帰京して、八日の午前に急に悪くなつて、それで知覚を失つて、その日に亡くなつたといふのです。

考へて見ると、どうも上田君は、所謂学者であつて、作家であるにはも少し、一体にくだけてゐなくてはいけなかつた様です。どうも堅いところが少しあつて邪魔をしたものゝ様です。誰一人として、上田君の馬鹿々々しいことをやつてゐるところを見た人はありますまいし、一緒に暴れて、後で馬鹿話をする様な友達が極めて――あつたかもしれませんが――少かつたらうと思ひます。

話の面白い上手な人でありましたが、どうも人の話を聞き上手ではなかつたと思ひます。どんどん話して、聞き手は大変いゝが、此方の話をする機会がない、間へ口を挿むことができないといふ風に思つた人があるかも知れません。比較するのは面白くないが、夏目君の応待振りは実に巧いものです。自分から話を持ちかけて、相手に話をさせ乍ら、自分が、其間に口を入れて、相当に話すと云ふ遣り方です。色々と性格の上の関係其他もありますが、夏目君は練れた遣り方です。上田君にはまだ練れないところがありました。之れは年齢の相違や、色々なことから来てゐるでせうが。

上田君の文学界に於ける功労は、まづ早い時分に新しい外国文学を紹介したにあるので、殊に三十八年に出したんでしたが『海潮音』は仏蘭西象徴派の詩人の訳詩集で、これは当時の詩人のいゝ教科書となり、当時の詩の傾向に大影響を与へ、随分あれのお蔭で自分達の作風をきめた人の多いのを認めます。文学界に影響の大きな点では著書中『海潮音』が一番注目すべきものだと思はれます。

今から思つて惜しいのは、色々な都合もあつたでせうが、京都へ行つたことです。自分でも余程淋しかつたのではないかと思ひます。吾々は田舎者ですから、何処でもさほどの違ひはありませんが、上田君の様に、父祖伝来の東京人が、京都へ行つて、長く暮すのは、色々な趣味の上から、何だか、ひどく外の土地へ行つたと云ふ感じが強かつたらうと思はれます。若い時分に、まだ大学の時代や、卒業して早々の頃には旅行をしない方でした。田舎は嫌ひだと云つて、余り出掛けませんでした。少し自分の趣味の上の負け惜みもあつたでせうが、兎に角嫌ひだと云つてゐました。其処から考へても、京都行きは随分嫌だつたらうと察します。それからどうも一寸彼方の人と趣味も調子も違ふから、上田君の様な人は、京都の文科にはえら過ぎたかも知れません。従つて学生等が、一寸上田君の面白いところを認め得なかつたのかとも思はれます。謂はゞ上田君の様な洗練された気取つた趣味は、上方の人には、どんなものでせうか。その感じが徹底しなかつたかと、どうもさう思はれます。私は行く時も気の毒だと思ひましたし、会ふ度に、嘸《さぞ》不自由だらうと思つてゐたのでしたが、最近には何だか転任の出来さうな話を聞いて結構なことだと思ひましたのに、沙汰止みらしかつたのです。とは云ふものゝ、遠からぬ将来には帰住ができるものとして待つてゐたのでした。吾々の中では一番若い方で、身体も壮健な人でありましたから、かう早くとは思ひませんでした。友人達誰も皆意外であつたことゝ思ひます。

今にして思ふと、上田君は淋しい生活を送つた人と云はねばなるまいと思ひます。外的に見れば、順境にも見えますが、当人はどう思ひましたか知らん、も少し真個に人間同士打突かる様な生活を送ると云ふ性格であつたらよかつたでせう。然し人各々生れつきがありますし、当人の心次第のもので、自分でも満足してゐたらいゝのですが、我々他人が自分の心持からいふと、もつと、くだけた生活を上田君がやれたら、よかつただらうにと今でも思ひます。

上田君に就いては、幾ら考へても逸事と云つたやうなものが思ひ出せません。又大笑ひの種となる様な例を見ません。一つ二つはあつてもいゝのでせうに、吾々は少しも知りません。そんな風ですから、若い人などは、どうも、その或る程度以上に、上田君に親しむやうなことが、あまりなかつた様です。何だか近来になつては、大分、自身でも淋しく思つてゐたのではないかと思はれる事があります。すると、淋しいとか心細いとかを余り人に告げない人で、いつも勢よく見えたゞけ、それだけに尚ほ気の毒だと思ひます。

鷗外大人の思出

故森鷗外大人《うし》の発病が何時《いつ》時分であつたか、一向知らなかつた私どもに取つては、大人の遠逝の報を得た時には甚だ以て意外な感がした。あの何時見ても年寄染みたところの無い、率直な、勢の好かつた大人がもう亡き人であるとは、全く夢のやうな心持がする。

名高い、えらい人と親しくなる機会を持ち得無い私は、鷗外大人に拝面したことも矢張り度々とは云ひ得無い。一一数へては見無いが、全体で十回位なものであらうと思ふ。

故大人の謦咳にはじめて接したのは、与謝野君の千駄ヶ谷のお宅で催された前期の『明星』の懇和会に於てであつた。それは明治三十八年の秋頃ででもあつたらうかと思ふ。

『しがらみ草紙』以来、論陣を張つては、如何なる小敵をも看過し無い辛辣な論鋒を進められる鷗外漁史《ぎよし》は、定めし人としても、強い鋭い人といふ感じを与へるのであらうと思つて居たのに、実際の鷗外大人が如何にも柔かな暖かな、率直な人であつたのは、私に取つては全く意外であつた。

その時は私は少し後れて行つたのかと思ふのだが、鷗外大人の話されたことを今は余り記憶してゐない。

唯蒲原君であつたかと思ふのだが、私が読書好きであるといふことを鷗外大人に話すといふと、大人は、如何にも快ささうに頷いてから、

『しかし、余り多読するのも善し悪しで、これも結構だ、これも又面白いといふやうになつて、趣味の中心を失ふ虞《おそれ》がある』

といふやうな意味のことを云はれた。それから続いて、大人は独逸の象徴詩の話を始められて、

『余程不思議なものだ。剣を抜いてじつと見て居ると、それが忽ち女になるといふやうなのなどもある』

と、いふやうなことも話されたやうに記憶する。

夜になつて、話が大分はづんで来た時分であつたと思ふのだが、私が、

『此度の戦争は実際日本が勝つたのですか』

と、聞くと、大人は、

『いや、大変なことを聞くぢやァ無いか』

と、身じろぎするやうな身振りをして、快ささうに笑はれてから、可なり真面目な顔になつて、

『兎に角、世間でいふやうな訳のもので無いだらうと思ふ。奉天の戦の時などは、陸軍の公報では「敵は潰乱せり」といふのであつたが、私はさうは思は無かつた。露軍は十分に退却の用意を整へて居たことは明かであつたんだ』

と、云はれた。

それから、金州城の攻囲の際にも、日本軍には砲撃の準備が不十分であつたが為めに、殆んど苦戦であつたことを話され、

『城を陥れてみて、始めて防備の完全であつたことが分つて、日本軍の砲撃の効の無かつた訳が明かになつたのだ』

と云はれ、それから尚進んで、日本軍が有効な砲弾をば如何にして得たかといふことの説明を吾々に与へられた。

私が新聞の従軍記事なるものが、何れも此れも千遍一律の観があつて、陳套《ちんたう》を脱し得無いことを笑ふといふと、大人も顔を顰《ひそ》めて、

『いや、実に馬鹿な話で、彼等は実際にはさまざま特徴のある事を見るのだが、それを筆に上《のぼ》すことになると、忽ち陳言套語の行列になつて了ふのだ。例へば、満洲では、気候が寒いのだから、土がすつかり凍つて了つて、ぽろぽろになつて、それが河の氷上などには、黒く吹き寄せられてゐて氷が見えぬ位になつて居る。一望皚《がい》皚《がい》たる眺などゝいふのはウソである。遼河の氷上などが矢張り黒土の吹き溜りであるんだ。所が、それが新聞の従軍記事では、全軍白雪を蹴立てゝ突進したとなつて居る。何処へ行つたつて、黒い白雪といふのがあるものか』

といふやうに答へられた。

その夜の帰りは、大人も吾々も一緒であつた。千駄ヶ谷の停車場までの路は可なり悪かつた。剣の柄を取つて、地に着かぬやうに引き上げて、足場をよつて、吾々と言葉をかはしながら歩いて来られた大人の穏かな体容が今も尚私の眼前にある心地がする。

大人は全く率直な人であつた。後進に対しては城壁を置くといふやうなところは少しも無いやうに見受けられた。殊に後進の秀才に対しては、自ら進んで親しくされたやうに伝へ聞いて居る。

故上田敏君などには、ひどく信頼して居られたやうに聞いて居る。

更に衰へざりし鷗外大人

一

故鷗外大人《うし》は、如何にも親しみ安い、暖な、率直な人であつた。誰に対しても同格でつきあふやうな態度で居られたのは、実に敬服で、吾々の企て及ばざるところであると同時に、又吾々の心して学ば無ければならんところであると思ふ。

大人は何時までも若き人であつた。従つて、何時までも進んで已まざる人であつた。大人は享年六十三であつたといふ。年齢から云つても、さう高齢ではない。大人危篤との報に接した時には、大に前途ある人を失ふやうな気がして残念で堪まら無かつた。

更に又、吾々の若い自分から、文界に卓立して居られ、種々の意味で吾々の刺戟となつた大人の易簀《えきさく》は、時代の推移を急に吾々の胸に響かすところの晩鐘の如き感があつて、甚しく哀愁の念に堪えなかつた。

『舞姫』に『うたかたの記』に、美しき熱情と、美しき文体とを以つて、当時の文壇のフロントを占めて居た硯友社その他の諸派の作風以外に、尚行くべき路の広きことを吾々に示されたのは、もう四十余年の昔である。

シユビンの『埋木』アンデルゼンの『即興詩人』、共に飜訳には相違無いのだが、その文字の自由にして、豊富流麗なる点より云へば、全然創作とも云ひ得られるものであつた。所謂る訳文もあれまでの名文になれば、原文との関係如何のごときは全く顧慮するに足らざるものである。恐らくは吾々に取つては、原文より以上に面白く読み得らるゝ訳文であつたらうと思はるゝ。殊に『即興詩人』の如きは、文字の点より云へば、原文に優るとも云ひ得らるゝかも知れぬ。

明治三十八九年の頃だと思ふのだが、大人は、

『予の若い時分の飜訳は、所謂る気を負うて紙に臨む底のものであつたので、原文の各部分をそのまゝ伝へるといふ標準から之を判ずれば、固《もと》より欠点のすくなからぬものであらう』

といふ意味のことを或る人に話されたと伝聞した。果してさうであるか何うか、

吾々は知らぬがフィッツゼラルドの『ルバイヤット』が、原文を離れて独立の価値を有するが如く、鷗外大人の『即興詩人』は全く独立の価値を有する名文であることは疑ひが無い。

文学的評論に独立の位置を与へたのも、鷗外大人であつた。端厳なる文字を自在に駆使して、正確なる論歩を進むる大人の評論は、全く時流を抜いて居た。その時分よりして起りかけつゝあつた文学的評論の向ふべき路を指示したのは、大人の偉功と謂はなければならぬ。

要するに、三十代の鷗外大人が当時の青年に与へた指導は、その文体と精神とに於てゞあつた。

二

クラシカルな精神とクラシカルな文体とで、当時の文壇に於て巨人の如き位置を占めて居られた鷗外大人が『そめちがへ』を公にせられたのは、全く人の意表に出でた観があつた。その物語の仔細は記憶して居無いが、事は花柳界の人々の間に起つた可なり粋なものであつたやうに思ふ。文体も後年の言文一致体と気脈を同うする余程砕けたものであつたやうに覚えて居る。

大人晩年の作では『雁』を甚だ面白いと思つた。大人の学生時代の無縁坂あたりの雰囲気の豊に表れて居るのが、私には非常に興味深かつたのだ。

既に定評ある大人の作品を此所に一々挙げるのも煩はしいのだから、それ等は此処では略することゝするが、吾々の敬服措く能はざる点は、大人の如何なる場合に於ても綽々として余裕ある態度であつた。芸術は幾分現実の境地よりの擺脱《はいだつ》より生るゝ。芸術は作家の心に於ける余裕を基礎として生れるのだ。如何なる事件を描くに当つても、その事件の程度とプロポーションを見失は無いのは実に巨匠の心境である。

物に執すること無きは至人の心であるといふ。少くとも鷗外大人の晩年はそれに近いものであつたと云ひ得られるであらう。

所謂るアソビの心持、人間の元気も勇気も其処に根ざしたものが本当のものである。少くとも、我国の如き国に於て心豊に住み得る心のブオヤンシイは此のアソビの心持から生ずると思ふ。

明治四十二三年の頃でもあつたらうか、与謝野寛氏の外遊送別会の宴で、鷗外大人は隣席に居た私を顧みられて、その当時私が書いた二三の小説に就いて、

『君は背水の陣を布いてやつて居るのだから、大に宜しい』

と、云はれてから、

『書かうと思ふものを三つ位書きかけて置て、此方が倦きたらその次ぎ、その次ぎが倦きたら、又その次ぎのものといふやうに、あつちこつち少しづゝ筆を着けて居るうちに、何時の間にか、同時に三つとも出来上るものだ。君もさうしてみ給へ』

と、話された。

『それは大人にして始めて出来ることなのだ。僕などは書くことを一つ考へつくのが、やつとなんだものを』

と、私は心のうちで、思つて苦笑せざるを得無かつた。

三

鷗外大人は如何にも率直な、誰に対しても胸をうち開いて話をするやうに見受けられた人であつた。軍籍にあつた人でありながら、可なり遠慮の無い話をされる人であつた。

或る会合の食卓で、誰かが、日本人で外国人に対して心持の悪るい程ルウドな言

動をするものゝあることを痛嘆すると、大人はご自分の軍服の襟を引張るやうにして叩きながら、

『こ、これの連中がさういふことでは一番いけ無いんだ』

と、可なり力の籠つた口調で云はれたことがあつた。

率直なる鷗外大人は、可なり勢好くものを云はれる人であつて、自説を主張されるにも大分手強いところはあつたやうであるが、それでも無理やりに押しつけるといふところは無かつたのであらうと思はれる。

もう大正七、八年頃であつたかと思ふのだが、東京日日新聞で国詩といふのを募つた時には、鷗外大人がおのづから委員長の格になつてしまつて、選が了つてしまふと、字句を添删したり、仮名遣ひを正すことなどは、鷗外大人の発言がもとになつた。ところが当選者中の誰かの詩のなかにあつた『……するよりし方がない』といふ句に至つて、大人は『よりし方が無い』といふのは正しい言葉で無く、謂はゞ下品な書生言葉であつて、『より外し方が無い』が正しい言葉であるのだから、さう改めるべきであると主張された。私はそれは鷗外大人の仰せの通りではあるが、『よりし方がない』も兎に角今日では慣用語になつて居るのだから、強て改めずとも宜しからうとでは無いかといふ意を漏した。大人は矢張り『外《ほか》し方がない』でな

ければウソであることを可なり熱心に説かれたので、私は何づれでも宜しいことなのでそのまゝ黙つてしまつた。字句の添删は鷗外大人ご自身で加筆されてゐたのだから、無論『よりし方がない』は『よりほかしかたがない』と直されたことゝ思つてゐたのであるが、後でその詩が印刷されて、校正が私の手もとへ廻つて来たのを見ると、矢張り『よりしかたがない』といふ元のまゝになつて居て、『ほか』の二字は加へてなかつた。綿密な鷗外大人が直し落しをされる気遣ひはないので、それは何うしても、大人が私どもに対するご遠慮から、直さずに置かれたものだと思はざるを得無かつた。私はその時鷗外大人の遠慮深いのに敬服の念を抱かずには居られなかつた。

四

鷗外大人は三田の文科には関係の深いお方であつた。第一期の文科では美学の講師であつたと聞いて居る。

明治四十一年か二年かに、文科の拡張を行ひ、『三田文学』の創刊をするに当つては、鷗外大人は顧問として非常に尽力された。永井荷風氏を推薦したのは、大人が上田敏君と相談せられた上でのことであると伝聞する。

『三田文学』発刊の相談会には、慶応義塾の幹部数氏と鷗外大人、上田敏君、永井荷風氏の外に私は末席を汚したのである。具体的の案はその時は確定し無かったのだが、『三田文学』の発刊は大体に於てその晩の相談できまったのであった。

鷗外大人は日本文壇の大家として尊敬すべき人であったと共に、三田の文科及び『三田文学』に縁故を有する吾々には忘るゝことのできない恩人である。

漱石氏に関する感想及び印象

夏目漱石君は長者の風のある人、客扱ひのうまい人、人によつて話をせられる人であつた。雄弁の人は概して客には話させないものだが、夏目君は客にも話させ自分も話されるといふ方の人であつた。私は明治四十年、森田君の家でお遇ひしたのが初めであつた。私の宅へも二度ほど来られた。私も行つたがさう度々は行かなかつた。

七月（大正五年）中旬、上田敏氏の葬式のとき式場の入口で一寸挨拶したきり、それから一度も会はなかつた。漱石君は実生活では複雑な変手古な生活をされなかつたが、あゝいふ人だから思想上ではいろ〳〵の生活をせられた。実際当つた生活は割合に狭い。作物の上に肉あり血ありと云ふ部分で十分でないといふことがあるとすれば、それは実生活に触れた点が余り無かつた所に原因することゝ思ふ。

君が後期の作物を見て感服するのは、書いたところに抜目なく、此処にもう一句あつたらば好く分るだらうとか、此処にもう一行欲しいとかと云ふ感じの起らない点である。私どもは夏目君の注意力の広く精密に油断なく働いてゐるのを見て感服するばかりである。

　夏目君は癇癪持ちだと聞いた事があるが、さう云へばさういふ所もあつたらうと思ふ。が、一方から言へば、多分腹の立つやうな心持ちになつて来ると、其の感情を抑へずにわざと口に出して見ることをやつてゐられたのではなからうかと思ふ。

　頓才のすぐれて居られたのは誰でも気のつく事であると思ふのだが、演説とか講演とかいふものを聴いた人は誰でも皆夏目君の当意即妙の頓才に感服したことゝ思ふ。門下の某君が自身の小説の中に『子を作るのはawfulなことである。何となれば自分の伝えて居る一切のものが子に伝へられ、子は亦それを子に伝へ、その子は亦その次の子に伝へるといふ風で、親が有《も》つてゐる凡てのものが永遠に伝へられて行く。子を持つのはオーフルなことである』と書いたときに、夏目君がその某君に――『おれがクソをすると其のクソが野菜にかゝり野菜が育つて人に食はれ、人の血となり肉となる。で、その人は亦子を作ると云ふわけになる。故にクソの効果も永遠である。君の云ふ通りにすれば、クソをするのもオーフルだ』と言はれた。で、その某君が夏目君は他人の熱心を打ち消さうとするのに、恋愛のところへクソを持出したのは如何にもうまい、これにはひどく閉口したと話したことがある。

大正九年頃前かと思ふのだが、私は外濠線の電車で図らずも夏目君と一緒になつて、少しの間話をしたことがある。その時夏目君は自分の口髭と両鬢のしらがをさして『こんなに白くなりました。でも頭の真中は黒いのだが、この通り帽子を被ると肝心の黒いところは隠れて白いところばかり出ます』と言つて笑つて居られた。人間五十頃になるといふと、あゝ云ふ夏目君のやうな理解力の豊かな人が知人の中からなくなると、甚だ淋しい心持がする。私が明治四十四年頃に、小説を少し書いたことがあるが、三田文学に出た『屈辱』に就いては夏目君が好く其の作中の人物の心持を理解して門下の人々にも説明されたやうに聞いてゐる。間接にも直接にも、私に小説を書けと勧めてくれたのは夏目君が一番度々であつたやうに覚えてゐる。吾々の行かうと思ふ方面で教へを乞ふべき人であつた夏目君の長逝は吾々の如き所謂文壇の老朽者に取つては特に損失である。

これは私ばかりの感じではなからうかと思ふのだが、夏目君がもう少し若い時分から作者生活を始められなかつたのは残念な事であつた。一方に於てはなかなか花やかな筆もあつたのであるし、感情に於ても決して乏しい人ではなかつたのであるから、それの盛んに流露するやうな若い時代に於て筆を執り始められたのであつたら、もつと盛んな作物が出たらうかと思はれる。夏目君の作物の如何にも結構布置井然《せいぜん》としてゐて、作者は何処までも冷静であるといふところに何等かの不満を持つ人々があるとすれば、其の人々は私どもと同じやうに夏目君の若い時分に作を始められなかつた事を残念と思ふであらう。

然しそんな事は隴《ろう》を得て蜀《しよく》を望むといふのに過ぎないのであるから、我々は夏目君の与へられた丈けのもので満足すべきである。しかも十分満足すべき価値のあるものを夏目君が遺されたことには概ね何人も異存はあるまい。

要するに夏目君は人物として見ても作品から見ても全く特別な上等品である。手のこんだ念の入つた品物である。出来合では決してない。随つてこれから先きも夏目君にひどく似たやうな人が出来やうとは思はれぬ。尤もそれには時代も考量する必要があるのではあるが。

夏目君のことでは、思ひ出せば色々のこともあらうと思ふのだが、今さし当つてはさう細かなお話をするわけには行かない。で、私の著書の中に書いた夏目君の事を左に引用する――

△

先生に始めて拝顔の栄を得たのは、明治四十年の冬頃かと思ふ。場所は、その時分森田草平氏の居た本郷の丸山福山町四番地——故樋口一葉の住んだ家——であつた。

その時に僕が受けた印象は、先生の態度は、話し振り等に籠つて居る或る物が、故中江兆民、斎藤緑雨の態度、話し振り等に籠つて居た或る物と同じであるといふ印象であつた。二人の故人に共通であつたウイツトとしての風趣、即ち何処か飄逸とでも云つて宜いやうな趣が漱石先生にもあるやうに感ぜられたのだ。が、その感じは、漱石先生に僕が始めて拝顔の栄を得た時の感じであつて今日ではさういふ感じは殆ど無くなつて居る。今日では漱石先生の寛大な、温藉《おんしや》な方面が、より多く私には感ぜられる。

△

漱石先生が帝国大学の学生で居られた時分には英文科の先生の組の学生といふのは先生一人きりであつた。所へプロフエッサア・ウードが英文科の教師として渡来せられた。ウード氏が始めて大学へ出席された日、漱石先生に教科書彼此れは相談の上極《き》めるから旅館の帝国ホテルへ来て呉れと云ふのであつた。で、漱石先生は外国人を訪問するのだからといふので当時の日本人の考でできるだけハイカラに仕立てゝ帝国ホテルへ出掛けた。尤も当時ハイカラは今日の蛮からで、漱石先生其の日のおん出で立ちといふものはその時分流行つた縮の――節は夏である――折襟の前は紐で締めるやうになつて居る襯衣《シャツ》の上に直接にフランネルの金釦《ボタン》附の制服を着して居られたのだ。所でホテルではボーイに案内されて行くとウード氏の寝室へ連れて行かれた。奇異な所へ案内するものだとは思つたものゝ、さういふ習慣もあるものかと思つて室へ入ると、ウード氏は『フン』とか云つて一向に挨拶もせずに室にある革鞄に指をさした。漱石先生には一向何だか合点が行か無かつたが多分は革鞄の中には書籍が入つて居るから開けて出せ、さうした上でいろ〳〵相談しやうといふ意味であらうと推察したので、直ぐ立寄つて跪《しや》がんで革鞄の蓋を開けた。所が中には襯衣だの衣服の古いのなどが一杯入つて居るきりで書籍らしいものは影さへ無い。何うした事とも解らぬので、蓋を両手で押し上げたまゝでウード氏の顔を凝乎と見あげて居ると、やがて氏は傍に来て蓋に手を掛けて元の通り蓋を為《し》やうとするので漱石先生は直ぐに元の通りに蓋を下した。と、ウード氏は又蓋に手を掛け開けやうとするので漱石先生も一緒に蓋を持ちあげた。漱石先生には何の事やら一向に解らぬ。さういふ同じ事を二度三度繰り返した後で漱石先生は堪らへ兼ねて、これは一体何ういふ訳なのかと尋ねた。ウード氏は『錠前が毀《こ》はれて居る』と云ふ。漱石先生はますます解《げ》せず、『錠前は成る程損じてゐるが、その錠前の損じていることと我輩との間に何等の関係があるのか』と斯《か》う哲学的に尋ねた。するとウード氏は『でも御前は錠前直しだらう』と云つた。漱石先生こゝに至つて憤然と立ち上つて『否』と答へた。所でその〝No〟なるものが如何にも激烈な調子で云ひ表はされたものなので、漱石先生がその如何に錠前直しと呼ばれたのを憤つてゐるかが明に知り得られたからウード氏は少時呆れて漱石先生の顔を見て居た。がやがて『君はそれでは何ういふ人なのか』と尋ねた。『イヤ自分は文科大学の学生で、かう〳〵いふ用向きで来たのだ』と漱石先生が説明するといふと、ウード氏大に慌てゝ『ヤアそれは飛んでも無い間違ひであつた。実は錠前直しを待ち受けてゐた所へ入つて来られたので、一図にさう思つて誠に何うも失礼をした。疎忽の段は幾重にも勘弁せられ度い　I beg your thousand pardons』といふ様な事を云つて、改めて漱石先生を応接室へ通らせて書籍の相談をしたといふのである。一体ならば前日教場で差向ひで話をしたのであるからウード氏は漱石先生の顔を覚えて居るべき筈であるが、ウード氏は日本へ来たての西洋人に有勝な通り日本人の顔が皆同じに見えて区別が付かなかつたので、斯ういふ間違が起つたといふのである。漱石先生の云はるゝには、その後西洋へ行つてから考へて見ると、自分の当時の服装は西洋人の眼で見たら何うしても錠前直し相当のものであつたといふのだ。

この話は僕等のやうなウード氏によし半面識でもあるものには特に面白い。あの人柄な訥弁なウード氏が初め漱石先生を錠前直しと思つて扱かつた態度と、後の慌て方とが何と無く眼前にチラ付くやうな気がするのだ。

これは明治二十三年の秋かと覚えて居るが、本郷の若竹へ越路が掛かつた。漱石先生はその時、令兄より拝領の外套——中古であるが仕立のなかく良い——を着せられて大分得意で聴いて居ると、傍に安座《あぐら》をかいて居たへんな男が『今日は休みか』と尋ねた。漱石先生は無論先方が此方を学生と認めてさうきく事と思つて『今日は休みだ』と答へた。それから先方がいろくのことをきくので相当の返答をして居ると、段々話が喰ひ違つて来るやうになつて、これは少し異様《へん》だなと思つて居るうちに、到頭先方から判然と『お前は造兵へ出るのか』ときいたといふのだ。この話は漱石先生が前の話ほど描写的には話され無かつたので是れ切りしきや書けないが何にしろいろくな者に間違へられたものでは無いか。

これは明治四十年頃のこと、漱石先生の早稲田南町の家へしかも庭先へ入つて来て先生に逢ひ度いといふものがあつた。先生が出て見られると縁先に十四五の少年が立つて居る。『用は何だ』ときくと懐から英語読本を出して『読めぬ所があるから其処を伺ひ度いのだ』といふ。先生が『お前は俺の所へ来れば分かると思つて来たのか、それとも当て無しに来たのか』ときくと『多分分かるだらうと思つて来た』といふのだ。――この問答では漱石先生の方が負けだといふ評である――で又『これから毎日きゝに来る積りか』と問ふと『いや今日だけで宜いのだ』といふのであつた。で少年を縁へ腰掛けさせて置て英語読本の烏が木の実を啄《つゝ》くといふやうな所を読んで遣つた。前後を見ると一面に仮名が付いて居る。烏の所ばかりは仮名無しであるので何処かで習つて居るのかときくと、何処か牛乳屋なんかに奉公して居て、大学生の所へ夜学へ行くのだが烏の部分だけは欠席して抜けたのできゝに来たといふのであつた。少年は二三ヶ月前に田舎から出て来たものであつたさうだ。夏目氏の直話を聞いた時には非常に面白く思つたが僕の取次では何うも十分にその興味を伝へることのできないのは残念である。

△

これは又聞きの物語であるのだが、漱石先生が帝国大学で教へて居られた時学生の中に一人何時も隻手《かたて》を懐にしたまゝで講義を聞いて居る者があるのに漱石先生は気が付いた。一面に於て潔癖な几帳面な漱石先生は、その学生の姿勢が甚く癪に触つたと見えて、或る日講義中に講壇を降りその学生の傍へ行つて『手をお出しなさい』と少し鋭《とが》つた声で云つた。学生は顔を赤くしたのみで、何とも返答せず、又手も出さ無い、漱石先生は更に強く『手をお出しなさい』と云つた。が、学生は一層赤くなり魚の如く黙して居るのみで、どうしても手を出さ無い。漱石先生は為方《しかた》が無いものだから講壇に戻つて如何にも不機嫌さうな様子で講義を終つた。

と、その後になつて何時も手を懐に入れて居た学生の友人が漱石先生の家へ行つた。そうして、その友人は、その手を出さ無かつた学生は手を怪我して居る男なので手を出さ無かつたのでは無くして手が出せ無かつたのだ。と、漱石先生に向つて説明した末に、その友人は『下世話にも、無い袖は振られ無いと云ふではありませんか』と警句一番した積りで云つた。

真面目な漱石先生はその学生に対して甚く気の毒がつた。が、重厚なる紳士漱石先生は唯まことに悪るかつた気の毒なことをした、先方へ宜しく僕に代つて挨拶して呉れ給へ、と云ふやうな意味のことを云ふだけでは――普通の人がさういふ場合には大抵云ふやうなことを云ふだけでは――漱石先生自身気が済ま無かつた。漱石先生は此の際自分をも笑つて了まひ度かつたのだらう――伝者はさう云つて居る

――漱石先生は渋い顔をして斯う云つた――

『僕等は無い学問を出して講義をして居るのだ。……君も気が利かんでは無いか。無い手位出して呉れても宜いのに』

△

それからまた筆記のことでは、余程面白い話がある。明治四十二、三年の秋あたりかと思ふが、夏目君の所へ行つて、雑談をして居るうちに、夏目君が『先日「文章世界」の記者が来て、談話を筆記して帰つたが、その載つた雑誌さへ送つて来ぬ。一体談話に対して報酬をせぬと云ふのが大分議論のあることなんだが、それは、まア宜いとしても、その談話の載つた雑誌さへ送らぬと云ふのは、怪しからんはるゝ。予は『それが怪しからんどころでは無い。僕に云はすと、全体談話に報酬をよこさんと云ふのが、第一怪しからん訳だ。或る雑誌などからは、立派にその雑誌記者だといふ名刺を持つてやつて来る人があるけれども、実際を聞て見ると、その人の報酬は、持つて行く談話筆記の量で極ると云ふんだ。で、左様いふ人に訪問せられた際には、此方は、ヨク〳〵の場合で無ければ断り兼る。われ〳〵の談話で、或人が学資を得るとか、下宿料の補足でも得るとか云ふのであるのに、格別な差支も無くして、ムゲに断はると云ふのは、少々スゲ無い訳だらうと思ふ。

で、大抵の人は少々厭な位なことは堪らへて談話をする。所で、その談話だつてもさう出鱈目ばかりもやれぬのであるから、考へるなり、調べるなり、相当の労力はこれに費すのは勿論で、書くのと、話すのとでは、労力の差はあらうが、決して、質の差は無い。その雑誌営業者が、談話筆記者に対して、われわれの原稿に対すると同率の報酬をするのであれば、われ〳〵には異存はないが、営業者は、大抵、談話筆記者にはズツト少い報酬を与へて居るやうだ。左様すると、其様な雑誌社のやり方は、極言すれば、世間には往々ある苦学会とか孤児院とか云ふものゝうちの、苦学生とか孤児とか称へるものを売子にして、割高に品物を売り付ける金儲法と同じだ』と、予のことだから、無遠慮な説を持ち出すと、夏目君は莞爾《にっこり》しながら『一体談話を載せると云ふことが、面白く無いね。文人の説を載せて貰ひ度《たく》ば、原稿を書かせることにしたら宜いでは無いか。不用意な所を襲つて、何か云はせて、それを麗々しく、一廉の意見かのやうに載せて居るのは、読者を欺くに等しい』と云ふ。予は『イヤ、左様ばかしも云へ無いよ。例へば、夏目漱石先生のお説などには、談話筆記でゞも無ければ、滅多にお目にはかゝれぬし、不肖馬場孤蝶の説だツても、談話筆記が無かつたら、余り世には出無い。のみならず、論文を書か無い文人の説などは、談話筆記より外に、得て来る方法はなからう』『併し、君だの僕だの〻やうな境遇の者は、文壇にさう多くは無い。論文を出さん人が多いのは、小説以外のもの〻原稿料が比較的安いからだらう。若し、小説以外のものに、長さの制限が今のやうに無く、報酬も小説同様だつたら、今少し論文を書く人が多くなる訳ぢやア無いか』『御道理《ごもつとも》。だが、論文を何うしても書かん人は尚且《やつぱり》出来るね。談話の出るのはまア宜いぢや無いか。世間も面白がり、雑誌営業者も随つて喜び、筆記者も何等かの金を得ると云ふ訳なんだからさういふ善徳の為なら、少々杜撰《でたらめ》なことを云つても宜からう』と予が云ふと、夏目君は噴出して『夫れぢやア、談話料をウンと取るかね』、『結局其処だ』と、予も声を合せて笑つた。一寸断つて置くが、夏目君と私と談話を為《す》ると、大抵、此様な風に結末が付く。即ち、予の方が、無暗に饒舌り立てるので、夏目君の方から、宜い頃合を見て、旨く切りあげて了まふのだ。

その時分は、前田夕暮君が『文章世界』の用で、屢《よ》く予の所へ来られるのであつたから、同君を捉まへて、散々間接射撃で『文章世界』の談話の扱方に関する不平を述べた。そのお蔭だか、何だか知らぬが、予の『ガルシンと其作物』に対しては、博文館から礼だとして四円の為替券を送つて来た。流石にさうなつて見ると、少々気の毒のやうな気もした。

△

その後、夏目君の家へ行つた時に『文章世界』はいよく来無かつたかと聞くと、夏目君は笑ひ出して『あれは飛んだ間違でね。実は雑誌は来て居た。森田（草平）が、僕に云はずに持つて行つてたんだ。あれから「文章世界」の記者が来たから散散小言を云つたんだが、その時には、森田も居た。さうすると、二人とも帰つて了まつた後で、家の者が『雑誌は文章世界なんですか』と云ふから『左様だ』と云ふと『森田さんが見てお居でのやうでした』と云ふんでね。それから、その次に森田が来た時に『僕の家の「文章世界」を持つて行つたのは、あの雑誌の記者の来た前なのか、後なのか』と聞くと、前なんだと云ふんだね。『そりやア、君、不可ぢや無いか。僕が、記者を叱つてる席に君は現に居ながら、その事を何とも僕に云つて呉れんと云ふ法は無い。君は、僕が、知らぬとは云へ、人をアンジヤストに扱かつてるのを傍観して居るのは、不親切極まる。第一、君は、僕に断らずに、僕宛の雑誌などを、開封して見るといふのが怪しからん』と云ふと、大に恐縮して居たがね、相更らず気楽な漢《おとこ》だ』といふ話であつた。大分森田氏の特調を発揮した話なので、予も噴飯《ふきだ》さゞるを得無かつた。

夫から、一週間程して、森田君が、私の所へ来たので『夏目君に「文章世界」のことで叱られたさうだね。何うも、自分の過失が原因で他人の叱られてるのを、平気で傍観して居るなんて、君も大分悪漢になつたぢやア無いか』と云ふと、森田君は、頭を掻いて『イヤ何うも大失敗。夏目先生に合槌を打つて、散々記者を叱責《いた》め付けたんだからね。これ位悪党になつ了《ち》まへば世話はありません』と云つて、笑ひ出した。それから、森田君は『此の間も「煤煙」のことで、酷くやつつけられました』と云ふ。『さうかね。君「煤煙」が拙いとでも云ふのかね』ときくと『否。左様云ふんぢやありません。行くといふと『君は「煤煙」で見ると、僕の用を頼んだ時分にやア、女と歩いてばかりゐたんだね。だから、僕の用がちつとも片付か無かつたんだ』と云ふやうな芸術とは一向関係の無い方面から、まるで滅茶苦茶に叱かられたんです。多分、誰かゞ行つて『森田は「煤煙」の評判が宜いから、大分得意のやうだ』とでも云つたので、先生『夫りやア生意気だ。来たら一つやつつけて遣れ』といふんで、手ぐすね引いて待ち構へて居る所へ行つたといふ訳なんで、何うも頭ごなしに立つ足も無くやつつけられたんです。で、私は『先生、それは無理です。「煤煙」では、一日の出来事が九日も続いて出るので、一寸見ると、其様なことを九日も続けてやつてゐたやうに見えませうが、実際は唯だ一日の出来事なんです。だから、「煤煙」のやうなことを一日やつちやア、先生の仕事を二日やると云ふ風にしてゐたんで、先生の仕事を全然放棄《うつちや》つといた訳ぢやア決してありません』と、云ひました』

斯う書いたばかりでは、森田君が夏目君に何時も凹まされてばかり居るやうだが、実際は、森田君は、夏目君の舌戦の相手としては、時になかなか手強いことがある。夏目君もこの漢、語るに足ると云ふ態度で森田君に対するので、種々な話が伝はる訳である。

斎藤緑雨君

斎藤緑雨と云ふ人は、つまり明治の文学者として誠に勝れた人の一人であらうと思ひます。勿論或る人々のやうに絶代の偉人とか明治文界唯一の巨人であるとまでは私は考へては居らぬが、兎に角に明治の時代が産出した文学者の中の勝れた人の一人であると吾々は信じて居ります。殊に吾々のやうな東京の事情に通じない者、また書物許りで世の中の事を知ると云ふ人間から見れば、斎藤君のやうな自分の身は東京に生れて、どちらかと言へば中以下の生活を送つて居つた人で、年齢の割合には善く世情に通じて居るといふ人で、一言して云ふと江戸式即ち東京式の文学者が無くなつてしまつたと云ふ事は心細く感ぜられる事です。あの人が嘗て一葉女史の事を評して、『一葉と云ふ人は天才のあつた事は疑ひもないが、然しそれがよくあれだけにその才を発展させたと云ふ事は何ういふ訳かと云ふと、自分の家へは東京生れの老人などで出入する人が多かつたので、またさう云ふ人々は見聞のなかなか広いもので、よく世情に通じて居るのであるから、さう云ふ人の話をきくのは作物の為めになる事が甚だ多い。それで一葉と云ふ人の作物を見、一葉の天才を評するのには東京、江戸と云ふ事を離れては駄目だ』といつたことがあるのですが、同じ事を移して斎藤君の上にも言へやうと思ひます。斎藤君の生れたのは慶応三年の末頃で、伊勢の神戸《かんべ》で生れて、其後本所の緑町《みどりちやう》へ出て来てからは、地方には余り出られなかつた人です。それで家の暮し向きも無論東京向きでやつて居つたのですから、飽くまでも、あの人の作品は東京式で出来て居ります。近来の文学者は大抵皆書物の上でのみ知識を得ると云ふやうになつて居るので、私ども始めさうなのですが、外国の書物を見、日本近代の書物、明治の初めの諸大家の書物を見て、小説は斯う云ふもの、文学は斯う云ふものと云ふ事を心得て、それから、筆を執つて文学を作くると云ふ事が多いのであります。さう云ふ処で緑雨君、紅葉君と云ふやうな、東京で生れて東京の事情に通じて居て、実地の観察を基礎として文学を作る東京式の文学者がなくなつてしまふと云ふ事は、甚だ残念な事で、吾々に取つてはさう云ふ人がまことに貴いのであります。その中にも斎藤君などは余程東京式の作家として観察が深かつた。その人の死ぬと云ふ事は吾々が東京と云ふ事を研究する一つの道の栞が無くなつたやうにも思ふので、大変に残念な次第です。――私は斎藤君の人物に就いて一応弁じて置きたいと思ひます。世間では如何にも冷酷な人であつたとか、如何にも意地の悪い人であつたとか思つて居るらしい。これはどつちかと云ふと、書物許り読んでゐる今日の若い文学者の人々から見れば、あの気のきいた、如何にも皮肉な文章の調子を見て、あきれてしまつて、斯う云ふ文章を書く人ならば、定めし意地の悪い人だらう、冷酷な人だらうと思つて、且つ亦逸話として世間に伝つて居る一寸とした欠点から人物を判断して、斎藤と云ふ人はいかにも悪党ででもあるかのやうに判断してしまつたのでありませうが、決して悪い人ではない。随分面と向つて人をヒヤカスやうな事もあつたが、私の目から見れば、思慮の綿密な人で、面と向つて話をして居る時は余程容赦をして、人の感情を損ふやうな言葉は用ゐないやうにして、婉曲に話をする人で、また人に対しても察しの深い、情に厚い所があつたやうに思はれるのです。それですから、極く親しい友達間では人の事を批評もするが、あの人はこれ〳〵の欠点があると云ふやうな事も言ふが、その言ひ方は、聴いた人から先方の批評された人に向つて機会でもあつたならば忠告でもしろと云ふやうに言ふので、只だその人を陰で罵つて快とするといふやうな事は無かつた人であります。一言すれば情に厚い人で、思慮の綿密な人です。作品を見れば分りませうが、細かい所まで思慮が行届いて居つた人であつたのであります。

一例を挙げて言へば、斎藤君は自分が死ぬと云ふ事を知ると同時に、手控とか手紙などは皆焼いてしまつたのです。あの人は自分の筆跡を人に見せる事を嫌つて居つたものですから、それ等の物を悉く焼いてしまつたのだが、兼ねて一葉女史の歌を集める事を托せられて居つて、尤も詠草はあつたが、その詠草以外のもので斎藤君が手控に書き集めてあつた歌が中々多かつたのですが、それだけは残してあつたのです。死ぬ事が分つてから、兼て預かつてゐた一葉の遺稿を一纏にして遺族に渡してくれと云つた。私は気もつかないで持つて行つた処が、樋口家では詠草に載つて居ない歌を斎藤君は書いて置いて下さつたのが添つてゐたと云つて喜んで礼を云ひました。これには、私は非常に感服したのです。自分の手跡は残して置くのが厭やだといふので皆焼いてしまつたに関はらず、同じく自分の手跡でも、自分が死んでは他人の事が散逸して分らないといふ物だけは、残して置いて向ふの人に渡すといふのは、感服せざるを得無い事で、平常ならば兎に角に、今夜にも知れない生命だと云ふ時に、その人が自分の筆跡は皆焼いてしまつてもそれだけは残して置く、跡に残して置かなければならないと思ふ友人の遺物だけは残して置くといふのは、思慮の極めて綿密であつた事と情に厚かつたと云ふ事を見る事が出来やうと思ひます。

人物は先づさう云ふ風であつたが、容貌を言ふと、背の高い人で、日本人としては、身の丈が五尺五寸と云ふのだから、余程高い方で、私どもよりは一寸五分許り高い痩せた人で、面も長い方で、極く鋭いと言つて決して悪相ではないが、如何にも利巧さうな顔であつたのです。平生から痩せて居つたからか知らないが、最後の場合までもさう衰弱が目に立たぬやうでした。私が斎藤君を始めて見たときは、確か明治三十年の夏であつたと思ひます。その場所は本郷丸山福山町の一葉女史の家であつたのです。その時分には一葉女史は死んでもう居なかつたので、二十九年に一葉女史は死んでしまつたのだが、その家に一葉の母さんと妹さんの邦子さんが住んで居つた。所で或る夏の晩の事でしたが、私は用があつて一葉さんの家へ行つたが、その時客が来て居りました。その時には私が行くと、その客は挨拶をして、すぐ帰つてしまつたが、跡で家の人に聴いたら、あれは斎藤君であると云ふ事であつた。その前から一葉女史の死んだ時に斎藤君が色々世話をしてくれたと云ふ事を、戸川秋骨君から聴いて居つた。斎藤君から鷗外さんの所へ話をして青山さんに一葉女史が診察して貰つたとか、遺稿の事は幸田さんに話をして世話をして貰つたとか云ふ事であつた。一葉女史との交りは吾々より浅いにも拘はらず、親切に世話をしてくれたと云ふ事をきいて、兼々謝意を表して居つたのですが、然しその晩は斎藤君も急いで居つたので挨拶もロクにしないで別れましたが、その年の暮に島崎藤村君が本郷森川町に或家の座敷を借りて居つて、その家は本多神社の後ろでしたが、斎藤君は丸山新町の或る下宿屋に居りましたので、よく藤村君の所へ遊びに来る、私も遊びに行くものですから、そこで心安くなつてしまひました。その後その年の暮であつたか、その翌年であつたか、島崎君、戸川君、斎藤君、私とかう四人で一所に、浅草の方へ出かけて、向島の土手を歩いて、千住《せんじゅ》まで行つて車に乗つて浅草公園へ帰つて、仲見世を通つて雷門の方へ向かつて右の方へ曲つた所で、名は忘れたが有名な鳥屋（金田）がありましたが、そこへはいつて晩食を共にしました。その時飲んだり食つたりして、それから大変心安くなつて、度々来たり行つたりして、いつもその宿になる処は戸川君の宿で、戸川君は台町《だいまち》の坂上の岡田良平と云ふ下宿屋に居たのですが、そこへ皆集つて、そこへは上田敏君もくる、島崎君も来ると云ふ事であつた。皆そこへよつてワアワアと言つて話をして居りました。その時の話は「あられ酒」の中にも斎藤君が書いて居るのですが、私が厚い毛の洋服を着てこごんで居ると、戸川君が、『かうやつて居れば君も可愛いね』と言つて背中を撫でました。その時私は『己れを熊の子だとでも思ふのか』と言つたら、斎藤君が『何に猪の弟だ』と言つて大笑ひになりました。さう云ふ事で頻りに交際して居りましたが、確かあれは三十一年の初めかと思ふのですが、森川町に岡埜《おかの》と云ふ菓子屋がありますが、そこの裏手の簾藤といふ下宿屋に斎藤君が移りました。その時分から万朝報に出て居りましたのです。その家は今は青雲館と云ふ家になつてゐるさうですが、その家へは私は度々行きました。そこには大野洒竹が同じく下宿して居つたし、津山の学校に居た田岡嶺雲君も遊びに来て皆集りました。或る時などは三人で一所に道を夜歩いた事もありました。斎藤君は非常に東京の事情には通じてゐたものですから色々私の知らない事をきかして貰ひ、斯う云ふ事は斯うだと言つて教へて貰らひました。その年の暮であつたか、二人で浅草の方まで行つて見やうと云ふので、その時には駒形まで行つて、あすこに前川と云ふ鰻屋があるのですが、そこへ行つて二人で晩食をしました。その日は寒い暗《やみ》の晩で風が少し吹いて居りました。斎藤君も酒は飲まない方だが、その時は少しは飲みました。その帰りに二人で歩きながら色々話をしたのです。斎藤君はその頃は、シメリ勝ちで余り人に話をする事も無かつたが、その時には特に意気銷沈の有様で話かけました。その話は『今日まで自分は十分の学問も出来なかつた。それは何ういふ訳であるかと言ふと、自分には弟が二人あるので、自分が学問をして高等の学校まで行かうとすれば、その二人の弟に学問を廃させなければならなかつたから、自分は二十歳前後で学問はやめてしまつた。また自分が小さい時分には家が困窮であつたと見えて、まだ自分が小さい時分に母さんに色鉛筆を買つてくれと言つた処が、母さんは宜しいと言つて引受けは引受けたが、然しよく〳〵金がなかつたものと見えて、頭の物か何か、当時母さんは銀の平うちか何かの頭の物を売つた容子だつた。母さんは観音様へ行くと言つて出て行つて、色鉛筆を買つてくれたのは買つてくれたのであるが、見ればいつもさしてゐた簪が無くなつて居つた。母が親の遺物であると言つて居た物を売つて鉛筆を買つて呉れたと云ふ有様であるから、私は学問をやめて弟共に修行させました。それで自分は毎月幾日かを記念の日として観音堂に詣るのであるが、それが丁度今日なんだから観音様へ行く積りだ。今夜は寒いけれども一所につきあはないか』と云ふので観音堂へ行つて、二人で話をして、その晩家に帰つて来たのでした。

私はそれぎりにして余り斎藤君の身の上に就いて聴きませんでした。唯だ斎藤君の事に就いて度々余人から聴いて居つた事は、三十三銀行の河村伝衛と云ふ人の世話に斎藤君はなつて居つたことがあつたといふことで、その人は商界の豪傑であつたやうだが、その人が破産をしてしまつたので、斎藤君の身の上には不便が生じたのであるといふことです。それから後は私も暫く色々の事に妨げられて交通をしないで居りましたが、その中《うち》に斎藤君は森川町の下宿を引払つて、向柳原に斎藤君の妹さんが嫁入つて居られる処がありますが、斎藤君はそこへ行つて居られたやうです。それは三十二年中の事であると思ひます。その間手紙であちらからも何か言つて来た事もありましたし、友達なども尋ねて行つた事もありましたが、下宿屋とも違つて邪魔にもならうかと思つて行かずに居りました。その年も暮れて三十三年の暮になつてから、斎藤君は鵠沼へ転地をして東屋《あづまや》と云ふ家に居つたやうでしたが、そこから十二月二十日の便で手紙が来て居る。その手紙は今も手許にありますが、転地療養をしたから遊びに来いと云ふ事でありました。併し私も東京に用事があつたものですから、一寸も訪問をしなかつたのでした。そこの家には斎藤君は大分長く居つたのでしたが、三十四年の四月になつて小田原の緑新道へ引越して家を持つたと云ふ通知が来ました。私は丁度その時分に小田原に用があつて参りましたが、急ぎの用であつた為めに斎藤君も尋ねずに帰つて来ました。それから丁度三十四年の暮に渋谷の与謝野君の所へ行つた処が、（その時分は私が原稿を上げ始めた時分です。）与謝野君の奥さんと門口で話をして居る人がある。向ふは笑つて居るが、こちらは近眼の為めに分らないのであつたが、側へ寄つて見ると、斎藤君でした。その時は与謝野君が留守であつたから、二人で新橋まで汽車で来て、天金で飯を喰つて、それから馬車に乗つて日本橋で下りて、歩るきながら神田の大時計の所まで来て、あすこで別れました。その後翌三十五年の一月に旅行しやうと思つて、小田原へ行つて私の姉の家へ行つて、一月一日の晩に斎藤君の家を尋ねて色々話をして私は翌日伊豆の方へ行つたのです。その後これは二月の初めであると思ひますが、梅を見に行かうと思つて、斎藤君の所へ尋ねて行つて、梅の面白い所を案内して貰つて見て、その晩東京へ帰つて来ました。その時にも斎藤君は『どうかして東京へ帰り度い。山や海では自分には仕様がない。やはり東京の市中で塵を吸つて居て、外を「ネッテナコトオッシャイマシタカネ」と云ふやうな唄でも唄ひながら歩く人の通る所に居なければ、自分には仕様がないから、なりたけ早く東京に出たい』と云つて居ました。私も尤もな事と思つて『身体の工合さへよければ東京へ行つた方がよからう』と言つて、その時にはそれで別れたのです。それから暫くして夏になる前、即ち三十五年の春でしたか、小田原の十字町へ引越したと云ふ手紙をよこしました。三十五年の夏の海嘯《つなみ》の時もどうかと思つて見舞状を出した処が、別段危険は無かつたと云つて来ました。それから三十五年の秋かと思ひますが、その時分斎藤君は東京へ出て来ました。その年の十二月の二十三日であつたか、浅草の須賀町に家を借りましたと云ふ通知状が来て居ります。その時にはすぐ行かなかつたが、正月になつてから身体が悪い、熱で弱つて居ると云ふ事であつたが、此方も急《いそが》しかつたし、殊に斎藤君の悪いと云ふ事は屢々きくのだが、いつもぢき直るものだから、やはりぢき直るだらうと思つて行かなかつた。それでも二月であつたか行つて須賀町の家で話をして来ました。その家と云ふのは明治病院へ這入つて行く所で、家の前はあした死ぬかも知れないと云ふ病人が担はれて通るし、出て行くものは屍に成つて通るものなども少く無いので、それを見て居るのは余り気持がよくないと云ふ事でありました。尤もその時には余程病気もよくなつて、床の上で起き直つて居りました。その時には、これはどつかへ引越さなければならないと云ふ事を云つて居りました。それから暫くたつて、三十六年五月一日に、千駄木林町二百三十番地、丁度大観音から団子坂の方へ行つた処をズツト左へ横丁を這入つた所です。今はあすこに日本淑女学校と云ふ学校がありますが、そこの奥の方に家を借りたのでした。そこへも、私は色々用事があつたものですから度々行きました。その時斎藤君は随分衰弱してゐるやうであつたが、別にひどく悪いと云ふ程でもなかつたのです。そこに居つたのは僅かの間で、その年の十月十九日頃に少し話があるから来てくれと云ふので行つた所が『此処に居ると随分人が尋ねて来るし、自分も静かに療養をして見たいと思ふので、全く客を避ける事の出来るやうな、人に分らないやうな所へ引込んでしまつた方が気楽でよからうと思ふので、越す積りだ』と云ふのです。それで家はどこにすると云つたら、本所の横網に見付けて置いたと云ふ事でした。私はそれならばさうするがよからうと言つた処が、決して他の人には云つてくれるなと云ふことであつた。私は知つてゐて言はないと云ふ事はどうかと思つたが、さう云ふものだから承諾した。それで十月二十三日に横網町一丁目十七番地へ転居しました。それから一遍暮の中に行つたやうに覚えて居ります。それから一月に成つてからでしたか一回行つた処が、どうも身体がよくない、夜中になると咳が出るし、熱も出て非常に困る。モルヒネを飲んだ所が、余りきゝ過ぎるので身体が苦しい。『或る夜中などは愈々どうも黒枠になるかと思つて、さうなれば頼んで置かなければならない事もあるから、君と幸徳君に来て貰つて話を聴いて置いて貰はなければなるまいかと思つた事もあつた』と云つて笑つた事がありました。それから一寸経つて三月の初になつて私の所へ手紙が来た。それにはかう書いてある、『諸薬効を奏せずやゝ危険の状態に陥りたる事を御承知置き被下度候』と書いてありました。その書面には与謝野君の所へも此の旨を通じてくれと云ふ事を書き添へてありました。それですから与謝野さんの所へ手紙を出して置いて、その翌日行つて見た所が、熱が非常に出て困ると言つてひどく弱つて、此の勢ひでは、どうなるか分らないと言つて、ひどく心細い事を言つて居ました。少し友達とも話合つて置きたい都合もありましたから、斎藤君の病気の気遣はしいと云ふ事をその晩或る人の所へ通じて帰つて来たのでありました。それから二三日たつて呼びに来たから行つて見た所が、此の時は昼間であつたが、頓服薬を飲んだものだから熱も落ちて居つて、非常に勢がよくつて、色々話をして別れました。それから四五日たつて、また手紙をくれましたが、それは、すぐ行かずともよいと云ふやうな事でもあつたし、斎藤君が熱が出て苦しんでゐると云ふ事は幾度もある事で、いつもそれは恢復するのですから、今度も恢復するであらう、或は六月頃までは大丈夫だらう、若《もし》くは暮あたりまでは大丈夫かと思つて居たのです。さう思つて無沙汰をして居た処が、四月十一日の五時過ぎであつたが、斎藤君の所から使の人が来て、全く病気が危篤である、今晩にも分らない位である、言葉も聴きとれぬ位であるから一時でも早く来て跡々の事をきゝ置いてくれといふ事であつた。まだそこまでにはなつて居まいと思つてゐたのでしたから、私は甚だしく意外に思つて、急いで行つた処が、向ふへ着いたのは六時過ぎで、燈火のつく時分で、丁度その時は医師が来て居つて、私が行くと医者は帰つて行く。その時斎藤君は非常に衰弱して居つたが『よく来てくれた、もう愈々いかぬ、先程医者を頼むで注射をして貰つたが、注射は一回より一回と効力を減ずるから、二三回もやれば注射もきくまいと思ふ。もうこれが自分の最後である、かうやつて居るのは随分情無いもので、自分で起きやうと思つても起きる事は出来ない、人に起して貰つても息がつまつて呼吸が絶えてしまふ。最早牛乳も喉に通らない、僅かに氷を飲んで居るだけである。愈々お別れだ、ながゝどうも御世話になつてありがたかつた。少し頼みたい事があるから』といつて、家の人に言付けて古い文庫を取出して、その中から一葉女史の遺稿の預つてあつたのを出して、これを返してくれと云つた。これは私と斎藤君と相談して纏める積りであつたが、斎藤君はかうなつては仕やうがないからと云つて私に引受けて、跡で出来るものならばどうかしてくれといふ事であつた。また『戸川秋骨君から原稿を預つて居るから、之れも返して貰ひたい、もうこれぎりで頼む事はない、愈々お別れである、もう話はない、君の来るまでは何か話もあるやうに思つて居たが、かうなつては話はない』とかう云ふのです。私はそこで、確かに受合つたと言つて、暫時黙つて居つた処が暫くして気の毒だが筆を執つてくれぬかと云ふのです。そこで筆を家の人に出して貰つて何だと言つたら、例の新聞に出た広告文で『僕本月本日を以つて目出度死去致候間此段謹告仕候也四月日緑雨斎藤賢』といふのを書いて置いて呉れといふのでした。『既に幸徳秋水を電報で呼んで居るが、多分は今夜来てくれるかとは思ふが、行き違ふといかぬから、念の為めに之れを懐に入れて居つて、僕が死んだといふ通知が行つたならば、この広告文を幸徳に托して「二六」「万朝」位でいゝから出してくれ』といふのです。よしと言つて受合ふと、『念の為めに、もう一枚書いてくれ。幸徳が今夜来れば直接に頼むことにするから』と云ふから又一枚同じ事を書いた処が、大変礼を云つて床の下に入れた。家の人も私と斎藤君の間に何か内密な話もあらうかと思つて、そこを避けて居たものだから、枕許に在る氷を飲まうとする時などはそれを取つてやり、また家の者に硝子の管は無いかと聴いた所が、私の心持ちは硝子の管で飲んだ方がよいかと思つてきいたのだが、家の人が管よりも盃で飲んだ方がよいと云ふから、之れで飲ますのですと云つた。暫くすると、斎藤君が家の人に管を持つて来いと言ひ附けました。これを見ても私は斎藤君が万事に行渉つた人であつた事を感ぜざるを得ないのです。私が注意をしたものですから、家の人に管を持つて来させて、私の面前で飲んで見せて、友人の注意を空しくしないと云ふ事を示したものと思ひます。死の目前に迫つて居る人の所業としては如何にも余裕のあることで、通例の人の中々出来ない事であらうと思はるゝのです。それから暫くすると、『愈々今夜当りは家の者を寄せて、所謂裏家の葬式の順序立てをする積りだ』と言つて寂しく笑つた。私は何でも話せ、腹蔵なく話すがよろしい。書き留むべき事は書き留めて置くから、遠慮なく云へと言つた処が、此の期に及んで何も言ふべき事はない、たゞ死あるのみであると云つた。其時家の人も来て介抱して居つた。私はそれから暫く枕許に控へて居た処が、斎藤君が『どうせいつまで居た所が名残りは尽きないから、もう思ひ切つて手短く別れてしまおふではないか、文筆を執る人が枕許に居て呉れるのは心強く思ふべき筈だが、今ではそれらの事が反つて厭はしくなつて居るから、何うか帰つてくれろ』といふのです。それで、私は至極尤もだ、善く解つたと云つたら『君は僕の言ふ事が解つてくれたか』と喜ばしさうに云つたのです。その事に就いては私は斯う考へたのです。斎藤君は文学者としても、又一個の俗人としても色々計画して居つた事もあるだらう、身体が壮健であるならば、あゝも、かうもと思つて居たであらうが、この計画が悉く外れて、自分の思つただけの作物を出す事も出来ずに、今此の如く所謂陋巷の一小屋裡に斃れる場合になつては、総べてさう云ふ事業の失敗とか半生の不遇とかいふやうな念を全く離れて、唯だの一人の市井の民と成つて、学問から離れて、只の裏屋の主人となつて死にたいと云ふ考を持つて居たのではないかと思ふ。然るになまなか文筆の人が枕許に居て、君が計画の齟齬した事を思ひ出させるのはよくないと思つたから、頼まれた事だけは確かに引受けたと云つて帰つて来ました。その帰り途に樋口一葉さんの妹さんの所へ寄つて、此の事を話した処が、妹さんは車を飛ばして、その晩行つたさうです。翌日も朝行かうと思つた処が用があつたので晩方行つた処が、別に病状に変りはないが今夜にも分らない容子であると云ふ事であつた。向ふで逢はうと言つたらば逢はうと思つたが、『逢つた所で口もきかれないので、唯だ苦みを見せるだけの事であるから、名残は尽き無いけれども逢ふまい』といふ事を病床から家の人が取次いだものですから、その晩は帰つて来ました。翌朝十時過ぎであつたかと思ふのですが、私の親戚の野崎左文《のざきさぶん》から電話が懸かつて来たから、何用であるかと思つたら、斎藤君が今息を引取つたから都合して来られるなら来てくれと云ふ事でした。時間は十一時過ぎで有つたと思ふのですが、横網町へ急いで行つた処が、スッカリ家の片附けは出来て居つたのです。家の人は当人が『葬式など華々しくないやうに、人にも余り来て貰ひたくないから、世間へ成るべく発表して貰ひたくない』と遺言してあるといふのでしたが、友人としてはさういふ訳にも行かないので、他の友人の所へは当人の死んだ事だけは報知しなければなるまいと云つて居る処へ、野崎君が電話をかけに行つてゐたのが戻つて来る。与謝野君も幸徳君も博文館の内山君も来られた。それから幸田君も程無く来られて、五人寄つて報知を出すとか、何とか友人のすべき事をしました。

また家の人に臨終の有様をきくと、如何にも落付いて居つたさうで、斎藤君の従兄の若江と云ふ人が坂本に酒屋をして居るのですが、その人の妻になる人で、四十四五の人があるのだが、これはシツカリした人で、斎藤君の病が重《おも》つたと云ふので、前々から世話をして居つたが、十一日に医者が斎藤君の病がいよ〳〵危篤になつたのを見て『此の人は家の人と違つて学問の人である、商売人とか職人などゝは違つてそれ等とは全く生活を異にしてゐる人だから、此のまゝで終らせるのは反つて不親切に当りはせぬか、当人の覚悟もあるだらうから、望みのない事を知らせたくはあるが、どうも言兼ねる事だから、それとなく望みのない事を知らせる方法はないだらうか』と言つた処が、それでは私が言はうと云つて、その女の人が斎藤君にその望みのない事を言つたのです。そこで私の所へもどこへも使が来たのです。その人が世話をして遺言などをきいて、その人と金澤たけと云ふ人が居つて世話をして居つたのです。

斎藤君は死ぬ朝までも気分は確かであつたさうで、朝台所でガタ〳〵と音がした処が、あれは何の音かときくから、水を汲んで来たのですと言つたら、新らしい水を飲ましてくれと言ふので、水を持つて来て出した処が、斎藤君は快く飲んで寝返りをさせて呉れといつたので、手伝つて寝返りをさせると、皆次の間へ行つて居てくれと云ふ事であつた。それでほんの一寸の間家の人は次の間へ避けて居て、一二分たつて皆引返して来た処が、モウ息が絶えて居つたさうです。斎藤君は兼ねて世を罵ることの烈しかつた人であつたから、死ぬ時にも定めて恐しい事を言つて死んだであらう、生れ代つて来てエライ文章を書かうといふやうな大言壮語を吐いて死んだであらうと思ふやうな人もあるかも知れませんが、至極臨終は静であつたと云ふ事は、あの人の勝れた人であつたといふ事を現はす証拠の一つであると私共は思ひます。不遇でも、短命でも一生は一生である。何も万事の終である死期に及んで怨がましいことをいふにも及ぶまいと思ふのです。此点に於て、斎藤君の死期の静穏であつたことは、同君に対する我々の敬意を益々深かうする訳であるのです。翌朝になりますと本人の遺言通り朝早く火葬すると云ふ事になりました。外の諸君へは一寸も通知をしないで置いたのですから、その供をしたのは、幸田君与謝野君私と友人で三人、親戚の男の人が四人で、朝五時に横網を出棺して隅田川の岸を伝つて、厩橋へでて、あれから真直ぐに西行し、本願寺の方へ曲がり日暮里の方へ行つたのですが、その道で色々の事を考へたのです。文壇に同じく名を馳せた人で、病が危篤だと言へば、各新聞にその事を書立てられ、その死するや知るも知らぬも打寄つて立派に行列を整へて葬ひを送つたと云ふ人も少くはないのに、之れ等の人に才も作も劣る所のない人で、今此の如く僅かの人数で遺骸を送つて行く、またその人の身の上を見れば、年齢も既に三十八と云ふのであるのに、妻もなく子もなく、一人で寂しく此の世を送つて、今屍を送るに当つても極く近い親類といふのは極少なく、寂しい葬ひの行列を整へて行くと云ふのは、余程その相違が異様であると色々の事を考へて行つた。然し此の考へは幸田君も与謝野君もさうであつたらう、余程沈んで歩いて居られた。天の模様は雨を含んで居り、草は露を含んで居る、その中を分けて吾々が寂しい柩を護つて行くのは、あたりの景色のハデヤカなのに相対して、吾々どもには寂しい何とも言へぬ感じがしました。かねて幸田君に法諱《ほふき》をつけてくれと云ふ事を吾々から頼んで置きましたが、道々幸田君が考へて、丁度浅草の栄久町あたりであつたか、幸田君が『どうだ春暁院緑雨醒客としては、居士も何もなく、それだけの事にしてしまつては、さうすると春の暁に対して醒客の醒めると云ふ字がきいてよくはないか』と云ふので私どもも至極よいからそれに極めやうと言つた。幸田君も故人の事を話をしながら日暮里へ行きました。日暮里へ行著いたのは七時頃と思ひますが、そこには野崎左文君が先きへ行つて居り、少し後れては鈴木友三郎君、堀内新泉君、内山正恕君などが出迎はれて、火屋とでも云ふのですか、焼く所へ屍を納めて帰つて来ました。その晩また集まつて方々へ通知を出しました。その翌日も友人のうち一人を頼んで悔みに来る人の応接をして貰ひました。越えて十六日には駒込東片町の大円寺で午後一時から友人の人々に集つて貰つて、遺骨を葬る式を挙げました。その時は非常に天気の悪かつたのにも拘はらず、大抵親しい人々は出席をして下すつたので、式も厳粛に見苦しからぬやうに挙げる事を得たので、悲みの中にも喜ばしく思ひました。で、其日の式場では、幸田君は、友人を代表し、与謝野君は新詩社同人諸君を代表して弔辞を朗読してくだすつたのです。あすこには斎藤君の祖父と両親の墓があつて、台湾で死んだ弟さんの理学士斎藤譲と云ふ人の遺骨も其所へ納めてあるので、その中へ一所に斎藤君の遺骨も納めたのであります。

斎藤君の一生は考へて見れば実に寂しい一生である。斎藤君には一人の姉さんがあつて、それが伊勢に嫁入つて居られて、その娘さんが春江と云ふ人で東京に来て居られて、今度の葬式に出席しました。妹さんは柳原の商家に嫁入つて居られる。今一人残つて居られる弟さんは外へ養子に行つて小山田謙と言ふのですが、医学士で軍医になつて、戦争に行つて居るといふので、此の人は喪主となるべき人であるのですが来られなかつたのです。葬式の場合でも斎藤君の年齢ならば妻君があるとか、子供があるとかして、それが喪主の席に列ぶべきのが当り前であるのだが、さう云ふものもなく、見渡した所、先づ男の方にもあれ、女の方にもあれ、ひどく君に近い人といつては一人の妹さんと若江といふ従兄の人が会葬されたのみ、と云ふ有様でしたから、何となく涙がこぼれて仕方がなかつた。それは家族の方もさうであるが、また世間を見渡して見ても、随分色々誤解もあり、斎藤君の方でも自分はさうは思はないでも、そこには全く已むを得ない事情もあつて、人の感情を害すると云ふ事が多かつたので、人によつては斎藤君を悪い人のやうに思ひ、感情を悪くして居る人もあるので、随分敵の多い生涯であつたやうです。

私は近頃斎藤君を知つたのみで分らない事であるが、外の友人諸君から聴くと、十五六年も前から肺病であつたさうです。さういふ大患を抱いて、殊に貧苦の一生を送られたのであるが、外の人は病気は悪くなるとすぐ床につく者が多いのであるから、従つて人の同情を惹き起さすといふことも多いのだけれども、斎藤君の病気はぢりぐ\攻め寄せると云ふ風であつたのです。それであるから、世間からは病人としては見られずに、健全な人として待遇されて居つたから、余程苦しい位地に立つた事が多かつただらうと思ひます。

『人は屢《よ》く、中江兆民はどうであつた、正岡子規はかうであつた、それだのに、お前はなぜ、もつと奮発して筆を執らないかといふやうなことを僕に向つて云ふけれども、それ等の人は、どうせ助からぬといふ事を知つて居た人である。しかるに、僕のは、養生をすれば、少しは命の延びる事は疑がないので余程事情が違ふのだから、同一の事を僕に責めらるゝのは甚だ無理では無いか』と斎藤君は話したことがあるのです。兎に角、あれだけの病気があり、又あれだけの不便があるのにあれだけの作物、吾々の方から言ふと事業ですが、あれだけの事業を残すと云ふのは立派な事で、苦心の程も察すべき事であらうと思ひます。若し斎藤君の性行に幾分でもねぢれた所があるとしても、それは全く境遇の致す所で、決して斎藤君の罪ではなからうと思ふのです。文章に骨を折つた事は非常なもので、その苦心の容子は、私どもよりはもつと委しく知つてゐる方々がありませうが、『わすれ貝』のなかにある『朧夜』などは随分幾度書き直したか知れないものです。森川町に居た時に大野洒竹君が近頃の文人は文章を推敲することがないからいけないと言つた処が、斎藤君が文庫のなかゝら『朧夜』の原稿を出して、試《ため》しに見てくれ、一枚でも、上に貼紙をして直してないところはないぞと言つて見せた。それを見ると貼り抜で出来たやうに貼つて直してあつた。一体斎藤君は一字一句念を入れて書いた人です。一字一句殆んど動かない字を使つて文章を作つた人です。あの人がその上に幾度も紙を貼つて書き直したのだから余程念を入れたものゝやうです。斎藤君はその時に『こゝに書いてあるだけの意味を少しも変へぬやうに此文章が、此上に直せるものなら、直して見るが宜い』といつて笑つたのです。西洋でも、仏蘭西のギユスタアブ・フロオベルといふ人などは、苦吟に苦吟を重ねて文章を作る人であつて、『一の意味に適して居る言葉は唯だ一しか無いものである。それで、その言葉に行当るまでは、決して止まるな、稍それに近い位の言葉を得た位で安心しては駄目である』といつて居るし、又『自分が石が青いと書けば、其場合に適する字はその外には決して無い、読者は、宜しく、安心して、さう信ずべきである』と云つて居るのですが、我斎藤君の如きは確にフロオベル流の人であると思はれます。それから記憶のまことに善かつた人で、人の番地などは皆空で覚えて居りました。決して宿所録などを作る事はしなかつた。話をしながら覚え帳の材料を思ひ出したと云つては、ランプの笠に三角を書いたり、点を打つたりして心覚えをして置くやうだつたが、近年は手帳を拵へて置いて書きつけたのでは無いかと思はるゝのです。ですから三十一二年頃は三角四角を書いて心覚えにして置いてそれを見ては『日用帳』『覚え帳』を書いたやうです。それ等は固《もと》より皆斎藤君の見聞にかゝる短い色々の話なのですが、毎回の書出し工合がどうもむつかしいといつて居ました。始めに書き出す話は機車のやうなものにして、全体を之でもつて引出させるやうにするのであるから、それが一番骨が折れると言つて居つた。それから一段一段の短い話を切つて行く結末の句が同じやうな句では面白くない、初めの結句に『なり』とあつて、また次の話の結句が『なり』と来ては面白くない、同じ物を使はぬやうにするのには余程骨が折れるといつて居たのですが、出来あがつた君の文章を見ると、渋つた跡などは少しもない。君の文才のあつたことはこれでも分るのです。君の文章の中には、斎藤君をそのまゝ見るやうな文章が幾等もあります。一体斎藤君は口数は少なかつたがそれでゐて話の甘い人で、『覚え帳』其の他の作品の中にあるやうな句調でやられたのです。それだから作品を見ると斎藤君の容貌なり、調子なりが、彷彿として眼前に浮び来るやうに思はるゝのです。

世間は斎藤君の事を評論家として、正直正太夫で皮肉な評をした所ばかりを重んじて居るやうであるが、併しながら私共は斎藤君を評論の方よりは創作の方に重んずべき所があるかと思ふ。犬蓼、見切帳、朧夜、門三味線、朝寝髪、油地獄、かくれんぼ、などを見たならば、創作の力が分ります。世間では、まだ正直正太夫と言つて読売新聞に色々の話を書いて居た時分の評論だの、『金剛杵』『霹靂車』のやうな一寸洒落のめしたやうなものの方を貴んで居るので、非常に苦心をした創作の方は重んじて居ぬと思ふ。

私どもから見ると、念を入れた物はそれ丈重んずべき所があつて、斎藤君の価値は寧ろ創作の方に在ると思ひます。それから、これは上田敏君の説だが『世間には斎藤君の文章を旧式だと言ふ人もあるが、あれは新しいので、西洋式で新式の文章である。唯今の西洋式の文とか新式の文章とか云ふものはその作家が日本語を十分知らないから、思ふやうに書けて居ないのだが、斎藤君は思想は新式で、これに合せるに日本語を十分心得て居たから、西洋式の諸君が言ひ得ぬ所に筆を著ける、それで式が古いやうに見えるので、思想は勿論、文章も全く西洋式といつて宜いのである』これは上田敏君の話ですが、至極適切な評論だと思ふのです。又一面から見ると斎藤君は西洋の事をさう委しく調べた人でもなく、漢文でも和文でも正式に勉強した人でもない。単に学識と云ふ点から言ふと、斎藤君の外に文学者中には斎藤君より学問の出来る人々は幾等もあるのであらうが、併し斎藤君の知つて居るだけの学問を以てして、あれだけ十分世の中の事を解して細かに観察をして文章を書いて、多数の文学者間にあつて抜群の観をなして居ると云ふ事は余程斎藤君の天才のある事を現はす証拠になるであらうと思ひます。吾々どもは外国語とか漢文とか和文とか云ふ方で、何かさう云ふ眼鏡をかけなければ、物を見る事が出来ないのだが、斎藤君に至つてはそんな媒介物を経ずして、直ちに肉眼を以つて人世の真相を見る事の出来た人であつた。眼力の強かつた事は明かなもので、吾々のやうに学問といふ何度かの眼鏡をかけなければ世の中の事を見る事の出来ないと云ふ近眼者流では無かつたのであります。此の頃『霹靂車』や『金剛杵』を見てゐると、当時の『帝国文学』や『青年文集』の人々の物の分らなかつた事は今更驚かれる程です。とても斎藤君の敵ではなかつたと思ひます。文章の点から見ても、物を判断して行く点、物を委しく論じ、且つ事の要領をつかんで行く点は、とても斎藤君の敵ではなかつたと思ふ。外の連中はワイ〳〵連だから喧嘩にもなつたが、所謂当時の青年批評家諸君がもつと落付いて居られたならば、斎藤君の打撃には随分閉口したらうと思ひます。これで、大体斎藤君に就て私の知つて居る所だけは終りましたが、唯だ一つ斎藤君から聞いた事で僕の心の中に残つて居る事があります。これは斎藤君が千駄木を引払らふときに色々の話をして『知合ひの人々に何も言はずに、かうやつて引越して行くのは、まるで夜逃げをするやうなものだがそれに就いて面白い話がある。夜逃げの跡を引受けたと云ふ話がある。それは旧幕臣で、その人が零落してどうも仕様がないから、夜逃をしなければならないと言つて居つた所が、丁度その時その家のよかつた時に世話になつたことのある人がやつて来た。その男にかう〳〵云ふ訳で夜逃げをしなければならないと話した処が、よし、己れが引受けたからと云ふので、家の人々は皆出て行つてしまつた。処が跡を引受けた先生で、豆ランプかなんかをつけて、ドテラを着て寝て居たが、その中《うち》に外へ出て行つた。夜逃げをする位だから、素より近辺の商家などには少しも信用もなかつたのであらうが、その男はそれをどう説き付けたものか、酒屋から酒を一升持つて来させて、更にまたその酒屋の小僧に言ひ付けて、鰻のドンブリを註文にやつた。鰻のドンブリと考へたのはその人のエライ所で、蕎麦屋にしろ鮨屋にしろその日の中に容れ物を取りに来るが、鰻屋に限つてはその晩の中には取りに来ない。必ず翌日取りに来るのである。所がその男は十分世情に通じてゐたものだから、鰻のドンブリを持つて来させたのでせう。その晩はそれ等の物を飲食して、夜具も無く空屋に寝て、翌朝になつて起きたのが、朝九時か十時頃だらうか、その前を屑屋が通つた。すると屑屋を呼び止めて、オイ此の家は引越して出て行つた跡だが、今押入を探した所が、こんな物があつた、買つて行かないかと言つて、出したのは前夜食つたり飲んだりした徳利とドンブリとであつた。それを売つた銭を懐にして飄然として出て行つてしまひました。並の人ならば酒を飲み倒しドンブリを喰ひ倒すまではやるであらうが、容れ物を売り飛ばすまでに至つたのは極めて面白いやり方で、残る方なき仕方だ。その人が後には守田勘弥の参謀になつて債権者との折衝、金策の方法等を講じたと云ふ事であるから、ますく〱面白いのだ。その人は、或る時には空屋に転がつて居つたこともあらうし、或る時は千金を懐にして豪遊したこともあらうし、余程面白い生活であつたと思ふ。此の人は年四十許りで死んだと云ふが、余程面白い人間ではないか』と言つて、斎藤君が私に話した。私のやうな弁の悪いものが話したのでは少しも面白くはないが、斎藤君は例の覚え帳式のやり方で話されたのだから、余程面白かつたのです。その外斎藤君は色々の事を話されましたが、急には思ひ出せませぬ。また『明星』にゆつくり書くなり話すなり致しませう。

斎藤君はまた手紙の面白かつた人で、方々集めれば面白い手紙もありませうが、斎藤君は極く簡単で面白い手紙をよこす人でした。一つ見本を御覧に入れてもよいと思ひます。それは斎藤君から『みだれ箱』を贈つてくれましたから、その礼を言つてやつた時に、私の方からやつた手紙は高著『みだれ箱』御恵投云々と云ふ事を書いて、その中の『青眼白頭』と云ふのに、『案ずるに筆は一本なり箸は二本なり衆寡敵せずといふべし』とあるのを引て、でも君の筆は健だから、箸二本との健闘を続けてゐるであらうが、僕の筆は極く弱いから箸の為めに全く征服されてしまつてゐると書いてやつた。処が此の手紙をよこしたのであります。

『高著』御礼にて痛入り候御承知の通り首の廻らぬ身は筆も廻らず箸も廻らず斯うなると目もあまり廻らぬものに候御笑下さるべく候

御依嘱の件は小生の『箱』の景気を見定めて打出さんと存居り候わけに候いつ

ぞや申上候如く小生方迄御送附置下されたく存候
秋ゝ（秋ポツと御よみの事）子は先日小生よりたよりいたし候処其返事に近来は農業熱心云々依て小生はこれを独悦的農夫と称へて洪水見舞のハガキを出し置申候人の恋には喙《くちばし》を容る可らず無論傍観の方御得策と存候すてゝおくのも不親切との仰《おほせ》は御尤もに候へども先方から見ればそれが親切かも知れず候
昨夜フト例の野次馬歌をやり申候

　笛の音のすみれの岡の薄月夜
　　誰が子麓を白き駒やる

外に二つ渋谷大人へ点を乞ひには遣はし候コンナ事を申居り候うちに晦日は容赦なく参り候余は御目にかゝりてと申すものゝ着のみ着たまゝ外へは当分出られず候
返すぐ\も岩崎を伯父さんに持たざる事七生迄の恨に候こればつかりに市長にもなれず候

　二十六日　　　　　　　　　　緑　雨

これは三十六年の五月二十六日の手紙であります。
かういふやうな種々な面白い手紙は方々にあらうと思ひますが、作品でも集めるやうになつたならば、方々から貰つて集めるといふと面白い物があらうと思ひます。どうせ諸君に願つて、これまで一冊にならないで方々の新聞雑誌に散在してゐるものを集めやうと思つて居ります。

　斎藤君は、人の日記などを見て、往々意外なことがあるといつて、日記などは決して書くもので無いと、常々話して居つたのですが、今度、死際に、家人に指図をして、あらゆる書類を焼かせたのも、同じ理由であつたらうと思ふのです。尤も、日記といふほど纏まつたものは実際無かつたやうです。仏蘭西のアルフォンス・ドオデといふ人の随筆のなかに『友人のツウルゲエネフの日記様のものが、その死後に公にせられたのを見ると、自分を容赦無く批評がしてある。ツウルゲエネフは、屢々自分の家へ来て、最も親しくして居た人であつて、いつも莞爾《にこ》々々笑つて居た人で、その手紙には、実に親切な、暖かな友情を表はしてる言葉が充ちて居るのであるのに、其当時も、その人の心の裏には、かういふやうな批評的の考があつたのであるかと思ふと、希臘語のアイロニヤといふのが如何にも妙味のある言葉であることを、今更ながら、感ぜざるを得ない』といふことが書いてあるのですが、若し斎藤君に、日記があつて、それに、何事も容赦無く書いてあつたならばあの深刻な鋭利な観察眼に、吾々友人の個々の性格が何ういふ風に映つて居たかといふことが明に解るだらうし、余程面白いものであつたらうかと思はれるのです。しかし、日記を作るとかいふやうな事の平常から決して無かつたのは斎藤君の斎藤君たるところでありませう。一体が、世事に明るい人だつたので、話の題目は多方面に亘つて居て、座談で個人の評をしたり、個人の欠点を指摘したりといふやうなことは余まり無かつたのですが、私の知つて居る所だけでは、坪内博士には大に敬意を表して居たし、幸田君には甚だ心服して居たのです。しかし、一般にいふと、友人は、それぞれその長所に因つて、相当に重んじた人であつて、現に私などは、斎藤君に比すると、ずっと後輩でもあるが、私の文集を、根岸の弘文社から出版させるやうにして呉れられた時などにも『談判の都合上一応眼を通すといふことにはしたけれども、飜訳文ではあるし、僕が自分の考通りに直す訳には行かぬから』といつて、私が仮名で書いた所を字にするとか、字である所を仮名にする位に手を入れたのみで、序文も先方で書けといふのだが承知かといつて相談もしたし、草稿もこれで宜しいかといつて私に見せによこした位であるのです。斎藤君は自ら重んずることの深い人であつたので、人も同じやうに自ら重んずるのを察して、決して人の自重心を傷つけるといふやうなことを為無かつた人であるのです。斎藤君が若し芸術上の良心に乏しい人であつたらば、随分、代作とか合作とかいふことで、収入を増すことも出来たらうと思はれるのですが、決して、そんな事を為無《しな》いで、毅然として、あらゆる困難に耐へ、あらゆる不便を忍ばれたのは、甚だ敬重すべきことだと思ふ。殊に近頃のやうに、原文を少しも見ずに、他の人の飜訳した文章ばかりを見て、こゝが日本文では面白くない、彼所が妙で無いといふやうなことで唯書き直して、麗々と名を署して公にするといふやうな世の中では、更らに斎藤君の態度の芸術上高潔であつたことを敬重せざるを得無いのです。併し、それもこれも、世の中のまだ不完全な所のある結果で、常人では、赤貧では苦しいから、間に合はせの仕事も已むを得ずせねばならず、また、それをやらなければ、友人なり親類なりの比較的工面の宜い所から救助でも仰がねばならぬ事にもならうといふ訳で、要するに、社会未進の為めから来る欠陥であるのです。出版物が西洋のやうに沢山売れるものならば、出版者の利益も多からうし、従つて十分に融通もつくのであるから、有為の作家は書かうが書くまいが、雇ひ切りにして置くといふことも出来るのであらうけれども、今の処では、さういふ事は到底出来無いのです。即ち、今のやうな社会では、人を助けやうと思へば、自分も共に倒れるつもりで為ければならなければならないのですから、誰も思ひ切つて、救助に赴くといふことは出来無いのです。で、かういふ社会では、人が無情だとか、人情が浮薄だとかいふのは、少し酷であつて、全く社会組織に不完全な所があるからで、罪は全然社会にあることゝ思ふのです。人は助け度いと思ふけれども、それが出来無いといふのは、どうしても、その人の罪では無いのだらうと思ふ。それで、かういふ世の中へ生れて文士だとか、学者だとかいふ位地にある人々は、全く堀の埋草になつて了つて、後世の人々が前進する路をつけるばかりといふ覚悟で居無ければなるまいかと思ふのです。文士といふものは愚劣なものである、社会に対しては少しも貢献する所が無い、殊に西洋の文士に比すると劣る所が甚だ多いといふやうな議論を時々耳にするけれども、これは我邦の人々が一般に進歩して居ない結果で、謂はゞ、社会未進の有様であるから、物質上のことに対する要求ばかりが多いのでいまだ文学美術といふやうなものを十分味ふ余裕が無いからであらうと思ふのです。詩だとか、小説だとかいふものは、どうしても、直接に、金儲の秘訣を教へるもので無ければ、政治上の革新の方法を指示めすものでも無いのであるから、今日の如く、民衆の多数から、文学が無用物と視らるゝのは、已むを得無いことであるのです。それで、吾々共は、何といはれても、例へば、愚痴といはれやうが、卑劣といはれやうが、どうも致方が無いのです。吾々どもは、今信じて居るやうな進路を何処までも執つて行くより外に何とも致しやうも無いわけであるのです。不完全な世の中では、個人の生命財産を保護する為めに時々腕力を用ゐることが必要であるやうに、国民の利益、安全を保護する為めには、戦争も已むを得ずしなければならぬ（以下百二字省略）といつて、別に異《か》はつたことも無いのであつて、これは、永遠に人間に必要な事であると思ふのです。どうか、我邦現時の有為の文士諸君は、十分慎重な態度を執つて、社会俗衆の毀誉を眼中に置かずに、その信ぜらるる所によつて勇進せられむことを切望しますのです。それで、斎藤緑雨君の忍耐と、その芸術上の態度の如きは、十分吾々の師表とするに足ることであると思ふのです。どうか、あゝいふ勇気のあつた文士の尽力の空にならぬ無いやうに、吾々文界の継承者たるものは十分努力したいものと思ふので御座います。

山田美妙氏を憶ふ

明治文学のことを言ふ人々は大抵、言文一致を創始した功労者としては二葉亭四迷氏を第一に挙げる。無論吾々はそれには異議はないが、併し、二葉亭とは并称する訳には行かぬにしても、山田美妙斎のその方面に於ての努力に対して一顧も与へぬといふのは、公平でないと思ふ。

山田氏は尾崎紅葉氏よりも少々ではあるが先んじて名を成した人である。その最初の単行本『夏木立』が出た時分は、まだ紅葉氏の作物は纏まつたものはなく、美妙氏の『花ぐるま』が金港堂の小説雑誌『都の花』の巻頭を飾つた時分、即ち二十一年頃には、美妙斎は硯友社の誰にも優つて、花形役者であつたと僕は記憶する。美妙氏の言文一致は『です』とか『ました』といふ語尾のもので、一寸軽い調子のものではあつたけれども、これも、当時の才人であつた美妙氏の新しい試みと見ることのできるものであつたと思ふ。『花ぐるま』の一節の初めの字を仮名で大きく華文字やうの絵の形にしたのなども、なか〳〵の才気の表はれた大胆な工夫であつたと思ふ。

詩の方面に於ても、美妙氏は当時の人々に先んじて、新天地を開拓しようと努力した。二十二年に雑誌『国民之友』に出た『胡蝶』の如きは全く勇敢な斬新な突進であつたと言はなければなるまい。

美妙氏と別れた田沢稲舟女史が自殺したがために、美妙氏の人気全く地に堕ち、文壇から殆ど隠れ去つたので、それ以前の功績が全く忘れられてしまつたのは、美妙氏のためにはまことに気の毒千万だと思ふ。当時は世間は固《もと》より文壇の気風さへ、古めかしいものであつたので、男女間の問題に就て冷静な観方をするだけの余裕がなかつた。さういふ点は今日とは雲泥の違ひである。男女間の問題はさう一概に武断する訳には行くまいといふ意味の言をなし吾々は『早稲田文学』の諸君から頭から叱られた。それから、十二三年もたつてから、島村君と須磨子の事件が起つたのだから堅い早稲田の諸君は義理にもあのやうに周章せずにはゐられなかつたであらうと思ふと、今も尚微笑を禁じ得られない。美妙氏の中期のものでは『鰻旦那』といふのが評判が好かつたやうに記憶する。山田氏の晩年は、如何にも振るはなかつた。けれども、これをもつて、氏が若き時分の努力を全然容認しないといふのは、冷酷である。

明治文学の胎生期に善く働いた人として、山田美妙氏は文学史中に相当の位置を与へられて宜しい人であることは疑ひがない。

あの頃の川上眉山君

『明治二十九年一月七日午前九時十二分といふに（国府津行の汽車は九時十二分と覚ゆ）新橋停車場に車を乗付たる人を誰と思召し候ぞや。長身六尺ひよろ〳〵として楊枝のお化の如く眼鏡の下より八方を見渡せども笑止や尋ぬる人の影だに見えず、上等待合室中等待合室そこら八面間の抜けたすりのやうな目付でうろつく。折しも後より声を掛たるものあり、それかとばかり振返れば、あらず、京の藁兵衛と名乗る。しばらくありて又々声を掛くるものそれも違つて高田商会の社員なり。やゝありて又々声を掛くるものそは春亭九華なり。あること幾時遂に馬場孤蝶子を見ず、藤村子秋骨子猶更の事なり。茫然として夢を見たるが如く立帰りたる此時のさまを君は何と思ひたまふや。塵途忙々事にまぎれて未だ音をも接せず、越えて数日君が江州よりの信にあふ。されども思へ予は君が既に彦根にあるを信ずる能はざるが如き心地するを。すでにして又君が江畔よりの書に接す。君が情に感じて直に書を裁せんとしたるを人に妨げられ荏苒《じんぜん》今日に至りて証文の出し遅れのやうな事をいふ。この詩人の間の抜けた処なるべし。いひたいことはまだ澤山あるんだけど、今又用が出来てこれから出掛けねばならぬ。無拠《よんどころな》く中止して後便に譲る。草々

二十七日　亮

勝弥様

大磯の空はいかゞなりしや。国府津行の又引返しなどは頗る怪しいぞ。楽々園の写真版が日用全書の中にあつたから切抜いて封じ込めた。いゝ処ではないか。君はこんな処にゐて不足をいふのは間違つた事だ。』

これは年四十そこ〳〵で不幸な終りを告げた眉山川上亮君の手紙である。僕は明治二十八年の秋から彦根の中学校の教師に雇はれて行つてゐて、冬休みに東京へ帰り、それからこの手紙にある通り一月の七日に彦根へ向つて立つた。文中にある通り時間の間違ひか何かで折角見送りに来てくれた川上君に無駄足をさせてしまつたのだと思ふ。

川上君はかなり骨太な体格であつたが、肥満してゐるといふ方ではなかつたので、身の丈が五尺七八寸は確かにあつた為めに一寸見るに細身のやうに見えたのだ。京

の藁兵衛といふのは堀といふ人であつたと思ふ。『滑稽類纂』といふ小咄を集めた著書がある。春亭九華は丸岡氏で、硯友社の始め頃、『我楽多文庫』に二三の著作が表はれてゐた。藤村子、秋骨子は勿論島崎、戸川の両君であるが、僕はこの時両君と一緒に湘南あたりへ出掛けたか、どうか更に記憶がない。楽々園といふのは御承知の彦根の城の下にある井伊侯の別墅《べつしよ》であつたところで、その時分は勿論今日の如く料理屋兼旅館になつてゐた。日用全書といふのは博文館から出てゐた、今日でいはゞ家庭叢書といつていいやうなもので、樋口一葉の『女子日用文』などもその一巻を成してゐたのだ。

川上君はこの手紙の時分は、小石川上富坂四十番地に住まつてゐた。三浦梧楼《みうらごろう》氏の屋敷の横手の通りの坂の降り口の左り側の道に直ぐ沿つた家であつた。そこには高瀬文淵《たかせぶんえん》氏が同居してゐた。僕が川上君を知つたのも、その家であつた。平田禿木君に連れて行つて貰つたと思ふ。多分二十八年の三四月頃であつたらう。

僕はその時分本郷龍岡町十五番地に住んでゐたので、川上君が二遍ほど泊つたことがある。始めて泊つた時に川上君は、

『寝てゐて飛んでもない大きな声で叫ぶ癖が僕にはあるのだから驚いてはいけない』と云つて床へ入つたけれども、僕の家では一度もそんなことはなかつた。

その家の隣は僕の親類の住居であつたので、塀を切り開けて交通してゐた。隣では僕の親父のために、庭の南端へ弓を射る場所を造つて置いてくれたので、或る日そこへ川上君を案内した。川上君が弓を引いてゐる形を見ると、いかにも引きが足りない。そこで『もつと引き給へ。もつと引き給へ』といつて引けるだけ引かした。そこで矢が放れるとぽんと弓返《ゆがへ》りがした。川上君は『始めて弓返りがした』と云つて、大喜びであつた。『尾崎と一緒に弓を引いたんだが、あの男は、そこがいけない、こゝがいけないとやかましくばかり云ふので手も足も出なくなつてしまふ』と云つて川上君が笑ふので、『さう一遍に云つたところで直せるものではない。根本だけきめて置いて、あとは進歩に従つてそろ〳〵直すんだね。弓返りのしなかつたのは引きが足りなかつた為めだ。これからやるんなら今日のやうに何処までも引張り抜くといふ心持でやり給へ』と云つて僕も笑つた。けれども川上君と弓を引く機会はそれきりなかつたと思ふ。

川上君が樋口一葉と知つたのは富坂にゐた時分であつた。一葉の日記によると、それは二十八年の五月の二十六日のことである。時間は午後の三時頃で、平田君と僕の三人が一葉を訪ねて夜の九時頃まで話し込んだとある。

川上君のお父さんは本郷春木町に住まつてゐたさうだが、それが亡くなつたのは二十九年の四月頃であつたのであらう。川上君の実母だつた人はもうとつくにゐなくなつてゐて腹異ひの若い弟さんなどが大勢あつて、その始末には川上君はなかなか苦心してゐたやうであつた。富坂の家を畳んで旅へ出たのは、その年の暮近くであつたらう。名文『ふところ日記』を書いたのはその旅中であつた。それから牛込の南山伏町に家を持ち、間もなく北山伏町へ引越し、そこで三十五六年頃に結婚したやうに記憶する。

川上君は如何にも美しい文章を書く人であつた。さういふ方では『ふところ日記』が代表的作品といつていゝであらうが、殊に俳文だつた短い文章に才気横溢するものを見る。尾崎紅葉君の友人門下から成つてゐる藻社の名で、紅葉の霊前で読まれた祭文が金玉の文字といつていゝ程の美しいものであるが、これは眉山君の筆になつたものである。

川上君は字のうまい人であつた。紅葉君と同じ流儀の字である。紅葉君は蜀山を習つたさうなんだが、川上君も矢張りさうであつたのではなからうかと思ふ。硯友社の諸君は大抵罫引きの原稿紙は用ゐなかつたやうだ。いゝ半紙の下へ罫を引いた紙を入れて置いて、その上から書いた。で、あとで罫を引いた紙を取つてしまふと、原稿は白い半紙の上へ字数を揃へて書いたものになる。川上君の原稿などは旨い字で書いてあつたので、いかにも綺麗なものであつた。

川上君は話声なども優しい人当りのいかにも柔かな人であつた。従つてよくものを堪へた人であつて、自分の境遇などをあまり人に打ち開けなかつた。さういふ風で、人知れぬ苦悶が多かつたのであらう。酒はかなり強かつたやうだ。三十前後の時分には一升位は飲んでもさう乱れはしなかつたやうだ。

兎にも角にも、川上君の作物は明治文学中の最も勝れたる文章の一つとして残るべきものであることは疑ひがない。僕などは唯徒らに老境に入つてしまつて、依然として文筆を執つて陋巷に蟄《ちつ》してゐるのだが、かういふ手紙を読み、吾々の三十前の交友を想ひ、当時の川上君のことなどを追憶すると、まことに感慨に堪へない。序《ついで》に、明治二十八年十月二十二日の消印のある川上君の葉書を見出したから書添へる。

うたゝ寝の夢にまたもや君を見申候。枕頭の秋いとゞ身にしみ候。いよ〳〵君を見まほしく候

彦根はいづこ、雲の外、思へども見えず、望めども見えず。

あふことはかたしく袂今宵もや、夢をまことの身をたのむべき

などと女めきたる愚痴になり候。この心を何と申すべき御一笑下さるべく候。

霙降る夜

一葉女史の日記『水の上』の二十八年五月二十六日のところに左の如くある。

『馬場君、平田ぬしつれ立て川上眉山君を伴ひ来《きた》る。君にははじめて逢へる也。としは二十七とか。丈たかく色白く、女子の中にもかゝるうつくしき人はあまた見がたかるべし。物いひて打笑む時、頬のほどさと赤うなるも、男には似合はしからねど、すべて優形《やさがた》にのどやかなる人なり、かねて高名なる作家とも思《おぼ》えず、心安げにおさなびたるさま、誠に親しみ安し……眉山君は春の花なるべし。つよき所なく艶なるさま京の舞姫をみるやうにて……』

眉山君は全く綺麗な人であつた。頬に何時も血色のうるはしい赤みがさしてゐて、顔の色が如何にも綺麗に見えた。鼻筋も通つてゐたし、眼もいかにも優しかつた。唯少し身体は勿論すべての道具立てが大き過ぎた。せえは五尺七寸位は確にあつたらうし、骨格もそれに伴つて骨太であつた。眉山君にして責めて丈がもう三寸位低く、顔の道具立があのまゝで小さかつたら、全く女にも余りないやうな綺麗さであつたらうと思ふ。眉山君は身体が大振りであつたがために、その顔立ちの優しさ、美くしさが余程消されてしまつてゐたと云つて宜からう。さういふ感は、後年になるとますます眼立つて来たやうに思ふ。

それに、天二物をかさぬといふところであつたらうか、あれ程綺麗であつた眉山君の顔にも、一ヶ所欠点はあつた。右であつたか、左であつたか、今明らかに記憶しないが、小鼻の片側の方だけ潰ぶれたやうになつてゐて、その側《かは》から見ると、眉山君の容貌が見劣りがするのであつた。

川上君自身がそれを云ふまで吾々のうちでは誰もそれに気がついた者はなかつたやうだ。『文学界』連中のと一緒に写真をとる時に、眉山君は『僕は片つぽの鼻の先きの形が悪いから、いゝ方から写して貰らはなきやアいけない』と云つて、身体の向きを変へるか何《ど》うかしたのを覚えてゐる。成る程さう云はれてからは、眉山君の鼻頭に僕も気がつきだした。

『何処かの子どもがね、竹馬に乗つてゐて「やア此のおぢさんの頭には一銭銅貨が載つかつてらア」と云つたよ』

眉山君は、当時龍岡町にゐた僕の家へたづねて来て呉れた時か何かに、さう云つて笑つて話した。眉山君の頭の頂辺の禿の方はその前から僕も気がついてゐた。

そんなやうな或る日のことであつた。眉山君はあぐらをかいて坐り込んでゐたが、下帯なしだと見えて、前が少し開いて見える。もう当人が気がつくかと思つて、受け答へをしてゐるのだが、一向に気がつきそうでない。こちらはこちらでなるべくその方は見ないやうにはしてゐるものゝ、何うも気になつていけない。到頭、そのことを注意すると、眉山君も大笑しながら、前を繕つた。

『もつと早く云つてくれゝばいゝのに、さんぐ見といたあとで、注意するのなんぞは、人が悪いぢやアないか』

『イヤ、君の方で早く気がついてくれゝばいゝと、先つきから、しきりに祈つてゐたんだよ』

僕はさう云ひ分けをしたと思ふ。

『僕の知つてる男で、道を歩るいてゐると、後から、もしくと呼びかけられたんで振り返へると自分の下帯が結んだまゝで、スポリと抜け落ちたと見えて、路の上に落つこちてゐたといふんだがね。随分呑ん気な男もあつたものだね』

眉山君のさういふ話は、此の時聞いたのではなかつたかと思ふ。

若かりし日の島崎藤村君

一

島崎藤村君が、今年は五十になつたといふことである。なるほど数へてみれば明かにさういふ歳になる筈であるのだが、ちよつと聞くとなんだかもうそんな歳になつたのかといふやうな不意な感じのしないこともない。自分の歳でさへ時々、もうそんなになつたのかと変な感じのすることさへあるのだから、他人の歳だとちよつと不思議の感じのするのは、敢て怪しむに足りないやうな気もする。しかし、たゞちよつと考へると、島崎君を知つてからさう長いことではないやうな感じがするに拘はらず、実際はもう三十二三年も前のことであるのだから、随分長い昔のことである。

三十年と云へばやがて一時代の間であるのだが、そしてその間には文壇のみで云つても、随分様々な変化や出来事があつたわけであるし、吾々個人の上で云つても外形的には様々な出来事に遭遇したのであるにも拘はらず、吾々個人について云へば、そんなに変つてゐないと思ふ。何時《いつ》であつたか、島崎君と友人のことなどでいろいろ雑談をしてゐるうちに、島崎君は『人はさう変るものかねえ』と云つた。僕も『イヤ、なかなか変らないものだよ』と答へたことがある。実際のところ、人は変るやうに見えるのだが、実際の根本的たる人そのものは変つてゐない。変つたやうに見えるのは、云はゞ外形的な部分であつて、人としてのエッセンシアルな部分は、何時までも変らずに残つてゐる。職業が変るとか境遇が変るとか云ふことになれば、外形的な部分が思ひ切つて変るかといふに、大抵の場合何《ど》うもさうでないやうである。中には外形的な部分まで殆どまるで変らないやうな人さへある。だから、人はおよそ二十歳位までにその人となりが定まつてしまつて、それから後はその人となりの延長となるわけだと思ふ。

世間には、何等の計画なしに生きて行く人と、油断なく自分の生活に対して計画を立てゝ行く人と二種類あるわけであるが、後者の方で己れを変へてみようといふ努力があつたとした場合でもその人の根本的な部分は決して変らない。さういふ場合の原動力になるのはその人の根本的な部分であるのだから、云はゞ外形的な部分は如何様に変るにしても、その根本的な部分が何時までも残つて行つて、却つて外形的な部分が変つてゐるだけに根本的な部分が変らないのが殊に眼立つといふ場合が少くない。

ところで島崎君が己れを変へようとした努力をしたかどうかといふと、殊に君の若い時分に於ては、さういふ努力が可なりになされた事を我々は認めざるを得ない。けれども、それがために変つたかとも思はれる部分は、島崎君の性格のほんの一部分であつて、大部分は即ち根本的な部分は勿論変つてゐない。島崎君は、昔から自分の人生に対する計画を立てる人であつた。自分の人生に対する計画については、可なり綿密に注意をはらふ人であつた。従つて、自分のもたざるものゝ上に計画を立てられる筈はなかつたらうと思はれる。さういふ生活方法に於ける島崎君は、自己の変革若くは進歩を計ることに於て、己れをそして己れの持てるものを土台にして進んで行くといふことになつたのであらう。それが意識的であるか、無意識的であるか、ある時は意識的であり、ある時は無意識的であつたのである。或はある部分に対しては意識的であり、ある部分に対しては無意識であつたといふ風であつたのか、さういふ点に対しては立ち入つて考へてみないにしても、吾々が知つた時分からの島崎君の来路が、島崎君自身の根本的な人となりを自ら守り、且つこれを発展させたことになつてゐることはたしかである。

僕は今いちく／＼例証を挙げて、さういふ当然なことを論定しようとは思はない。たゞこゝでは、僕が知つてゐる島崎君の生活の一部分を語つて読者の参考に供さうと思ふ。

二

島崎君は名を春樹といふ。信濃の中仙道にあたる木曾の馬籠《まごめ》といふところで生れた人である。

木曾には吾妻橋から美濃の落合まで新道《しんだう》がよほど前に出来たのであるから、或はまた、中央線の鉄道の木曾を通る汽車も落合から新道の方へ近く通じてゐるのであるから、今日では馬籠のある旧道を通る旅人はなからうと思ふ。馬籠は吾妻橋と落合の間の旧中仙道にある一駅だと聞いてゐる。島崎家は、土地でも可なりの資産家で可なりの名望のある家であつたらしい。お父さんは国学者で、神道の信仰家でよほどの憂世者であつたらしい。亡くなつたのは島崎君の極く若い時分であつたらうと思ふ。お母さんの方には僕は数回会つたことがあるが、これはごく落ちついた物固い田舎の婦人のやうに見受けられた。そのお母さんは明治三十年頃に本郷の森川町の島崎君の兄さんの家で歿《な》くなられたと記憶する。島崎君には兄さんが三人ほどあり、姉さんが二人ほどあつたと思ふ。大抵みな存生中であらうと思ふ。島崎君は、小学教育を、大部分東京で受けられたのでないにしても、その一部分は東京で受けられたらしいのである。多分よほど早く東京へ出て来られたのであらうと思ふ。或は十歳にならないうちであつたかもしれない。親類ではなかつたのであらうが、可なり親密な間柄の家に吉村氏といふのがあつて、行く行くは、そこの養子になるといふやうな話であつた。その吉村家へ一番上の兄さんにつれられて来たやうに聞いてゐる。小学校は京橋の泰明小学校であつたのであらう。福田徳三君から、島崎君と同じ学校にゐたことがあるといふ話を聞いたことがある。尤も、島崎君の方が級が少し上であつたといふ話である。小学校を出てから、島崎君が何所の学校へ入られたかよくは知らないが、一遍は三田英語学校とかいふ私立の英語学校に通ひ、そこで今三菱会社の主要な位置に居られる江口定条氏の教をうけたことがある。それから、その後であるか前であるかわからないが、神田淡路町の今の開成中学の前身共立学校にも入つてゐたことがあるといふことを、島崎君自身から聞いたことがある。白金《しろがね》の明治学院へ島崎君が入つたのは、二十一年頃であらうかと思はれる。その前に一遍高等学校の試験を受けたのではなからうかと思はれる。その時分の島崎君の志望は政治家であつたと聞いてゐる。何ういふ関係からであつたか訊いてはみないが、その時分にはもう島崎君は耶蘇教信者になつてゐて、植村正久氏、巌本善治氏といふやうな当時の耶蘇教界の名士と知り合ひになつてゐたやうに考へられる。その時分の島崎君が明治学院でも教会でも可なり才気煥発な青年と見做されてゐたらしい。島崎君の『春』の中には島崎君は、出過ぎるといふ意味で、鋳掛屋の天秤棒といふ綽名をもらつたといふことを島崎君自身が書いてゐる。それは兎に角、明治学院での学生としての成績は、秀れて好くつて、一番か二番位の位置を占めてゐたやうに聞いてゐる。

明治十八年頃から起りかけた当時に於ての新らしい文学運動、主として政治若《も》しくは思想の方面では、民友社及び『日本人』の連中に代表された運動、それから純文学の方面では坪内氏の一団、森氏の一団及び硯友社の諸氏によつて起された運動が当時の青年には可なり影響を与へた。『日本人』に於ける志賀重昂氏の華やかな文章が、若い島崎君に可なりな影響を与へたことは明かである。明治学院では、学生間に二三のグループが出来て、夫々《それぞれ》廻覧雑誌を出してゐたのであるが、その一つでは島崎君が主筆の位置であつて、盛んに『日本人』流の文章を発表したといふやうに聞いてゐる。それと同時に民友社などの文芸も島崎君に可なりな影響を与へたらしく考へられる。小説を書いて巌本氏のところへ持つて行つたが、巌本氏から、こんなものを書いてはいけないと云つて叱られてその原稿をとり上げられさうになつたので、もう決してかういふものは書かないと云つて、その原稿をもらひ下げて来たといふ話を島崎君から聞いたことがある。それは二十一年か二年かのことであらうかと思ふ。

僕は明治二十二年の一月に明治学院の二年級に入つたのであるが、その二月頃かと思ふのであるが、島崎君に紹介されたことがある。それまでは島崎君は学校へは出て来なかつたやうである。今はもう焼けてしまつたが、敷地の北はづれにヘボン館といふ建物があつて、それが寄宿舎になつてゐて、その地下室が食堂になつてゐたのであるが、どこかその入口か何かの少し薄暗いところで島崎君に紹介されたやうにおぼえてゐる。洋服を着た背の低い如何にも気の利いた顔つきの青年で、少し前こゞみになつて、少し含羞《はにか》むだやうに僕に言葉もなく挨拶したのが島崎君であつた。それからずつと一学期の終りまで島崎君は欠席してゐた。

三

九月になると、島崎君がまた学校へ出て来るやうになつた。その時は脚気だといふので、島崎君は竹の杖をついて教場へも出てゐた。高等学校の試験を受けたのだが及第しなかつたといふ話である。その前の島崎君はどういふ人であつたか僕は自分では知らなかつたのであるが、評判では才気煥発的の人であつたといふのであつたに拘らず、九月に出て来た島崎君がその評判とはよほど変つた意気銷沈したやうな、妙に控え目のあるやうな人であつた。しかし、それでゐて時々皮肉なことも云へば、なかなく鋭い考を持つてゐるやうであつた。その時分の島崎君は、別にさう自ら進んで友人をつくらうといふ風でもなかつたやうであつたに拘らず、僕等二三の者とは何となく親しくなつたやうに考へられる。僕はそれまでの島崎君に関する評判から考へてみて、島崎君の変に控え目な意気銷沈してゐる態度は、高等学校の試験を通過し得なかつた面目なさを覆ふ手段であるかのやうな気がしてしかたがなかつた。杖をついて歩いてゐるなども、脚気は実際それほどひどくないのに拘はらず、それも一種のてれ隠くしのやうなことではないかと云ふやうな気がするのであつた。然し、それは僕の方の僻見であつて、実際はさうでなかつたらうと思ふのであるが、とにかく島崎君のその時分の態度なり行動なりが、どうも不自然であるやうに僕だけには思へたのだ。僕は忌憚なくそれを云つた。『貴様は陰険でいけない』と僕が笑ひながら云ふと、『陰険だとは随分ひどいことを云ふ。どこが陰険だ』などゝ島崎君が苦い顔をして答へたことなどがある。あんまり僕がつけつけいろくなことを云ふので、島崎君もむきになつて取組合ひが始まつたことなどもあつた。けれども、たゞ取組合ひだけで、殴ぐり合ひはしなかつたやうにおぼえてゐる。考へてみると、その時分には、もう島崎君に対しては敵意といふものを有つてゐたのではなからうと思ふ。何となく親しくなつて無遠慮にいろくなことを云ふやうになつてゐたからでもあらうと思はれるのだ。九月に帰つて来てからの島崎君の教場での挙動もよほど変つてゐた。先《せん》には非常に成績のいゝ学生であつたといふ噂であつたが、九月からの島崎君の挙動は、まるで違つてゐた。その時分の明治学院のやり方は、大抵みな英書であつて、教師はその教科書の中の四頁なり五頁なりを次の日の時間までに、読んで来いと命ずる。吾々の方では、そこを読んでおいて教師の問ひに答へるといふやり方であつて、大抵の学生は教師の問ひに対しては、少しは答へようと骨折るのであるが、島崎君にはさういふところはちつともなかつた。教師の方から島崎君に命ずると、島崎君はちよつとお叩頭《じぎ》をするだけで一言も答へない。教師も仕方がないから、島崎君のところを通り越して、他の者に問ひをかけるといふ風であつた。最も面白いのは、試験の時に問題が出てから十分も経たないうちに気がついてみると、いつの間にか教場から島崎君の影が消えてゐることなどもあつた。ランデイスといふ教師は島崎君が答案も出さず、断はりもせず忽然として教室から姿をかくしたのをみて『義務観念のない学生は仕様がない』と憤りを洩したこともある。然しその教師は島崎君をよく理解してゐたとみえて、『島崎といふ男は非常によく出来る男だが、非常に怠け者だ』と或る学生に話したことがあるさうである。

二十一年頃の島崎君は、学生中の弁論家であつて、演説なども度々やつたやうであつた。二十二年の秋であつたと思ふが、たつた一遍島崎君の演説を聞いたことがある。下を向いて考へ考へ話すのであつたが、それでも論理もよく通り発音も明晰であつて、可なり上手な演説振りであつたと記憶するが、演説はたゞそれ一遍切りで、明治学院では演説を聴いたことがない。

そのうちに、島崎君の教場での行動がよほど変になつた。要するに誰とも口を利かなかつた。授業が始まると、どこからともなく忽然と教場へ出て来るのであるが、授業がしまふとどこかへ見えなくなつてしまふ。時間の間の十分か十五分の休憩時間に吾々は雑談をするのであるが、島崎君がその間どこに居るのかわからなかつた。時たま遠くの方を歩いてゐる島崎君の影を見かけて話でも仕かけようと思つて、その方へ歩いて行かうとすると、何時の間にか姿が見えなくなつてしまふ。その時分、僕は博文館から『歌学全集』といふ叢書が毎月一冊宛出るのを買つてくれと云つて、島崎君から何冊分かの金を托されてゐたのであるが、その本を買つて来ても、島崎君に手渡しをする機会がなかつた。仕方がないから、島崎君の荷物のおいてある座席へその本をおいておくと、授業の始まる間際になつて、島崎君がどこからともなく這入つて来て、その本をみると僕の方を向いて黙つて目礼をするといふ、たゞそれだけであつた。

二十三年の夏頃までは、吾々は大抵前に云つたヘボン館の寄宿舎に居たのであるが、島崎君も僕もそのうち寄宿舎を出てしまつた。島崎君は多分学校の近辺の素人家か何かに下宿したのであつたのだと思ふ。けれどもどこにゐるのだか誰も知つてゐるものはなかつた。さういふ風であつたに拘はらず、島崎君は学校の教科書の方こそ顧みないやうに見えたが、之に反して一般的の勉強は怠らずいろ〳〵な本を読んで居つたやうである。二十三年のことか二十四年のことか今はよくおぼえないが、モオレエの英国文人伝のうちのポープ伝を全部飜訳した原稿を僕に見せたことがある。それは茶褐色の肉で刷つた半紙の罫紙へ書いた原稿であつたと思ふ。この罫紙は島崎君が自分で刷つたといふ話であつた。——ところで、島崎君の吾々と口を利かなくなつた時代は何時頃であつたらうかと考へてみると、どうも二十三年の暮から二十四年へかけてのことであつたやうな気がする。二十三年、即ち吾々の三年級の時分には、学校にジユニア・コンテストといふ演説の競技会があつて、それに一等へは十円二等へは五円といふ賞金が出ることになつてゐて、それは英語演説であるので原稿を予め教師の許へ出して、その中から八人ほど選定されて、その八人が競技に加はるといふことになつてゐたのであつたが、島崎君は無論その中などには加はらないで、まるで権利を放棄した形でポンチなどを描いて吾々を冷かしたことがある。さういふことから考へてみると、島崎君のミサンスロピツク時代もおよそ推定出来るのである。

二十四年の六月、即ち卒業時代に近くなつて来ると、島崎君のさういふ、云はゞ厭人的な態度も変つて来て、吾々とも可なり親しく口をきゝ合ふやうになつた。卒業してから可なり後になつて聞いたことであるが、島崎君が吾々を絶対避けるやうになつた時分の心持は、凡そ次のやうなものであつたといふのである。

自分は人から才人だの、出過ぎ者だのと云はれる。実際どうも人と話をすると、吾れ知らずお座なりのことを云つたり、自分のほんたうに思つてゐない事を云ふやうに感じる。で、さういふことをいはない様にするには人と一切話をしないに限る。さういふ風に思つたので、誰れにも知らせずに或素人家に下宿して、絶対沈黙を守ることを試みてみたのであるが、なかなか口を利かずにゐることは苦しくつて仕方がない。そこで対手が人間だから、こつちから何か話しかければ向ふからも何かいふ。それで向ふのいふことに釣込まれて、こちらもいゝ加減なことをいふわけなのだが、若し向ふが人間でなければ、向ふからは何もいはないわけであるのだから、こちらが要心して、ほんたうのことさへいふことにすれば仔細はないわけだ。絶対に黙つてゐることが出来ないとするならば、さういふ方法を取るより外仕方がないと考へた。ところが、魚籃坂《ぎょらんざか》あたりの或寺に西行か何かの木像があつた。で、その寺へ行つてその木像に話すことにした。それを幾日もやつてゐるうちに、ふと気がついてみると、絶対に黙つてゐることが出来ないとするならば、木像に向つて話をするのも、人間に向つて話をするのも、別に変りはないわけである。自分の考へが間違つてゐれば、木像に対してゞも間違つたことをいふわけである。人に向つては間違つたことをいつてはいけないが木像に向つてなら間違つたことをいつてもよいといふ理由はない。また、木像に向つてならば間違つたことをいはずにゐられると いふのなら、人間に対してもこちらの心次第で間違つたことをいはずにすむわけである。だからこれは人間に対しても、間違つたことをいはない様な修業をしなければ、何んの役にも立たない。だから自分はこれからは、人間に対して話をする際に、充分に要心して間違つたことはいはない様にすべきであつて、自分が間違ひをしない為めに人を避けるといふのでは意味をなさない。

まづ、凡そさういふ風に考へて、人を避ける態度をやめて、普通に吾々とも口をきゝ交際する様になつたのだと、島崎君が話して『イヤ、僕はこんな簡単なことをさういふ風に手数を掛けなければ解決出来ない人間なんだからね』といつて少し苦い笑ひを洩らしたことがある。

そんな風に人には会はずにものを考へてゐると、変なもので、時々妙な幻覚をみる様なこともあつた。下宿の庭先へ鶴が来て、ひよいと立つてゐる様な心持ちのしたこともある。また、夜横浜まで歩いていつたことがあるのだが、川崎か鶴見あたりで真夜中になつて、線路の方をみると、車も何もすつかり火の汽車が線路の上をあつちへいつたり、こつちへいつたりするのが見えたことなどもある。

そんな話を島崎君がしたことがある。

四

二十四年の六月に明治学院を卒業してからは、島崎君は浜町の吉村家に居た。前に云つた通り、その吉村家の主人は、島崎君を養子に仕様かといふやうな考もあつたらしく、島崎君の学資などは少くとも大分補助したらしかつた。それで、学校卒業後の島崎君の職業に就いても、可なり意見を持つてゐたのではなかつたらうかと思はれる。どうも、島崎君が文学の方へ進んで行かうとする傾向をもつてゐるのに対しては、吉村家では賛成ではなかつたらしい。文学が職業にする価値のあるものだといふやうな考は、当時の普通人の考からは非常に遠いものであつたので、吉村家の主人は、島崎君の傾向を喜ばなかつたものと考へてよろしからうと思ふ。

島崎君は、その前の年あたりから、前に云つたポープ伝の飜訳や、その他大分書いたものがあつたらしいのであるが、それをみんな焼いてしまつたといふことを聞いたのは、学校卒業後間もないことであつたやうに思ふ。『すこし考へることがあつたので、書いておいたものを、蔵の前でみんな焼いてしまつた。家のものにどうしたのだと訊かれたので、書いたものをみんな焼いてしまつたと云つたところが、何故そんな勿体ないことをすると云つて叱られた』と島崎君が話したことをおぼえてゐる。

その吉村といふ人の家へは、僕も数回訪ねて行つたことがあるが、その家の主人は、明治座の芝居茶屋に金を貸すといふやうな人であつたさうで、ちよつと、隠居所とでも云ひさうな洒落た住居の家であつた。一遍はそこの二階へ泊めてもらつたこともある。

或日島崎君に逢つたが、島崎君がかういふ話をした。『僕は君達と違つて、九ツの時から他人の仲へ這入つてゐて、自分の家庭といふものを知らなかつたので、それが僕の性格に大分影響したと思ふ。たとへば、変に控へ目なところのあるのなども、その一例だらう。僕は、自分のさういふ性格の殻を破り度い破り度いと思つてゐるものだから、此れまで度々不自然に見えるやうな方向へ走つたことがあるんだ。母親などが東京へ出て来て、それと一緒に住まふやうになつてから、はじめて自分の家といふものが出来たといふ形なんだ』

島崎君は、俳諧、浄瑠璃、小説などの徳川文学を可なり読んでゐた。矢の倉の方から入つて行く浜町の横町の角位なところに、古い和書を売つてゐる京常といふ小さい本屋があつて、主人は小男の愛嬌のない爺さんであつたが、島崎君はその店で八文字屋ものなども可なり買つて読んだやうであつた。僕は西鶴の『武道伝来記』を、島崎君から貰つて今も保存してゐるのだが、その本なども、島崎君がその店から得られたのではなからうかと思ふ。

西鶴の所謂る好色本が、淡島寒月氏によつて硯友社の人々へ紹介され、それから硯友社の人々によつて広く読書界へ紹介されたのは、明治二十三年頃であつたかと思ふのであるが、西鶴の原本は今日ほどではなくとも、その当時でも可なり珍書であつたらしい。六冊位になつてゐる一代女などが五円ほどだといふのであつた。その時分の五円は、学生の一ケ月の下宿料と小使を合はせたほどのものであつたので、吾々にとつては可なりの大金であつた。だから、島崎君も或は西鶴本の一二種位をその爺さんの店から買つたかも知れないが、西鶴ものをさう幾種もその店から買つたわけではなからうと思ふ。代価はとにかくとして、その爺さんもさう幾種も揃へ得ることは出来なかつたらうと思はれるからである。その時分、湯島の聖堂裏の処に、武蔵屋といふ小さい本屋があつて、そこから近松の飜刻が大分出た。それから続いて、西鶴の『五人女』『一代男』の飜刻がそこから出、それから、どこか他の本屋から『一代女』が出、春陽堂から尾崎紅葉の校訂で『本朝若風俗』が出た。島崎君も吾々と同様に、近松ものや西鶴ものは大部分さういふ飜刻もので読んだのであらうと思ふ。

五

学校卒業間もなく、島崎君は巌本善治氏の『女学雑誌』へ飜訳を載せはじめた。一番初めは、アデイソンの『ヴイジヨン・オブ・マアザ』の飜訳であつた。その次のは、セキスピアーの『ヴイナス・アンド・アドオニス』の飜訳であつた。これは近松式の浄瑠璃風な文体で訳したもので、可なり巧いものであつた。今読んでみても矢張り巧いものであらうと思ふ。今の二十一二の青年には、迚《とて》もあれだけのものは書けなからうと思ふ。島崎君はスタイリストである。今も勿論さうであるが、昔は尚一層さうであつた。文学界のはじめの方に出た、島崎君の諸作を見るならば、何人もそれがスタイリストの筆になつたことを認めざるを得なからうと思ふのであるが、ごく初期のもの即ち前記の飜訳に於てさへ、島崎君のスタイリストであることは疑もなく明かに表はれてゐる。勿論、その時代には吾々の書くものは、言文一致でなく、所謂文章であつたのであるから、誰も彼れもみなスタイルを重んじたのではあるが、その中で少くとも吾々の中では一番スタイリストであつた。

僕のところに、島崎君が栗本鋤雲翁《くりもとじょうん》の詩を写した罫紙十枚ほどのものが保存してあるのだが、その栗本翁のところへは島崎君は漢学を習ひに行つた。それは『女学雑誌』時代の頃ではなかつたらうかと思ふ。木村熊次氏の夫人であつたらうと思ふのだが、木村鐙子《とうこ》といふ人があつて、明治女学校はその人の力で出来たのだといふ風に聞いてゐるが、木村氏が幕末の人々と親しかつたので、巌本氏、木村氏といふやうな路を通つて島崎君が栗本翁に師事したのであらうと思ふ。その他島崎君が田辺氏——号を蓮舟《れんしう》と云つたかと思ふ——のところへも漢詩か漢文を習ひに行つたことも聞いてゐる。田辺氏は今の三宅夫人龍子氏のお父さんであつて、元老院議官かなんかであつた人であると思ふ。幕臣のなかでは、勝海舟、木村芥舟《きむらかいしう》、高橋泥舟《たかはしでいしう》、所謂る幕末の三舟と云はれた人々に次いで才名の高かつた人である。——僕は二十四年の十二月から、高知の英語学校を教へに行つたので、島崎君の二十五年中の生活はあまり知らないが、島崎君は二十四年か五年かに巌本氏の明治女学校の英語教師になつた。僕は二十五年の八月の夏休みに東京へ帰つて来て、眼病にかゝつて九月の末頃まで東京にゐた。その間、島崎君には二三度会つたには違ひないが、その時分島崎君がどういふ風であつたか、どういふ話をしあつたか今は少しも記憶がない。

僕はまた高知へ行つてから、二十五年の秋かと思ふが、島崎君から来た手紙には、

『この頃蓬萊曲の著者北村透谷といふ人と知り合ひになつたが、熱情のある、考の深い人で、大いに益を得た』といふ一節があつた。

六

二十五年中、巖本氏の『女学雑誌』が大分文学的色彩が深くなつて来出した。もうその時分には、その当時名をなしてゐた文学者のグループ以外に、さういふ人々の文学に飽き足らない、謂はゞ新らしい考をもつてゐる青年文士が、現はれかけやうとしてゐる時分であつた。さういふ人々の一部が『女学雑誌』に集つてゐたのであつた。

参考のために当時の文学者の分野といふものを大体いふと、その時分の紳士団体の方では、森田思軒、条野採菊、前田叢雪、饗庭篁村、南新二といふやうな人々が、凡そ一団をなしてをり、それに対して新聞派とでも云ふべき半井桃水、右田寅彦、野崎左文といふやうな人々が、また一団をなしてゐるやうな形であつたが、それらの人々はみな、謂はゞ半旧半新といふやうな人々であつて、別に団結としての結束があつたわけではなかつた。団結としては、まづ硯友社の一派、その次には民友社の山路愛山、人見一太郎、塚越《つかごし》停春楼その他の人々、その次ぎは早稲田文学の坪内氏を中心にしてゐた後藤宙外、水谷不倒、島村抱月の人々といふ風で、その他に内田魯庵、幸田露伴、山田美妙斎などといふやうな人々はみな遊星であつて、森鷗外氏の如きも、多少団体を支配してゐる傾きはあつたかもしれないが、どちらかと云へば、遊星の中へ数へ込むべき人であつた。

ところで、紳士派、新聞派は勿論のこと、当時の純文学の方で一大勢力であつた硯友社の作物は、吾々からみればよほど職業的なものゝやうに見え、謂はゞ世間慣れた人の態度で、従来からありのまゝの世相を描かうとしてゐるらしく思はれて、当時の若いものゝ思想感情に触れるところが少ないやうに思はれた。民友社の人々の進む路もクリスト教的道念と、儒教的道念とを折衷したやうな主張であつて、これもまた、人間味をはなれた方向のやうに思はれた。早稲田の方はどうかといふに、そこには学者的研究的の空気はあるが、若いものが赤裸々になつて人間味を発揮するといふやうな勢は認められなかつた。その他種々の遊星諸氏の作品も、中には吾の共鳴を禁じ得ないやうなものが、あるにはあつたが、総括して云へば、矢張り当時のローマンテイツクな文学志望者の心を惹きつけるには足りなかつた。

二十五年頃はまだ文学及び思想の勃興時代であつたので、文学の平野の中のまだ耕されざる部分が大分多かつた。なんとなくそれに気がついて、その方へ飛び出して行きたがつてゐた青年にとつては、自分の志す方向にあるものゝ他のものは、なにも眼につかなかつた。一言にして云へば、他人のすることはみんな気に入らなかつたのだ。

勿論、当時の文学志願の青年の考も決して無意味ではなく、眼を自分の奥の方へ向けるとか、人生の根底に横《よこた》はる何物かを摑むといふやうな目的で進まうとしたのではあるが、何にしろ側眼《わきめ》もふらずに自分の目的に向つて進まうとした熱心焦燥な態度は、前節に云つたやうな通りであつた。

さういふやうな文学志望の青年達が、『女学雑誌』に集つたのであつた。これは偶然といふよりは、当時クリスト教界に於ての名士の一人であつた巌本善治氏が、民友社に対して『女学雑誌』を当時の新人の団体としたいといふ考があつて、それでさういふ新らしい文学を興さうといふ青年達を、『女学雑誌』へ歓迎して引き寄せたのであらうと思ふ。これはたゞ、巌本氏が徳富氏と同じやうに青年文士の首領にならうとか、『女学雑誌』をもつて『国民の友』と同様に、当時の出版界の勢力たらしめようといふ考からであつたのではなく、巌本氏自身もどちらかと云へば、情の人であつて当時『女学雑誌』を繞つてゐた若い人々のローマンテイックな気分と何等かの共鳴をなしてゐたからであつたものと思ふ。兎に角、『女学雑誌』は文学欄といふやうなものを設けて、そこへ島崎君始め、若い人々の作物を載せはじめた。『女学雑誌』のさういふ計画に対して、非常に力になつたのは、星野天知氏であつた。星野氏は日本橋本町三丁目の、近頃まであつた博文館編輯局の真向にあつた砂糖問屋の若主人であつた。駒場の農林学校の別科かなにかを出た人であるが、撃剣だの薙刀などの稽古をしたとみえて、明治女学校へ武術を教へに行つてゐた。星野君の家の商売は、叔父さんかなにかゞやつてゐたので、星野君は云はゞ若隠居の形で、文章などを書いてゐることが出来たのであるらしい。

そこで、星野君、島崎君、北村透谷君、戸川秋骨君、平田禿木君とそれに戸川残花君を加へて、それらの人々が『女学雑誌』の文学欄へ力をつくすことになつた。それらの人々は、みな一度はクリスト教信者であつたのであるが、文学をやり出してからは、クリスト教の信仰とか、クリスト教的な道徳とかいふやうなものゝ範囲外へ、だん〱思想が踏み出すやうになつて、それらの人々の作物が、即ち殆ど反クリスト教的思想を帯びた主張を含むだやうな作品が、『女学雑誌』へ載ることはクリスト教界の名士であつた巌本君の立場と衝突することが起つて来出した。

それで一時は、『女学雑誌』の文学欄を盛にするといふ計画で進んだものが、そこで一頓挫を来して若い人々の方では、これは何とかしなければならぬといふ考が起つた。若い人々のことであるから遠慮して、おとなしいものを書くことは厭であるし、さればと云つて、充分に気焔を上げては、実際巌本氏に気の毒だからといふので、これは、いつそのこと別に雑誌を興さうぢやないかといふ相談が、前記の若い数氏の間に起つて、とうく別な雑誌を発行することになつた。出資及び経営は、星野君及星野君の弟の男三郎《をさぶらう》君（夕影君）が引きうけることになつた。それは二十五年の末頃であつたらうと思ふ。

島崎君はその前後に、明治女学院の教師をやめて、その後へ北村透谷君が入つた。島崎君の推薦であつたと聞いてゐる。

七

それで、『文学界』の初号の出たのは、二十六年の一月の下旬であつた。初号には島崎君の『悲曲琵琶法師』六齣が載つた。固《もと》より若い人の作なのだから、筋も思想も極めて単純なものであるが、全部に渉つて何か新らしいもの、何か新らしい主張を提出しようとした努力は、否むことの出来ぬものであつた。『琵琶法師』は一行一行別に分けた韻文体の戯曲であつたが、各行の字数は一定してゐない自由なものであつたけれども、ところどころに十七字の行がおいてあるのであつた。それでさういふ所で調子を締めて行くつもりであつたのだらう。二十三四年頃から、島崎君が元禄時代の俳句や俳文を研究してゐたので、十七字の句を詩の中へ取り入れることを試みるやうになつたのであらうと思ふ。断言はし兼ねるが、『琵琶法師』は透谷の『蓬萊曲』からは可なりの暗示を受けたのではなからうかとも思はれる。その他この作には近松の浄瑠璃から受けた感化も可なり表はれてゐるやうに見える。形式の上から見れば、まだ試みの段階にあるのであるから、只管《ひたすら》伝統を守つた完成的作品をのみ尊ぶ人々から見ると、『琵琶法師』の如きは如何にも半可通の作品のやうに思はれて同情を以て迎へられない作品であるに相違なかつたが、習俗的に辿られた伝統の路を離れて、自分達の心と直ちに共鳴する古い文学のうちの或る部分の精神を復活させようと力《つと》めた心持は、充分そこに表はれてゐると思ふ。三四号後になつて出た『茶のけむり』などは早稲田文学には『枯れ尾花』といふパロデイが出て、ひどく冷かしてあつたが、さういふ印象を与へるやうな部分のあつたことは否み難いけれども、全体の精神若《も》しくは作者の所期から云へば、決して笑殺してしまふ可きものではなかつたことは明かである。

先日、島崎君が、『蜘蛛』に出てゐる僕のこの話を見て、『あの時分の僕は自分が何を書いてゐるのだかよくわからなかつた。何ういふ風にすればいゝのか、自分には分らなかつた。要するに、自分のものといふものを、何も持つてゐなかつたのだ。それから見ると他の諸君の方が、確かに自分のものといふものを書いてゐた』と云ふ様な意味のことを云つた。勿論、さういふ様な所はあつたに相違なからうが、これを他の方面から見れば、さういふ所が反つて島崎君の強味であつたと思ふ。自分の持つてゐない何物かを求めようとする、言葉を換へて云へば、自分の持つてゐる何物かをしつかりと捉へ得るようにならうとする努力、さういふ努力のために作者の全人格が甚だしく動揺してゐるといふ所が島崎君の初期の作物からは明かに看取せられると思ふ。即ち、生まんとする悶へ、作り出さんとする踠《もが》きがそれらの作品の大部分で認め得られる。

『文学界』の連中の芸術的の方面の目的といふのは、今の言葉で云ふならば、各自の個性、少くとも主観をば充分に且つ明かに投影した作品を発表しようと云ふのであつた。然し、当時の文壇に現はれた先輩の作品は吾々のさういふ心持から見て模範にすることの出来るやうなものは殆どないと云つてよかつた。そこで、さういふ目的をもつてゐる者共は、自ら敢然起《た》つて自分達にとつて最もコンジニアルな形式なり、精神なりのものを、何か作り出さなければならなかつた。その当時吾々の間には、ジエニユインなものを作りたいといふ言葉をよく用ゐた。即ち、純なものを作りたいといふのである。今日の言葉で云へば、充分個性の表はれたものを作るといふ意味になる。島崎君がさういふ純なものを作り出さうと、最も多く努力した人の一人であることは疑ひがない。

さういふ生みの苦しみ、創造の努力の、島崎君に於て非常に大きいものであつたことは勿論否み難いのであるが、然し、また一方から云ふと、さういふ努力をしなければならない位置に島崎君が自然と置かれてゐたことも認めないわけにはいくまいと思ふ。それに就いては二つの見方がある。

一つは、少くとも当時の文壇全体の有様に対する島崎君――並びに芸術の新らしい傾向を作り出さうとする人々――の位置である。前にも一寸云つた通り、所謂個性を充分に発揮するといふ様な作品の模範は、少なくとも充分な模範は、当時の文壇には存在してゐなかつた。それで、自分に最も適した傾向のものを作らうといふには、その形式からして各自が自分で作り出さなければならなかつた。故に当時の吾々は、何等かせめて形式だけに於てさへも新らしいものを作り出さなければならなかつたのである。謂はゞ、何等か新らしいものを作り出すことを周囲から催促された形になつてゐたのである。島崎君が独創的天分を多量に持つてゐた人であることは疑ひなしとするも、周囲の状態がさういふ独創力の発揮に可なりな衝動を与へたことは疑ひないであらう。

今一つは、島崎君自身の生ひ立ちの境遇である。もうたしかに十年程も前だと思ふのだが、島崎君が浅草の新片町《しんかたまち》に住《すま》つてゐる時分に、或る日何かの話の序《ついで》に『僕などは、馬場君とは大変生ひ立ちが異ふ。君は中流以上の階級に生れた人なのだが、僕はローアー・ピープルの中から出たものなんだからね』と云つたことがある。これは勿論島崎君が自ら卑下した言葉であつたらうと思ふのだが、今考へてみると、その言葉には余程意味があると思ふ。島崎君の所謂中流以上の階級の方は、古い道徳律、古い因習、古い伝統といふやうなものに縛られてゐることが多いのであるが、島崎君の所謂ローアー・ピープルの方は、さういふ点が余程自由であつたと見てよからうと思ふ。然うすれば、さういふ階級から出た人は古い習俗に煩はさるゝことが、少くとも余程少ないものと見ることが出来るであらうと思ふ。さういふ階級から出た人々は、中流以上の階級の古い習俗、古い伝統をば充分に批判することが出来る位置に立つてゐると思ふ。島崎君は真の意味でのローアー・ピープルの出ではないと思ふのだが、それにしても古い習俗、古い伝統に対して、誤らざる批判をなし得るチヤンスが、吾々よりは多かつたものと見ることが出来やうと思ふ。島崎君の境遇が、島崎君が新らしき路へ進むことに対して何分か有利なものであつたとするならば、島崎君の生れた階級に就いて島崎君自身が云つたやうな考察をするのも一つの見方であらう。第二には、文学とか芸術とか云ふものについて、古くから幾分かの伝統を有つてゐるやうな家庭に育つた者がある。例へば、父祖の時代から、日本の純文学に対する嗜好が可なりあつて、既《も》う十二三の時分から文政時代以降の文学には可なり親しんでゐて、文学のさういふ形式が可なり頭に染み込んでゐるやうな青年があるのであるが、島崎君の育つた境遇はさういふ青年とは少し違つてゐたかと思ふ。島崎君は、吾々よりは少し大人に近くなつてから日本の文学に接するやうになつたのではなからうかと思ふ。島崎君が文政以後の徳川文学よりは、それ以前の徳川文学の方に多く接触したのではなからうかと思ふ。若し、さうだとすると、日本の近代文学の伝統習俗といふやうなものに感染することが、吾々よりは余程少くなかつたのではなからうかと思ふ。吾々の方は、文政以後の古い文学の習俗伝統で頭を固められて、後で元禄文学を知つたのであるから、その両時代の文学の間の共通点を見たのみで満足して、元禄文学そのものから強い感化を受けることが出来なかつたのであるが、文政以後の文学にあまり親みを持つてゐなかつた島崎君は、元禄文学それ自身について、直ちに自己と共通な点を捉へることが出来たのであつたかと思ふ。さういふ点も新らしい路に突進した当時の島崎君を見るためには一応考慮すべきところであらうと思ふ。

樋口一葉女史に就いて

折悪しく風邪を引きまして、普段から大きな声が出ないのが、更に大きな声が出ない、どうも声が嗄れて居つて、御聴苦しいことゝ存じます。何しろ斯《か》う云ふ頭を致して出て来たのでありますから、何分諸君の御勘弁を願ひます。もう一つ御断りをして置きたいのはどうも斯う云ふ御話と云ふものは甚だ申難《にく》いので、余り堅くなつて、真面目な面をして居つては工合が悪い、それで成べく諸君と差向ひで胡坐をかいて寛いで御話する、斯う云ふ考でありますから、随分妙なことを申すこともございませうが、是は吾々の持前であると、御勘弁を願ひます。

今日は一葉の話をするようにと云ふ御註文で、それは私に取つてやりたいことでありまするし、それから私が御話したと云ふことで、何等かの御興味が出来て一葉全集を御読み下さるとか、尚ほ進んで御買ひ下さる方が出来ますれば、私の悦び、欣喜の至り、有難い仕合せでありますから、やりますけれども、どうも事実がもう、申し古し、書き古した形があつて、どちらかであの話は聞いたやうだ、見たやうだと云ふやうな御感じがあるだらうと思ひまする。是はどうも私に取りましては已むを得ざることで、成べく変つたやうにやる積りでありますが、どうも同じやうな人のこと、又同じやうな方面ばかり見て居る私が申上げるのでありますから、余り変つたことは申上げられませぬ。

人間は自分の有《も》つた天賦の力と云ふものがあるばかりでなく、時代に感化され、種々の直接接触する人に感化されると云ふことも随分多いのであります。で少くとも其の人のした事業の幾らか色彩とか方向とか云ふやうなものが、其の時代の調子で彩られると云ふことは屢々あり得ることであります。樋口一葉は私共の贔負眼かも知れませぬけれども、先づ少くも常人に立勝《たちまさ》つた婦人であらうかと考へられる。打遣つて置いても何かする人でありましたらうと私は考へます。あの人が有つて居りました才能が、一葉全集の『われから』とか『たけくらべ』とか、或は『十三夜』とか、『にごり江』とか云ふやうな一葉の傑作を成したのは、先づ矢張り時代の感化のやうに私は思はれるのであります。で、文学者としての一葉の背景《バックグラウンド》として、其の当時の文学界の有様、即ち文壇の有様がどうであつたかと云ふことを御話したいと思ふ。是は或は諸君がまだ御聞きにならぬこともあつたらう。勿論御聞きになつた所で、何の為めにもなりませぬが、又或は隔世の感をなさる方もあるかも知れませぬ。一体文学書の出版は明治十五、六、七年頃から段々始つたものと見て宜しい。其の以前にもありましたらうけれども、余り盛に出来ませぬやうでした。私共少年の時分に盛に見ましたのは飜刻物で、馬琴物が一番多かつた。其の他大岡政談と云ふやうな色々なものがあつた。其の中に当時の小説の新作物が大分加つて居つた。それは花春時相政、日本橋浮名歌妓と云ふやうな名前のもので、是は今の七五調で書いてあつて、著者は伊東橋塘と云ふ人でありました。さう云ふやうな人の名前が大分出て居りました。それと前後して矢野文雄氏の経国美談と云ふのが出ました。今でも御聞きになるかも知れませぬが、希臘がスパルタと戦つたテーベの勇士物語であります。それから又ヂュール・ヴェルヌの仏蘭西の科学小説《サイエンスナベル》、空中旅行とか、海中旅行と云ふやうなものゝ飜訳が出来ました。それから世界の五大奇書の中の一つでアラビヤン・ナイトの飜訳が出来た。是は井上勤氏の著書であります。今でも生きて居られますが、其の当時此の人の飜訳が色々まだ沢山ありました。セークスピーヤの何でありましたか、チヨツト覚えませぬけれども、兎に角大分飜訳物が薄い書物になつて出て居つたことを記憶して居ります。それからさういふ書物が沢山出て、色々ゴチヤ〳〵して居つた其の中に、茲《ここ》に全く其の当時の新文学と云ふものが起りかけた。其の先駆となつた人は申すまでもなく坪内逍遙先生であります。坪内先生の書生気質と云ふものは、余程面白いものである。今日から見れば、それは何でもないが、其の当時では余程変つたものであるし、さうして其の心持が、昔の小説とは違ふ。それまでの小説は何か人が死ぬとか、或は非常な泥棒が出て来るとか、又或は非常な変事の際に忠義を尽すとか云ふやうな、余程変つた者が多かつたのでありますが、書生気質に至つては、さう云ふことはない。唯普通の当時の風俗小説であつたのであります。是れが詰り大きく言へば新しき文学、所謂明治文学の暁鐘と名付けて宜い位なものである。続いて同じく坪内氏の内地雑居未来の夢、小説神髄と云ふ小説論も出ました。近頃古本で色々なものが出て居りますが、是等も御探しになれば今何処かにありませう。それで此の書生気質や、内地雑居未来の夢とか、小説神髄と云ふやうなものが出たのは恰度明治十七八年頃であつたと覚えて居る。それから少し後に東海散士で有名な柴四朗の佳人の奇遇、鉄腸末広重恭氏の雪中梅、それから花間鶯と言ひますか、さう云ふやうな名の小説が出たのであります。それはもう十九年か、二十年頃だと私は思ふて居ります。其内に又新しき文学——坪内逍遙先生に依つて代表された、極く微かな声でありましたけれども、詰り新興文学が起り来たらんとして生れ来たつた産声と見て宜しい。それから此の産声が尚ほ一層高くなつて来た。即ち坪内先生が起したムーヴメントの後を継いで、兎に角新しき文学をやらうと云ふ人が茲に生じて来た。是は即ち尾崎紅葉君——と云ふよりも、山田美妙斎君を頭に戴いたといふ有様でありましたが、山田美妙斎、尾崎紅葉、それから今の小波《さゞなみ》さんと云ふやうな連中の集つた我楽多文庫と云ふ雑誌が生れて来た。是はもう二十年頃かと覚えて居ります。其の内に段々に新しき小説作家が色々沢山出た訳でありますが、さう云ふ作家を集めて、都の花と云ふ雑誌が金港堂から出ました。是は今日の新小説とか、或は文芸倶楽部と云つたやうな小説ばかり集めた雑誌であります。其の時分の小説は一回限りと云ふものでなく続いて出て居る。それを分けて後で一冊に綴ぢることが出来るやうになつて居た。それで何年に何が出て、何年に何が出たと云ふ年代は、大急ぎで出て来たものですから申上げられませぬで、甚だ残念でありますが、其の次に春陽堂から新小説と云ふ雑誌が出ました。今日の新小説は余程其の中が切れて、さうして又後に出たもので、文芸倶楽部より遅く出たものである。併し其の先《せん》からあつた新小説は森田思軒、幸堂《かうだう》得知《とくち》と云ふやうな人々が集つて出来たもので、都の花の新しい作家に対して、新小説の方は当時の古い作家大家と言ふべき人々でありました。それと言葉を換へて言へば新小説の方は原稿料を当てにしないやうな人達が、謂はゞ隠居仕事に筆を執つたやうに思はれる。さうして都の花の方は原稿料を当てにして居る人が多く書いて居るといふやうな有様であつた。其の内に早稲田文学が起り、一方にはしがらみ草紙といふのが出て来た。其の前には国民の友と、女学雑誌と云ふ二つの雑誌が大分文学に力を入れるやうになつて、国民の友は山路愛山と云ふやうな若い連中が徳富君を戴いて、硬い方の文学、のみならず歴史上のことゝか、或は文学評論と云つたやうな部分から始めて、さうして今日の中央公論が大きな附録を出しますと同じやうな風に年に二回文学附録と云ふものが出てさうしてそれに色々の文学、小説が出たのであります。其の小説の中には鷗外さんのものも出て居りました。それから当時の小説の色別けを申上げます前に、もう一つ申上げたいのは、当時既に戦線に立つて文学の戦ひを戦つて居らるゝ方々のみならず、吾々のやうに後から野次馬にでも出やうと云ふやうな了簡の輩にまで大分感化を及ぼしたことがある、それを一つ申上げる。矢張り明治二十一、二年の頃であらうと思ひまする。日本の古文学、所謂クラシックスの飜刻物が段々出来て来た。それまでは余りやらなかつた。それまでは徳川期の小説のやうなものが多うかつた。所が此度さう云ふもの以外に、もつと古い所の日本の文学、古典《クラシツクス》の飜刻が段々起つて来た。さうして最も此の方面に力を入れ、世の為めに致したのは博文館で、博文館の文学叢書、歌学叢書と云ふものが出ました。それは何でも十五、六銭か二十銭位で誠に汚ない。中も余り良くなかつた。紙も悪いし、体裁も悪かつたが、併し兎に角廉くて読み宜い本が出来た。今の人でもさうであるが、当時の人間でも昔の巧い字で書いてある木版本は読みにくかつた。それが活字になつて来ると大変読み易い。それからあの大きな美濃紙で作つたものは持つて歩くにも不便であるが、それを程好く、携帯にも便利にし、さうして読み宜く廉くしたと云ふ点に於て、時々吾々共の中に日本のクラシックスの知識を普及さしたのは博文館の功没すべからざるものがある。それから今もう一つもつと直接に当時の文壇に影響を及ぼした出版物は近松門左衛門の作物と、井原西鶴の作物である。此の両方の作物は何時頃でしたか、矢張り二十一二年の頃だと覚えて居りますが、神田明神の附近に武蔵屋と云ふ小さな本屋がありました。其処から近松や、西鶴の飜刻が出ました。私共はお恥しい話ですが、近松の作物も、井原西鶴の作物も其の武蔵屋版で多く見ました。此の武蔵屋からは好色一代男や、好色五人女も出ましたり、それから矢張り二十一二年の頃だと思ひます。男色大鑑、本朝若風俗、確か尾崎君の校訂であつたが、春陽堂から出ました。それから奈良附近の本屋で好色一代男や本朝桜陰比事と云ふやうなものが、何処からかばら〳〵になつて、一冊の本になつて出ました。今日坊間で御覧になる博文館の帝国文庫で後に纏めてぼつ〴〵出た。それから古著百種と云ふ雑誌が大阪から出たが、其の中に矢張り色々其碩自笑《きせきじせふ》などと云ふ連中の、傾城曲三味線や傾城禁短気と云ふやうなものがぼつ〴〵活版にして続物のやうに一冊の雑誌の中に出て、何冊か読むと一冊になると云ふやうなものが出て来た。其の時までは、馬琴とか京伝と云ふやうなものが出《い》でゝ、斯う云ふ近き徳川時代の文学は吾々は知らなかつた。それに向つて、近松とか、西鶴物若《も》しくは芭蕉の俳行脚と云ふやうなものが提供されたのは、甚しく当時の新たなる、少くとも新に文学に入らうと云ふ、即ち其の当時の吾々青年には非常に感化を及ぼしたものであります。

先づさう云ふやうな有様でありましたが、茲《ここ》でちよつと小説に二派が出来たやうな形がある。文学に於ての趣味と云ふのでなくして、文学者としての気分と言つたら宜からうと思ふのですが、其の気分に二つの潮流が出来上つたやうな気がございます。それは一方では英国文学を主にして、其の物からぽつり〳〵と勧善懲悪排斥の文学を起した。さうして従つて客観主義と云ふやうなことが説かれて、余り感情の激烈な方へは筆を着けて行かないと云ふやうな趣味、考、所謂穏健中庸の途を採らうとされた坪内逍遙先生の一派の小説、飜訳が一方にある。さうして之に反対した方で森鷗外さんのしがらみ草紙と云ふものがあつた。是は独逸文学、或はゲーテとか、或はアンデルゼンとか云ふやうな人々、一体に書かれる創作に於てもさうですが其の心持に於て作家の主観、感情が其の儘出て居るやうなもの、即ち言葉を換えて言へば今日の所謂ローマンチックな作物を世の中に紹介して行かうとする、其の鷗外先生一派の小説及び飜訳、斯う云ふ二つのものが相対して居りました。で何れかと云ふと鷗外先生の派のものが、吾々若い者には面白いと思つたのであります。矢張りローマンチックの方に傾いて、さうして自分の思ふこと、自分の感情を其儘言ひ現す、自分をもモデルに取つて十分思切つたことを書く、斯う云ふやうな考を有つ、其の方面からして、鷗外さんのものが大分力を有つて居つたやうであります。さうして次第にさう云ふ風になつて参りました所で、明治二十四年、五年、六年、と云ふやうな時分では、もう既に幾らか当時の言葉で謂ふ深刻小説、非常に深刻なものを書く、色々な深い悲哀の情を書く、さうしてもう少し冷酷な、昔とは違つた、唯人を撃殺すと云ふのでなく、人をいぢめて、ぢつと笑つて居ると云ふ、憎らしい人間の感情を書くと云ふやうな風が、幾らか文壇の間に漂つて来たのである。さうしてさう云ふ心持を起さしたに与つて力のある飜訳が二つある。即ち其の飜訳をした人が二人ある。一人は二葉亭四迷君で、其の人の『あひびき』『めぐりあひ』、是は何れもツルゲネーフの作物を飜訳したもので、明治二十一年か二年の『都の花』

に出て居つたものである。此の点から言ふと二葉亭四迷君は我が文壇の先覚者であつて、さうして文学者として非常に生命の長い人であります。

其の次に吾々を覚醒して、即ち物を深く考へ、込入つた感情を捉へて行くと云ふ感化を与へた飜訳がある。それは当時不知庵《ふちあん》と言つた内田魯庵君の『罪と罰』と云ふ飜訳である。是は書肆の都合で、半分出たかどうか分りませぬ位でありましたが、是が当時の幾らか文学を自分でもやらうと云ふ人の間に広く読まれたものであります。今日聞く所に依れば、内田君は既に新に之を飜訳せられて今年か、来年かに必ず出ると云ふことである。内田君が二十二年前にやられた仕事を今日尚ほ続けて、再び又日本の文壇に多少影響を与へられることは大変嬉しいことである。従つて内田君の文壇に於て、文学者としての生命の長いことは大変祝すべきことであると思ふ。

さう云ふ風に文壇に感化が及んで、さうして此の頃から広津柳浪君の小説が現れるやうになつた。

柳浪君の小説は勿論一口には言はれないが、矢張り深刻小説と云つたやうな曲つた感情の一種妙な人が出て来ると云ふのが柳浪君の得意な所である。それから泉鏡花君の夜行巡査と云ふのが少し後れて二十八九年頃から書かれた。で泉鏡花君の出た形もどうかと云ふと、矢張り深刻小説の範囲を通つて出たものである。

先づさう云ふやうな文壇の有様であつて、それで日記を御読みになると分りますが、一葉君は饗庭篁村の小説などを初め読んで居つたやうであります。けれども一体の文学、小説の風潮と云ふものは実際に幾らか内観的に内を省みると云ふ方針を取つて来たのである。此の感化を受けて、前とは違つた、其の淋しい、人世の哀音を伝へると云ふやうな小説に一葉君の筆が向ふことになつたものと私共は思つて居ります。先づ一葉君の出ます前のバックグラウンドは凡そさう云ふやうなものである。もう少し精しい御話をすると宜しいが、まあそれだけに致して置きます。

どうも一葉君のことはもう色々御話したので、何ですか、出来るだけ――日記を大抵御読みになつたらうと思ひますが、先づ一つ日記の中からコオテーションもやらずに手短に御話いたします。一葉君の御父さんは甲州の人である。甲斐東山梨郡大藤村《おほふぢ》の内中萩原十郎原と云ふ所で生れたさうであります。それは今の中央線塩山《えんざん》と云ふ所の近くである。お母さんも近辺の人らしい。お父さんは則義《のりよし》と云ふ、お母さんは瀧子、姓は古屋氏であつたさうであります。よく内の人にも聴いて見ませぬですが、御存じの通り甲州と云ふ所は郡代か何かあつた所で、城主の無い所であつた。或はあつたかも知れないが、旧武田家の残党が山の中に逃げ出して商人になたり百姓になつたりして其処らに居つたのでありまして、普通の農業者、工業者とは少し趣を異にして居つた。恐らく樋口君の血統も武田家へ仕へた武士の血統であつたらうと思ふ。兎に角父は学問あり、気概ある人であつたやうであります。安政四年巳年と云ふことでありますから、即ち今より五十九年位前のことですが、夫婦共一緒に江戸に出ました。此の江戸に出たと云ふのは、どうかして江戸で武士になりたいと云ふ考で出て来られたらしい。で夫婦共別れて旗本の家に居つて、お父さんは菊池家、お母さんは稲葉と云ふ家に奉公をした。さうして別々に奉公して居る中《うち》に幾らか金も出来、江戸の風にも慣れて来たので、当時幕府の御家人とか何とか云つた士分、無論士分と云つた所で立派なものではない。兎に角先づ帯刀をすることの出来る格式のもの、是が株のやうになつて居つて、売買の出来たものであつたらしい。で八丁堀と云ふのは、当時幕府の警視庁でありますが、其処の与力にはなれなかつたけれども、同心とか云ふやうな警察人の株を買つて、お父さんは侍になつた。

それは明治になる前、慶応に近くなつた頃でありませう。其の内に明治の世の中になつたので、明治政府にファーザーは仕へることになつて、恰度此の向ふの今の長与さんの隣辺りに東京府庁がありました。是は確か二十八年頃までございましたが、其の府庁の役人になつて、其の役宅に住つて居つたのであります。それでさうなるまでに樋口家には幾人も子供が出来た。長女に藤子と云ふ人があつて、是は日記の中に久保木の姉君と書いて度々出て居ります。其の人は明治三十七年に亡くなつたさうであります。其の次に長男泉太郎《せんたらう》君、是は元治元年生れでありますから、五十六七になりませう。此の人は安政五年生れでありますから、五十六七になりませう。其の次に長男泉太郎《せんたらう》君、此の人は安政五年生れであります。次男が虎之助、慶応二年生れ、此の人は今生きて居ります。それから次に明治五年三月廿五日に樋口夏子、即ち一葉女史が山下町の官舎で以て呱々《ここ》の声を上げたのであります。それから二年経つて明治七年に今に生きて居る樋口邦子君が一葉君の妹として生れたのであります。で段々大きくなつて来て、明治九年までは官舎に居たと見えます。明治九年に至つて家を本郷六丁目の法泉寺と云ふお寺の南隣に移して、其の辺に家を借りたのであります。

此の法泉寺と云ふ寺は本郷の大学の赤門のちよつと筋向ふの所に引込んだ寺がございました。今は市区改正でお寺さんが移転料を貰つて方々に動きますから段々分からぬやうになりますが、私共子供の時分には其の南の方にございました。で、一葉君の行雲と云ふ小説を御読みになりましたか、どうか、あの行雲の中に隣のお寺に観音様があつて、其の観音様に花が咲くと云ふことがあります。其の観音様、其の濡仏は即ち法泉寺の観音である。又其の行雲の中に書いてある事実がある。御読みになれば分りますが、中に男の人は甲州の大藤村の人であると云ふことが書いてある。それや、是れやを考へても何かモデルがあつたらしいと考へます。

実際其の法泉寺の裏の方に樋口家の親族の人が住つて居つた。其の家は其の後日本画家として有名であつた原田直次郎と云ふ人が住んで居つた。此の人は鷗外君のうたかたの記の中のモデルださうでありますが、是は故人になりました。其の原田君の住つて居つた家に、前に樋口君の親類の人が住つて居つて、其の家で以て起つた何かの葛藤を行雲の中に書いたものである。併しもう樋口家の人は一葉君の妹さんが居るだけで、此の小説がどれだけ事実で、どれだけ芸術であるか分りませぬが……それから十年の春、一葉君は本郷小学校に這入つたけれども、間も無く退校した。何でも未だ小さかつて、兄さんと一緒に行つて居つたのが、兄さんが学校を卒業したので、連れて行くことが出来なかつたと云ふやうに聞いて居ります。十一年の夏に本郷四丁目に僧上りの手習師匠があつて、其処へ入学したと、家で言つて居ります。本郷四丁目と云ふだけでよく分りませぬ。聞いて見れば分りますが、私の想像では、今の大学の方から本郷三丁目の交番の方に曲つて御出でになると、少々地面の低い所に勧工場があつて、其の広い横町は菊坂町に参ります。其の勧工場の狭い横町を這入りますと、二軒目位の所に何か手習師匠があつたやうに私は覚えて居ります。今はさう云ふ家はありませぬけれども、其の家ではなかつたかと思つて居ります。其処でまあ手習をして、私立小学校見たやうな工合に通つて居つたものと見える。それから十四年の夏に下谷《したや》の御徒士町《おかちまち》に引越した。さうして其の冬一葉は青海小学校に入つて、十六年まで其の学校に居りました。詰り十二三歳まで居つたのであります。其の時分は小学校を卒業すると云ふこともなかつた。それで小学校で教へることは皆習つたと云ふことになつて、学校は退校したけれども、一葉は学問好きであつて、どうも学問がしたかつたのであります。一体其の当時、明治十五六年の頃は日本の思想界、政治界に於て、政府と民党の戦ひが大分激烈になつて来つゝあつたので、即ち私の所に置いてある書付けに依れば、今日総理大臣になつて居られる西園寺公望侯などは板垣退助伯と共に自由新聞と云ふ革命的思想を帯びて居る、今日で云へば危険思想を帯びて居ると云つたやうな新聞の社長になつた。それで政府並に宮中を震駭さした。全く驚いたやうに、それで色々運動して西園寺侯を諭して其の新聞を退かせやうとしたけれども、西園寺侯は聴かない。それで兄さんの徳大寺実徳《さねのり》公が或る時西園寺侯を呼んで、勅命だからあの新聞を退けと言つた。勅命であるから止を得ない。西園寺侯は自由新聞と縁を絶つた。勅命だから廃せ、――勅命を用ゐたと云ふことは如何に当時民党と政府党の間の戦ひが激戦になつて居つたかと云ふことは此の一事に於ても想見されるであらうと思ひます。

さう云ふやうな有様で大分総てのものが動揺した時分で、総てのものが燃されて生れ出やうと云ふ時であつた。従つて一葉君の如き勝気な婦人はどうしても学問がしたかつた。そこでお父さんに学問をしたいと願つた所がお父さんは賛成したが、お母さんが不賛成で学校に入れなかつた。当時はお父さんも生きて居つたし、学校に入れゝば入れることは出来たらしかつた。其のことは今遺つて居る樋口邦子君も物語つて居るし、一葉君自身も或る時私に「親父は学問をさしてやらうと言つたが、お母さんが止めたので自分は悲しかつたけれども、家に居つて、学校に行かなかつた」と云ふことを話したことがある。其の時お父さんの知人で和田重雄と云ふ人が八丁堀に居つて、其の門に入つて十七年頃から半年程和歌を習つた。それから後は家で以てお母さんの指図通り頻に縫物の稽古をして居つたと云ふことであります。併ながら一葉はどうにかして学問はしたかつた。それで本を買つて呉れと言つて、お父さんから物語本などを買つて貰つて読んで居つた。お父さんも、それを見て、あれは学問が好きだからもう少し何とかして学問をさしてやらうと考へたらしい。それで其の頃有名な漢法医で遠《をん》田《だ》澄庵《ちようあん》と云ふのが友達で樋口の家に遊びに来て話をした其時に、お父さんが誰か女の先生はなからうかと訊くと、遠田澄庵が歌子と云ふのがあると言つた。何とか言つたらうが、唯歌子と云ふだけを樋口家では聞いた。それで歌子さんと云ふ人であると、それは下田歌子と云ふ華族女学校の先生であるが、すつかりそれであらうと云ふので下田歌子さんの家に行つて、どうか内弟子にして呉れないかと云ふと、華族女学校の方に出されるのは宜いけれども、内では教へることは出来ないと云ふやうなことで、随分無理をして我慢をすれば、なに華族女学校に入れゝば入れられただらう、それ程困つて居つたやうでありませぬけれども、兎に角吾々共がそんな所に行くべきものでないと云ふやうな、ちよつとひがみもあり、まあそんな工合で下田さんも沙汰止みになつてしまつた。所が又遠田澄庵がやつて来た時に、下田歌子は駄目だつたと云ふと、いや下田歌子ぢやない、中島歌子だ、下田歌子と云ふ人は西洋風の学問をした人だから、中島歌子さんの方にしたら宜からう、此の人は字も巧いし、歌の先生だから、此の方に行つたら宜からう、それは訳はない、私の娘と云ふことにしたら宜いと云ふやうなことで、遠田澄庵の紹介で中島歌子と云ふ歌人の門に入つた。中島歌子と云ふ人は千《ち》蔭流《かげりう》の歌を学んだ人で、聞く所に依れば随分微賤から身を起した人であつた。従つて気品もなければ、学問も無かつた。何でも籠屋とか、車屋の娘であつたとか云ふが、砲兵工廠の前側の商人の娘であつたらしい。それが水戸の浪人と云ふやうな人と夫婦になつて、夫が死んだから、或る歌人の門に入つてさうして自から字を習つたり歌を学んで、歌人になつて、樋口の御師匠さんになつたのであります。此の人は学問はなかつたが、其の代り物語などを講義すると云ふやうなことであつたから、其の辺に付いては殊に晩年になつては、一葉は大変師匠を助けたのであります。兎に角さう云ふ微賤から身を起した負けぬ気のお婆さんであつたから、一葉の男勝りのてきはきした所が気に入つたやうであります。で、日記を見ても色々親切なことを中島歌子が言つて居る。唯あれは御世辞で言つたのではない。実際樋口君に言つて居つたのである。若し樋口君が何処でも嫁に行ける人であつたら、或は中島家に貰はれたかも知れない。実際さう云ふやうな話もあつたやうな形跡もあります。それで明治二十年の夏に至つて兄さんの泉太郎と云ふ人が亡くなつた。此の人は一葉が大変頼りにして居つた、極く温《おとな》しい、学問の大変出来る人であつた。其の前にお父さんは隠居して居つたから、二十一年の春一葉君が相続人として樋口家の戸主になつた。さうして二男の虎之助君は徴兵脱れの為めに他処の養子に行つて居つた。其の頃は戸主は徴兵に採らないと云ふ規則であつたから、お婆さんか何かある所に行くか、或は何も無い所に行つて、成べくならばさう云ふ方法で徴兵を脱れたのであります。

それで虎之助君も何処かの家を目掛けて養子と云ふことになつて居たから、虎之助君は家を継ぐ訳にいかないので夏子君が家を継ぐことになつたのであります。其の後則義君が辞職をして芝の高輪に移つた。虎之助君も其の辺に居つたものと見える。そこで芝の増上寺の権現社の神主だと云ふ話ですが、さうでないかも知れない、兎に角私はさう云ふ風に聞いて居りますが、其の人がなか〳〵痛快な人であつて、大変な起業家で、さうして又大分先見の明があつたのであります。其の当時段々市が広くなつて、交通が頻繁になるから、何か荷物を運ぶ運搬業をやつたら宜からうと云ふやうな話があつて、則義君は馬車運送会社を起して、やつて居つたらしい。さうして其の年の秋表神保町《おもてじんばうちやう》に移つた。それで『十三夜』を御読みになつた方は御分りでありませう、『十三夜』の中に表神保町に居た時分のことが書いてあります。あれは全体は事実でありますまいが、其の時分の子供の記憶をどうか細工して作つたものでありませう。二十二年の春神田淡路町に転居した。さうして同じ年の七月にお父さんが亡くなつた。それでお父さんと一葉との間はどう云ふ風であつたかと云ふと、一葉はお父さんには大変可愛がられて居たらしい。お父さんは前申した通り可なり学問のある人で、さうして今の遠田澄庵だとか、或は其他当時の書家とか画家等に知合も多うかつたし、家にも色々の道具などもあつたらしい。今日遺つて居る古い写本などが随分家にあつたやうである。又当時行はれて居つた芸術とか或は学問と云ふものに幾らか接触を保つて居つた人で、先づ中流以上の学識を有つて居る老人であつた。

兎に角一葉は女だから、少し大きくなると始終家に居つたし、お父さんも晩年には何か用があつて少し歩くと体も疲れると云ふやうになつて、つい家に引込み勝になる。それで一葉とお父さんと一緒に居る機会は男の子よりもつと多うかつた。でお父さんは其の一葉を捉へて色々の物語をし、色々故事、伝説と云ふやうなことを精しく話をしたものと見える。さうして一葉君は色々の知識を得て、其の知識が直接でなくても、間接に其の作をなす上に大分影響があつたらしいのであります。で間もなく秋になつて、お母さんと一葉君と、妹さんの邦子君と三人で芝西応寺の虎之助君の所へ皆同居した。幾らか金も道具も持つて居たでせう。所が虎之助君は陶器の職工で、瀬戸物の画家である。其の方に於ては面白い人で、さうしてなかく人に下らない痛快な人であつた。従つて腕のある職人の常で、何となく、金使ひなどに締りの無い人であつたらしい。それが為めに持つて行つた金なども段々虎之助君が使つてしまつたやうな始末になつて、お母さんと喧嘩をして、お母さんがヒステリーを起すと云ふやうなことで、仕方が無いから、当時一葉君は中島の門下にあつたから、中島に行つて、どうも困ると云ふ打明話をしたものと見える。それは気の毒だ、私の家に来て居つたら宜からう、さうすれば其の内に学校の先生にしてやるからと云ふので、中島家に内弟子として五ケ月程居たのでありますが、其の間に何か其処の家でも譲ると云ふやうな話も出たものと見えます。それが二十六年の十一月十五日の『塵中日記』三百九十七頁に「我も昔はこゝに朝夕を立ちならして一度はこゝの娘と呼ばるゝばかり、はては此の庭も、まがきも、我がしめゆひぬべきゆかりもありしを」到頭さうならなかつたと云ふやうなことも書いてあつて、幾らか後を譲らうと云ふやうな話位は中島氏がしたものと見える。是は当時さう云ふ風の御婆さんで、自分独りで生活して居るので随分気嫌買ひでもあつたらうから、少し気嫌の好い時に好い加減なことを言つたのかも知れぬ。それから二十六年の秋に本郷菊坂町六十番地に母と妹と共に移つたのであります。是は真砂町と菊坂の方の谷との間に非常に低い日の当らぬやうな大溝《おほどぶ》があります。其の溝が流れて居るのを向ふに越すと高い台があつて、其の台の下の所に家がある。其の中の一つの家であります。恰度今の本郷三丁目の交番の所から、大塚の方に行きます電車路に沿うて参りますと、最初にある横町を右へ小石川の方に向けて下りて、其の坂を降りますと谷になります。其の谷を左の方に参りますと溝があります。其の中の家の一つであつたのです。さうして其処で三人共賃仕事をして居つた。日記に依りますと、蟬表の内職をしたと云ふことが書いてあります。又一葉の書きました『にごり江』の中にも此の蟬表の内職をしたことに付いて書いてあります。是は私が知らぬから、諸君も或は知られないかと思ふ。蟬表と云ふのは下駄の籐の表で、何でも夏蟬が鳴く時分から、あれを履くと云うので、それで下駄の籐の表を蟬表と云ふのださうです。或は絨氈のやうな籐の筵見たやうなのを蟬表と申すかも知れないが、兎に角私も分からないから、聴いた所が、下駄の表であると言つて、樋口家では説明をして居つた。さうして其の時分から内が段々困つて来た。所が手内職と云つた所で、方々から、縫物、洗張り、或は縫直し物と云ふやうなものを引受けて親子三人でやつて居つたけれども、一体一葉自身は針を執つて縫物をすると云ふ質《たち》の人でない。そんなことはまだるつこくていかない。厭だつたらうと思ふ。で何とか外に此の生活の途を立てたいと思つて居つた所が、前に御話した通り世間の状態が段々小説などが売れると云ふやうな世の中になつて来た。で当時中島門下の三媛《さんゑん》と云つて、樋口夏子、それから田辺龍子《たつこ》、是は今の三宅花圃さんで雪嶺夫人であります。今一人は伊東夏子、此の三人が当時中島門下の三媛と言つたさうであります。其の一人の三宅花圃女史は其の当時既に文名があつて、藪鶯と云ふのが明治二十三年でしたか出ました。さう云ふ訳で或は一葉君も花圃さんに書ける位なら、なに自分にも書けると思つたかも知れぬ。兎に角色々聞いて見ると縫物をするより、小説を書いた方が大分生計を営むのに都合が好い。全く一葉君が小説に手を染めるやうになつたのは金を取る為めであつた。金を取らうと云ふより外に目的はなかつた。所が金の欲しくないと云ふ人のものは佳いものが出来ない。実に人生と云ふものは活きられないと云ふ程痛切なものは無い。之を以てどうしても活きなければならぬ。之を以て御飯を食べなければならぬと云ふ考は余程人に好《よ》き刺激を与へる。さうしてよき事をするものである。人生は吾々を刺激し、吾々を教へる。活きられるか、活きられないか、飯が食へるか、食へないかと云ふことは、非常に関係がある。だから是で飯が食へるか食へないか、どうしても是で自分は飯を食はなければならぬ、と云ふ考を以てやれば、其の人は善い仕事をする。悪い人がやれば余り善いことはないけれども、其の人のすることは真面目で、真剣である。それでさう云ふ訳で誰か御師匠さんがないかと考へて居つた。所が妹の邦子さんが当時洋服を習ひに行つて居つた所の友達で、少し年を取つた人ですが、野々宮菊子と云ふのがあつた。其の人が小説家の妹を知つて居つて、其の妹さんの紹介で小説家に入門することになつた。其の小説家と云ふのは即ち半井桃水《なからゐたうすい》君である。半井君は当時朝日新聞に小説と云ふよりも、所謂続物を書いて居られた方である。さうして半井君は当時でも新派ではなかつた。詰り、所謂新しい、学問ある、即ち後々までも其の小説が生命を有すると云ふ風の文学団体に属して居る人でなかつた。此の半井君に就いて小説を稽古した一葉君が、今日一葉全集に遺つて居るやうな小説を書きましたことも亦余程面白いと思ふのでありま す。其の時に半井は芝佐久間町に居つた。それで二十四年の四月十五日に半井君を訪ふたのですが、一葉が日記を書きましたのは其の四月十一日頃から始つて居りますから、此の日記の初の方に書いてある。そこで二十四年の四月十五日に芝佐久間町の半井君の所に出掛けて行つて、其の時に色々小説の話をして、一回分の小説を書いたと云ふことが日記に出て居りますが、是は多分一葉全集の後編に『かれ尾花』と云ふのが出て居ります、それだらうと思ひます。

それから段々と半井君と親しくなつて、さうして色々の教を受け、又小説の趣向をして、作の指図をして貰らふと云ふことになつて来た。それで先づ今のかれ尾花と云ふのが一葉の処女作らしい。さうして其の次に行つた時に半井君が、貴方の小説は結構であるが余り和文過ぎる。もうちつと今様のものを書いて来いと言つた。で其の次行つたのは、日記に依ると四月二十二日に又もう一つ小説を持つて行つたと書いてある。其の小説は一様全集の後篇の方に四角なものを二つ書いてある、断片で題がない。又どうも名の付けやうがない。それで仕方がないから四角を二つ付けて置いた。其の小説が今遺つて居る。四角の二つ書いてある前のものだらうと思ふ。それから二十四日までにすつかり書いたと書いてある。だからそれでせう。でまあ度々でもないが半井君の所に行つて居る中に、二十四年五月の十二日に半井君が麴町平河町に転居した。さうして此処を幾度も訪問したけれども、何でも暫く行かなかつたことがあるやうです。所が野々宮菊子が来て、半井さんが、此の頃余り樋口は来ないがどうしたと云ふものですから、達者で居ると言つたと云ふ話であつたから、それから又出掛けるやうになつた。其の間に半井君の妹さんが結婚をして居る。それから其の前に小説を持つて行つたと書いてある。是は大分長い小説を持つて行つたらしい。是は後篇にある別れ霜と云ふ小説らしい。十一月の二十四日に半井さんの所を訪ねた所が、此処の家では少し都合が悪いからと云ふので、少し本宅から距つた裏屋のやうな狭い隠れ家に行つて、さうして色々の話をした。其の時に何でも片恋と云ふのはどんなものであらうと云ふやうな話をした。さうして本当の恋と云ふものは自分でなければ其の人を可愛がる人は無い、さうして其の人を自分の妻にすれば宜い、さう云ふ風に恋するのが本当の恋なんだと云ふ話をした。それが何でも後篇の『たまだすき』に使つてあると思ひます。

それからして二十五年の一月八日になつて半井君の所に年始に行つた。所が家が締つてあつて、半井に用のある者は小田某の方に行つて呉れと書いてある。それで其処に行つて聞くと旅行したと言ふ。旅行は何処だと聞くと、唯地方に言つたと云ふだけで、分からぬ。そこで何か訳があらうと、色々考へた末、是は旅行でなく、隠れ家に居るに違ひないと思つて、隠れ家に行つて見ると家が開いて居たから、外から度々名を呼んだが、返辞をしない。それで水口が開いて居たから、中に這入つて行つて方々捜したが、矢張り居ない。それから終に其の居間の入口に持つて行つた土産物を置いて帰つた。其処が面白い。一葉が随分物堅い教育を受けた婦人である。それがさう云ふ家の中に這入つて、さうしてさう云ふ大胆な振舞をして帰つた。其の所は日記の百十七頁の所に書いてある。読みますと宜しいのですが、時間がありませぬから止めます。それから帰つて来て、其のことを断つてやらなければならぬと思ふたが、手紙を書いたが状袋に封じ込んだ儘、後のさはりになるのを虞《おそ》れて出さなかつた。何か事情があつたかも分からない。それから十一日に半井君からはがきが来て隠れ家に居ると書いてあつた。次に二月三日に明日来いと云ふ半井君の手紙が来た。それで一葉は二月四日になつて雪の降る日に半井君を訪ねたのであります。此の時に半井君は家に寝て居つて、何でも一葉は隣りの部屋に這入つて、寒い所に別に大きな声も出さないで起るのを待つて居つたらしい。さう云ふ所は昔の婦人の温順《おとな》しいと云へば温順しい所であらうが、隣に寝て居れば、ちつと大きな声でも出せば出て来るだらうと思ふ。けれどもまあさう云ふ風におとなしく隣りで待つて居つた。其の内に半井君が起きて来て、大変待たしたことを詫びて色々話をしたのであります。さうして其の時帰りに車で送られて、九段の堀端を九段坂の方に来て、本郷の方に帰へる。其の堀端の雪の景色を見て妙なことを考へて、『雪の日』と云ふものを書いて見ようと考へた。それで此の二月四日の雪の日と云ふのは何か違つて居らうと思ひますけれども、兎に角二月四日に『雪の日』のヒントを得た。一葉は一月の二十日頃に『雪の日』と云ふ小説を書いたのであります。それは雪の日に師匠の家に行つて、師匠と関係が出来て駈落をした女のことを書いたのであります。其の小説は文学界の第三号に出たのであります。それから二月の十五日に半井君を訪ふと、其の時に客が来て居つて武蔵野と云ふ雑誌を発行すると云ふ話があつて、何か一つ書けと云ふことであつた。それで三月七日に急に小説が出来て半井君の所に行つた。所が大変其の小説が巧いと言つて讃められた。此の小説は『闇桜』と云ふのであります。それから十八日に半井君から一葉君を訪ふて居る。さうして西片町に転居したことを言つて居る。所が段々其の時分には、小説も大分書いて居つたやうで、『闇桜』の後にも『五月雨』か、『たまだすき』か何方か書いて居つたやうでありますが、一葉は小説では迚《とて》も駄目だ、斯んなことでは飯を食へない。迚も行けないと云ふ考へを起したらしい。そこで三月二十一日に半井君の所に行つて、長らく御世話になつたが、果して自分は小説を以て身を立てゝ行く資格があるだらうか、貴方の方では其の内にどうにかならうと言はれますが、どうも私は行けないと思ふ、どうしてもいけないと思ふならば、どうかはつきりいけないと仰言つて戴きたい、と云ふやうなことを言つて居る。で多くの天才が自からを疑ふと云ふことは多くあることであるが、一葉が此の時分に半井君に向つて、どうも自分は覚束ないやうに思ふと言つたのは、私は面白いと思ふのであります。往々にして自信が無くなつて、自からがどうも覚束なく思はれると云ふことは、芸術家の上に殊に天才の人に於て屢々あることであります。それから二十六日の晩に半井君の所から使で呼びに来たが、夜であつたから行かなかつた。さうして二十七日に行つて、武蔵野の初号が出来たので貰つた。其の時半井君の話に、もう一つの長い方の小説を改進新聞に出して上げるからと云ふのであつたが、一葉はそれを其の儘出されることは困ると言つて、家に持つて帰つて直した。是が『別れ霜』で、浅香野沼子《あさかのぬまこ》と云ふ匿名を以て改進新聞に現れたのであります。で其の時分に半井君が病気になつて、其の見舞に度々行つて居る。其の見舞に行く工合なども大変面白く書いてある。藤村の菓子などを土産に持つて行くと、半井君が変な顔をして居る。それで自分が余り無茶なことを書くので、先生の御機嫌が悪いのでないかなどと色々心配して居る。所が茲《ここ》に注目すべきことは五月の十日から十二日まで三日間、一葉君が蟬表の内職をしたと云ふことが書いてある。

此の当時自分の才能を疑ふやうになつて、小説では迚もいかないからと云ふので、又蟬表の内職を始めたものらしい。所が此の蟬表の内職も何か裏からギユーく押すもので随分力の要る仕事である。それに一葉は元からどうも胸に病気のあつた人で、私共会つて見ても、此の胸の辺りが真直ぐになつて居らぬ。何時でも、斯う俯いて居る。どうも初から影が薄かつたやうに思ふ。自分でも話をして居りました。十五、六の時分からどうかすると肩が凝つて痛くなつて来る。矢張り肺病の瘰癧《るいれき》と云ふやうなものが出来て居つたらしい。それが下の方に下つたら駄目だとお医者さんが言つて居つたさうです。死ぬる時分には是がずつと下に下つたと云ふことであります。随分体の弱い人であつた。其の弱い人が小説に絶望して蟬表の内職をしたと云ふことを思ふと私共今日でも誠に気の毒に思ふ。尤も一葉自身は小説に絶望して居なかつたかも知れぬ。それは吾々読む方が勝手に思つて居るのかも分からぬが、書く方は勝手に書いて、見る方でも勝手に見る。此処が文学、芸術と云ふもの〻結構な所であらうと思ふ。それから六月六日半井君から来いと云ふ手紙が来たので、七日に行つた。すると半井君が斯う云ふ話をした。それは半井君も甚だ烱眼《けいがん》であつた。と云ふのは一葉の作物の調子が全く旧来のものとは違つて居つた。所謂新派のものであつたから、どうも是は自分ばかりではいかぬ。自分で教へるべきものでない、どうしても硯友社の人々と連絡するより外に仕方がないと思つたらしい。是は半井君の烱眼で、確に感ずべきものであると思ふのであります。そこで一葉を呼んで、お前さんの小説は迚も営利新聞の読物にはならぬ。どうだ、一つ友人の関係で紹介するが、尾崎紅葉の方に行つて見ないか、と云ふやうなことで、それは誠に有難いどうか一つ紹介をして呉れと言つて、紹介をするまでに約束が出来て居つた。所が十二日に中島歌子のお母さんの法事があつて、中島の家に行つて居つた、其の時に一葉の親友である伊東夏子がちよつと此方に来て呉れと言つて、別間に呼んで偖《さ》て貴女は半井さんの所に行つて居るさうであるが、近頃妙な噂が立つて居るから、半井さんとは絶交したら宜からう、と言つたので、妙なことを言ふと一葉は気に掛りながらも、自分には何のこともないから、何と云ふ返辞もしなかつた。所が其の頃中島家に度々手伝に行つて、時々中島家に泊り込んだりして居つたらしい。で六月の十四日の晩も中島家に泊つて居ると、段々夜晩くなつて、女中などが寄集つて、色々様々の話をして居る。で聞くともなしに聞いて居ると、何処の女の話か何だか色々なことを言つて居る。段々聞いて居るとそれがどうも自分のことらしい。其の内にお師匠さんの中島さんが立つて、部屋に行かうとした。そこで御師匠さん、ちよつと伺ひたいことがありますが、明日に致しませうか、今日に致しませうかと言ふと、今聞かうと云ふので、一葉君が、私は半井さんの世話になつて居るのは、唯小説を書いて見たいと云ふので、行つて居るので、別に何んでもないのであるが、どうも今聞いて居ると、変な噂がある。私のことのやうですが、一体どう云ふことでありますか——いやそれではお前半井さんと夫婦の約束をしたのでないのか——とんでもない、夫婦の約束をすると云ふやうな、そんな関係はない。唯文章の添删を乞ふだけである——いやさうか、それでは大分話が違ふ。どうも夏子さんは気の毒だ、それ程偉い人でもないが、それで一生を送らせるのは気の毒だと云ふやうな話で、自分も忠告をしたいと思つたが、もう既に関係が成立つて居ると云ふやうなことであつたが、お前さう云ふ関係はないのか、半井さんは自分の妻だとか、何とか、随分可怪しなことを世間に言つて云るやうに聞いて居る。それでは一層のこと半井さんに行かないようにしたらどうか――無論行かないようにしませうと言つて、色々相談をした。そこで二十二日に半井君の所に行つた。其の前十五日半井君の所に行つて、色んな嘘を拵へて、どうも小説をやる積りであつたけれども、中島の師匠の所に色々の用事が出来て、それが為めに中島の家にぴつたり這入つて、手伝をしなければならぬことになつたから、折角の御話でありますが、尾崎紅葉さんに御紹介を願つても無駄だから其の儘にして呉れと云つて帰つて来た。越えて廿二日に半井君の家に借りて居つた本を返しに行つた。其時に色々の話をして、事情を打明けた。其の前に自分が何も関係がないのに何か関係のある如くに色々なことを言つたと云ふやうなことを言つてプン〳〵怒つて居つたらしい。さうして半井君の弁解も聴き、互に事情を語り合つて、もう来ることは出来ないからと云つて、名残り惜しい別れをした。其の後半井君が一葉の門を通つたこともあつたが、内に這入らずに帰つた。一葉も半井君が病気で悪いからと云つて行かうとしたのを、家で以てお母さんが許さなかつたと云ふこともあつて、さうして半井君に対する恋愛らしい色々の感想が方々日記の中に見えて居ります。さうして此の半井君に対する一葉の恋とも云ふべき関係は一葉の日記の中の色彩であるのみならず一葉の女としての人間生活に一番艶のある部分だと私共は考へて居る。で時々斯うやつて御話したり、書いたりするのであるが、私は何も半井君に向つて悪意を有つて居るのでないけれども、併し先方では随分時々迷惑になるやうに思つて居られるかも知れぬ。けれども亦私はさう云ふやうに書かれるのは大変結構なことであると思ふ。私も日記などにあの野郎度々出て来るが、俺に惚れてるらしいと云ふやうなこともありますが、是は何れでも宜しい。私は甚だ光栄と心得えて居ります。（笑声）それから色々な事件も起つて居りますが、半井君の住居の方に行つて見て色々感情が変つて居る。或る時は此の人の為めに是まで苦労をし、煩悶をして居るのに、其の人は更に知らない、と云ふやうなことが書いてある。一方の人は知らずに居つた。是は大変面白い。死んだ後に日記を見てさう云ふことを考へると、半井君と一葉君の関係は其の全体を書いたら大変面白い小説が出来ると私は思つて居る。それで二十五年の七月頃に半井君は西片町を引越して、其の時に何処に行く共知らさずに移つた。さうして三崎町に葉茶屋か何か店を出して居られた。其の前を度々通《と》ほつたことが日記に書いてあります。前には紀元節と天長節には皆靖国神社に詣つたもので、私共は其の当時でも滅多に詣つたことはありませぬが、一葉は堅い家の人ですから何時も詣つて居つた。まあ此辺にも士族さんの家庭の様子も見える。それで二十六年の紀元節の夜靖国神社に詣つた帰り途に半井君の店の前を通つた。歌が書いてある、「みるめ無きうらみはおきてよる波の、たゞこゝよりぞたちかへらまし」「みるめ無き」と云ふのは、見る眼と海藻と両方にかけたのである。私は歌の筋から言つても大変面白いと思ふ。それから三月廿一日に平田禿木《とくぼく》が家を訪うて色々の話をして居る。禿木は文学界の連中で、私の友達ですが、是が文学界の連中では一番初めに一葉を知つて居る。此の時分には大分困つて五月二日に質屋に行つたと云ふことが書いてある。それから其の後に「長持に春かくれ行く衣更《ころもがへ》」と云ふ句があるが、私のはさうでない、『蔵のうちに春かくれ行く衣更』だと云ふやうにふざけて書いてある。斯う云ふやうな時々日記の中には面白いことがある。襟に立つ継を当てた時に、「みやぎ野にあらぬものから唐衣などか小萩のしげきなるらむ」と云ふ歌もある。それから色々困つたことがある。そんな中に、関根《せきね》正直《しやうちよく》と云ふ人のお父さんが亡くなつた時に、それは昔から一葉のお父さんの友達であつた為めに、香典を持つて行かなければならぬが、金が無い。それから質でも置かうかと云つてやつと苦心をして、何処かに行つて一円借りて来て、それを持つて関根さんの所にお婆さんが葬に行つたと云ふことがある。之に付いて面白い話がある。一葉が亡くなつた時に、上田万年先生が関根さんを捉へて、おい之を見よ、お前のお父さんが亡くなつた時に、樋口は斯んな苦しいことをして香典を持つて来て居る。君、樋口の家に何か持つて行つたか――関根さんは大変正直な人で、頭を掻いて非常に困つたと云ふことである。それから私の所で一葉全集の校正をして居る時分に文部省の或る編纂者が日記の校正を見て、是は良いものだからと言つて二冊買つて呉れた。其の中に関根さんの話がある。それを其の人が関根さんに見せた。所が、斯う云ふものだつたか、自分達は何とも思はずに貰つたけれどもと言つて、暫くほろりとして居られたと云ふことであります。それで又樋口の家では面白いことを言つて居る。先達つて来《らい》一葉全集の出版の時分に色々相談があつて、私はちよい〳〵往来したが、或る時邦子君が言ふのに、随分質は沢山置いた証拠に、一葉が亡くなつた時に質屋が香典を持つて来て、度々御贔負になりまして、誠に有難く存じます。時々質を持つて来て戴きましたが、あゝ云ふ御偉い方とは一向存じませぬでした。是は僅かですが、志ですからと云つて質屋が香典を持つて来た。質屋が香典を持つて来るに至つては、質屋の顧客として、如何に有力なものであつたかゞ分りませうと言つて、邦子君が笑つて居つた。それから色々なことがあつたが、時間も無し、仕方がないから、どん〳〵飛びます。二十七年の六月の末、七月の初めになつて、愈々是は迚もいかぬ、小説を書いて居るやうなことでは間に合はぬから、何処かで小商ひでも始めようと思つて、色々金策をした。がどうもうまくいかぬ。到頭内の着物で他処着とか、ちよつと着て汚れた物とか、小ましな物を何反あつたかすつかり集めて売つた。今なら着物も段々高くなつて居るから、大分の金になりませうが、其の時分のことだから廉いものでありましたらう、が兎に角それで資金が出来た。勿論資本金と云つた所が、百円足らずで、五十円あつたか、六十円あつたか、極く僅かな金であつたが、其の時分は物価も高くないから、小さな商売をするだけの一資本程はあつた。で十五日から十七日頃まで邦子君と二人で以て方々家を捜しに行つて居る。其のことが日記の三百五十三、五十四、五十五頁と云ふやうな部分にずつと書いてあります。是が大変面白い。是まで山手に住んで居つて、ちやんとした勤め人の生活をして居つたものですから、造作売物と云ふやうなものは知らない。だから家には皆畳があつて、建具のあるものと思つて居つた。所が行つて見ると、唯屋根があるばかりで中はがんがらがんである。斯う云ふことに非常に驚いて居る。それから下町を探して庭が無いとか、狭くて困ると云ふやうなことを言つて居る。此処らにも士族さんの心持が分かる。そんなら麴町はどうか、麴町の方を探せば中島の関係から顔を見られては恥しいといふやうな訳で、それから色々と探して、到頭下谷の龍泉寺町に行つた。近来あの辺はどうなつて居るか、よく分りませぬが、吉原の方に行きますと、吉原に近くなつた所に交番がある。あの辺に車屋があつた。是だと思ひますが、今はありませぬかも知れぬ。龍泉寺町三百六十八番地と云ふのださうです。今は此の方面に……一向行かない訳ぢやない。此の間一昨年でしたか、あの辺を歩いて見たことがある。前とはあの辺の路が違つて居るやうです。前にはあの辺におはぐろ溝《どぶ》に沿ふた抜路があつたのですが、今は彼処に家が建つて居るやうである。人に聞いたら、狭い路があると云ふことでしたが、前のやうな路はない。前には今の京町一丁目の非常門がある。右の方に行くと片側は家があつて、一方にはおはぐろ溝があつた。そのおはぐろ溝を離れて手前から凡そ一町位の左側に小さな家がありました。一葉は其処に駄菓子屋を始めて、子供相手に豆ねぢとか、南京豆とか、何だかさう云ふ色々なものを沢山売つて居る。同時に一方では石鹸だとか、石鹸でも余り良いのでなく、洗濯石鹸位なもので、それから塵紙とか云ふやうな極く〳〵日常に必要な荒物を商ふ商売をして居つたやうであります。

其の時分の話などを段々聞きましたが、大抵日記に書いてある。今日は大繁昌だと云つて、売上が幾らあるかと云ふと、朝から晩まで働いて、やつと六十銭か七十銭で皆儲けた所が知れたものである。それに今では五厘とか一銭で買ふ者は子供でも少いが、其の時分は五厘、一銭で、何か南京豆の一袋も買つたものである。だから朝から晩まで一生懸命に働いた所が幾らもない。自分も其の龍泉寺の宅に行きました。其の時は一葉が自分が多町《たちやう》に買出しに行つたことを私に話をしましたが、最初羽織なぞを着て買物に行くと、後から姉さん、姉さんと呼ぶ。自分の妹か、親類の子供からは姉さんと言はれるが、見ず知らずの人に姉さんと言はれたことはない。どうも変な心持がした。勿論返辞も出来なかつたが、後にはそれでも狎れて来て、商品箱を背負うて、袢天でも被て出掛けて行つて成るべく人の目を避けるやうにし、姉さんと言つても返事が出来るやうになりました。併しまだ物狎れないやうでありました。勿論斯う云ふことは妹の邦子さんがよく働いたやうであります。

其の内又色々迷つたものと見えて占ひの所に行つたりして居る。二月の二十三日に久佐賀《くさか》と云ふ変な易者を訪ねて、自分は兎に角一か八か相場でもやつて見ようと思ふが、どうかと云ふやうなことを言つた。所が久佐賀は一葉の顔を観て、貴方はなかなか偉い人である。どうして相場などをする人でない。貴方には天から授つた福分がある。併し其の福分はお金の出来るものでないから、相場は御止めになつた方が宜からうと言つて、止めた。どうせ是は占ひが言つたことで、何と言つても仕様がないが、併しさう言つて止めた所が面白いと思ふ。それで何でも三月十二日と日記に書いてあります。雨の降る時でした。私は平田禿木と共に龍泉寺に行つた。非常にくすんだ人で、何か皮肉な話をする人のやうに思つて居た。

それから三月二十六日に暫く別《わかれ》て居つた半井君を又訪問して居る。其の時分には又小説をやらう。どうしても此処に斯うして何時まで居つても駄目だから、此処を廃めて、又勤め人らしい、ちやんとした生活をやらうと云ふことになつたらしい。それには半井さんに頼んで、さうしてそれぐ\紹介もして貰はうと思つたものと見える。所が半井君は病気であつたから、其の衰へを見て気の毒に思つたと云ふやうなことがある。

それから二十七年の五月一日に丸山福山町に移つた。是は即ち一葉君の終焉の所で、先程も館長からどんな所か御聞きになつたのでありますが、巣鴨に参ります電車の小石川の柳町の停留場の少し先になると思ひますが、角の所に喜楽館と云ふ活動写真をやる所があります。其の横町を少し通り越して参りますと、其の右側に西洋造りのやうな家があります。其の角を右へ廻はると突当る。突当つた所を少し十間も行きますと、其の突当つた方の崖下に家がございまして、今は神道の大正教会本部とか云ふやうな札が出て居る所だと思ひます。其の横の所を這入つて行つた裏の所が樋口一葉の家があつた所だと思ひます。此の家は四十三年八月の十日頃でしたか、後の崖が崩れまして、其の家が打壊れた。私の友人が其処に居りまして閉口したさうです。今日は多分家は建つて居りますまい。何時か私が通りました時に未だ大分崖が危いから家を建てさせないと云ふことでありました。家は南向きの家で、西から這入つて見ますと、入口の片方に庭があつて、片方に変な二階家がある。其の突当りに小さな家がある。それが一葉の家である。入口の横の方に溝があつて、家は六畳が二間に真中に廊下があるそれをぐるつと左の方に廻つて行くと、隠れたやうな四畳半がある。さうして左の方に台所がある。それは何故かと云ふと、聞く所に依ると、旧《もと》鰻屋か何かがあつて、其処の離家があつたので、台所は別に出来たものらしい。さうして前にも後の方にも大きな池がある。其の池の中に鯉が沢山居た。この鯉のことも沢山書いてある。他処から鯉を預つて、良いのが殖えたと云つて喜んで居る。其時は宜いけれども、それを持つて行くのには、持つて来た小さいのを置いて、もとから居る大きいのを持つて行つたと云つて、お母さんが何か言つて居つたけれども、併し自分は人生と云ふものは矢張り斯んなものだ。預かつた時に、初めから喜ばぬが宜い。喜ぶこともあるので、さう云ふ悲しむこともある。そんなに心配しないでも宜い。人生は斯んなものだと云ふやうなことを書いて居る所があります。それからよく此の池は色々な風に使つてあります。何でしたか其の池の月の映る所に硯を抛込むと云ふやうなことも書いてあります。それから二十七年の七月頃になつて、変な婦人が隣りに来た。それは何でも大阪の料理店兼旅館と云つたやうな所の女中頭見たやうな人で、なかく振《ふる》つた人である。大阪の実業家の息子さんと関係があつて、其の息子さんの乳母とか何とか云ふものが、其の女と息子さんの手を切らして隔離してしまはうと骨を折つて、一葉の所に来て居つた。それを一葉が向ふの女と息子さんの腰押しをして色々と其の女を保護する所がある。それは四十頁から四十六頁といふ部分に書いてある。それから二十八年の一月三日に半井君が年礼に来たと云ふことが書いてある。其の中に半井君が大変に衰へて顔も容も変つて居ると云ふ感慨がある。さうして「ますかゞみわれもとり出む見し人は、きのふと思ふにおもがわりせる」と云ふ歌が書いてあります。それから二十八年六月三日に半井君を訪ねて居る。此処の所の記事に自分が斯んなに苦んで居るが、向ふは知るまいと云ふことを書いて居る。それからずつと飛んで二十九年の六月二十日になつて夜晩く半井君が一葉の家を訪ねて居る。其の時分正直正太夫の斎藤緑雨君が一葉の家に出入をして居る。それで斎藤が一葉と自分のことを書くと云ふことを聞いて、半井君が一葉を訪問したのである。さうしてどう云ふことを聞き出すかも知れないが、兎に角斎藤正太夫は非常な悪党で油断のならぬ人間だと云ふことを半井君が言つて居る。色々世間の人が斎藤正太夫のことを言つて居る所が面白いと思ふ。で、二十八年、二十九年あたりは一葉は段々名声が高くなつて、二十八年の終り二十九年の正月頃にはもう全くの大家と認められて居つたのであります。其の時分『しがらみ草紙』の後に『めざまし草』と云ひまして鷗外先生の雑誌が出て居つた。其の『めざまし草』の合評の席に加はらないかと云ふことを、鷗外さんの弟で号を三木竹二と云つた森《もり》篤《とく》次郎《じらう》君などが頻りに勧めに来て居る。さうすると、其の後に直に斎藤緑雨君が行つて、お止しなさい、なに彼等は貴下を担いで自分等の雑誌を売る為め、社の勢を強める為めにするのだからお止しなさいと言つて、片端から皆打壊してしまふ。余程面白いのでありますが、恐らく斎藤君は自分の心易くして居る婦人が皆の共有物になると云ふことは面白くなかつたらう。又一つには矢鱈に人を担上げると云ふことを厭ふたこともあつたらう。それから又世間の前にのさばり出ると云ふことは作家として評判を求めるやうで面白くないとか、又色々な妬くとか、嫉むと云ふやうな所から一葉の為めに止めたことがあつたらう。其の斎藤が一葉の家に行つて止めたりすることは非常に面白い。斎藤と云ふ人は余程妙なひねくれた性質を有つて居つた人で、又一面非常に面白い人であつた。其の斎藤が遠慮したやうで段々一葉に近付いて行かうとし、一葉自身は初めから此奴怪《け》しからぬ。油断のならぬ奴だと用心しながら段々近付いて行くと云ふ所が所謂掉尾の一番面白い所であると思ふのであります。

それは先づ日記を引いて御話すれば幾らでもやれます。やれと仰言れば一晩中でもやりますが、それは日記をお読みになれば分りますし、僕の声も余り美くしくないから、日記の朗読はしませぬが、併しもう少し話さないと一葉女史が死なゝいから、もう少しやる。二十九年の一月に『うらむらさき』を書いて居る。それから四月頃から咽喉が無暗にはれて来て、なか〳〵治らない。七月初旬には熱が三十九度になつた。二十九年の八月に私は彦根の学校が休みであつたから帰つて来て、一度一葉に会つた。其の時は余程衰へて居るやうでした。兎に角七月頃から大分悪くなつて、八月の初めに駿河台の山龍堂病院の樫村と云ふ人の診察を受けた。此の樫村と云ふ人は内科の大家で、青山さん程でもありますまいが、兎に角大家の一人である。で其の人に診て貰つた所が、もう駄目だと云ふことであつた。一葉の妹さんの邦子君が、姉さんを毛布か何かにくるんで、八月の月に綿入の着物に袷羽織を着せて、車に載せて診察を請ひに行つた。所が診察を受けて、姉さんを応接室に置いて、妹さんがそつとお医者さんに如何でせうかと聴いた所が、どうも駄目だと言ふ。実に落胆して、邦子君は何だか腰が脱けたやうになつて歩るくことが出来ない。やうやう出て来る涙をハンケチで押へて、やつて来た所が、一葉君がそれを見て邦さんお前何んだい……いや姉さん何だか向ふに燃して居つて、煙が眼に這入つて、涙が出てしやうがないと云つて、まあ帰つて来たが、それから段々病気が悪くなつて十一月二十三日に息を引いたのであります。それで二十五日に火葬にして築地の本願寺の中のお父さんの墓に一所に骨を納めたのであります。是れは二十四日のことであらうと思ふ。霰の降つて居る寒い晩に、私は田舎に行つて、居りませなんだが、斎藤緑雨、川上眉山、それから戸川秋骨、秋骨は文学界の友達であつたから、病気の前後から色々と大変世話をしたのである。さう云ふ人達が通夜をして居つた。其の時に斎藤が斯う云ふ俳句を作つたと云ふことであります、「霰降る田町に太鼓聞く夜かな」此の太鼓を聞くと云ふのは実景を説明しないと分からない。余程手数が加つた俳句だ。あの田町の角の所にある瘋癲病院で火事があつて、狂者が死んだと云ふ話である。其処で夜を警《いまし》める太鼓を叩く、その太鼓の音が聞える。尤も川上眉山君などの未だ若いセンチメンタルな連中が一葉の屍を護つて色々な話をして居る時に瘋癇病院の太鼓の音が鼕々《とうとう》と聞える。何だか寂しい心持がしたに違ひない。それから三十一年の二月に母の瀧子が亡くなつて、三十二年の九月に姉の藤子が死んだ。今は妹の邦子さんが婿さんを取つて、小石川の警察前で文房具店をやつて、一番上が十二三になりませう、又二ケ月程前に男の子が生れました。私は大変目出度いことゝ思つて居ります。幸に皆様の同情に依りまして、一葉全集も七版まで出ることになりまして、定価二円ばかりで、日本の富の程度から言へば高い本でありますが、尤も一版は僅かしか刷りませぬけれども、もう五千冊位は売れて居る訳であります。斯う云ふ有様を見ると、私は甚しく満足に思ひます。さうして若くして死んだ此の人が随分苦しい世の中を渡つて来たが、矢張り其の名は将来何時迄も消えないで、而《しか》も其の余恵に依つて、今樋口家が栄えて居る。是は全く一葉の御蔭である。一葉が博文館に関係があつたので、小学教科書の小石川に於ける博文館の元締をやつて色々利益を得て居る。又御客さんも此処が一葉の家だらうと云つて買つて下さると云ふやうな訳で、全く一葉の余恵に依つて後が大変盛んになつて居るのであります。誠に御話が拙で、其の上早口に急ぎました為めに、お話が前後したり何かして、十分にお話が出来ませぬでしたが、併し此の拙い話に依つて、前申上げます通り一葉全集を御読みになることに、何等かの御興味を御有ち下さるならば、私の本懐之に過ぎぬのでございます。

緑雨と一葉

上

樋口一葉の晩年には、斎藤緑雨が余程親しく交際した。一葉の病が重ると、緑雨が森鷗外氏に頼み、森氏の紹介で青山胤通《あをやまたねみち》氏に一葉の病状を診察して貰つたのだと聞いて居る。

一葉が亡くなると、緑雨と戸川秋骨とが、樋口家の為めに、いろ〳〵骨を折つた。福山町へ曲る田町の右角のところが、当時は瘋癲病院であつた。その病院の夜警の太鼓といふのが実に厭な陰気な音であつた。緑雨は一葉の棺前で通夜をして居る時に、『霰降る田町に太鼓聞く夜かな』と口吟んだといふのだ。

旧版の一葉全集は緑雨の校訂及び校正になつたもので、誤植が殆ど一箇所も無い位に善く出来て居たのである。その巻頭にある『一葉女史、樋口夏子君は東京の人也云々』といふ緒言は緑雨の筆になつたものだ。

一葉の日記『水のうへ』の一月——明治二十九年——のところには、

『正太夫のもとよりはじめて文の来たりしは一月の八日なりし』

とあつて、その手紙の要綱が書いてある。それから、その次には、

『九日の夜書きたる文十日にとゞきぬ。半紙四枚がほどを重ねて原稿書きたるがごと細かに書したり』

とあつて、又その手紙の要綱が挙げてあつて、

『一覧の後は其状かへし給はれ、君よりのもかへしまつるべし、世の人聞きうるさければ、となりけり。直に封じてかへしやる。』

とある。で、此の時分は、緑雨は一葉にまだ面識がなかつたのだ。所で、此の二通の手紙は、緑雨の請求に依つて、緑雨の手許へ返したと日記には書いてあるのだから、その全文は今日では知ることが出来ない訳であるのだが、実際はその全文を此所に載せ得るのだ。僕はこれを樋口家から得て来たのだ。

一葉はその手紙を緑雨に返す前に、妹の邦子に読ませて、大急ぎで書き取つてしまつたのださうである。これは、日記には、

『正太夫は、かねても聞けるあやしき男なり。今文豪の名を博して、明治の文壇に有数の人なるべけれど、其しわざ、其手だて、あやしき事の多くもある哉。しばらく記してのちのさまをまたんとす』

とある通り、後日の証拠にもといふ意味でもあつたのであらうが、又一方ではいたづら半分の心持もあつたのだらうと想像される。一葉の気質がさういふところにも表はれて居て甚だ面白い。

最初の手紙即ち九日に来たといふのは、次の如きものである。

『われは申すまでもなく君に所縁あるものに候はず、唯わが文界の為に君につげ参らしたくおもふ事二つ三つ有之候、筆にてすべきか口にてすべきか、但し我れに一箇の癖あり、われより君を訪ふ事を好まず候、きゝ給はんとならばいかなる親しき人の間にも必らずよく秘密を保たるべき事を先づ誓はれ度候、然らざれば君に不利なりと信じ候により

勿論強てには及ばず、われも又強いて人の為に言をすゝめんにも候はねば

正太夫

一葉様』

此の手紙の写しの末に、一葉は此の手紙が使者でとゞいたものであることを記し

て居る。緑雨は此の時分は本郷弓町あたりに居たのではなからうかと思ふ。
一葉が緑雨の此の手紙に対して出した返事は次の如きものである。
『御ふみ拝し参らせ候、御親もじの御意身にあまりて有がたく、人には得こそもらすまじく候まゝ、ひたすら御申聞け願度、たゞちに参上御ひざもとにてと飛びたつ様に存じ候へど、男ならぬ身なれば、さるかたに御見ゆるし、御教へのいたゞかれ候やう神かけねんじ参らせ候、御返事のみを　あら〳〵かしこ
一月九日
斎藤様
御前に』
日記に『何事かは知らねど此皮肉家がことかならずをかしからんとて返してやる』とある返事がこれである。今日の人々に比べると、感情を包む修練が前代の人々には出来て居たのだ。

中

緑雨の手紙——九日に書きたるものといふ——は、可なりな長文である。便宜上

二つに割ることにする。

『おそく帰り候処、御返書参り居り拝見いたし候

さらば、我が思ふよし遠慮なく可申上候、もとより筆にてと存じ候なれども、乍失礼御心入いかゞと存じ、わざと御尋ね申上げたるに候

凡そ人間の交りの上に於て、ためすなどゝ申すは甚だよろしからざる事に候、ここに我れは実を吐いて、まづ御詫申上置候

さてこれより「二つ三つ」の本文に候へども、女性に対し甚だ申しにくき事を申すにて候へば、無論失礼は覚悟の上に候、尤も礼とは一種の規則に有之、飾るを以て礼とは心得不申、おもひ切つて飾らざるわが言葉の裡に何ものか探りあて給ふあらば幸ひと存候

ことさらに君と呼び申候、君が名は、改進なりしか武蔵野なりしか忘れたれど、我れは早くより承知致し居、其後「たけくらべ」「ゆく雲」等を読みて（但全篇通してにはあらず）多分御同人と推し、其筆いたく上り給へるに驚き候

「にごり江」出でゝ、御名の余りに評論界にかしましきより、われも窃に注意致居候処、「わかれ道」に至つて、昨日の如き書面をさし上ざるを得ざる次第と相成候

何となれば、「わかれ道」に於てぞ明らかに御作の漸く乱れんとするの（乱にあらず寧ろ濫也）傾向あるをみとめ得らるべく候、どこをとさす事は今暫らく見合すべく候へども、「にごり江」に比して数等の下に居り候、人は「にごり江」を殊の外とりはやし候へども、われは寧ろ材は「わかれ道」の方まされりと存じ候にも拘らず

今の評論界と申すは、一ト口にいへば、めくらの共進会に候、実際的批評すたれ科学的批評のみ行はれ居り候、世間の事何も知らず、たゞ本で覚えた理屈に当てはめて初めてなるほどゝ合点致すやうの連中のみに候

かゝる連中にほめられ候とて何ほどの事か候べき、われを以ていはしむれば、「にごり江」の評判よきは彼等が夢にも知らざる事実を組合し給ひたれば大半はそれにうたれて他は評したくとも評すべき力なき故に候、力なきと申よりは評すべき気がつかぬのに候、われは「にごり江」には感服いたし候へども、かれ等とは殆ど反対の点に於て感服いたし候、此辺猶大に申すべきこと有之候へども、議論に渉りて長く相成候に付省き申候

御作の乱れんとするの原因についてわが疑を単刀直入に申候へば、君が多少かれ等の批評に心ひかされ給ふ所あらずやとの事に候、さる弱々しき御こゝろにては

候まじけれど、たとひ彼等がほめ候ともくさし候とも一向眼にも耳にも入れ給はぬがよろしく、たゞ君が思ふ所にまかせて、めくら共に構はず、マツすぐに進まれんことをわれは希望致候、斯くの如くにして出来そこなひ候とも決して恥には候はず、なまじいなる議論に心とめてわれとわれをいぢくり廻し候こそ却て恥と存候

約言すれば直往し給へとばかりには候へども、これ実にわれの君につげんと存じ候第一に候

猶すゝみて御身の上に及び候、但し此だんは風説のまゝを申すなれば真偽は知らず候、決して我れが悉く真事実とおもひて申すとは思召し給はるまじく候

嘗て君が浪六のもとに原稿を携へ行き給ひしとの事を聞きて、君が考の頗る異なるに不審の眉をひそめ候、此事は今申さゞるべし、其後聞き候へば、君がもとに文人と称するもの大分入込み候よし、勿論深く御交際あるには候はざらんが、望むらくは夫等の輩は断然逐ひ払ひ給はん方御為と存候、いづれ参りて碌な事を申すには候はざるべく、われより察し候へば、多分それ等は世辞軽薄の少々も並ぶるに過ぎずと存候

訪問と申すことは利己か利他の二つを出でず候へどもそれ等のは利己でもなく利

他でもなく、唯おもしろづくにまぜつ返しに参るばかりに候、其証拠は君が家に行きて菓子をこひしに、妹御が金花糖《こんぺいとう》をもとめて参られたりなど申すことまでも、翌日は直ぐに風聴しあるくを以ても明らかに候』

下

『此のほど中より君をおとづるゝものに碌な奴はなしと申す事はわれは断言するに憚からず候姓名は皆存じ居り候、われが君を訪ふことを好まずと申候は半ばは此故に候

友は無かるべからず、心ある人々と道など語り合ふは妨なし、称へのみは文人にて俗人に劣れる（文人のいやしきは俗人のいやしきに劣り候）奴共の相手をし給ふには及ばず、よき事は少しもいはで悪しき事のみ伝へ候、チト厳めしく見せ候へば、話しするもふるへ候ほどのしろ物たちなれば、頓着なくはねつけ給ひて、やくざ共の余り参らぬやうになさるべく候、やがて何かに思ひよらぬあやまりを背負ひ給ふ事あるべくと、君の心の底はしらず候へども、われは案じ申候

われは常に孤立致し候のみならず、作家は必らず孤立すべきものと考へ居候、異

方面の人に会ふはおもしろくとも、御宅へ此ごろ参り候やうなるやくざ文人などに取まかれ候は何の益もなく害あり候、われはやくざ共の受けよろしからず、種種の悪名を山の如く負ひ居り候へども少しも構はず、たとへも如何なれど、仏は頭に鳥の糞かゝり候とも仏たることをうしなはず、鳥の糞は一時にて、われさへ取合はずば、雨が来て洗つてくれ申候、君がやくざ共をはねつけ給ふによりてかれ等が何と申さうとも、さる事は御懸念に及ばず、精々御遠ざけあるべく候やくざ共の唱ふる風説一にして止まらず、果は何がしは君に結婚の事をすゝめに参りたりの、君は君よりも想の低き何がしと其約ありのと、人間の大事までもよくもきはめず風聴致居候、われは此風説の内申度き箇条少々あれど、まことか嘘かの分を分きかね候まゝこゝには記さず候、さし当る所は先づ以上の二件に候、おそらくは君は文界の内情など知り給ふまじければ、些細の事とおぼし召さんか知れず候へども、われの考へ候ところにては、等閑……

最後に御断り申置くことは、今の評者をめくらと申、文人をやくざと申候とて、何等の恩怨あるには無之、唯君の為に打割つて申までに候へば怪しみ給はざらん事を祈り申候、遺れるものは其内折を得て可申上候、性根すわらぬやからの万一にほひをかぎて何かと申さんもわづらはしければ御書面お返し申上置候、御誓言ありたれば御疑ひ申す次第には候はねど、わが昨日の書面も御覧後御序に御戻し下され度候、この書につきては御判断は君にある事に候へば御返事には及ばず、わが書面だけ封じて御送り下され候へば、其封筒はもとより火中いたすべく候唯今夜二時の鐘をきゝ申候、名代の悪筆乱筆順序立てゝ記したるに候はねば、よろしく御判読ありたく候

いつかは御目にかゝる事の全く無きにも候はざるべければ、こまかくは其折になりとも

九日夜　　　　　　　　　　　　　　　　　　　　　　　　緑　雨

一葉様』

文中『等閑』だけで後がないのは、大急ぎで写したものであるので、その後を略したか何かであらう。多分『等閑に附き難き事也』といふやうな意味の文言であつたのであらう。写には、『いつかはお目にかゝる事の云々』といふ行には墨が引いてあるのは緑雨の原書に棒が引いてあつたのであらう。読めないやうに塗り消してなかつたところが一寸面白いと思ふ。

金花糖のことは、大野洒竹などから伝はつたのではなからうかと思ふ。大野は一

葉の七周忌の時に、『一葉を初めて訪ふた時に出された菓子は金花糖の鮭で、而も口に縄のついた儘であつた』と、僕に話したことがある。洒竹はかなり饒舌であつたからその当時そんな事を人に話したかも知れぬと思ふ。一葉と結婚の約があると噂されたのは川上眉山である。然し、一葉の日記には、後の方になると、眉山のことを随分悪く書いてある。

緑雨が一葉を初めて訪ふたのは、五月二十四日である。日記には『正太夫はじめて我家を訪ふ。ものがたる事多かり。』とあるのだ。同月の二十九日に、緑雨は二度目の訪問をして居る。これは『われから』の夫人と書生との関係に就て露伴氏と意見を異にしたので、作者の考へを尋ねに来たといふのであつた。日記には緑雨との応答を詳記した後で、緑雨のことを次のやうに書いてある。

『正太夫、としは二十九、痩せ姿の面やう、すご味を帯びて、唯口もとにいひ難き愛敬あり、綿銘仙の縞がら細かき袷に、木綿かすりの羽織は着たれど、うらは定めし甲斐絹なるべくや。声びくなれど、すみとほれるやうの細くすゞしきにて、事理明白にものがたる。かつて浪六が云ひつるごとく、彼は毒筆のみならず、誠に毒心を包蔵せるものなりといひしは、実に当れる詞《げ》なるべし。世の人さのみは知らざるべけれど、花井お梅が事につきて、何がしとかや云へる人より、五百金をいすり取りたるは此人の手腕なりとか。其眼の光の異様なると、いふことぐくの嘲罵に似たる、優しき口もとより出ることながら、人によりて恐ろしくも思はれぬべき事也。われに癖あり、君がもとをとふ事を好まずと書したる一文を送られしは、此一月の事なりき。斯道熱心の余り、われを当代の作家中ものがたるにたるものと思ひて、諸事を打すて訪ひ寄る義ならば、何かこと更に人目をしのびて、かくれたるやうの振舞あるべきや。「めざまし草」のことは誠なるべし、露伴との論も偽にはあらざらめど、猶このほかにひそめる事件のなからずやは。思ひてこゝにいたらば、世はやうくおもしろくも成にける哉。この男、かたきに取てもおもしろし、みかたにつきなば猶さらをかしかるべく、眉山、禿木が気骨なきにくらべて、一段の上ぞとは見えぬ。』

で、その続の所には、『逢へるはたゞの二度なれど、親しみは千年の馴染にも似たり……語る事四時間にもわたりぬ。暮ぬればとて帰る。車はかどに待たせ置つる也。』とあるのだ。斯ういふ風で、相方の興味が段々深くなつて行く経路が、それから後の日記で明かに窺はれるのである。

もう紙数が尽きたので、此で筆を止めるが、唯だ最後に一言して置くが、前掲の手紙から見ても、日記に書かれて居る緑雨の言で見ても、緑雨は如何にも大家らしく振るまひ、且つ新派とか旧派とかいふ区別を立てゝ、可なり頑冥な態度であるやうであるが、僕が親しく交際し始めた三十年頃にはさういふやうなところは殆ど無かつた。明敏なる緑雨は時勢の推移を看取するに遅緩で無かつたのだらう。

一葉の手紙

一

嘗て読売新聞に樋口一葉君から半井桃水君に送った手紙が公にされたが、その中に、

『此ほどは思ひもよらぬ賜ものありがたく折ふし不在にてしげ様に御目にもかゝらず、御前さま御近状をくはしくは承り得ざりしこといともく残念にて、ことに鎌倉へ御旅行とか伺ふはもし御病気にてはなきやと御案じ申候ひぬ。御様子うかゞひながら、御礼申度と存じ居候ひしかど、憚る処なきにしもあらで心ならずも日を送り申候。

今日しもめづらしき御玉章《おんたまづさ》、久々にて御目もじせし心地、うれしきにも又お恨み

の御詞がうらめしく候、私愚《ぐ》どんの身人様をしるなどゝ申すことかけても及ばねど、師の君なり兄君なりと思ふお前様のこと誰人が何と申伝へ候とも夫《それ》を誠と聞く道理も無く、もとよりこしらへごとゝは存じ候故別して御耳にも入れざりしに候、我さへしらぬ事をしる世の中、聞かぬ事を聞くかと申す仰せ、さしてあやしきことにもある間敷《まじく》、御捨置き遊ばし候とも消ゆる時にはきえ候はんかし。

かく計らぬ事より御目通りの叶はぬ様に成しもやむを得ぬことゝ私はあきらめ居候、今更人の口に耳も立《たて》ず只身一つをつゝしみ申居候。

さりながら其源は何方《いづかた》にもあらず、みな私より起りしにて此一事のみにも非ずひまあれかし落しいれんのおとしあな設けられし身、いかにのがれ候とも何の罪かきせられずにも居る間敷と悲しく決心をきはめ居候。

唯々先日野々宮さまにおことづて願ひ候しとほりお前様御高恩のほどはみなく身にしみて有難く日夜申暮し候ものゝ其御親切仇にして御名前をけがし候こと何より心苦しく愁《つ》らきはたゞ是のみに候、申上度ことといと多けれど、さのみはとて御返しばかりをなむ、猶々願ひ参らするは何方へ御転住相成とも何とぞ御住所御しらせ置きたまはり度、又折ふしは一片の御便りもと夫れのみ苦中のたのしみに待渡りまゐらせ候。かしこ。

折しもあれ初秋風の吹きそめたるに、虫の音の時しりがほなるなど、月にもやみにも夜こそものおもはれ候へ、露けき秋とはつねぐ〳〵申ふるせし詞ながら、袖の上におく今日此頃ぞ誠にしかとは思ひしられ候。世の中の心細さ限りなく私こそ長かるまじき命かと存じられ候、先頃より脳病にて自宅に帰り居候を又さる人々のあしさまに言ひならすとか兎にも角にも誠うき世はいやに御座候

八月十日夜　　　　　　　　なつ子

御兄上様御前』

といふのがあつて、それに『私しこそ長かるまじき命かと存じられ候とあるを見ては何人か涙なからん女史は実に此年の秋廿六歳を一期として逝かれたるなり、真に悲惨の極みならずや』といふ評語が付けてあつた。此評語を付けた人は前期の手紙を二十九年の八月十日の夜に書かれたものと臆測されたものらしい。所が、私どもは此手紙は二十五年八月十日の夜に書かれたものと断ぜざるを得無いのだ。

一葉全集中の『日記』に依ると、半井君と一葉君との間に世間の疑が生じて居るといふことを一葉君自身が明に耳にしたのは、二十五年の六月十四日の夜、中島歌子刀自の許でゞあつて、中島氏の忠告によつて、一葉君は半井君と一時交際を絶つ

ことになつて、同月の十五日に半井君を訪ふて、『中島家が人少なであるから、手伝ひの為め暫時中島家に行つて居らなければならぬ、就ては小説を書く暇も無からうから』といふやうなことを云つて、半井君との交際を絶つ前提を設けて置て、同二十二日までは、一葉君は中島家に宿つた。同日になつて、再び半井君を訪ふて、事情を残らず打ち明けた。それから七月十四日に中元の礼に半井君を訪ふた。『君今日何方へか転居されんとする也けり、もの語ることも無くて帰る』とあるのだ。それからは二十五年十一月十一日に至るまでは、半井君と一葉君との面会の期は無かつたやうだ。

二十九年八月頃には半井君と一葉君との間に物疑ひを入れるやうな人は殆ど無かつたやうだから、半井君と一葉君との間に前記のやうな文面の手紙をやり取りすべき何等の事情も無かつたやうだ。『日記』中の前記の部分だけ見ても、手紙の二十五年八月十日夜のものであることは明らかなのだが、『日記』には未だもう少し確なことが書いてある。『午後より野々宮君来る、終日詠歌す、半井君の事種々ものがたる』とあり、八月六日『此日半井君より重太郎を使者として茶一筒おくる』とあり、同七日『野々宮来訪、終日歌をよむ、半井君を訪給ひしよし、我事に付ての談話ありしやに聞く』とあり、同十日『半井君より長文の手紙来る、返事したゝむ』とあるのだ。一葉君は二十九年十一月二十三日、年二十五で死んだ。一葉全集後篇の巻頭の文の中に書いてある明治五年三月二十五日といふ一葉君の生年月日は間違つては居無いさうだ。

二

一葉君は、半井君に宛てた手紙でも知れる通り、手紙の文句の実に旨い人であつた。私は二十八年八月の末から三十年一月へかけて地方に居たので、文学界の連中のなかでは、一葉君から割合に多く手紙を貰らつて居るのだが、皆旨い文章なのだ。一葉君の作物は今度出る一葉全集で大抵まとまる訳だが、まだ詠歌だけが殆ど全部残つて居る。併し、それは、一葉君の十五位の時分から没年までの分が皆集まつて居て、非常な数なので、歌集の出版は歌の選抜になかゝゝ骨が折れやうと思はれる。私は一葉書簡集を出してみ度い。樋口家でも其の希望があるものと見えて、故人の知友諸君に頼んで手紙を借り集めて居る。

試みに左に一葉君が私に呉れた手紙を写して出さう。郵便局の消印のある封筒も共に保存してあるのだから、手紙の年月日に間違ひは無い。

私に取つて面白く思はれることは、半井君宛の手紙で公にされた分は何れも一葉君の小説家として未だ名を成さなかつた時分のものであるに拘らず、文章は矢張り旨いことであるのだ。『日記』で見ても分ることだが、一葉君は初から文才の表はれた人なることは確かである。

＊

『こゝろのほかの御無沙汰に打過ぎいかやうの御しかりをうけ候ともたゞ〳〵恐れ入り候ほかもなけれど、さりとて一返りの申しわけはゆるし給へ、はじめの御手紙たまはり候ころより中島の師こと酒勾《さかは》へ遊びに参り留守のこと何くれとたのまれ候まゝ大かた日ごとの用事おほく家に居るはまれなるやうにくらし居り、おもひながらも思ふにまかせねば、此方より御恨み申上べき筈をあべこべに相成候、さりとてはくやしきことなれど、此度は御詫び申上置べく候。

俄にきのふ今日秋風のたちておどろかるゝやうに候へども、御地は如何、このほどの御文の御様子にては、いよ〳〵御盛んの御勢ひ、こゝなる人々いか斗《ばかり》うら山しういらせられんかとをかしく候、むらさきの矢がすりを見過したるの、曾根崎あたりかけぬけ候ひしのと、少しあやしき御事どもたやすくは受とりがたき御話しなれど、御気まぎらしといふわけならば御尤様とてうなづき申べく、それはみをつくしの床しかりし御方さま空しき烟りと成給ひしよし承り及べばに御座候、湖水の月に打むかふてそゞろにものを思しめすお前様の御姿こゝにも見ゆるやうに御座候、哀れ成し人の為、かつは御身の罪ほろぼしがてら、みをつくしの後日といふもの是非かゝせ給はねばかなはぬ事と存じられ候、箱根にてはじめてその便りを聞得給ひし時御愁傷どのやう成しかまだどなたにも御目にかゝらず候まゝ御様子承ることかなはず、唯大方に御悔み申上置候。

学校はもはや御始まりの事なるべく、さのみ御面倒もなきやうに承り候が、交はり給ふ御方々はいかやうにや、御癇癪にさはるやうの事ありてはと、夫れのみ御案じ申され候、御からだも其様に御丈夫ならず、御健《おすこやか》には入らせらるべけれどお弱きやうに存じられて兎に角御こゝろのやましからぬやうにと祈られ候、常に御目通りのかなひ候ころはたゞ事なく打過ぎ候へども、かく御遠方にはなれ参らせたることゝ存じ候へば、俄にさびしくこゝろ細く候て、此ほどの月のよなどは打寄りて御うはさのみ申居候ひし、汽車といふものなればこそなれど、百里といふは大方の事かは、山もあり川もあり、俄におもひ立て何を申すもかなはぬに候へば、空のみながめらるゝなどゝいふ人事をさへ思ひ合せられ候。

此ほどの御末文かたじけなく拝し候、勉強せよと仰せ下さる御方は私の為の守り本尊なるべくそのやうに仰せ下さるをたのみにはかなき文をも作り出で可申、笑ひ給はで御教へを願はれ候やうこれは見かけての御願ひに御座候。此月は文学界にての拝見かなふまじくや、其あたりの御模様さぞかしとこゝろ楽しみに候、申度こと多けれど筆がまわらず候まゝ此次にとて。

このほどは伯母と仰せ下され候あれは返上致し置くべく候、我身の老ひを嘆くといふ訳にはこれなく、勿体なき事なれば恐入りての返上に御座候、何も此度はあら〱、何れ不日《ふじつ》又々御邪魔いたすべく御目をおかし下さるべく候。

草々　かしこ

なつ

十七日夜

馬場様御前

母よりも妹よりも何卒よろしく申上くれと返す〲申出に御座候』

これは、二十八年九月十九日の手紙だ。私が彦根から大阪へ一寸と行つてから、便りをしたので、その返事のやうによこしたものだ。『紫の矢がすり』と云ふのは、京都の或る町を歩いて居た舞妓か何かのことを書いてやつたのだと思ふ。曾根崎は実際車で馳通つたのみであつた。『みをつくし』の女といふのは、箱根温泉宿の女中で、米神《こめかみ》といふ村から来た確かおくらとか云つた女であつた。一寸器量の好い女であつたので何の気無しにほめた所が、同人間の噂に上ぼつて、一葉君にまで斯の如くヒヤカされるに至つた訳なのだ。

三

『御いそがしくゐらせられ候や、たえて御たより承らず、その地はわるき病流行するよしなどかねがね承り居候まゝ、いとゞ心配にたえかね申候、時々文学界のかたがたなどお出も候へども、人様のおかほさへみれば馬場様〳〵とおうはさ申出す事の少しは極りわるく存じられ候まゝ、こころのまゝには御様子承りあはす事もならで、いよ〳〵御なつかしさの増るやうに御座候、おかはりなく御勉強ゐらせられ候や、萩も薄も下葉やつれて、やがての月に鹿なくころ、やゝ色づきゆく山の梢など御覧ずるにつけて、おん旅寝のおこゝろいかにやとおし料り参られ候、いつぞやのお便りに石山寺義仲寺などよそながら承るだに心ゆく様なる所々御遊覧の御様子うら山しく、逢坂の関よりと遊ばしたるお葉書とゞきたる時は、そゞろお前様の御わらぢ姿、おもかげに覚えて、今も見てしがなと御なつかしさやるかたもなく候ひし、それより絶えておたよりなきは、これよりさし出さぬ失礼を怒り給ひてかとおもひたどられ候に、お詫を申すが厭やなれば、今日まで我まんを致し居り候へども、もとより女子は弱きもの、まけてもさのみの恥ならず、御なつかしきは何処までもおなつかしきなれば、用なき痩せ我まんにそなたの空のみながめんよりはとて、文したゝめてさし出し候。おひまあらばたゞ一筆お便りつげさせ給へ、文学界のおかた〴〵など、おん有様しりたしとならば、親御様の御もとにもはしり給ふべし、私はお馴染もなければ、今俄にお留守を音なひ参らすこともならで、空しくうち〳〵におうはさ申暮すのみ、汲とり給ひて折々のおたより、夫れのみ待渡られ参らせ候、さても此ほどのことにて候ひき、都も秋の空さびしく万《よろ》づにまぎるゝ物なく暮し居候まゝ、一日妹ともなひて飛鳥山より滝野川あたりそゞろあるきすることありしに、ある野道にてふと逢ひたる人のとしは二十四五位にや、そのわたりの野に折りし草花少し手に持ちて、無造作にさつ〳〵と歩むうしろ姿似たりとてもいかな事お前様をそのままなるに、追ひかけてお名をも呼び度《たき》やうに候し、されども、もとよりお前様にてある筈なければ、唯そのかたしろのかげ消ゆるまで立尽して見おくり申候、かゝるおもはぬ野道などにて、おもはずお目にかゝるやうの事あらばと、はかなき事申あひて帰り候ひしが、その時すぐに文さし出さんの心成しかど、猶その折はまける事のくやしく、けふまで打置き候ひぬ、彦根の風に染まり給ひて都をうはの空におぼさば、かつ弥様とは申まじ、馬場様はそのやうの情なき不実のおん方にてある筈なければ、此頃打たえおたよりのなきもおいそがしさのまぎれに筆とり給ふおんいとまのなかるべく、さらばおしては願ふまじ、唯おのづからお序にとのみを。猶々申上度こと海山、それは十二月おんめもじのふしならでは尽すまじう、たゞ明くれ指をりてそのほどいと待わたられ候。

おんなつかしく候かな　かしこ

な　つ

馬場様御もとに』

これは二十八年十月九日の手紙だ。一葉君の『日記』には十月九日『此夜文二通したゝめき。一つは如来ぬし、一つは馬場君《きみ》、前のはきのふの返事、附ろくの事などいひて、つぎなるは久しう音づれのなきにいかゞ暮らすとおぼつかなくてなり』とある。此返事に対しては、『若い者を感動させるやうな手紙をよこすことなかれ。私だつて何な思ひ違ひをせぬにも限るまい』といふやうな返事を出すと、急ぐ折り返へして一寸と面白い返事が来たと思ふのだが、その返事の分が今一寸と見付からない。誰か持つて行つてしまつたのか、何処か箱の奥にでもあることだか、まるまる無くなつてしまつたとすると惜しいものだと思ふ。

*

『御無沙汰の罪さり所なく候、日ごと夜ごとこゝろの中にてお詫びは絶えず申上居候へども、顕はれねばそのかひもなし、たゞ御ゆるし給はるべく候、いつぞや、お写真おめぐみにあづかり候折お礼ながら申上度こと数々御座候ひしかど、今は時おくれて申そびれ候まゝ、たゞ御礼をのみ申上候、余程お寒く相成候へどもその御地はいかゞにゐらせられ候や、相かはらず御盛んに名所旧跡おさぐりのことゝ御浦山しく存じ居候、此月末《つきずゑ》にはかならず御めもじのかなひ可申か、みな様がたお出にてはいつも其うはさ許《ばかり》、たとひいかやうにお心ひかゝる物ありても、此地にはおとし寄りもゐらせられ候、かならずお顔みせにおもどりのやう、これのみを願はしく候、いよ〳〵御出京ならば、いつごろ幾日ぐらゐに御めもじかなふべきか、そのほど〳〵待渡られ候、お詫びもおん礼もまたそのほかに申上度ことも取かさね、その折おうるさくお聞きにいるべく、うきもうれしきも申かはす人なき今日このごろ、たゞ御めもじをのみつまだてゝ待参らせ候。あら〳〵かしこ。

め　いゟ《(より)》

かつやをぢ様御もとに』

これは二十八年十二月五日の手紙だ。『かつやをぢ様』とは、ずつと前に私の方から『樋口をば様』といふ宛名で手紙を遣つたことがあるので、そのしつぺがへしなのだ。

『余り久しき御無沙汰に相成申候。けふは〳〵と存じながら、日々つむりのなやましさに何するもものうく、本もよまねば手ならひは更なること、人とものいふもいやにて暮し居り、夫れ故の怠りに候、日々母と妹の右左よりせつきて馬場様への返事かけよ〳〵とせきたてられ、空しう事のみいひ〳〵今日までには相成候所、けさは雨降て物の淋しさに堪へがたく、今小石川の稽古に出づべきなれど、夫れも憂くつらければ、とりとまらぬことしたゝめ出で申候、私は此春御めにかゝりし頃よりの病気さらによく成り申さず、たゞ気がふさぐやうにて困り入候、文学界のうらわか草二十七日に世に出で申候へど、これに何かしたゝむべき約束成しもつい出来候はず、誠に筆など持つことといやに成りはて候、このほど人の訪《と》ひ来て、御もとは近ごろのやうに筆とる事をいや〳〵といふほどにやがて全く物かゝれぬやうに成るべしといはれ申候、さなるべきにや候はん。おもしろしと思ふ事もなし、筆とりて物いはんといふやうな力を入るゝこともなし、よし又力を入るゝやうな事ありとも、此方づれがつべこべ何の用をかなし候はんや、無用のことをしたり顔にして居るほどくだらぬものはあるまじく候。さりとて是れをすてゝ外に何のおもしろき事ありといふにあらず、移らばやと思ふ業もなし、誰れやらが歌に、しかりとて背かれなくに事しあればまづ歎かれぬあなう世の中といふが御座候、断つことのかなはねばこそほだしといふには候はめ、私は日々考へて居り候、何をとの給ふな、たゞ考へて居るのに候、大抵の人に思ふ事をうち明けたとて笑ひごとにされて仕舞ふべきに候まゝ、私は何もいはぬ方が洒落て居ると独ぎめにして居り候、たかが女子に候もの、好い着物をきて芝居でも見たい位の望みがかなはねば彼《あ》のやうにぢれて居るのであらう、といふやうな推察をされて馬鹿にされて嘲弄されて、これで五十年をやつさもつさに送つてそして死んでしまふ事かと思ふに、其死ぬといふ事がをかしくてやつとほゝゑまれ申候、こんな事はどうでも宜いのに候へど、つい御心安だてに下らぬ事を書き申候。

御前様はいよ〳〵おふるひ、二等馬車の御威勢をば御しめし下され度待渡り参らせ候、こゝの平田ぬしは男爵末松といふ綽名のもとに揚々としておはしまし候、戸川さまはとかく病ひがちのやうに承りしが、此頃すこしおん勢ひよきもやう、御同人として御文通しば〴〵おはします事なるべく、此度の試けん終り候はゞ、御地へでも遊びにお出かけなされ度《たき》おぼし召らしく承り居り候。暑中のおん休みにはかならず御帰京のおん事かと待たれ候、いつ頃よりお休みには相成候や。筆はおもふ事のかゝれで口をしく候まゝ、御目もじの折のみ待たるゝに候。

此ほどはおこころいれの花すみれ嬉しきことは御礼の筆たるまじく、たゞ手なれの書物のうちに納めて長く余香をかたじけながり居り候、久々にておん姉上様に逢ひ遊ばされし御嬉しさのほど、蔭ながらもおしはかり嘸《さぞ》かしと存ぜられ候、奥様とまちがへられ給ひし由、さて御ゆかりのお文様お広どのなど参られなばいかならん、定めて蜂の巣をつつきたるやうのさわぎ成るべしとをかしくて、どうやら其やうの事あれかしと願はるゝ心地も致し候。

ありし画の事いかさまに成り候ひけん、あの子は今も御身近くに参り候や、にほの海近くにも風流はおはしますものを、みるめなき浦との給ふこと心得ず、箱根は箱根、近江は近江、二かたに分けて同じやうに御あはれびつかはさるべく候。

この文したゝむるうちにをかしき事いろ〳〵沸来て猶申上度心地に候へど、時たま文さし上ながら、又口わるをいひ出しよなどの御かげごと佗しく、これまでにとどめ申候。そのうち〳〵かしこ。

三十日　　　　　　　　　　　　　　　なつ

馬場様御もとに』

これは二十九年五月三十日の手紙だ。『二頭馬車』云々は、一葉君がよく自分の身の上を悲観したやうな話をされるので、『ナニ僕などは落ちぶれるのは何うしてもイヤだ。馬車に乗る積りでやる』といふやうな冗談を云つたことがあるからだ。当時九州に居た私の実の姉が東上の途中彦根へ寄つて呉れたことがある。私よりは年が十ほど上なのに、何う間違へたものか中学校の関係者の間に、私の許嫁者が尋ねて来たといふ噂が広がつて大笑をした。姉を昼食に案内した楽々園といふ料理屋の女中にその噂を話したら、『あれが貴方の奥様では、貴方には重過ぎませう』と云つて笑はれた。

お文、お広、一人は隣家の小間使、他は箱根の温泉宿の女中である。

画といふのは、当時同じ中学校に教師をして居た鹿子木孟郎君の筆になつた彦根の舞妓の肖像であるのだが、これは後になつて三十八年か九年に太平洋画会へ出したことがある。如何にも笑顔の可愛らしい十四五の娘であつた。

本所横網

一

南風が稍《やや》大粒な雨を吹き付けて、大川の面には可なり高い浪が立つて居る。百本杭は最早とくに影も無くなつて了つて、電燈会社の徒《いたづら》に長い板塀が続いて居るのを左にして行くと、右の家並が何か大きな手斧のやうなものででも一打に切り取られて了つたかのやうに、町が広くなつて居る。十三四年前は此処に交番があつたのだ。此所に両国の停車場の正面の路へ出る横町、寧ろ路次がある。斎藤緑雨の死んだ家は此の横町の中程の右側で、確《たしか》横網町一丁目十七番地であつた。

緑雨の弔問客が交番で番地だけ尋ねると、査公は『あ、緑雨先生のお宅ですか』と云つて、教へて呉れたと云ふのだ。

その家は未だ存して居るやうに思ふ。この辺りが一体に明るくなつたやうに思はれるのは僕の気からのみではなからう。僕は緑雨の事を追想しながら川岸を厩橋まで歩いた。

二

緑雨が本郷の千駄木町から横網へ引越したのは三十六年の十一月頃だと思ふのだが、暫時世間から離れて暮し度いと云ふので、誰にも居所を云つて呉れるなといふ頼みであつた。自分でも可なり秘して居たものと見えて、尾崎紅葉氏が死んだ時にも住所を書かない弔問状を送つたのであつたといふのだ。

緑雨が死んでから、諸雑誌に出た緑雨追憶談には大抵その談話者が緑雨の病中を見舞はないといふことを云つて居た。某雑誌の六号子は『緑雨の追憶談で見ると、馬場孤蝶を除いては、誰も皆緑雨の病中を見舞つて居ない、どうも不人情な奴等ばかりでは無いか』といふやうなことを書いた。此の非難は全く無理だ。前に云つた通り、緑雨は住所を誰にも告げなかつた。誰にも病状を知らせなかつた。緑雨は、二十七八年頃にさへ肺患で危篤だと云はれた程であるのに、その後一行に重体とさへ云はれたことは無かつたのであるから、誰も緑雨を見ること殆ど健康体を以てするやうになつて居たのだ。だから、重体だと云ふやうな噂でも無い限りは、可なり親しかつた人々でも、見舞には行かないのが当然である。

　馬場孤蝶即ち僕には、緑雨は少し用があつた。その一つは、一葉の日記を出版したものだらうかどうだらうかといふ相談であつたのだ。千駄木に居る時分に、樋口家から日記を預つて、鷗外氏や露伴氏とも相談したことがあるのだ。緑雨は彼《あ》の日記を出版することには余り賛成でなかつた。勿論、その当時の文壇は自然主義勃興以前の文壇である。当時の文壇の気分は、彼の日記の全部の公表を許す底のもので無かつたことは明白である。尚その外に緑雨自身の或る感情も加はつて居たのではなからうかと今では考へられる理由がある。

　緑雨は一葉からは可なり尊敬を表されて居たと信じて居たらしい。しかるに、日記の文面だけで見ると、必ずしもさうで無いやうに見られる。これが緑雨に取つては少し辛《つら》いことであつたらう。その次ぎには、日記には、『めざまし草』の連中が一葉に加盟を求めた時に、緑雨が陰でそれを妨害したことが、明白に書いてある。で、それが公表されるのは、緑雨は少し困るのであるらしかつた。緑雨は、日記の公表には余程躊躇する理由を——例へば、故人の価値を損ずるやうになるといふやうなことを――説明するのみで、僕には日記の一部しきや見せなかつたが――或る時――千駄木でのことだが――『三木竹がめざまし草へ一葉に加盟して貰ひに行つたことがあるんだが、それを僕が後へ廻つてぶち毀して了つた。それが日記にあるんだから其所を森（鷗外氏のこと）に見せるのは、少し困るがね』と、緑雨はニヤ〳〵笑ひながら云つたことがある。

　要するに、緑雨は彼《あ》の日記を公表するのならば余程削つた上で無ければといふ意見であつたのだ。作家は自分の私生活を余り人に知らせたくないと思つて居た時分であつた。緑雨などは殊にさういふ気分が強かつたやうに思ふのだ。

　さういふ訳で、樋口家とも種々交渉する必要はあり、その仲人に僕を使ふのが都合が好かつたので、緑雨は僕には住所も知らせ、病気の模様も通知して来たのであつたのだ。勿論、僕と最後まで音信を断たなかつたのは、さういふ功利的な理由からのみだといふのは、緑雨を余り利己的な人間に見過ることになるだらうが、よしその外に友情的の理由があつたにしても、直接の理由は前掲の用事が重なものであつたことは殆ど疑ひを容れないと思ふ。

　だから、緑雨の最後の病状を見舞はなかつた緑雨の友人諸君が不人情であつたのでもなく、僕が緑雨の病中に度々緑雨の宅へ行つたのも僕のみが特に友情が淳かつたといふ証拠には少しもならないのだ。

三

僕はその頃は飯田町五丁目に住んで居て、日本銀行に勤めて居た。三十七年の四月の十一日頃かと思ふのだが、最早誰《た》そ彼《が》れ時に近かつたが、横網の斎藤からだと云つて使が来た。『斎藤が今夜にも危ないので、後々のことも聞いて置いて頂き度いから、直ぐおいでを願ひ度くつて上りました』と、その使だといふ人——確それは緑雨の妹婿の中村氏であつたと思ふ——が、云ふのであつた。

一月の末か、二月の始であつたか、緑雨から、『咳嗽《がいそう》がどうしても止まらぬ。万方施すに由無き有様に立ち至つたことを承知して居て呉れ』といふやうな意味の消息があつた。僕は直ちに行つて見た。

緑雨の住居は元誰かの隠居所であつた家の一部——東の部分——を仕切つたものだといふのであつたが、水口に並んだ格子戸を入ると、取り附きが二畳、その後は壁で、左が四畳半位の茶の間、その奥六畳に緑雨が臥《ね》て居るのであつた。横網へ行つてからは直きに寒くなつたので、緑雨は臥床勝であつたやうに思ふのだ。

その六畳の東は壁であつて、その壁の中央どころに柱が出て居るのであつたが、見ると、その柱に『烟草を飲んで呉れるな』といふやうな意味を書いた紙が張つてある。僕は烟草を遠慮して、話を始めた。緑雨は、『君、かまはんから烟草を飲んで呉れ給へ、此の間、亜米利加烟草を飲まれて、その臭に閉口して、斯うしてあるんだから』と、云つた。が、僕は烟草を飲まずに話を続けた。その時の話しは、何《ど》うも病気が重いやうなので、十分養生してみたいと思ふ。就ては、朝日の村山氏と、大橋新太郎氏とから、金を借りるやうにしたい、それは、僕の従兄の野崎左文に頼んで口をきいて貰つてくれといふのであつた。

で、野崎に頼んで、その件で奔走して貰つて居たので、その後一二回緑雨を見舞つたのみで、半月程は無沙汰になつて居たのではあるが、今危篤ときくのは甚く意外な気がした。

四

春の薄暮は何と無く哀愁の懐《おもひ》のするものである。僕は路を急いだ。未だ両国橋の架け変らぬ時分であつた。

吾々の家にはまだ電燈の無い時分の事である。部屋の光景は何となく悽愴の気を帯びて居た。死の床には一種粛殺たる威厳がある。

緑雨は気分はまだ確であつた。何か少し言ひ掛けて、家人を呼んで、如何にも苦しさうな咽喉を絞られるやうな声で、『咽喉が苦しい』と云つた。緑雨の晩年に同棲した金沢竹女《たけぢよ》が猪口に水を入れて持つて来た。緑雨はそれで咽喉を沾《うるほ》した。僕は、『管で飲んだ方が楽ではないか』と注意してみた。緑雨は、竹女に硝子の管を持つて来させて、それで猪口の水を飲みながら、話をした。『医者の云ふのでは、今夜から注射するのだが、それも一二回で利かなくなつて、それ切りだと云ふのだ。君には種々お世話になつたが、最早いよく〵此れでお別れだ』と、云つて、竹女に指図して、手文庫を持つて来さして、中から一葉の日記を紙縒《こより》で纏めて縛つてあるのを出させて、『此れも何うにかする積りであつたのだが、最早斯うなつては何うにもしやうがない。樋口へ返してくれ給へ。此の事を頼まうと思つて君に来て貰つたのだ』と、落着いた低い声で言つた。

緑雨の平生は、その態度にも言葉附にも一種の気魄が満ちて居た。が、此の時は、平生の威儀は少しも失はれては居なかつたが、さすがに、声は全く思ひ諦めたやうな寂しい調子があつた。僕は、『宜しい。承知した』と云つたのみで、その他には何とも云ふべき言葉がなかつたので、黙つて居た。さまぐ〵な懐の一世界を含んだ沈黙である。

緑雨は重ねて云つた、『もう一つ頼みがある。君一寸筆を執つてくれ給へ』と云ふのだ。僕は緑雨の枕もとにあつた筆と紙とを取つた。緑雨は『幸徳（秋水氏のことである）へ使ひをやつてあるのだが、間に合はんといけないから書いて置いてくれ給へ』と云つて、やがて、

『緑雨斎藤賢《まさる》本日目出度く死去致候、此段謹告仕候也。年月日』

といふ広告の文案を口授して、『それへ黒框だ』と云つた。僕が書き終つて、その紙を渡すと、緑雨は礼を云つて、蒲団の下へそれをしまつた。が、少し経つと、又、『もう一枚書いて持つて居てくれ給へ、で、幸徳の来やうが遅いやうだつたら、君がそれを持つて行つて、新聞の広告をしてくれ給へ。新聞は読売に万朝に朝日位で宜いから』と云ふので、僕はもう一枚書いて、自分の懐へ入れた。

そのうちに、緑雨は斯う云つた、『何時まで居てくれても名残は尽きない。が、僕は最早緑雨醒客でなく唯の斎藤賢で死に度いのだ。文筆の士が枕上に居られると反つて、心残りがあつていけない。もうどうぞこれで帰つてくれ給へ』僕は唯、『君の言葉に任せてそれでは今夜はこれで帰らう』と云ひ得たのみであつた。

が、少時立ち兼ねて居た。緑雨は台所の方を見るやうにして、『君が帰つた後で裏屋の葬式の相談をするんだ』と云つた。その声は、如何にも静な悲しく聞なさるゝ調子であつた。

僕はやがて、『それでは、余り気を使はないで、静に眠るやうにし給へ。用があれば何時でも呼びによこしてくれたまへ』と、云つて、座を立つた。

翌日は、夕方銀行の帰りに、見舞つたが、『お目にはかゝりたいが、お目にかゝつたところで苦しんで居るところをお目にかけるのみだから、此のまゝのお別れにしたいと、病人が申しますから』と、竹女が云つたので、逢はずに帰つた。

その又翌日の十三日の午前十時頃、野崎左文から、日本銀行に出て居た僕のところへ電話で『斎藤君が先き程死ました。私は今行き合したので、知らせます』と、云つて来た。

緑雨の終焉は極静かであつた。一寸眠るから、少し彼方へ行つて居てくれと云ふので、人々は台所へ行つて居たが、少し経つて来てみると、最早息が絶えて居たといふのだ。

五

雨を含んだ春の朝の明けたばかりの時分、緑雨の棺は駕籠に入れられて、横網の横町を出た。棺に従ふ者は二三近親の人々と、露伴氏と与謝野氏と僕とであつたと思ふ。

大川の面には霧が下りて居て、岸の柳の緑が殊に艶やかに見える。物皆和かに見える朝景色である。いとゞしく寂しく、黒く見える駕籠は、大川沿ひを厩橋へと向つて行く。

やがて、長い橋を越え、電車道を横切つて、黒船町《くろふねちやう》を直行する。北富坂町あたりであつたらうか、露伴氏が『緑雨君の戒名は、緑雨醒客《りよくうせいきやく》をその儘取つて、春暁院《しゆんげういん》緑雨醒客として、居士とも何とも付けないのは何うでせうか？』と、云つた。吾々は緑雨が最も敬服して居た露伴氏に、緑雨の戒名を付けることを、前日から頼んで置いたのであつた。

緑雨の自ら記するところ――『みだれ箱』の中かと思ふ――に拠れば、緑雨は雅号を坂崎紫瀾氏に撰んで貰つたのであるが、紫瀾氏は紅露情禅《こうろじやうぜん》といふのと緑雨醒客といふのを撰んだ。が、前者は当時既に知名の作家になつて居た紅葉露伴二氏の号を一字づゝ借りるやうな形になるといふので、後者の方を採ることにしたといふのだ。緑雨は、生れは伊勢であるが育つたのは、本所緑町《みどりちやう》であつたので、此の雅号は、それにも因むのであつた。緑雨とは若葉の雨だといふのだ。

それは夏、これは春であるけれども、露伴氏の付けてくれた院号が、折からの朝景色に思ひ寄せられて、如何にも善く箝《は》まつたものと思はれた。吾々は、『結構です、それに極めませう』と、答へた。露伴氏は、『生憎仄字《そくじ》ばかりで少し面白くないとは思ひますが、何うも他に善い考へが無いものですから』と、云つた。

直きに、吾々は、栄久町《えいきうちやう》——彼の大溝《どぶ》の流れてゐる町——へと右へ曲つた。それからは、何ういふ路を通つたのであるか、今はさらに記憶して居ない。日暮里の火葬場には、野崎氏、伊原青々園《いはらせいせいゑん》氏、堀内新泉氏その他の人々が待ち受けて居た。棺は無雑作に火屋《ひや》の中へ入れられて、黒い——物凄い程黒く思はれた——扉が閉まつた。

斯ういふ風に、先づ密やかに茶毘に付せよといふのが、緑雨の遺言であつたのであらう。緑雨は本葬はしないで宜いとまで言つたやうに聞いて居る。

緑雨が伯母さんと云つて居た若江氏の内儀の話では、緑雨は遺言をして了ふと、最早これで此世に何も用は無いのだから、棺を買つて来て、その中へ入れてくれと、度々云つて、困つたと、いふのである。

緑雨が危篤に陥るといふと、医者は、『この人は貴君方と違つて学者なんだから、死ぬるといふことを当人に知らせて、誰かに遺言でも聞かせて置かぬと、後で困ることになるかもしれない』と、附き添つて居た人々に云つたが、誰も進んで、緑雨にさう云はふといふ人がない。で、到頭この伯母さんが緑雨に助からぬといふことを云つたといふのである。伯母さんは仏教の信者で、身体の肥つた、その時最早五十に近い位に見える人であつた。

緑雨の本葬――埋骨式と称へたと思ふ――は、間もなく本郷東片町の大円寺で行つた。知友は大抵皆会葬した。遺骨は、同寺内の先塋《せんえい》に納めた。斎藤家の宗旨は曹洞宗である。

大音寺前

一

樋口一葉女史の『たけくらべ』の場所は下谷《したや》の龍泉寺町——俚俗大音寺前《だいおんじまへ》——である。一葉女史の日記に依れば、樋口家の人々——一葉女史の母君と妹の邦子氏——が小商売を始める目的で家を探しはじめたのは、二十六年七月十五日からであつて、龍泉寺町で家を見付けたのは、十七日である。日記の中の『塵の中』といふ部分には、

『十七日　晴れ、家を下谷辺に尋ぬ、国子のしきりにつかれて行《ゆく》ことをいなめば母君と二人にて也、坂本通りにも二軒斗り見たれど気に入けるもなし、行々て龍泉寺町と呼ぶ処に間口二間奥行六間ばかりなる家あり、左隣りは酒屋なりければ

其処に行きて諸事を聞く、雑作は無けれど店は六畳にて五畳と三畳の座敷あり、向きも南と北にして都合わるからず見ゆ、三円の敷金にて、月一円五十銭といふに、いさゝかなれども庭もあり、其家のにはあらねど裏に木立どものいと多かるもよし。さらば国子に語りて三人ともによしとならば此所に定めんとて其酒屋に頼みて帰る、邦子も異存無しといふより夕かけて又行く、少し行ちがひありて余人の手に落ちん景色なればさま〴〵に尽力す。

十八日　晴れ。龍泉寺町のこと近辺なれば万《よろづ》猪三郎にまかせたるに午後まで返事無し、さらばとて又母君と二人行く、道に行違ひて留守に行きけり、されども万好都合におさまりたりと聞きしかばこれより転宅のもうけをなす』

とある。樋口家の人々はそれまでは本郷の菊坂町六十番地に住まつて居たのであるから、下谷の龍泉寺へ引越すことになつたのは、甚く離れたところへ行くことになつたものだと、誰も思ふだらう。これは、小商売のことであるから、余り知人などの眼に触れぬところで始めたいといふ考へがあつたのと、『塵の中』の十五日のところにある通り、和泉町（神田）二長町《にちやうまち》（下谷）から、柳原、鳥越、蔵前といふ風に浅草へまで入つて、家を探したのであるが、何処にも庭のあるやうな家が見付からなかつた。町家に住まつたことの無い樋口家の人々には、その庭の無い家に住まふことが辛かつたのとで、龍泉寺に家を定めた訳であるらしい。で、その龍泉寺町（三百五十八番地）へ移つたのは、その月の二十日である。
『廿日　薄曇り。家は十時といふに引払ひぬ、此ほどのことすべて書きつゞくべきにあらず。此家は下谷よりよし原通ひの一筋道にて、夕がたより轟く車の音、飛ちがふ燈火の光たとへんに詞無し、行く車は午前一時までも絶えず、返る車は三時より響き始めぬ、もの深き本郷の静なる宿より移りて、こゝにはじめて寝ぬる夜の心地まだ生れ出でゝ覚え無かりき、家は長屋だてなれば壁一重には人力ひく男ども住むめり……』

二

『たけくらべ』は『廻れば大門《おほもん》の見返り柳いと長けれど、お歯ぐろ溝《どぶ》に燈火《ともしび》うつる三階の騒ぎも手に取る如く、明けくれなしの車の往来《ゆきゝ》にはかり知られぬ全盛をうらなひて、大音寺前《だいおんじまへ》と名は仏くさけれど、さりとは陽気の町と住みたる人の申しき、三島神社《みしまさま》の角をまがりてよりこれぞと見ゆる家もなく、かたぶく檐端《のきば》の十軒長屋二十軒長屋、商ひはかつふつ利かぬ処とて……』といふ言葉で書き始められて居るのであるが、樋口家の人々の住んで居た家は、三階の燈火うつるといふそのお歯ぐろ溝へ余程近いところであつた。

吉原遊郭の北面の西端は揚屋町《あげやまち》の非常門である。その非常門のところから、西へ、即ち、上野の方へ向けて大凡《おほよそ》一町位来たところの右側の家だつた。

その時分は、揚屋町の非常門から土手に至るまでの間は、まだ田圃の名残を十分止めて居た。土手へ面したことにして云へば、右はお歯ぐろ溝で左は空地勝で二三間隔《おき》に小屋掛程の小さい建物があるのみであつたやうに覚えて居る。それから北は所謂箕輪《みのわ》の田圃になつて居たのだ。

所で、揚屋町の非常門から土手までの路は、現今ではお歯ぐろ溝に沿うて居ることは一葉女史時代と同じであるのだが、北の路が吉原の大火（明治四十四年？）以前には、現今の路よりも少し北を通じて居て、お歯ぐろ溝に沿うては、唯狭い裏路が通じて居たのみであつた。僕のこの記憶にして誤無きものとすれば、吉原の北裏の路は大火後になつてその以前の形に戻つた訳である。

お歯ぐろ溝はその昔より余程狭くなつて居るやうに思はれる。『たけくらべ』に『垢ぬけのせし三十あまりの年増、小ざつぱりとせし唐桟ぞろひに紺足袋はきて、雪駄ちやら〳〵忙がしげに横抱きの小包は問はでもしるし』とある『誂へ物の仕事やさん』なるものが『とんと沙汰して、廻り遠や此処からあげまする』と云ふのであつたといふその『茶屋の桟橋』も幾つか溝の上に掛つて居るのだが、それも昔のものよりは余程短くなつて居るやうな気がする。のみならず、昔は皆その刎橋が何処のも引上げてあつたのであるが、此の頃では引き上げて無いのが大分あるやうである。これは、所謂警視庁令なるもの丶改正にも関係のあることでもあらうし、又現今の吉原の状態を表示するもの丶一つであるかも知れぬ。それは、兎に角、吉原廓内が昔のやうに城の如く牢獄の如くでは無くなつたのは事実である。

『たけくらべ』の十に『落かゝるやうな三味の音《ね》を仰いで聞けば、仲之町芸者が冴えたる腕に、君が情の仮寝の床にと何ならぬ一ふしあはれも深し』とあるその三味の音の落かゝる『茶屋が裏ゆく土手下の細道』なるものは、此のお歯ぐろ溝に沿うた日本堤下の小路のことである。

樋口家の人々が住まつて居た家は勿論、あのあたりの家は一帯に最早余程前に取り崩されて、今ある家々はその後に新に建てられたものであらうと思ふ。樋口家の人々が其所に居た時分には、商売の全然利かぬ場所であつたのであらう。町の有り様が如何にも場末らしく、何ういふ店があつたのか、今記憶には残つて居無い位であるのだが、此頃では、兎に角、小さいながらさまざまな店屋が続いて居て、例のシヨウ・ウインドウに花やかな色の品物を置き列べた小間物屋さへ見掛けられる。場末らしい町の気分は今も尚残つて居るものゝ、決して『傾く檐端の十軒長屋二十軒長屋』といふやうなその昔の有様では無いのである。

龍泉寺町の四辻の交番は今も昔もその位置は変つて居無いと思ふ。が、南北に通じて居る町は近頃の市区改正で非常に広くなつて居る。本願寺の東側から公園の西を過ぎて真直に北へ通ずる町である。水排《みづはけ》の為めの大溝でも道側《わき》に出来るのであらうか、町の東側に、大きい丸太の杭が打ち込まれて居る。

交番から西、坂本通り――三島神社の角――へ出るまでのところは、その昔は家がまばらであつて、お寺の墓地か何人かの別荘かと思ふやうな生垣が路に沿うて居たところもあつたやうに、覚えて居るのであるが、今はそんなところはすこしも無い。両側とも町家が櫛比《しつぴ》して居るのである。入谷に続く南側の路次、昔は所々に池があつてじめぐした湿地であつたあたりも、今は新らしい木の香のまだ失せぬやうな長屋が立ち続いて居るのが往来から窺はれる。此頃の初夏の日光はこのあたりの土を干かして如何にも乾燥な土地のやうに見えさして居るのである。

三

樋口家の人々が龍泉寺町で始めた商売といふのは、紙、渋団扇、蠟燭、石鹸、燐寸《まっち》といふやうな荒物と、小児を相手の駄菓子とを商ふのであつた。日記に依れば、いよく店を開いたのは八月の六日である。

『六日　晴れ。店を開く、向ひの家にて直《たゞち》に買ひに来《きた》る。中々にをかしき物也……夕刻より着類三つよつもちて本郷の伊勢屋がもとに行く、四円五十銭借り来る。菊地君のもとに紙類少し仕入る。二円近く成けり。今宵はじめて荷をせをふ、中々に重きものなり……』

で、商売の有り様はといふと、八月の十二日には、売り上げが三十八九銭、十三日には三十三銭、十四日には三十九銭あつたと書いてあり、二十日千束《せんぞく》神社の祭礼の日には大多忙にて一円の商ひであつたとあり、九月の二十一日のところには、『此の頃の売高、多き日は六十銭にあまり少しとても四十銭を下る事はまれなり、されど大方は五厘六厘の客なるから、一日に百人の客をせざるは無し、身の忙はしさ斯くて知るべし』とある。

駄菓子とか、玩具のやうなものは、神田の多町へ一葉女史自身が買ひ出しに行つた。『何処でも姉さんと呼ばれる、自分はそれまでは妹からか親類の小児からかで無くば姉さんと呼び掛けられたことは無かつたので、全く知らない人々からさう呼びかけられると、何だか自分のことではないやうな気がした。羽織を着て居ると、人が不思議さうにジロ〴〵と見るので、その後は、羽織を着無いで行つた』と、一葉女史が話したことがある。現代では、最早士族といふ階級は亡びてしまつたのだが、一葉女史とか吾々といふのは、侍時代から直ぐ次のゼネレエシヨンである。されば、侍階級の習慣も、思想も、矜持も可なり伝へて居たのである。樋口家の人々が而《しか》も龍泉寺町のやうな場末で小商売の店を開いたのは非常な奮発であつたものと見無ければならぬ。固《もと》より龍泉寺町へ行つたのはなまなかな所よりはいつそのことずつと場末にしろといふ考慮からであつたらうと思ふのだが、又それだけ奮発の度は大きかつたと見て宜しからう。然し、それまでとは全然異つた境遇に身を置いた樋口家の人々に取つては、さま〴〵の感慨を促す事物が多かつたらうと思はれる。

樋口家の人々は皆愛想が好かつた。殊に一葉女史姉妹は、如何にも快濶に心持好く人に応接する人々であつた。表情も冴々して居た。言葉もハキ〳〵して居た。さればその店には小児が馴染んで遊びに集つたらうと思はれる。『たけくらべ』に描写されて居る小児はモデルをさういふ小児の中から択んだものであらう。

『年の暮に、小児が店に遊びに集まつて、相互に話をして居る。銭が弐拾銭とか参拾銭とかあれば宜いがなあと云つて居る。それがあれば何うするのだと聞くと、宝船を買つて、二日の晩に売りに行くのだと云つた。何処へ売りに行くのだと聞けば、或る者は公園へ行くと云ひ、或る者は柳橋へ行くと云ひ、皆それ〴〵宝船の価好く売れる盛り場を知つて居るのであつた』と、一葉女史自身が話したことがある。

『たけくらべ』の八には、『容貌《きりやう》よき女太夫の笠に隠れぬ床しの頰を見せながら』筆屋の店先を通ると、大黒屋のみどりがそれを呼び止めて明烏を語らすところがあるのであるが、日記『塵の中』には、八月三日のところに、次のやうに書いてある。

『毎夜廓に心中ものなど三味線に合せて読み売する女あり、歳は三十《みそぢ》の上幾つなるべきにや、水浅黄に鱗形の浴衣着て帯は黒繻子の丸帯を締め、吉原冠りに手拭冠りて、柄長の提燈を襟にさしたるさま小意気にしやんとして其昔は何なりけん鶯鳴かせし末なるべきか、まだ捨がたき葉桜の色を捨てゝのあきなひと見れば、大悟のひじりの心地もすれど、或ひは買かぶりの我れ主義にて、仇な小歌の声自慢これに心をとゞめよとにや、素見《すけん》ぞめきの格子先、一寸一服袖引烟草《そでひきたばこ》上がれ上がるの問答に心浮《うか》るゝたはれ男《を》は知らず、粋《すゐ》が身をくふ思ふどし二階せかれて忍び足、籬《まがき》にからむ蔦の紋、松の太夫と囁きの哀れ命を引け四つの鐘に限り、鴛鴦《ゑんあう》瓦上《ぐわじやう》置く霜の朝日を待たじと思ひ詰めし身には、如何に身に染みて心細かるべき、細く澄みたる声はり上げて糸の音色もしめやかに大路小路と流し行く後姿、これが哀か、かれが哀か。

一昨日《おとひ》の夜我が門《かど》通る車の数をかぞへしに十分間に七十五輌なりけり、これをもてをしはかれば、一時間には五百輌も通るべし、吉原斯くて知るべし、さりながら多くは女連などの素見《ひやかし》客のみにて茶屋貸座敷の実入りは少きよしに聞く、伊勢久などにてすら客の一人もなき夜ありとか云ひし、さなるべし、今宵九時まで見ありきけるうち、提灯《かんばん》を提げたる茶屋送りの客は一人も見受けざりき……』

『たけくらべ』の一節に『つゞいて秋の新仁和賀には十分間に車の飛ぶこと此通りのみにて七十五輌と数へしも』とあるのは、人の知るところであらう。

四

樋口家の人々は荒物の店での商ひと、妹の邦子氏の縫ひ張りの仕事で生計を立てゝ居たやうである。仕事は廓内のものを引き受けたやうに聞いて居る。

これは、一葉女史の名が世上に喧伝されるやうになつた二十八年の暮から後のことであるのだが、戸川秋骨君が、『世間では飛んでもない馬鹿な噂をして居る者がある。一葉君姉妹は吉原でおでんやを出し、おつ母さんは何某楼の遣り手をやつて居たのだと云つて居る者がある。彼の真面目なおつ母さんにそんな仕事ができるか、何うかは、一眼見れば、誰にでも直ぐ分ることであるのに、随分箆棒《べらぼう》な噂をするものだ』と、云つて笑つて、僕に話したことがある。『たけくらべ』に表はれて居る吉原及びその附近の事物風俗の描写が如何にも的確であり如何にも徹底して居るので右のやうな誇大な噂が起つたのであらう。

『たけくらべ』は、当時の有識社会の人々の容易に接触することのできない社会からの消息である。否、今日と雖《いへど》も、有識社会の人々にして『たけくらべ』の作者と同じやうな程度に下層の生活小児の生活に触れ得る機会は甚だ少いと云はなければならぬ。『たけくらべ』は、今より二十五年前に於ける吉原附近の風俗の不朽の記録である。作者自身の叙述の一行にも、作中の小児のふとした言葉の一句にも、あのあたりの事を知つて居る人々の心の裡には、さまぐなる心象を喚起さるゝことであらうと思はれる。『たけくらべ』が文壇に現はれた当時には、

『春は桜の賑ひよりかけて、なき玉菊が燈籠の頃、つゞいて秋の新仁和賀《しんにわか》には十

分間に車の飛ぶこと此通りのみにて七十五輛と数へしも、二の替りさへいつしか過ぎて、赤蜻蛉田圃に乱るれば横堀に鶉《うづら》なく頃も近づきぬ、朝夕の秋風身にしみ渡りて上清《じやうせい》が店の蚊遣香懐炉灰に座をゆづり、石橋の田村屋が粉挽く臼の音さびしく、角海老《かどえび》が時計の響きもそゞろ哀れの音を伝へるやうになれば、四季絶間なき日暮里の火の光りもあれが人を焼く烟かとうら悲しく、茶屋が裏ゆく土手下の細道に落かかるやうな三味の音を仰いで聞けば、仲之町芸者が冴えたる腕に、君が情の仮寝の床にと何ならぬ一ふしあはれも深く、此時節より通ひ初むるは浮れ浮かるゝ遊客ならで、身にしみぐ\と実のあるお方のよし、遊女《つとめ》あがりのさる人が申しき』

とある一節が、『たけくらべ』中の絶唱と称へられたものであつたが、今では全くクラシックとして後に伝へらるべき名句となつてしまつた。

所で、横堀といふのは、吉原の西側に近い田圃に在つた堀であつたといふのである。今はその田圃であつたところには、大きい路が通じ町家が立ち続いて居ることは勿論である。石橋といふのは、揚屋町の非常門のところから路が折れて龍泉寺町へ入るその入り口に在つた石橋を云ふのであつて、その南の角に在つた煎餅屋が田村屋といふのであつたさうである。邦子氏の話では、この田村屋は今も尚存して居るかも知れぬといふのである。上清といふのは田村屋と同じ側でも少し西へ寄つたところに在つた荒物屋で、上州屋清兵衛とでも云ふのであらうが、暖簾には上清と書いてあつたといふのである。日暮里の火の光りは三河島の火葬場である。今は町屋とかいふ所へ移つてしまつて居るといふのだ。一葉女史の屍も明治二十九年の十一月に其所の煙となつたのであらうと思ふ。斎藤緑雨の屍が荼毘に附せられたのは其所であつた。

尚、『たけくらべ』の中の私立の小学校といふのは、樋口家の人々の住まつて居た家と同じ側で石橋の方へ寄つたところの路次程の小路の奥にあつた小学校で、その奥の方には吉原の楼の寮などがあつて、大黒屋のみどりのモデルになつた小娘がさういふ寮の一《ひとつ》に住んで居たといふのである。公立の小学校といふのは、三島神社附近にある今の東盛小学校のことである。『盲目按摩の二十ばかりになる娘』が『かなはぬ恋に不自由なる身を恨みて』入水したといふ水の谷の池といふのは、交番の向ふ横町あたりにあつた水の谷といふ料理屋の池だといふのである。

筆屋は樋口氏の家と同じ側で交番の方へ寄つたところに在つて、其所には町内の若い衆連が集まり、一葉女史の店の方には小児が集つたといふのである。

大音寺前を場面に取つた一葉女史の作物には、今一つ『別れ路』があるのであるが、傘屋は上清の近くに在つたかなり大きい家であつたといふのである。傘屋の吉三のモデルになつた小僧は当時彼《あ》のあたりで誰の眼にも着いた特異な少年であつたさうである。一葉女史の大音寺前の作物は、二十六年の十一月頃に作つた『琴の音』と、廿七年の二月に筆を起した『花ごもり』とであつた。

五

一葉女史の家を僕が始めて訪うたのは、『日記ちりの中』に依るに、二月十二日である。雨上がりの日の午後であつたと思ふ。平田禿木氏に連れられて行つたのである。

一葉女史の家は前に書いた通り日記には店が六畳で、その外に五畳と三畳とであつたといふのであるが、吾々が案内された奥の部屋は三畳ではなかつたかと思ふ。部屋にはかなり古びを帯びた机が置いてあつたやうに覚えて居る。向つて左側は雨戸が半ば繰り開けられて居て、その外は狭い庭であるらしかつた。

その時一葉女史から受けた印象は何ういふものであつたらうか今は殆ど記憶に残つて居ないのであるが、唯如何にも世慣れた――その時吾々の考へから見て――人の話振であるのを感じたことだけは、確である。話の調子を一つ二つ憶ひだして見ると『殿方がお野掛《のがけ》でお出かけ遊ばすのは嘸《さぞ》ご愉快で御座いませうねえ』とか、『師匠の所では樋口の荒物病だと皆さんが仰つしやるんで御座いますが、妙な病気もあつたものでは、御座いませんか』といふやうなものであつた。一葉女史は礼儀正しい人であつたからでもあるのだらうが、僕はその時親しみ易い人のやうに思はなかつたやうに記憶して居る。が、決して面白くない人だとは思はなかつたらしい。その証拠にはそれから少し経つて或る雨の降る日に、箕輪に居た島崎藤村君を訪うた帰り途か何かに一人で一葉女史の家を訪うたことがあるのだ。その時は女史は留守であつた。

二十七年の三月末近くなつて、樋口家の人々は、いよ〳〵商売をやめて、龍泉寺町を去る決心をした。『塵中につ記』には

『国子は物に堪え忍ぶの気象乏し、この分厘に太《いた》く飽きたる比《ころ》とて前後の慮なくやめにせばやとひたすらに勧む、母君も斯く塵の中にうごめき居らんよりは小さしと雖も門構への家に入り、柔かき衣類にても重ねまほしきが願なり、さればわがもとの心は知るや知らずや、両人ともに勧むる事切也、されども年比売り尽し借り尽しぬる後の事とて此店を閉ぢぬる後、何処より一銭の入金も有るまじきを

思へば、こゝに思慮を廻らさゞるべからず、さらばとて運動の方法を定む……』『廿六日半井ぬしを訪ふ、これよりいよ〳〵小説の事広くなしてんの心構へあるに、此人の手あらば一しほ然るべしと、母君もの給へば也、年比のうき雲唯家のうちだけに晴れて、此人のもとを表だちて訪はるゝやうに成ぬるうれしとも嬉し、先づ文を参らせて在宅の有無を尋ねしに、病気にて就蓐中なれどいとはせ給はずばと返事あり、此日、空模様宜しからざりしかど、梓弓射る矢の如き心のなどしばしもとゞまるべき、午後より出づ。君は太く青み瘠せて見し面影は何方にか残るべき、別れぬる程より一月が程もよき折なく、悩みに悩みて斯くはといふ哀れとも哀也、物語りいと悩ましげなるに多くもなさで帰る』

中島歌子氏の塾の歌文の添削の手伝ひで少しの金が得らるゝことになつたので、四月に入ってからは小石川の安藤坂の中島氏のところへ通ふことになつた。四月の末になつて金策がついたので、いよ〳〵五月の一日に龍泉寺町を引払つた。

「にごりえ」の作者

一

一葉女史が大音寺前を引払つて本郷の丸山福山町四番地へ移つたのは、明治二十七年の五月一日である。『塵中日記』の四月二十八日のところには、

『いよく転居の事定まる、家は本郷丸山福山町とて阿部邸の山にそひて、ささやかなる池の上に建てたるが有りけり、守喜《もりき》といひし鰻屋の離座敷なりしとて、さのみは古くもあらず、家賃月三円也、たかけれどもこゝと定む』

とあるのであるが、その家は六畳二間に四畳半があつて勿論畳建具附である。それが月三円の家賃とは今の人には虚《うそ》のやうにも思はれる位であらう。けれども、その時分にはまだそれでも高いといふ位であつたのだ。以て、当時の物価が今日に比し

て何れ程安かつたかゞ、窺へるだらう。何しろ、今日のやうに、着飾るやうな事はなし、食ひ物もさう贅沢なものは中流の者の口に入りやうはなし、金の遣ひ途といふのもなかつたのであるから、各人が儲ける金の高は今日に比しては余程少かつたのだけれども、今日よりもずつと楽に暮せたのである。兎に角一円とか二円とかいふ位の高の金が可なり使ひでがあつたのだ。

樋口家の人々が、大音寺前へ越すまで住まつて居た本郷菊坂町六十番地の家といふのは、菊坂町の谷の底に在つたのである。振袖火事で名高い本妙寺——今の女子美術学校の在る所がその寺であつたのだ——の下を通じて居る菊坂町の本通と真砂町の台との間に、大溝が流れて居て、菊坂町の通りを本妙寺の前のところから一町程西行すると、左へ下りる路が、その大溝にかゝつて居る橋を渡つて、其所から、左は本妙寺坂——本妙寺の正面の坂——へ通じ、右は真砂町の西端へと登る狭い険しい坂へと通じて居るのであつた。で、その大溝に沿うて東西に通じて居るその路に面して、幾軒かの家があつた。樋口家の人々の住んで居たのはさういふ家の一つであつた。で、さういふ家からは菊坂町の本通の家の勝手が高い舞台のやうに仰ぎ見られるのである。

『蓬生日記』の二十六年三月十二日のところに

『我が家は細道一つ隔てゝ上通りの商人どもの勝手と向ひ合ひ居たり。されば口さがなき者どもが常に云ひかはす正《まさ》なごとどもいとよく聞ゆるに、今日しもとある事の序に華主先《とくゐさき》の物語りすとてふと言ひたることに国子耳とゞむれば、かの大《う》人《し》があたりのことにぞ似たる、主《あるじ》めきたる人二人三人あれば何《いづれ》が夫《それ》なるや分らねど、色白くたけ高やかなる人のものいひ少しあがりたるは大方この人主なるべし、奥方や何や知らず面ざしなどさして美事ならぬがものを買ふとていとたかしなど小言いひつるに、さなまが〳〵しく商人《あきうど》な叱りそとて其のまゝの価に買とりくれたるはわかりし人なりし、家は三崎町のはづれにて店がまへ立派なる葉茶屋なりと云ひ居たるよし、かの大人に違ひはあらじなど国子の語るに、忘れぬものを又更に思ひ出《いで》ていと堪へがたし。

くれ竹のよも君しらじふく風の
そよぐにつけてさわぐ心は』

此に謂ふ彼の大人といふのは、一葉女史が小説を書く手ほどきをして貰つた半井桃水氏のことである。半井氏はこの時分三崎町で葉茶屋を妻君に出させて居たのだ。

で、一葉女史は、さういふ風に可なり長く本郷に住つて居たのであるし、又小石川の安藤坂の中島歌子氏の歌塾へ手伝ひに通ふ都合もよいといふので、丸山福山町へ住居を定めたのであらうと思はれる。

二

福山町四番地の家の位置を、現今の周囲に依つて説明することにすると、大要次のやうなことになる。

巣鴨線の小石川柳町の停留場からほんの少し北行すると、右側に狭い横町があつて、その角に活動小屋がある。それからもう少し行くと、矢張右側の角に小さい西洋建の銀行のある少し広い横町がある。で、その横町を入つて福山町の通りへ出ると、その角から北へ殆ど筋向位に当る所に大溝の彼方に道へ武者窓とでも云ひさうな窓を向けた平家があつて、その平家とその隣りの薪屋との間に大溝を渡る橋があつて、それから路次のやうになつて居るのであるが、その突き当りにあつた家が、一葉女史が住つて居、又その後になつて森田草平君が住つて居たことのある家であつた。

その家は、明治四十三年の八月に、大雨の続いた後で、後の西片町の山——一葉女史の日記に所謂阿部邸の山——が崩れて、破《こは》れてしまつて、現今ではその跡へ不動堂か何かゞ建つて居る。門標には、智山派密厳教会支部とか本部とか書いてあつて、納め手拭などが風に飜へつて居るのである。

家は、一葉女史の日記には、守喜といふ鰻屋の離座敷であつたとあるのであるが、その鰻屋の母屋といふのは、多分入り口の武者窓とでも云ひさうな窓のある家ではなからうかと思はれる。

それは兎に角、その家は入り口の戸が半分から上が、赤、緑、紫といふやうな色硝子で張つてあつて、方三尺位な履脱《くつぬぎ》の土間があり、正面は真直に三尺幅位の板間が通つて居る。それに沿うて、右側には六畳が二間並んで居り、左側は壁と板戸棚であり、それから、上り口の左の方も一寸板の間になつて居て、それから正面の廊下の右側の後になる所に、丁度隠れたやうな四畳半位な部屋があり、台所は入り口の左側にさし掛のやうになつて、突き出て居た。これは此の家を独立さして一軒の住居にする為めに、後から附け足したものであるらしく見えた。

三

六畳二間の南面は、手摺のやうに敷居が通つて居て、その下は板戸が開《あ》け閉《た》てができるやうになつて居た。その前が三坪位は確かにあつたらうと思はれる池であつた。水は西片町の山から滲み出して来る清水であつたのだ。ところで、その池の水は、小さい溝を流れて、入り口の家――鰻屋の母屋であつたらうと思はるゝ家――の庭へ行つて、其所でも一葉女史の家のと同じ位大きさの池をなして居た。又、一葉女史の家の裏手即ち北側にも同じ位な池があつた。明治二十年頃のことかと思ふのだが、此の辺に釣り堀のあつたことを記憶して居るのだが、これらの池がその釣堀であつたのではなからうかと思ふのだ。

明治二十七年五月以後の一葉女史の日記は『水の上』若しくは『水の上日記』といふ名がついて居る。所でこの池のことは、一葉女史の随筆『そゞろごと』の中の『月の夜』といふのに、次のやうに書いてある。

『さゝやかなる庭の池水にゆられて見ゆるかげ（註、月の影也）物いふやうにて、手すりめきたる処に寄りて久しう見入るれば、はじめは浮きたるやうなりしも次第に底ふかく此池の深さいくばくとも測られぬ心地に成りて、月は其の底のいと深くに住むらん物のやうに思はれぬ、久しうありて仰ぎ見るに空なる月と水のかげと執《いづれ》を誠のかたちとも思はれず、物ぐるほしけれど箱庭に作りたる石一つ水の面にそと取落せば、さゞ波すこし分れて是れにぞ月のかげ漂ひぬ、斯くはかなき事して見せつれば甥なる子の小さきが真似て、姉さまのする事我れもするとて硯の石いつのほどに持て出でつらん、我れもお月さま砕くのなりとてはたと捨てつ、それは亡き兄の物なりしを身に伝へていと大事と思ひたりしに、果敢《はか》なき事にて失ひつる罪得がましき事とおもふ、此池かへさせてなど言へども未ださながらにてなん、明ぬれば月は空に還りて名残もとゞめぬを、硯はいかさまに成ぬらん夜なく〳〵影や待とるらんと憐なり』

が、斯ういふことが実際あつたのであるか、何うだか知らぬが、若し実際あつたことだとすれば、一葉女史の甥といふのは女史の直ぐ上の兄さんの虎之助氏の長男ではなからうか。一葉女史の一番上の兄さん泉太郎氏——明治元年生——は明治二十年の夏に亡くなられたのである。

入口の六畳の間で、大抵一葉女史は客に応接したのであるが、その部屋には、両脚に引出しの附いて居る可なり古色のある机が、手摺の近くに置いてあつたことを見たやうに思ふのであるが、硯はその上にあつたのであらう。池には、可なり大きい鯉が居るのであつた。『水の上』の二十八年五月十七日のところに、

『隣に住めりし人家移《やうつ》りすとて、その池に飼ひたる緋鯉金魚などかずく我家にもて来て預けぬ、大いなる魚どもの鰭を動かし尾を振りて游げるさまいと面白く来人《くる》ごとにほめたゝゆれば、何時となく我物のやうに覚えて計らざるに庭上の奇観を添へたるなど喜び合し、程経てかしこの妻なるものその家に池の掘しかば魚たまはらんとさでなどもて来たり、いざとりて行給へといへば、中に入りて追ひ廻るに、隣りよりおこしたる少《ち》さきは得よくも取がたく、もとより我が池にありし大なるをのみ皆集めて、数にみたしてもて帰る、それしか非じともいふにうるさければ取るにまかせてやるを母君などいと憎がり給ふ、斯くあるにて思へば、世は誠に常無きもの也、昨日面白しと見る事なくば、今日の残り惜しき思ひあらんや、計らざるに景色を添へ、計らざるに景色を損ず、つくぐ思ふて、栄華も富貴も一朝の夢なるを思ふ事切也』

とあるのであるが、此の池の鯉のことでは、何日か——二十八年のその頃かと思ふ——一葉女史の話を聞いて、ひどく笑はせられたことがある。それは斯うである。

その手摺めいた所に肱をかけて、鯉の游いで居るのを見ながら、話をして居ると、一葉女史が笑を含んで、『この中には天上しそこなつた鯉が居るんですが』と云つた。僕が、『又例の諷刺ですか、担いぢやアいけませんぜ』と云ふと『いえ、それは全く本当。四五日前邦が庭を歩いて居ますと、大きい真鯉が泥だらけになつて転がつて居ました。池で跳た勢で陸上へ上つて了つたのですね。水へ入れてやると、平気で游いで居るんです。今にその天上しそくなつた鯉が出て来ればお教へします』と、一葉女史は云つたが、その日は生憎その鯉は出て来なかつた。

此の池は、森田君が住まつた時分には、最早皆埋められて了つて居て、唯森田君の庭には石菖が周囲に植つた三尺四方位の水溜りがあるのみであつた。

池の向ふに、芭蕉があつた。『そゞろごと』の中の『雨の夜』に『庭の芭蕉のいと高やかに延びて、葉は垣根の上やがて五尺もこえつべし、今歳はいかなれば斯く何時までも丈のひくきなど言ひてしを、夏の末つかた極めて暑かりしに唯一日ふつか三日とも数へずして驚くばかりに成りぬ。秋風少しそよ〳〵とすれば端のかたより果敢なげに破れて、風情次第に淋しくなるほど雨の夜の音なひこそは哀れなれ、こまかき雨ははら〳〵と音して叢《くさむら》がくれ鳴くこほろぎのふしをも乱さず、風一しきり颯《さつ》と降くるは彼の葉にばかり懸るかといたまし』とあるその芭蕉がそれであつたのではなからうか。

四

柳町、指ケ谷町《さすがやちやう》から白山下《はくさんした》までが水田であつたことは、さう昔のことではない。僕等の十五六歳の頃までは確にさうであつたのであるから、彼《あ》の辺が埋め立てられて町になつたのは一葉女史の福山町に住ま居を定めた当時を去ることさう古いことではなかつたのだ。で、樋口家の人々が福山町に住つた時分には、彼の辺は未だ新開の町であつた。

所が、その時分には新開町には大抵出来る一種の商売屋があつた。それは所謂銘酒屋である。さういふ者どもが何日も新開地を繁昌させるパイオニアーであつたのだ。

現今では、兎に角公道らしい道をなして居る活動小屋の横町などは全くの抜け裏であつたが、その辺りからかけて、樋口家の人々の住まつて居たあたりまでの両側に、所謂銘酒屋が幾軒もあつた。

さういふ銘酒屋の内部は、家の広狭により色々になつて居たのであらうが、何処も皆入り口が土間になつて居て、壁に棚があつて、其所に洋酒の罎が列んで居るといふやうな風であつた。

現今では彼の辺は如何にも静な淋しい町になつてしまつたが、明治二十八年頃はなか〳〵陽気な町であつた。

現今の銀行の横町は、昔よりずつと広くなつて居るが、此の横町の角にあつた銘酒屋には紅葉亭といふ行燈が出て居たやうに思ふ。その家は少し大きい家であつた。入り口は土間で、其所に白金巾《しろかなきん》で被つた円卓子があつて、その上に陶器の花瓶に花が生けて置いてあり、壁には洋酒の罎が列んで居て、福山町の通から見て、その左手に当るところに上り框《かまち》があつて、其所には障子が篏つて、其所からが座敷になつて居るやうな家であつた。思ふに、それがその辺のさういふ家の代表的なものであつたのであらう。が、現今では福山町のその辺に当る角には亜鉛屋根の軒の太く傾ぶいた空壜屋があり、その隣は石灰屋で白く汚れた戸や壁板が、如何にも場末の町らしい趣を見せて居る。

一葉女史の家の入り口の左側の家——今薪屋になつて居る家——には船板でもあつたらうかと思ふやうな細長い板に御待合と書いた看板が格子戸の横の柱に懸つて居たが、右側の家は小料理屋といつたやうな体裁であつた。現今ではその家が横側を大溝の方へ向て、その方には窓が一つあるきりであるのだが、その当時はそれが店の正面になつて居て、大溝の上は広く橋になつて居た。現今、その家の門になつて居るやうな右手の入り口は、その料理屋めいた家の別の入り口になつて居て、その門柱には、一葉女史が四番地へ越して草々頼まれて書いた御料理仕出し云々といふ細長い板の看板が出て居た。その家では三味線の音がよくして居た。鈴木亭といふ家であつたさうである。一葉女史が、『隣で面白い歌を唄つて居ますよ。それは、添へぬなら元の他人にして返せ、出雲の神も解らない、結びそこねか、空解けか、といふのです』と話したことがある。それから別の日に、一葉女史の家へ行つて居ると、その三下り《さんさがり》を隣で唄ひだしたので女史と顔を見合せて大笑をしたことがある。

一葉女史の日記の中に『しのぶぐさ』といふのがあるが、その中に、

『後は丸山の岡にて、物静なれど、前なる町は物の音常に絶えず、怪し気なる家のみいと多かるを、斯《かか》るあたりに長くあらんは、未だ年などのいと若き身にて、終に染まらぬやうあらじと、しりうごと折々聞ゆ。

　　つまごひの雉子《きぎす》の鳴く音《ね》鹿の声

　　　こゝもうき世のさがの奥也』

とあるのであるが、所謂る怪し気なる家は、一葉女史の家の入り口の両側のみな

らず、町を隔ての向ふ側が門並それであつた。その辺を通ると、『寄つてらつしやいよ』といふ声が方々の家から掛る。人の足音さへ聞えれば、さう呼ぶのだ。一葉女史は、『此の辺では人さへ通れば、寄つてらつしやいと呼ぶのです。通る人の方は少しも見ずに、唯さう呼んで居るんです』と云つて笑つたことがある。

六

同じ『しのぶぐさ』の中に、
『隣りに酒売る店あり、女子あまた居て客の伽《とぎ》をすること歌妓《うたひめ》の如く遊女《あそびめ》に似たり、常に文書きて給はれとて我がもとに持て来る。ぬしは何時もかはりてその数はかり難し。

まろびあふ蓮《はちす》の露のたまさかは
誠にそまる色もありつや』

これは、鈴木亭に居た女のことだといふのである。二十八年の夏頃、一葉女史が『隣に居た女が客に出す文を書いてくれと云つて来たので書いてやりましたが、それから大層私の書きやうが気に入つたと見えて、数寄屋町へ出てからも、車に乗つて、頼みに参ります』と話したので、僕は『いや。貴女の名文で書いた文を貰つては、先の男は到底じつとしては居られなくなつて直ぐ女のところへ飛んで来るでせう』と云つた。一葉女史は笑つて、『いゝえ、何う致しまして、文句は彼方のいふ通りに書くのでございますよ』と、云つた。

それから、少し後になつて、僕は或る日一葉女史に、『何か新しいお作の御趣向が立ちましたか』と聞くと、女史は『面白い女があるので、「放れ駒」といふのを書かうと思つて居ります』と低い落着いた声で答へた。一葉女史は自分の作物に就ては得意らしいとか、熱中したとかいふ様子を決して、人に見せない人であつた。戸川秋骨が『われから』の中の奥方が宮の前で、物思ひに沈むところを賞めたところが、一葉さんは下を向いて、微笑を含んで、『彼所が肝腎なところです』と低い声で云つた。『滅多に自分の作のことを云はない人が、彼れだけに云つたのだから、彼所は大に得意なのだらう』と云つたことがある。女史自身が自分の作物に就て何か云つたことがその外にあつたか何うか、吾々は少しも記憶して居ない位である。

所で、一葉女史のところへ文を書いて貰ひに来た女といふのが、『にごりえ』のお力のモデルであつたのだ。鈴木亭が菊の井のモデルになつた訳である。尤も鈴木亭は平家である。お力のモデルになつた女は、鈴木亭に来るまでは赤坂に居たと云つて居たさうであるが、芸者ではなく、矢張り鈴木亭同様の家に居たのではなかろうかと想像される。その女は、数寄屋《すきや》町の芸者になつて居るうちに、新派の役者の余り名高からぬ者と深間になつて、何時か数寄屋町を去つてしまつたといふのである。樋口邦子君の話ではその女は器量はそれ程ではなかつたのだが、如何にも人好きのする、心持の好い肌合の女であつたといふのだ。年はその時分二十二三であつたらしいのである。名はお留と云つて居たさうだ。

その時分のさういふ家での客の取り方は今日のさういふ家のやり方ほど簡単明瞭なものではなかつたやうに聞いて居る。東京者のまだ幅の利いた時分であつたのと、何と云つても人間がまだ鷹揚な、まだるつこい事に趣味を持つて居た時代であつたからとで、さうであつたのであらう。『にごりえ』の中で、お力が、『祖父《ぢゞい》は四角な字をば読んだ人でござんす、つまりは私のやうな気違ひで、世の益のない反古紙をこしらへしに、版をばお上から止められたとやら、ゆるされぬとかに断食して死んださうに御座んす、十六の年から思ふ事があつて、生れも賤しい身であつたれど一念に修業して六十にあまるまで仕出来《しでか》したる事なく、終《をわり》は人の物笑ひに今では名を知る人もなしとて父が常住歎いたを子供の頃より聞知つて居りました』と、云ふところがあるのであるが一葉女史が或る時、『白山へ寄つた方に、佐藤一斎の孫が銘酒屋を出して居て、其所には一斎の書が額になつて居るので、それだけを見に行く人が大分あるさうです』と、話したことがある。邦子君の話では、一斎の孫の家といふのは、一葉女史が福山町へ越した時分には最早なかつたといふのである。お力の身の上のその一条は、一斎の孫のことからヒントを得たものであらう。

七

『にごりえ』には、蒲団屋の源七の侘住居が巧に描写されて居るのであるが、一葉女史の『よもぎふにつ記』の十二月二十八日（明治二十五年）のところに、

『帰路かねての心組に暁月夜の原稿料十円のつもりなりしを思ふに越えたれば、彼の稲葉の穂並風にもまれて枯々なるも哀なるに昔は我も睦びし人の、是よりは何ごとも頼まねど、流石に仇の間には非ず、理を推せば五本の指の血筋ならねど、さりとておなじ乳房にすがりし身の言はゞ姉ともいふべきを、いでや喜びは諸共にとて柳町の裏屋に貧苦の体を見舞ひて金子少し歳暮にやる、昔は三千石の姫と呼ばれて白き肌に綾羅《りようら》を断たざりし人の髪は唯枯れ野の薄の様にて何時取りあげけん油気もあらず、袖無しの羽織見すぼらしげに着て、流石に我れを恥ぢればに

やうつむき勝に、さても見苦しき住居にて茶を参らせんも中々に無礼なればとて、打詫るぞことに涙の種なり、畳は六畳ばかりにて切れもきれたり唯藁埃《わらごみ》の様なるに、障子は一処として紙の続きたる処もなく、見し昔の形見と残るものは卯の毛におく露ほどもなし、夜具蒲団もなかるべし手道具もなかるべし、浅ましき形の火桶に土瓶かけて、小鍋だての面影何処にかある、あるじは是れより仕事に出《いづ》る処とて、筒袖の法被《はつぴ》肌寒げにあんかを抱きて夜食の膳に向ひ居るもはかなし、正《しやう》朔《さく》君の我が土産を喜びて紅葉の様なる手に持しまゝ少時《しばし》も放たず、御仏前に御覧に入給へと母君に言はれて仏壇めきたる処に供ふ、何事も時世にて又廻りくる春もあらんを正朔君だに斯くてあらば夢力を落して給ふな、かよわき御身に胸を痛めて病気など起し給はゞ、それこそ取り返しのあることならねばとて慰むるに、聞き給へ此子の成長《おほき》くならば陸軍の技師になりて銀行より幾らも金を持ち来りて、父も母も安楽にすぐさせんと常々威張りて申すことと流石に頼もし気に笑みて語る、又こそとて此家《このや》を出れば夕風袂に吹きて大路既に闇《くら》くなりぬ』とある。こればかりを粉本にして、源七の侘住居を書いたのではなからうが、これが幾らかの助けになつたことは、疑ひがなからう。同じ源七の侘住居のところでは、源七の妻のお初が蟬表の内職をやつて居るのが描いてある。蟬表とは下駄の籐表のことである。夏、蟬の鳴くころから使ふといふので蟬表といふのださうである。これは二十五年頃、邦子君がやつて居た内職である。日記中の『わか草』といふ部の八月三日（二十四年）のところに、

『国子当時蟬表職中一の手利《てきゝ》に成たりと風説あり。今宵は例より酒旨しとて母君大ひに酔ひ給ひぬ』

とあり、又『蓬生日記』の十月二十三日（明治二十四年）のところには、

『新平参る、国子の蟬表得まほしと様《やう》に云へばやがて二つばかり売る、百足ばかりもて来し内にかばかりのは又なしなどいふ、我身の歌とくらべられんにいかにせまし穴にも入らまほしうこそ』

とあり、それから、二十五年四月頃になると、一葉女史自身も蟬表を作つたものと見えて、日記の四月の部に、

『十日より蟬表内職にかゝる。
十一日　おなじく。
十二日　おなじく』

とあるのである。

結城朝之助の粉本は大部は半井桃水氏であらうと思ふのであるが、一葉女史が或

る時、『隣りへ遊びに来る立派な人があるのだが、皆なに馬鹿野郎などと云はれながら、平気で、池の中に入つて、ざぶ〳〵鯉などを追ひ廻して居る』と話したことがある。そんな事もモデルの一部になつて居るのであらう。

『にごりえ』の中にある源七とお力が心中したお寺の山といふのは伝通院の裏山のことである。今は人家が建て連つて居るのであるが、明治二十七八年頃は伝通院の裏手は藪や草原になつて居て、淋しい所であつたのだ。

大正五年であつたか、真山青果君が伊井河合一座のために『にごりえ』を脚本にしようと企てたことがある。その時に真山君は彼の辺にお寺があるか何うか見て来ようと思ふといふ話であつたので、僕はそれは伝通院の裏山なのだと説明した。真山君が『お寺の山』といふのを直ぐに伝通院の裏山と心付かなかつたのは、僕に取つては少し意外な感じがしたのであつたが、更に考へて見ると、真山君の方が尤もであつたのだ。一葉女史時代の東京は吾等老人の徒にこそ意味はあるのだが、真山君あたりとは更に交渉のないものであるのだ。

一葉女史の日記中には、おぶんといふ女に惑溺した小宮山庄司といふ甲州人のことが方々に出て居る。今にして思へば、その男の事であつたらうと思ひ当るやうな話を一葉女史から聞いたことがある。お力に惑溺した源七の心持を描くには、その小宮山の樋口家で或る時したらしい告白が余程参考になつたのではなからうかと推測せられる。

「にごりえ」になる迄

一

故樋口一葉女史作の小説『にごりえ』が脚色されて、此の十日から、歌舞伎座で上場されてゐる。

それで、『にごりえ』に描かれた土地、人物のモデル等に就て、僕の知つて居るところ、伝聞したところを、此処に記さうと思ふ。劇を鑑賞する上に何等かの助になるのであつたら本懐である。

土地は本郷の丸山福山町附近である。巣鴨線の小石川春日町の次には電車は小石川の初音町で止まるのだが、その少し先へ行くと、右へ曲る横町がある。その横町は卅間と行かないうちに西片町の崖下へ突き当つて、左へ曲つて居る。その辺りからの左側が丸山福山町である。

『にごりえ』にはその辺りを新開と呼んで居る。彼《あ》の辺りからして、白山下の方へかけては僕等の十四五の時分までは水田であつた。彼の辺りが埋立てられて町をなし始めたのは明治廿年頃からでは無かつたらうかと思ふ。

それは兎に角、一葉女史が大音寺前から丸山福山町へ移つた明治廿七年では、未だ新開の心持が土地に十分残つて居たのである。

で、その時分は、此の福山町及びその附近に限らず、何処でも新開となりさへすれば大抵必ず出来る一種の商売屋があつた。それは、『にごりえ』に所謂、

『軒には御神燈《ごじんとう》さげて盛《も》り塩景気よく、空壜か何か知らず、銘酒あまた棚の上にならべて帳場めきたる処も見ゆ、勝手元には七輪を煽ぐ音折々に騒がしく、女主《あるじ》が手づから寄せ鍋茶碗むし位はなるも道理《ことわり》、表にかゝげし看板を見れば仔細らしく御《お》料理とぞしたゝめける、さりとて仕出し頼みに行《ゆき》たらば何とかいふらん、俄に今日品切もをかしかるべく、女ならぬお客様は手前店へお出かけを願ひますともいふにかたからん、世は御方便や商売がらを心得て口取り焼肴とあつらへに来る田舎ものもあらざりき』

といふやうな家であつた。が、それは未だ上の部で、それよりずつと簡単な店がかりの家も多かつた。

二

田を埋め、畑を潰して、家が建つ、すると、其所へ上記のやうな商売屋が出来る、人が寄つて来る、周囲に並の町家が出来て来る、町の形がだん〳〵整つて来る、何時の間にか、ヘンな商売屋の数が減る、やがて、全く並の町になつて了ふといふ順序であつたのだ。

さながら、或時期を限つて、それ等の商売屋は黙許されて、やがて土地を開くといふその任務を終つて了ふと、又さういふ家のある必要を生じた他の場所へ移つて行くとでもいふやうな観があつた。

一葉女史の住居は福山町四番地であつた。所で、その位置を説明するには、今の電車路の方からの道筋に依るのが一番分り易い。柳町の停留所から北行すると、最初の右の方の角は活動小屋で、それからもう一つ先に少し広い横町がある。その左角は小さい洋館建の銀行である。で、その横町を右へ曲つて行くと、その突き当りから少し左へ行つたところの右側は大溝で、それに小さな橋が架かつて居る。その裏の突き当りに今不動堂か何かゞあるのだが、其処に明治四十三年頃までは、一葉女史の住まつた家――女史終焉の家――が立つて居たのである。

前に云つたやうな商売屋は、今活動小屋の横町になつて居るあたり――その当時はホンの抜け裏であつたのが――から、女史の住居の前あたりまでを中心にして居たやうであつた。

今銀行の横町になつて居る町の、福山町の通になつての右角の家には確か紅葉亭といふ行燈が出て居た。

一葉女史の住居への入り口の向つて右手に平家があつた。此の家は現存して居る。『にごりえ』の菊の井の基礎になつたのは此の家である。

三

此の家は、今は大溝《おほどぶ》を家の横に取つて立つて居る形になつて居るのであるが、如上の商売屋であつた時分には、大溝の方が店の正面になつて居て、大溝の上をば店の正面一杯に板で蓋をして、其処から並の客は上るやうになつて居た。尤も、今その家の門になつて居るところ、即ち、家の向つて右手は、その当時も矢張り今の通りであつて、その右の柱には、一葉女史の書いた『御料理仕出し仕り候』といふ聯《れん》の看板が懸つて居た。

その家はその家の者の姓をその儘鈴木亭と云つて居たさうである。その鈴木亭にお留といふ女が居た。年齢は二十二三らしかつた。非常な好い器量といふのでは無かつたが、何とも云へぬ心持の好い女であつたといふのだ。爽快な感じのする女とでもいふのであつたらしい。

一葉女史の『日記』中にある『忍ぶ草』といふのゝ中に、左の如き条がある。

『となりに酒うる家あり、女子あまた居て客のとぎをする事うたひめのごとく遊びめに似たり、つねに文かきて給はれとてわがもとにも来る、ぬしはいつもかはりてそのかずはかりがたし。

まろびあふはちすの露のたまさかは

誠にそまる色もありつや』

『隣に居た女が客へ出す文を書いて呉れと云つて来たから、書いてやつたら、ひどく気に入つたと見えて、その女が数寄屋町へ出てからも、車でわざ〳〵頼みに来る』

といふやうな話を一葉女史から僕は聞いたことがある。廿八年の七月頃かと思ふが、女史は『面白い女があるから、「放れ駒」といふのを書かうと思ふ』と云つて居た。

お留は、赤坂に居たと云つて居たさうである。けれども、芸者になつて居たのか何うだか不明である。それでも、下谷の芸者になつたといふのだから、糸道は明いて居たのであらう。

四

福山町あたりのさういふ家でも、三味線を引いて客を楽しますことは、少くとも黙許されて居たらしかつたのだ。

お留は数寄屋町に居るうちに、新派の下廻りどころの者と深く契つて、行くところを知らずなつて了つたさうである。

そのお留が菊の井のお力のモデルだといふことである。

思ふに、『放れ駒』の女といふのもお留であつて、『放れ駒』が『にごりえ』となつたのであらう。最初の表題を後で変へることは誰もやることであるやうに、一葉女史も最初の表題を後で変へたことは時々はあるらしい。現に樋口家に保存されて居る諸作の下書の中で、『たけくらべ』の第一章が『雛鶴』といふ題で書いてあるのを見たことがある。

一葉女史の書いた看板の所在は、鈴木亭が彼《あ》の家を去つた後で、樋口家の人々が捜索したのであるが、鈴木亭の女主《あるじ》は一時田端に住まつて居てから、田舎へ引つ込んで了つたとかいふので、看板の所在は遂に分ら無かつた。

結城朝之助《ゆふきとものすけ》のモデルは誰であらうか。僕は一葉女史の小説を書くことの謂はば手ほどきの師であつた半井桃水氏だと思ふ。『日記』の中に在る半井氏に対する一葉女史の描写と、『にごりえ』の中の朝之助に対する描写との間に、種々の一致点のあることは、誰にでも分ることである。『隣りの家へ遊びに来る客で、一人却々《なかなか》立派な人品の人がある。家の者に馬鹿野郎、馬鹿野郎などゝからかはれながら、平気で笑ひながら池へ入つて鯉を追つ掛けなどして居る』と一葉女史が話したことがある。これも朝之助のモデルの一部であらう。

お力が自分の祖父は学者であつたと朝之助に話すところがある。

佐藤一斎の孫に当る者が指ヶ谷《さすがや》町《ちやう》寄りの方で、銘酒屋をやつて居て、其処に一斎の書いた額が懸つて居るので、それを見に行く客があつたといふ噂があつた。尤も一葉女史が福山町へ越した時分には最早その家は無くなつて居たさうである。

お力の祖父の話はそれから取つたのであらうと思はれる。

五

蒲団屋の源七のモデルに就ては、未だ調べて見無いから十分には分ら無い。唯だ幾らか関係があらうかと思ふのは、日記の中に散見する甲府人小宮山某の事である。小宮山はお文といふ女に迷つて妻子を捨てた男である。源七の惑溺の心持を書くのに、小宮山の物語りが余程助けをなしたことは疑が無いと思ふ。

お初のモデルもまだ判然し無い。けれども、源七の住家の描写の基礎になつたと思はれる事柄は日記の中にある。

一葉女史の父君則義氏と母君瀧子氏は共に甲州の塩山の奥の大藤村の人であつたが、安政年間志を立てゝ江戸に出《い》で、則義氏は幕府旗下の士菊地家に、瀧子氏の方は同じく稲葉家に奉公し、後同心《のちどうしん》の株を買つて、八丁堀衆に加り、明治になつてから、東京府の役人になつたのであるが、稲葉家の娘孝子といふ人とその夫とが、甚しく窮乏して居ることが、日記の諸所で窺はれる。

所で、一葉女史は、明治廿五年の十二月廿七日の夕方に、柳町の裏店に住んで居た稲葉家の人々を訪うて、『暁月夜』の稿料の中から幾らかの歳暮をやつたことが『よもぎふにつ記』の中に出て居る。

その時の観察が源七の侘び住居を組み立てる材料の一部に用ゐられたことは、確であらうと思ふ。

源七の住家で女房のお初がやつて居る内職は蟬表だとある。蟬表とは下駄の籐表のことである。夏下駄になるのだから、それで蟬表と称へるのださうだ。

此れは、日記に拠ると、明治廿四年頃に妹さんの邦子氏がやつて居る内職である。明治廿五年五月の日記に拠ると、一葉女史自身も少しやつてみたのでは無からうかとも思はれる。

『にごりえ』といふ題名は、庭前の池から思ひ付いた点もあらう。如何にも池の多いところであつた。鈴木亭の庭にもあつたのみならず、一葉女史の家の後《うしろ》、即ち、北裏も池になつて居た。一葉女史の家はさながらに水亭のやうな形になつて居たのである。『日記水の上』に拠ると、女史の住居は、元は守喜といふ鰻屋の離居《はなれ》であつたといふ、母屋は恐らく鈴木亭になつてゐた家であつたのであらう。

所で、『にごりえ』を読む人々は、お力が源七に対して恋になつてゐたのであらうか、何うかといふ点に、一寸《ちよつ》と頭を傾げやうかと思はれるが、此れは一言では云ひ尽せ無いことのやうに思ふ。或る程度の恋はあつたとしたところで、さういふ情は源七に対する気の毒とか可哀さうとかいふやうな憐愍、同情の念がその中の大切な基礎になつて居ることは疑が無い。お力の性格、感情に一葉女史の主観が可なり多分に加はつて居ることは勿論であるから、日記中諸所に表はれて居る一葉女史の男に対する感情が、お力の源七に対する感情の基礎になつて居ることは確かであらう。

お力の役は、此の点に注意して演じ無ければいかぬと思ふ。お力が小春で源七が治兵衛になつて了つては駄目である。

都新聞に拠ると、僕は歌舞伎座の稽古場へ毎日通つて、一葉女史が『にごりえ』を書いた当時の女史の心持とやらを講演して居たさうである。

けれども、僕は本月六日に招かれて本読《ほんよみ》の一部を聞きに行き、十日に初日の具合を見て呉れと云はれて見に行つたのみであるし、僕は毎日講演する程『にごりえ』に関する材料は持つて居ない。それに、何んぼ僕が学校の教師だからと云つて、何処へ行つても講演ばかりやる訳では無い。

「たけくらべ」の跡

一

久保田万太郎君が一葉研究――『たけくらべ』研究――を公にするに就ては、大音寺前――下谷龍泉寺町のあたりの案内をしろといふ依頼を同君から受けてゐたが、その日取りもいよ〳〵十六日の午後と極まつて、二時少し前、一行五人で出発した。

大音寺前だけ見れば、さし当つては、それでいゝといふのであつたけれども、殆ど途すがらに当るので、本郷丸山福山町の一葉終焉の家の近辺――『濁り江』のシインになつてゐるあたりを通つて行くことにした。

春日町から白山の方へ向けて行く電車通りを北行して、柳町あたりの右側にある活動小屋の先の銀行の角を右へ曲り、突き当つて、左へ一二間歩いたところの大溝《おほどぶ》を隔てた山沿ひの家の一つが、一葉の故宅であつた。溝に沿うて側面を見せてゐる平家が『濁り江』の菊の井のモデルになつた鈴木亭といふ小料理屋であつた家である。此の頃では裏の方へ建増しができて居るけれども、溝沿ひの部分は家の形は昔と少しも変つてゐない。その家の左に橋がかゝつてゐるのだが、それを渡つて突当りにある豊川稲荷の勧請所《くわんじやうしよ》になつて居る家の立つて居るところが、昔の一葉の故宅の位置である。

元の家は、明治三十六年頃から森田草平君が住んでゐたことがあるのだが、四十三年八月十日頃に降り続いた大雨のために、山の崖が崩れて、家はさんぐ\に破れてしまつたのだ。森田君はもう少しで押し潰されるところであつたといつて、夜半に家が潰れた時の話をしたことがある。

一葉の住まつてゐた時分には一葉の家は前も後も四五坪の池になつてゐて、一葉の家の庭の池の水が、鈴木亭の庭へ流れ込んで、其処でも庭一面の池をなしてゐた。一葉の日記に拠ると、一葉の家は元守喜といふ鰻屋の離家《はなれ》であつたといふのだが、家のかゝりなどから想像してみると、鈴木亭が元は守喜の母家であつたのではなからうか。尤も、橋の左側の家は今薪屋になつてゐるのだが、これが一葉時代には、御待合といふ柱掛形《はしらがけかた》の看板のかゝつてゐる家であつた。守喜は或ひはその家の方であつたかも知れぬ。

さういふ風な大体の説明をしてゐるうちに、久保田君は路次のなかで御待合千鳥といふ看板を見付けて笑ひながら手帳へ書き込む。

一葉時代には、活動小屋の横町は極狭い抜裏であり、銀行の横町も今よりもずつと路幅が狭かつた。そして、その横町を入つて来た右角に紅葉亭といふ行燈の出てゐるその辺では一番大きいらしい銘酒屋があつた。銘酒屋は田町から曲つて此の福山町の通りへ入つて来る角のあたりから鈴木亭の前のところへまでかけて路の西側は先づ軒並さうだと云つてゐゝくらゐであつた。

何うして、此処へそんなに銘酒屋が多くできたのだらうか、といふ質問が誰かゝら出た。

僕の少年の時分には、此の辺から白山下の方へかけて一面の水田であつた。それが埋られて町ができだしたのは、明治二十年頃でゞもあらうかと思ふ。一葉時代——即ち明治二十七、八年頃には、まだ此の辺は新開の空気が濃厚であつたのだ。

揚弓場《やうきうば》がすたり気味になつて、市内へ銘酒屋ができだしたのは、明治二十四、五年頃かと思ふのだが、福山町の銘酒屋も大凡その時分にできたのではなからうか。銘酒屋は横浜のチヤブ屋の式が東京へ移入されたものかと思ふのだが、とにかく、新開にはまツ最初にできる商売であつた。

念のため断つて置くが、銘酒屋の起源は幕政時代の水茶屋と見ることはできるだらうが、東京ではそれが一時滅びた形になつて、その代りに、その変形が横浜へチヤブ屋となつて現はれ、それが又聊か変形して東京へ移入されたものだと、僕は思つてゐる。

二

一葉の終焉の家は本郷丸山福山町四番地にあつたのだ。一葉がその家へ移つたのは、明治二十七年の五月一日であつた。『やみ夜』の大部分から以後の作品は皆此の家でできたのだ。『行く雲』、『たけくらべ』、『濁り江』、『十三夜』、『別れ路』、『われから』といふやうな重立つた作品はことぐく、福山町時代の収獲にかゝるものである。

『濁り江』の諸人物に関しては、もう既に幾たびも書いたので、こゝにはすべて省略する。

自動車は田町の電車通りを引返して、春日町から富坂を本郷へ向けて上がる。思へば、此のあたりも随分変つたものである。今の電車線路になつてゐる上《かみ》富坂も下《しも》富坂も共に新道であつて、昔の上富坂は今の坂の南の方に狭い勾配の急な坂として残つてゐるのだが、下富坂の方は今日では砲兵工廠のなかへ取り込まれてしまつた。今の下富坂は砲兵工廠の控地、火除地の跡を通つて居り、現時の上富坂の方は昔の右京が原の南端へ築いた坂路である。一葉時代にはまだその原は沼地であつて、毒芹などの茂つてゐる空地面であつたのだ。

切通しへと向つて行く自動車はやがて、麟祥院の手前の角を左折する。おや〳〵龍岡町へ入るのかと思つてゐるうちに、真直ぐに大学の構内へ入り、二三度曲り曲つて北門を出《い》で、弥生町を抜けて、根津を通る。何時の間によくもかう開けたものだと車窓からキヨロ〳〵見廻してゐるうちに、昔時の藍染橋のあたりかと思ふ路をば、三浦坂の方だらうかと思はるゝ方角へと進んで行く。車内では根津に遊廓——洲崎へ移る前——があつた話が出る。勿論、根津の花街を見たことのあるものは一行のうちでは僕ばかりであつた。近頃は逢初《あひそめ》橋と云つてゐるといふ話が出た。僕は、藍染橋と覚えてゐて紺屋があつたので、藍染川の名が起つたのだと思つてゐる。さういふ説明をしてゐるうちに、車は容赦なくドン〳〵進んで、高い陸橋へかゝる。これは全く始めての路である。久保田君は僕を顧みて此処を通つたことがあるかといふ。

『龍泉寺は僕が案内するんだが、此の辺はお蔭さまで初めて見る訳なんだから、案内の労は出ず入らずで、結局相殺になる訳ですね』

僕はさう答へて笑つた。

坂本へ下りたのだか、鶯谷へ下りたのだか、はつきりとは極め兼ねてゐるうちに、箪笥町の青物市場に入つて行き、それから、右折して、坂本の電車通りへ出る。路に沿うた石の玉垣ばかり異様に眼に立つて社殿の方はあるかないか分らないくらゐに見すぼらしくなつてゐる三島神社の角を向ふへ入つて、一路、いよく大音寺前へと向つて行く。このあたりは罹災区域なので、焼け跡の何処でも見られるやうなバラックと空地の点綴で、建造中の町といふ何だか忙しいやうな急き立てられる気分が胸に湧いて来る。

交番の少し手前で、自動車を乗り捨てゝ、電車線路を越すと、とにかく、一葉のゐた町内である。つまり、交番の向ふ角から真直に揚屋町の非常門に至るまでの町の左側の何《ど》の地点かに、一葉の住まつた家があつたことは確である。

三

持つてゐた『たけくらべ』の真筆版の跋のところを開けてみると三百五十八番地であつたとある。これは僕自身が書いたので無論間違ひはないと思つたので、それに当たる家を探しだしたが、通りの方の左側は皆三百六十代の家ばかりなのだ。番地を追つて横町へ曲つてみると三百五十七番地はある。その家の者に尋ねると三百五十八といふ番地は此の辺では聞いたことがないといふ。此辺は吉原の大火（明治四十二年頃かと思ふ）に焼け、無論大震の時の罹災地区でもあるのだから、さういふ番地は消滅してしまつたとしても、何うも横町では、僕の記憶と合はない。一葉の故宅が表通りの左側であつたことは、何う考へてみても間違ひはない。それで、もう一遍表通りへ出て、揚屋町の非常門まで行つてみる。

此処が位置がいゝといふので、同行の読売の写真版子は一行の撮影をして、もう此処へ来るまで二三枚撮つたからと云つて、帰つてしまふ。

此のあたりも震災以前に一度歩いたことがあるのだが、何うもその時の記憶とは余程違つて居る。現今では龍泉寺の通りが非常門まで大凡一直線になつて居るのだが僕の覚えて居るところだと、昔の路は非常門から少し斜になつて龍泉寺の通りへ出てゐたやうなのだ。かうなつて来ると福山町のやうな昔の目印の溝や家がそのまゝ残存してゐるところとは違ひ目印と云つては電車通りの向ふの交番と此の非常門きりなのだから、何うにもしやうがない。通りを交番の方へと引つ返し、左手の『京町を経て浅草公園に至る』といふやうな門柱形《もんちうかた》の路標の立つて居る横町へ入つてみる。此れは少し斜になつて京一の非常門へ通じてゐるのだが、此の路には何うやら記憶がある。菊版二冊本の『一葉全集』の後篇の跋には僕は次のやうに書いてゐる。

『当時京一の非常門の少し手前から先は、路がお歯ぐろ溝に沿うてゐて……一葉君の家はお歯ぐろ溝手前の角まで行かないうちの左側で、角から四辻の交番の方へ一町とは寄らない所であつたやうだ』

まことに要領を得ない説明ではあるが、京一の非常門を起点にして考へてみると、大凡見当はつきさうでありはするものゝ、現に僕自身で書いた『真筆版』の跋には三百五十八といふ番地であつたとなつてゐるのだから、表通りの番地とは何うしても符合しない。

久保田君は千束町《せんぞくまち》に住んでおいでの俳人増田龍雨《ますだりゆうう》君ならば、此の辺のことには暁通してゐるので、同君を呼び出さうかと提言する。その方が話が早からうといふので一行四人で、吉原の外廓に沿うて歩き出す。お歯ぐろ溝はもう埋られてゐるが、家の裏手には木の踏段などが残つてゐて、昔の刎橋の位置が想像せられる。読売の平林君のために刎橋の形などを説明し久保田君が暗誦してゐる『春は桜の賑ひよりかけて』以下の一節のなかにある『茶屋が裏ゆく土手の細路』の跡——今では昔のお歯ぐろ溝の上かも知れぬ——を抜けて土手へ出る。勿論もう土手ではなくなつてゐる。廓に沿うて千束町へ入ると、此処の溝も埋られてしまつて、路の真中に石で縁取つた部分ができてゐる。これが溝の跡ではないかと思はれる。少し行つて左折し千束の賑かな通りへ出て忙しい身体の増田君を久保田君が無理やりに引つ張り出して来た。

四

災後の廓内が何んなになつて居るかと思つて、角町《すみちやう》の非常門から入る。此処も勿論仮普請の家ばかりで、昔の高楼軒を連らねてゐた面影は残つてゐない。何となく第二流の都会の花街のやうな気がして哀れに思はれた。見るところ、娼楼でない並の商売屋がふえて来る傾きがあるのではなからうか。更に又、所謂大店《おほだな》と称した大《たい》厦《か》が今後は少くなるのではなからうか、或は又、大きい店に纏まつてしまつて、中以下の店がずつと少くなり、要するに娼楼の数も妓女の数もずつと減つてしまふのであらうか。何れにしても此の遊廓が昔のまゝでゐられる気遣ひはなかりさうである。

『たけくらべ』には、直接廓内の景趣を描いたところは極く〴〵僅であるが、それにしても、此の大遊廓の影響の最も強い地区の人情風俗を全く絵の如く活写したところに此の作の生命はあるのであるから、吉原の余程変り来つた今日になつては、『たけくらべ』の所々に註解を施すべき必要が今後次第に増して来さうに思はれる。

揚屋町の非常門を出て、先づ塩煎餅屋であつたといふ田村屋は傍に石橋があつたので、石橋の田村屋と云つてゐたといふので、その石橋は何の辺《ど》であつたかといふ点を確かめようとしたのだが、余りに家々の商売が変つてしまつてゐるので、さすがの龍雨君も石橋の旧位置を指点し兼ねた。横町へ曲つて三百五十八番地を探したが、勿論見つからない。

『仮りに三百五十八番地が此の横町にあつても、それでは僕の記憶には合致しない。一葉の家は何うしても表通りにあつたと思ふ』

僕がさう云つたので、今度は又表通りへ出て、京一の非常門へと通じてゐる横町へ入つてみた。何うも此の路には確に記憶があるのだから、田村屋は此の横町にでもあつたのではなからうか。さうすると、此処を出た表通りは番地が三百六十台なんだから、或ひは、今までに、土地整理などのために番地の組み換へが行はれて、それが為めに元の番地がちがつてしまつたのかも知れぬ。そんなことを云つてゐるうちに、たうとう電車通りまで出てしまつたが、龍雨君が交番で念のため聞いてみようかと発議したので、新潮社の石原君が向ふ角の交番に飛び込んだ。やがて、勇んで引つ返して来て表通りの左側の肴屋がその番地に当るのだといふ。喜んで一町程後へ戻つて行つてみると、それは三百六十七番地だといふ。その次ぎの酒屋と乾物屋が三百六十八番地なのだ。其処で、龍雨君、久保田君、平林君、石原君と四人で、此の辺に少くとも三十年以上住まつてゐる商家を聞きだして、其所で聞き合せてみようといふことになつた。平林君が二三軒聞いて廻つた後で前に云つた酒屋から『たけくらべ』にある上清《じやうせい》の跡は右側にある綿屋であり、石橋の田村屋の跡は揚屋町寄りの時計屋になつてゐるといふことを聞きだして来た。酒屋の五十台の内儀さんは樋口といふ名は確に覚えがあるやうに思ふと云つたさうである。で、一行は上清と田村屋の位置を確めてから、三五八といふ数字は三六八の間違ひだらうと略《ほゞ》決して、横堀だの、水《みづ》の谷《や》の池だのゝ位置（旧跡）を龍雨君の嚮導《きやうだう》で見て廻つた。

越えて十八日に、石原君来訪。久保田君が三五八の点をもう一遍調べてくれといふ話だといふので念のために、二冊本の『一葉全集』の跋（拙者筆）を見ると確に三百六十八番地となつて居り、縮刷本の跋の方も同じくさうなつて居る。つまり、僕の粗忽で、その後のものを書く時に六を五と書き誤つたに相違ないのである。

一葉の日記には左隣りは酒屋だとあるのだから、前記の乾物屋が一葉の荒物屋の跡に相違ないことになるのだ。

劇になつた「濁り江」と「十三夜」

一

『濁り江』と『十三夜』とのなかの人物の性格でも宜しい。尤も、その外に、面白いものがあれば何でも宜しいといふやうな編輯者からの註文であつたが、差しかゝつて、何ういふものをといふ考も無いので、編輯者の口から最初出たまゝに、『濁り江』と『十三夜』の話にする。

所で、一言お断りをして置か無ければならん事は、『濁り江』でも『十三夜』でも、小説で長年見慣れて居たものであるのだから吾々が脚本になつた『濁り江』『十三夜』のなかの人物のことを書く場合にも、小説の方に対して従来吾々が持つて居つた考に拠り勝ちになるであらうと思はれることである。さうだとすると、脚本の話では無くなつて了まふ訳で、直接には芝居の方に縁の無いことになるのであらうが、然し『濁り江』『十三夜』のやうな原作の小説の筋に重きを措いて脚色された劇の場合にあつては小説註釈に傾むいたものでも、可なりに演出若《もし》くは見物の際の参考にはなるかも知れぬと思はれる。先づそんな位な考で書き進んでみる。

先づ『濁り江』の方から始めるが、『濁り江』が始めて劇になつたのは、大正七年六月であつたと思ふ。芝居は歌舞伎座で、役者は河合、喜多村の一座であつた。二度目は今年のこれも六月で、芝居は有楽座、役者は村田、東儀一座であつた。脚色者は最初の時は、真山青果氏、二度目の時のは、川村花菱氏であつたとか聞く。で前の時は、小説通りに先づ二十八九年頃の時代の風俗を見せることに骨折つたのであるが、後の時は、何《ど》ちらかと云へば、先づ現代の事件として脚色されて居たやうに思はれた。少くとも、古い時代の色彩を出さうとする骨折りは、さう顕著で無かつたやうに思はれたのであつた。尤も、此の二つの場合は、劇の性質が余程違つて居た。前の場合では、謂はゞ旧劇に近いやうな気分であり、後の場合は、何と云つても、所謂る新劇らしいところが表はれて居た。

所で『濁り江』は、現代の事件として演ずべき劇であらうかといふに、何うも私どもにはさう思へ無い。

小説としての『濁り江』の価値は、彼《あ》の時代に於て、銘酒屋の如き、裏店の生活の如きをあれ迄に善く写生して、ロオマンテイツクな作品へ織り込んだところにある。言葉を換へて云へば、日常生活に対する作家の観察、理解が、人生に対する大摑みな作家の考と交錯して居るところが面白いのである。故に『濁り江』の如き作品から時代の色彩を取り去つて了まへば、後は極く平凡なものしきや残ら無い訳になるのだ。けれどもそれならば、きつちり何時頃の時代の事にし無ければならんのかと云はれると、彼の時代小説のことであつてみれば、何うしても何時頃の時代の事で無ければならんといふ風に、決定的に書かれて居るものでは無いのであるから必らず二十七八年頃の事にし無ければならんのだとは云ひ兼ねる。又仮りに、その点は大凡明治何年頃といふやうなことをきめ得たにしたところで、さういふ時代なるものが、舞台で出せるものだか何うだか、少くとも甚だ疑はしい。服装とか、道具とかいふやうなものは、吾々だつてさう一々は覚えて居無いし、言葉の変遷なども亦、吾々の記憶に残つて居るか何うだかさへ判然し無い。又、さういふ物が皆可なりに再現せらるゝにしたところで、それを演ずる役者の心持なり、見物の心持なりは全く現代のものであるのだから、作者なり、舞台監督なりの所期が何れだけの効果を舞台上に表はし得るかは、全然疑問である。

それならば、結局、現代の事として演ずる方が、役者にはし勝手が善く、見物の方も何の骨折もせずに済むから、よからうでは無いかといふ議論になる訳であるのだが、私は矢張り、現代の事としては、あの儘では、余りに平凡なものになつて了まふと思ふ。『濁り江』は、あの小説のまゝで脚本にするものとすれば、現代で無い。何時か――それは何年頃としか極める要は無いが――過去の時代の事として、演ずべきものであると思ふ。

二

『濁り江』の菊の井といふやうな曖昧屋は、此の四、五年前にあつたやうな銘酒屋でも無いし、又、その頃方々に在つた曖昧な小料理屋とも少し違ふ。近頃のさういふ曖昧屋よりも、少し粋なものであつたやうに思はれる。謂はゞ、場末の芸者屋と曖昧料理屋との間位のものと思ふべきであらう。先づ、田舎の内芸者の居る料理屋位なものに考へたら、何んなものかと思ふ。けれども、『濁り江』の菊の井は当時丸山福山町あたりに実際あつた曖昧屋を余程作家が謂はゞ理想化したもの丶やうに思はれる。

で、歌舞伎座の時の菊の井は、少し立派過ぎた。有楽座の時の方が、もつと写実的であつたと思ふ。

其所で、お力は、小説に描かれて居るところでは、余程理想化されて居る。当時でさへあゝいふ銘酒屋女が実在して居たか、何うだか、甚だ疑はしいと思ふ。

一時は芸者でもして居た女が、何か仔細があつて、あゝいふ境遇になつたものと考へるとすると、少し年が若過ぎるやうであるし、又、さうで無いとすると、あれ位な女ならば、直きに芸者か何かになつて了まつたらうと思はれる。お力のモデルは作者一葉の住居の入口のところに在つた鈴木亭といふのに居たお留とかいふ女であつたのださうだが、その女は直きに数寄屋町の芸者になつたといふのである。

けれども、さういふ理想化された点は、兎に角として、実際上何ういふ心持で居る女であるかといふ点は、大凡極めて置か無ければ、演出には困まる訳であるのだから、大体の考は何とか極めて置か無ければなるまい。

小説では、お力は、『祖父《ぢゞい》は四角な字をば読んだ人でござんす、つまりは私のやうな気違ひで、世に益のない反古紙《ほごがみ》をこしらへしに、版をばお上《かみ》から止められたとやら、ゆるされぬとかにて断食して死んださうに御座んす……私の父といふは三つの歳に椽《ゑん》から落て片足あやしき風になりたれば人中に立まじるも厭とて居職《ゐじよく》に飾《かざり》の金物をこしらへましたれど、気位たかくて人愛《じんあい》のなければ贔負にしてくれる人もなく』と云つて居る。作者の考では、お力をば侍階級若くはそれに極く近い伝統のある家の子としたところに可なりの意味を持せた積りであるのだらうと思はれる。此れは、さういふことが当時は世に有り勝な事であつて、世の変遷を語る現象の一因子であつた為めばかりでは無い。侍階級の伝統のあつた家の子から銘酒屋女への堕落は非常な堕落であり、落魄《らくはく》である。少くとも、作者はさう解釈して居たと見るべきである。お力の淪落は境遇上已むを得ざる径路を辿つて来たものにしたところで、そのうちに捨てばち的な心持を含んで居たものと見るのが至当である。さういふ淪落は、幾分自ら進んでなすところのものである。其所に何等か快心の感もあり、慰藉の感の如きものさへある堕落である。我慢と反抗、さういふものは、斯ういふ堕落の徒の心の強みである。

　お力が侍階級若くはそれに近い伝統の子であつたといふ点に原作者は余程力を入れて書いて居るのではあるが、今日脚本として取り扱かふ場合には、それはもう何うでも宜しいことであらう。もうさういふ伝統を重ずる精神などは、今の世からは消え去つて了まつたからである。

小説では、お力が朝之助に『お前は出世を望むな』と云はれて驚くところがある。此の出世といふのを、脚本の場合に何う解釈して宜からうか。お力の心で求めて居るものがあつたとするならば、それは単なる出世即ち金持とか、高官とかの妻になること、唯《たゞ》物質的富裕な位地に納ることだけであつたであらうか。お力は、自覚しては居無かつたかも知れぬが、さういふものだけを求めて居るのでは無かつたらうと思はれる。『出世を望む』といふのは、自由を欲し、解放を求める声と解釈すべきであらう。それは小さい意味でのことであらうが、謂はゞ自由、不羈《ふき》な天地への脱出か——よし無意識であつても——お力の望み求めて居たものであつたと解釈すべきであらう。

三

結城朝之助との関係は何う見るべきであらうか。原作では、朝之助の描写が甚だ模糊として居る。無論此れも作者の理想化を経た人物である。作者は、品の好い男といふのに一種の型を拵へて居た形であつて、唯だ鷹揚とか男らしいといふやうなところを極めて概念的に書いて居るだけであるのだから、何うも取つ捉《つかま》へどころが無いやうな気がしてならぬ。然かし、お力の方から見れば好きななつかしい人ではあるが、境遇の差、年齢の差、その他で極く好きなお客以上の関係をばさう深く越して進め無い状態であつたので、お力の立場から云へば、朝之助の性格が模糊として居るのに無理は無いことにはなるのであるが、されぱと云つて、唯だ朦朧とした人物として演出するといふのは、役者に取つては迷惑な事であらう。

此れまで出来た脚本の通りで行くとすれば主要の人物のやうでもあり、又さうでも無いやうにもなるのであるが、要するに側《わき》の人物になる訳であるのだから、劇のキヤタストロオフに関係の無い人物として演出して宜からうと思はれる。

結城はお力には恋愛を持て居るものとは思はれ無い。あゝいふ場合結城に取つてはお力は気に入つた女といふに過ぎ無いのだ。さういふ関係は、原作者の旦那——即ち紳士に対するコンセプションから当然生ずる考であるのだが、今日でも、さういふ関係は随分多くあり得ることである。朝之助の性格は、落着た、物の解りの速い、思ひやりのある若い——三十位の——紳士として演ずべきである。態度、服装の如きも余り粋に作らぬ方が宜からうと思ふ。役者の素の服装を誇張したやうな着付けでは駄目である。これ迄二度見た結城朝之助は何だか軽薄な男らしくつて、何うも厭であつた。原作には結城の職業は無職業とあるのだが、此れは文学者位なところにして置いても宜からうと思はれる。

お力は源七に対して恋愛的関係になつて居たのであらうか。さうのやうに解釈し得べき辞句が原作のなかには所々に散在して居るやうに見えはするが、お力の心には源七に対する憐愍が主たる感情になつて居つたやうに思はれる。源七に妻子がある為めに、お力が諦めて居るといふ風に解釈すべきでは無からう。

源七の方は、単純に惑溺と見て勿論宜しい。これは、原作に書かれて居るところに一点の疑も生じ無い。

源七が妻子を追ひ出してから後、心中を思ひ立つたかといふにこれはさうでは無く、お力に逢つてからの事件の発展であるといふ解釈が自然である。此の点では、脚色者両君に賛同せざるを得無い。

然し、原作に『何のあの阿魔が義理はりを知らうぞ湯屋の帰りに男に逢ふたれば、流石に振りはなして逃げる事もならず、一処に歩いて話しはしても居たらうなれど、切られたは後袈裟《うしろげさ》、頰先のかすり疵《きず》、頸筋の突疵など色々あれども、たしかに逃げる処を遣られたに相違ない』とあるのを、字義通りに取つては妙味が無いと思ふ。あれは人の噂で、実際はお力の死骸には後疵は無かつたのだと見度い。即ちお力の方では全然承知の心中であつたことにし度いと思ふのだ。

後に一つ残つた人物は、源七の女房のお初であるが、これは、銘酒屋の女等に対してはコントラストをなす性格として描かれて居るやうに見える。おとなしいが、然し甲斐々々しい、なかくはきくした性質の女である。源七に意見をし、恨みを述べるところは、思ひを十分内に持つて居ることにして、言葉の調子や態度は決して荒らく無く演じた方が、趣が深い。怒鳴り立てゝ、摑みかゝりさうな風に演ずべきでは無い。有楽座の時のお初は、少し荒つぽ過ぎたと思ふ。写実で行くと、あれの方がいゝかも知れぬが、『濁り江』といふ劇全体が決して写実劇では無いのだから、何《ど》の部分に対しても、写実以外の用意が必要である。

四

次は『十三夜』だが、此の小説の気分はレシグネエシヨンの気分であつて、極く静かな、寂しい哀感を起させるものである。さういふところに、此の作のポオエットリイがあるのである。これも吾々から見ると、作の時代を離れては、余程余韻が少くなるものに思へるのだ。従つて矢張りこれも劇にする場合には、何時でも構はんが現代で無いといふ心持で演ずべきものであらうと思ふ。

今年の五月であつたか、常盤座で『十三夜』が演ぜられたのであるが、此れは余まりに、此の小説の持つて居る気分――それを無くすれば此の小説に描いてあるやうな事件は劇にする価値無し――を破毀したものであつた。殆どわざ〳〵骨折つて原作全体に満ちて居る気分を破毀して了まつたようなものであつた。『新演芸』の八月号に出た岡田夫人の『十三夜』は十分に原作を重ぜられたものであつて、原作の気分が十分に表はれて居る。唯時代を現代とせられたのは如何であらうか。明治の或る時代位にして置かれた方が宜しかつたらうと思ふ。尤も、現代とはしてあるものゝ、特に現代だといふ気分を出すのに骨折ら無ければならん性質の劇では無いのだから、その点は敢へて強調するのでは無い。事実上では、結局時代のはつきり極まら無いものになるのだといふ説明でもある訳ならば、それでも宜しからう。

唯だ現代とすると一寸具合が悪からうと思はれるのは、お関の教育程度である。お関は女学校教育を更に受け無かつた女となつて居るのだが、斎藤のやうな主人を持つた家ならば、現代ならば、何うにかして、女学校教育は受けさせたらうと思はれる。若し、現代でありながら、あれ位な教養あり、品格ある主人を持つて居る斎藤の如き家で、娘に何等の中等的教育を受けさせ無かつたとするならば、それは余程特殊な事情のあつた場合であるべきであらうから、さういふ特殊な境遇に生ひ立つた娘をば、何《なん》ぼ先方からの懇望であつたからと云つて、原田のやうな謂はゞ大部人附合《ひとつきあひ》などの多い男に嫁せしめたといふのは、親の不覚であり、行つた娘自身も余まりに考が足り無かつたと云は無ければならぬであらう。此の如く、此の縁組がお関並にその親たちの不覚悟に起因するといふことになれば、お関及び斎藤の人々に対する同情は無くなつて了まふであらうと思はれる。若し、さうなつて来るものとすると、『十三夜』のやうな気分の劇の成り立ちには、非常な障碍であるに違ひ無い。

所が、明治二十七、八年頃だといふと、まだ女子が中等教育を受けることが今日程には一般的では無かつた。まして、原作では、お関が原田に嫁したのは、明治二十二、三年頃になる訳なので、その時分では、少し富裕な家の娘か、さも無くば余程学問好きな家の娘かで無くば中等以上の教育を受ける慣はしでは無かつた。即ちさういふ時代にあつては、中流社会の娘は、所謂る女学校教育を受け無かつた方が一般的と云ひ得られるのであつた。従つて、さういふ娘でも、人柄さへ好く、相当に智慧才覚がありさへすれば、相当な家庭の主婦として、決して、恥かしからず、且不便無くやれて行けるのであつたのだ。故に、さういふ時代の事とするならば、お関が原田へ嫁したのも、お関を原田へ嫁さした両親の考にも、さう無理は無かつたと云へるのである。これならばお関に十分同情が寄せ得られるのである。

斯う云つたところで、岡田夫人の、『現今（原作は明治二十八年頃の作なれど此脚本は特に時代を現今に写したから）』と云はれて居るのを、真向から非難する訳では無い。何となれば、脚本全体を読んだ感から云ふと、岡田夫人も敢へて現今の事とし無ければ何うしてもいかぬといふ程までに、原作に変更を加へられたやうには見え無いからである。多分時代は宜い加減な事にして置くといふやうな考には、大してご異存は無からうと思はれるが、如何であらうか。

第二には、岡田夫人の『十三夜』は二幕三場となつて居るのだが、第一幕、即ち高坂録之助《かうさかろくのすけ》の住居の幕は無い方が宜しくは無いか。近代劇では傍白とか独白とかを沢山に使ふ訳に行かぬのだから、勢ひ小説の地の文になつて居るところに代へるに、別に幕なり場なりを補足せざるを得ざる訳にはなるのであらうが、お関の心のうちに録之助の事がさう深く残つて居たのでは無からうから上野の場で不意に出逢つたことにならないと、効果が薄くなるやうに思はれる。よし、亥之助《ゐのすけ》を出さ無いことにするにしても、録之助の住家を先きへ出して了まひ、且お関が録之助の居所を知つて居ることにして了まつたのでは面白く無い。第一幕を除くとすると、いろ〳〵

不便は生ずる事であらうが、それでも、何とか今一工夫煩はし度い。

さて、お関の性格に就ては、小説の場合でも、脚本の場合でも、さう疑義を生ずるやうな点は無いと思ふ。貧乏ではあるが、品格のある家庭に育つた娘で、人の妻としては飽くまでも、堪忍深く慎ましくあるべきだといふ考を、何処までも守る気で居る女である。前代の気立ての好い女に通有な忍従の心の強い性格だと考へるべきであらう。

お関が十三夜の晩に里へ来て、離縁にして貰らひ度いと、両親に願ひ、その後で、父親に諭されて、良人のもとへ帰ることになる場合にあつて、お関の心に一番強く訴へたものは、子に対する愛であつたやうに見えるのであるが、お関をして始めの決心を翻へさしたものは、唯自分の子の太郎に対する愛ばかりでは無かつた。自分の境遇をば全くの廻り合はせだと諦めて、それに忍従する心持が余程強い働をして居ると解すべきであらうと思ふ。

お関が録之助に対して持つて居た心持は、恋であつたのであらうか。今日の考から云へば恋と云はんには余まりに淡き且弱き感情であつたやうに思はれる。寧ろ処女が持ち勝な空想の少し濃いもの位に考へるべきであらうと思はれる。

五

録之助のお関に対する感情は何うであつたらうかといふに、これは、小説では、確に恋愛であつたやうに思へる。従つて、録之助の放埒、それに続いての落魄の原因が、謂はゞ失恋の憤りから生じた絶望的行動にあるのだとするのが、一番平明な解釈ではあるのだが、脚本の場合には、録之助は自分の放埒の原因が、失恋の寂しさにあるのだとは、十分に自覚して居無かつたことにするのも、一つの考であらうと思はれる。唯人生の寂びしさといふやうな感から、酒にひたり始め、遊里に入り始め、それがどん底まで行つて了まつたといふやうに考へても宜しからうと思ふ。

現代の人々から見ると、恋でもあり又恋でも無いといふやうな中ぶらりんの境地は、如何にも歯痒い。物足り無いものに思はれるであらうけれども、吾々に取つては、さういふ淡い、朧気な境地に、甚だ詩的な情調が認め得られるのである。

霊と霊との接触とか、人間性の解放の路としての恋愛とかいふのなら、大に意味があるけれども、唯だ男女の性的接近だけとしての恋愛は、個々の場合としては、何等の興味も寄せ得られ無い。寧ろ、人間の心持が静に寂しく齟齬し行く哀愁の境地に心を引かれるのである。

録之助のお関に逢つても、格別嬉しい顔もせず、何だかたゞぼんやりとして居るといふところが大変宜しいと思ふ。人生に興味を失ひきつた男の心持が其所によく表はれて居ると思ふ。脚本にも大凡の心持はあると思ふ。演者の注意すべきところである。

脚本では、お関と録之助とが泣くところがあるのだが、これは泣かずに、何と無くうちしほれて話をすることにする方が宜しいと思ふ。泣くよりは、泣かずに寂しさを見せる方がもつと感が深からうと思ふ。

『十三夜』では、お関の父の斎藤主計《さいとうかづへ》が一寸《ちよつ》と六《む》づかしい役にならうと思はれる。品格のある、人情の善く分つた、察しの十分ある老人、所謂る士族の果ての老人、よし、吾々の父とか兄とかいふやうなさういふ老人そのまゝのもので無いまでにしても、原作のあの言葉をあの儘用ひることにするのであるとすると、いや、上野新坂下の斎藤の家の場の情調をば原作のに近いものにして出さうといふのであつたら、斎藤老人も、可なり原作の人物に近いものにならなければなるまいと思はれるのだが、今の若い役者に巧く行くか何うだか。幾らか年配の役者で無くば覚束なささうに思はれる。

斯う書き終はつてから、読み返してみると、果せるかな、始めに断つた通りに、何うも、小説の方に拋り過ぎたやうな感がするけれども、私としては、前にも云つた通り、これは何うも已むを得無い事である。

一葉旧居の碑

上

『先き頃番地の変更がありましたんで』

　先月二十日に尋ねて来た安川安平君はさういつた。詰まり、樋口一葉の旧居として、僕などの覚えてゐる三百六十八番地といふのは現今ではずツと裏の方になつてしまつて、三百四十一ぐらゐなところが、昔の三百六十八に当るのだといふのであつた。

『あすこは元茶屋町といつたのですが、一葉さんがおいでの時分のことを知つてゐる人が今幾人も残つてゐますから、場所のところは大丈夫です』

　安川君のさういふ言葉に対し、僕は念のために、下谷の区分図を出して見せたのであるが、安川君の指し示した地点は確に僕の記憶に残つてゐる一葉旧居の地点と合致した。

安川君の話では、碑を立てる場所は、厳密にいふと、実際の旧居の跡よりは少々は西へ寄つてゐるのだが、そこは医者の家があつて、その前のところが、奥行七尺間口四間ほどの空地があるので、家への入り口を一間半ほど残し、あとの地面を建碑の地域に使ふことにしたといふのであつた。僕のはじめの考へでは、あの通りには、それだけの空地でさへとてもなからうと思つてをつたのだから、しかも、旧居の跡の極近くのそこを使ふことのできるのは、至極宜しいことだと答へた。

『菊池さんは、一体この碑文は馬場先生にたのむのが、一番いゝのだが、是非僕に書けといふのなら、書くといふことでした。字も僕の書いた文章を先輩の馬場さんにたのむわけには行かぬと菊池さんはいはれました』

安川君はさういふ説明もした。僕の方では、龍泉寺町の諸君が一葉の旧居の跡をばさういふ風に確に知つてをられる以上は、何もいふべきことはない。建碑の挙はまことに結構なことなんだから、無論大賛成である旨を答へた。

安川君は趣意書のなかの碑の図を見せ、賛成者として僕にも署名してくれといふのであつた。僕は直ぐ署名した。

それから、碑の周囲へ植ゑる樹のことなんだが、柳がよからうと思ふのだが、柳は今は植ゑるかへの時期でないさうだから、それは何れそのうち季節を待つことにするがその外では、何んな樹がよからうかといふ相談であつたので、僕は一葉の『そぞろごと』といふ随筆のなかに『雨の夜』といふ一節があつて、それは庭の芭蕉のことを書いたものであるし、現に本郷丸山福山町四番地の一葉の家には庭に池があつて、その縁《ふち》に芭蕉があつたのであるから、芭蕉などもよからうではないかといふと、安川君は、成るほど芭蕉といふものは一寸いゝものだから、それを植ゑることにしようといつた。

安川君は、なほそれから、建碑式の時には僕も来てくれるかといふ話なので、僕ばかりよりは、何《ど》うせ人を呼ぶやうならば、諸君の好意を知らせるために、一葉の遺族、一葉の友人などを呼んだら宜しからうといつて、紹介状やら紹介の名刺やらを書いて、安川君に渡した。詰まり、僕に異存がないといふことをば、一葉側の関係者たちに知らせる方が宜しいと思つたからであつたのだ。

『尋ねて来て、いゝことをした』

安川君は率直な調子でさういつて帰つて行つた。

中

先月の六日に安川君は再び来訪された。前回の時に、建碑式は七月に入つてからといふ話であつたので、それは丁度宜しい。一葉が龍泉寺町の家へ引き移つたのは、明治廿六年の六月廿日だと日記にあるのだから、できるならば廿日頃にしたら何うであらうと僕は提言して置いたのであつた。それで、安川君は、廿日からは防空演習が始まるのだから、建碑式の日取りは、十八日か十九日にしたいといふことや、近日碑を立てることになつてゐるのだから、植ゑる樹の位置などの指図をしてくれないかといふ相談などで来られたのであつた。石を立てる日の通知があるならば、行つてみようと答へた。

龍泉寺町（即ち茶屋町）の通りはあの通り狭いのだから、建碑式といつたところで、其所では、数人の関係者が立ち会ふに過ぎ無い。それで、人々に集まつて貰ふのは、電車通りの西徳寺といふ寺にしたいといふ話であつた。

十二日の晩に樋口悦君が来て、十四日に石の立つところを見に、龍泉寺町へ行くことを約したのだが、それがもう一日延びて、十五日の午前に、悦君と一緒に大音寺前へ行つた。碑の立つ場所はもう台と地行はでき上がつてゐた。末広病院のなかから安川君が出て来たので、それに迎へられて、病院の二階でひと休みしてから、電車道を越えて大音寺へ行つて、『たけくらべ』の藤本信如のモデルらしいといはれてをるよしの大音寺廿四世の住持加藤正道（法名は順誉正道和尚）の墓を見、鷲神社を見、又引返して、西徳寺のなかを見た。西徳寺は鉄筋コンクリートを主体にした、本堂にもベンチが列んでをるといふやうな全く現代式の立派なお寺であつた。病院へ引つ返して来て、ここで矢野鉉吉氏を初め、町会長の滝山清治、有志の大橋栄二、谷古善、伊木寅雄、高木友之助等の諸氏に逢つて、昔の話などを聴いた。

碑はもう亀有《かめあり》町の石工森田常作氏のところを出たといふ話であつたが、やつと正午頃になつて、トラックが著した。碑の重量が四百貫の余もあるので、トラックへ載せるだけに二時間余もかゝつたといふのであつた。

さういふ風であつたので、トラックから引き下ろす作業が大変であつた。長い丸太を三本斜めに立て、その頂辺を鉄条《ワイヤア》で縛り、それへチエーン・ブロックを附け、鉤《かぎ》を碑を縛つてある太い麻縄にかけて、碑を釣り上げ、トラックを離さうとするのであつたが、丸太の高さがうまく行かぬためなのであらう、碑を釣りあげても、トラックの後部の少し高くなつてゐるところへつかへて、なかなかトラックを離す訳に行かぬ。何うもそれらのさまぐな操作で三時間程は費へてしまつたらしい。四時頃であつたらうか、丸太の先が高くなるやうにし、鉄条をもいはへかへ、うまく碑を釣り上げることはできたが、人道の上へ立てゝあつた丸太の本《もと》の方がアスファルトを破って土中へ二、三尺もめり込んでしまつたので、碑はドタリと人道の際へ横《よこた》はつた。それからは、石屋の人々ばかりでなく、さまぐな人も助力して、碑の下へかへ物をして、滑らすやうなさまざまな作業をし、又丸太や、チエーン・ブロックの助けを借りて、碑を縦に起して、既に出来てをる台石の上へ立てゝしまつた。それはもう五時を少し過ぎてをつたであらう。

下

碑は花崗岩で、高さは六尺近く横も五尺ぐらゐはあるやうに見受けられた。それで、肩のところと下のところで四隅を少し切つてあるので、謂はば腕と胴の短い十字型とでも云へさうな形である。碑文のところは縦一尺五寸、横二尺ほどになつてゐるやうであつて、あとの部分は磨かずに、縦に石目が切つてある。要するに先月安川君が云つた通り、全くハイカラな形のものである。背景が病院のモダーン建築なんであるから、碑はこの形の方が調和が宜しいであらうと思はるゝ。

樹は既に高野槇《かうやまき》、椿、その外小さい雑木が植ゑてあつたが、芭蕉の外に、根を十分に廻はした六角堂柳があつて、これなら、つくこと請合ひだからそれを植ゑると、植木屋が云つて居ると安川君は話した。

今憶ひ出したことなんだが、一葉の福山町の家の入り口には、可なり太い幹まはりの柳があつた。そんな縁故で、柳を植ゑるのは至極宜しいと僕は思ふ。安川君の説明では、碑の下のところへ少し水溜めを作つて、水蓮でも入れようかとの話であつた。

さういふ風に、その日は碑を台石の上へ据ゑただけのことにして置くといふのであつたので、樋口君と僕とは帰途についた。

ところで、此所で一寸書いて置きたいことが一つ二つある。

谷古善氏は一葉居住の当時はまだホンの少年であつたが、一葉は洋髪で袴をはいて往来したので、この辺では殊に眼立つた婦人であつたと云つて居られる。ところで僕は龍泉寺町居住の時の一葉に逢つたのはたつた一度であるが、その時の一葉の髪は銀杏返しであつたと記憶する。福山町へ引き移つてからは、度々といつていゝほど尋ねて行つたが、何時も一葉は日本髪であつた。一葉は学校は小学校きりなんだが、可なり日本流であつたと想像せられる。中島歌子さんのところへ袴をはいて通つたのであらうか。一葉は、著物のことはところぐ＼日記のなかに書いてをるのだが、袴のことは少しも書いてゐない。外を歩いてゐる一葉を一度も見たことがないのだから何ともいへないのだが、少くとも福山町へ越してからは、一葉は袴ははかなかつたのではなからうか。

多町《たちやう》へも買ひ出しに行つたといふ一葉が、袴をはいて何処へ行つたのであらうか。何うも中島歌子のところではないであらう。或は上野の図書館などへは袴をはいて行つた方がいゝと思つて、その時だけ袴をはいたのであらうか。

一葉のところへ尋ねて来た人、例へば野々宮菊子といふ人などは或は袴をはいてゐたこともあり得やうと思はれる。

もう一つは、龍泉寺のいはゆる茶屋町の路は現今は揚屋町《あげやまち》の非常門のところまで真つ直ぐに通じてゐるのだが、昔は確に一葉のをつた家の少し先のところで、路が曲つてをつた。

これに就て、谷古善さんの説明は聴いたのだが、今江戸の切り図のうち『下谷、三輪浅草三谷辺之絵図』を見ると、路は少し左へ曲つて、大凡江戸町一丁目の非常門の辺へ突き当り、それから土手の方へ左折してゐる。僕の記憶では、一葉の家を出てから、土手までに非常門は一つしきや見なかつたやうに思ふのだから、一葉時代の路も此の切り図の通りのものではなかつたらうか。

山田美妙斎の廿五周年に当りて

上

十月の二十四日は美妙斎山田武太郎氏の廿五回忌に当るといふ。山田氏は明治四十三年の前掲の日に享年四十三で、本郷富士前町の僑居で病歿したと伝へ聞いてゐる。

文人としては、僕等よりもずつと先輩であるのだから、全く面識はない。のみならず、一体に交友の少かつた人であつたらうと思ふ。従つて、晩年はまことに淋しく暮してをられたことゝ思ふ。何時とはなしに、文壇進歩の中心から落伍した形になつて、病歿の時分にはもう殆ど世に忘れられたやうになつてゐて、如何にも悼ましき終末であつた。

明治三十八、九年からのいはゆる自然主義文学の勃興は恐るべき大海嘯《おほつなみ》の如く、それまでに残つてゐた明治前期の人をも主義をも一遍に押流してしまつた趣きがあつた。それ以後の文壇の傾向は、よし自然主義とは全然反対に見えるものまでも、実は皆自然主義の影響のなかゝら生れたものだと認めない訳には行かない。

その時代には、もう恐らく、山田氏の健康は余ほど衰へてをつたのであらうと思はれるが、よし壮健であられたにしても、立直らんには余りに文壇の潮流から離れ過ぎてゐたらうと思ふ。

それにしても、山田氏にして、一家独特の文体を持つてゐるとか俗群を抜いた思想を抱いてゐたとかいふ風で、いはゆる名人肌の人であつたのであつたら、文名がもう少し長く続いたのであらうと思はれるのだが、さういふ点は山田氏の長所となつてはゐなかつたのだ。

所詮は、山田氏のわが明治文壇における位置は、氏の開路者としての功績を認めた上で、定められるべきものである。

山田氏は明治の小説壇における最も早き言文一致創始者の一人である。いさゝかではあるが、二葉亭、嵯峨《さが》の家《や》の両氏よりも、その作物の発表が早かつたかとさへ思はれるほどである。その文体の口語そのまゝに近いといふ点からいへば、山田氏の方が少々、より新しい試みであつたともいへようと思はれる。ともあれ、明治廿年代のはじめ頃に、あゝいふ殆ど口語ともいふべきやうな文体で物を書きはじめたのを見ては、われ〳〵は山田氏の見識と勇気とに多大の敬意を表さゞるを得ない。

たゞ外国文模倣であるとのみいつてしまひ得ないことである。あんな文体揺籃時代にあつては、外国文体をそのまゝ移入することさへ、優れたる見識と勇気とを要することであつた。全く独創の気分と熱心とのある人でなければとてもできることではない。すべての開拓者に通有なことではあるが、当時の若き山田氏の新しき文体の創始に対する熱烈な態度をば、吾々は壮なりとせざるを得ない。山田氏の『夏木立』『花車』『胡蝶』などは当時の文壇のものとしては、確に清新の匂ひの高い文体のものであつたことは疑ひがない。

歴史小説のなかの会話の如きも山田氏としては、可なりの工夫の余になつたものと思ふ。殊に『胡蝶』のなかの会話だけを古語（むしろ文章語）にしたのなどに至つては、大に才気ある工夫であつて、この式の第一の試みをなした功績は異議なく山田氏に帰すべきものと思ふのである。

中

山田氏の殊に初期に属する時代の作物においては、描写と説明が譬喩《ひゆ》などを用ひてあつて、甚だ煩瑣の観がある。しかし、これは、外国文体を移さうとした山田氏としては、当然の行き方であつて、冥々の裡に、かういふ気分の感化は後の文壇に波及してをると思ふ。山田氏がどの程度において、外国文学を理解してをられたかはもう今では分らぬことかも知れぬが、欧米先進の文物の敬慕者であつたことは、婦人雑誌『以良都女《いらつめ》』の刊行は固《もと》より、細微なことながら小説『花車』などのカットを章頭の文字に応用したことなどのうちにさへ明かに窺はれて、吾々に取つては会心のことである。かういふやうに、諸種の点において、山田氏は早き明治文壇でのすぐれたる先覚者であつた。

僕は敢ていふ。日本文壇は、吾々の先輩諸君の欧米崇拝のお蔭さまをもつて、今日の如き大進歩をなし得たのだと確信する。先輩諸君の我を忘れ、おのれを空《むなし》うしての、欧米に対する渇仰なかりしならば、わが日本文壇は今日に至るも、まだ徳川文学からは何ほども進歩もしてゐなかつたらうと思ふ。吾々は山田氏及びその他の先覚者の恩沢を忘れてはならぬ。

山田氏が明治文壇において驥足《きそく》をのぶるを得なかつたのは、主として、団体の力によることができなかつたためであつたのだと思ふ。山田氏が自から親分たることを好む人であつたか、或はさういふことが嫌ひであつたのか、それは僕の知らぬことであるが、与党を持たなかつたことが、山田氏の文壇での凋落を早めたことは疑ひがないと思ふ。

下

いふまでもなく、山田氏の方が硯友社の団体においては、尾崎紅葉氏よりも、聊《いささ》かではあるが、先輩であつたのであらう。なほ更その点が硯友社内での両雄並び立たざる形勢を強めたのであらう。しかし、『我楽多文庫』を去つて、間もなく、『都の花』の主筆の如き位置に立つた山田氏は旭日昇天の勢ひがあつたといつても、さう誇張ではなかつたくらゐの華々しさであつたと記憶する。この場合、山田氏にして、一団の主領、即ち後から殆ど澎湃《はうはい》として起り来《きた》る新興文学の先頭に立つやうな位置にゐたのであつたら、少くとも自然主義勃興の間際までは、とにかくに、世人の記憶外に脱落してしまふやうな不運には出会はないで済んだであらう。それは山田氏に人愛がなかつたがためか、或は、山田氏が与党を持つことを潔よしとしなかつたためなのか、僕はさういふ点に対しては、何も聞いてゐない。

田沢稲舟《いなふね》女史の自殺が伝へられるとともに、その原因が山田氏の責任だといふ物議が生じて、山田氏の文名が一時に衰へてしまつた観があつたのは、山田氏に取つては甚だしき不運であつた。もうその時分には、紅葉、露伴両氏の雷名のために、それどころか、天外、柳浪両氏などの新興文名のためにさへ、山田氏の声名は殆ど侵蝕されてゐた形であつたので、山田氏に対するこの物議は文壇的には殆ど致命的のものであつた。殊に、この噂は、全く訛伝《くわでん》だといふ説さへあるくらゐなのだから、山田氏に取つては全く不運の事件だといはざるを得ない。

大橋乙羽氏の話では、その当時、博文館へあてゝ、博文館の雑誌から山田氏の原稿をボイコットしようとする投書が何通となく郵送されたといふのである。

この事件を境目にして、明治卅年頃からは、山田氏の文名は下り坂一方といふありさまになつた。

約束の枚数なので、残念ながら、これで擱筆す。

六角坂の家

——紅葉君の片影——

話が余り古過ぎるかも知れぬが、もう何うしても四十一年程前のことになるけれども、川上眉山君が小石川の下富坂町に住んでゐたことがある。柳町から西へ伝通院へ向けて歩いて行くと、路が坂の下近くで大凡《おほよそ》三筋程に分れる。右端の路は、伝通院の裏の坂下へ廻つて居るし、真中の路は狭い少し急な坂になつて、たくざう稲荷のところへ上つてから、伝通院の門前へ出る路である。たくざう稲荷は本当はたくざうす稲荷といふのであらう。字は沢蔵司稲荷と書くやうである。さて、その稲荷へ上る路の左方、即ち前に云つた三筋の路の左端の路も直きに小さい坂になる。江戸図に拠ると、六角坂といふのらしい。六角越前守の邸前の坂であるので、さう名づけたものであらう。川上君の家は、その坂を上り詰めたあたりの右の平家であつた。鳥居断三といふ弁護士さんの持家であつたのではないかと思ふ。

その家へは僕は随分度々遊びに行つた。高瀬文淵《ぶんえん》君が川上君の家にゐた時分である。正月の或る日、年始の積りで川上君を訪ふといふと、僕の声を聞いて、なかでは、『来た、来た』と云つて、どッと二三人の笑ふ声がした。入いつて行くと、平田禿木、戸川秋骨両君が来て居り、その二人が主人の川上君と共に尾崎紅葉君を中心にした形で、心持好く会談して居るのであつた。

尾崎君とは明治二十四年の八月に、酒匂の松濤園で初対面をしたきりであつた。その時から見ると、髪を少し長くして居つたせゐでもあらうが、少しふけたやうに思はれた。達弁な尾崎君は、その時分読売新聞社にゐたS君が正月の晴着ができ上つて来るまで、社の二階に泊り込んでゐて、着物ができると知人のところを満べんなく廻はつて歩いたことをば、面白く話して、一座を笑はせた。松濤園では、僕の方が朝早かつたので、尾崎君には挨拶をせずして、箱根へ立つてしまつたので、そのあとのことに就ては、一寸川上君から聞いてゐたけれども、尾崎君にもそのことを聞いてみた。尾崎君の話は次のやうであつた。

尾崎君は朝起きてみると、所持金を盗まれて居る、隣室に怪しい客がゐたのではあるが、何うもその仕業らしくも思はれた。が、その客はもう発足して、宿にはゐなかつた。宿の者に理由を話し、僕の名をも挙げて、証明をさせようとしたのであるが、僕も宿を立つたあとだといふので、何うにもしかたがなかつた。それで、時計をかたに置て、宿を出た。『帰る時なんぞは、騙りの顔を見てやれと云はんばかりに、家ぢゆう帳場へぞろ〳〵出て来ました。余まり癪に触るから、紀行を書いて、そのなかでひどくやつつけてやらうかと思つてゐたんだが、そのうちに、誰かに聞いたものと見え、息子が菓子折を持つて、あやまりに来ました』

尾崎君はさう話した。

尾崎君は濃い岱赭色《たいしやいろ》のズックの小鞄を傍に置いてゐた。今ならば折鞄といふところなのである。戸川君が尾崎君に揮毫《きがう》を頼んでゐたものと見え、尾崎君は『僕に書けといふのは何ですか』と尋ねた。戸川君がマアメエド・シリイズのマアロオ詩集を出すといふと、尾崎君は、早速書かうと勢ひ好く云つて、鞄のなかから、筆巻を出し、そのなかから、画筆とも見えるやうな軸の長い長鋒《ちやうほう》の筆とパンヤに浸した墨の入つて居る銅の墨池を出し、墨に十分に筆をひたすといふと、マアロオ詩集の裏の見返しを開けて、『おめでたいものを書きますぜ』と、会心らしく云つて、

『狼の人喰ひし野も若菜かな』

と、如何にも達筆に書いた。惜しいかな、後にその書は平田君の下宿が火事に会つたので、焼けてしまつたと聞いた。

戸川君はその後尾崎君と度々会つたのであるが、僕は川上君の家でその時会つたきりで、その後遂に一度も尾崎君の顔を見る機会を得ないでしまつた。

川上眉山君はなか〳〵豪酒であつた。何時も酒がなければいかぬといふのではなかつたらうと思ふのだが、飲む時になると、随分強かつたやうだ。文詞の流麗を以つて永く記憶さるゝ『ふところ日記』のなかなどには酒のことが可なり多く書いてある。その時の旅、即ち、三浦半島の旅へ出たのは、下富坂町の家を畳んでからではないかと思ふのだが、牛込の南山伏町に眉山君が住んだのは、『ふところ日記』の旅の直後であらうと思ふ。家は市ヶ谷小学校の前あたりの路次のなかの物静かな平家であつた。

年始廻はりといふ風習は今日ではもう先づすたつたと云つてゐゝ形であるのだが、昔の吾々に取つては、さま〴〵な点で、心持ちの宜しい行事であつた。しかし、知人のところを廻はつて歩くなどといふことは、旧市内ぐらゐの割合に狭い地域のなかに、お互ひが住んでゐた昔に於て、可能なことであつたに過ぎないであらう。

その時分は、吾々の乗り物としては、勿論人力車より外に何もなかつた。しかも、その当時の人力車は、唯雪とか雨とかの時ばかり、幌を下ろし、前を護謨《ゴム》引きの布で包むだけで、並の天気の時は、何の蓋《おほ》ひもしないのであつたから、一時間ぐらゐも、さういふ車上で寒風に吹き曝らされるのは随分苦しかつた。身体ぢゆう冷え氷つてしまふやうな心持ちがし、歯がガタぐとぶつかるまでに慄へて来るくらゐであつた。馬車に乗るやうな人々を除いては、可なりな金持であつても、幾分か吾々と同じやうに、寒風のなかを蓋ひのない人力車で走らせなければならなかつたのだ。今日では、大衆のためにさへ、電車やバスの如き寒風に悩ませられないで済む乗物があるのだから、昔とは雲泥の差だと云つて宜しからう。

僕は或る年の正月の二日か三日に、南山伏町の川上君の家へ年始に行つた時には、車の上の寒さのために、全く歯の根も合はぬやうに、慄へあがつてゐた。川上君の家では、会席膳に、正月の料理を五六種ならべて、先づこれでと云つて、並の燗酒を出してくれた。下戸の僕も此の時ばかりは、三盃ほど続けざまに飲んでしまつた。此の時の燗酒は全く有りがたかつた。その時の腹の底から暖まつて来るやうな実に快い感じは今も尚記憶にまざぐと残つて居るくらゐである。下戸の身ながら、此の時ばかりは酒の有りがたみを、染々と身に覚えたのであつた。けれども、僕は勇気がないために、今日までも全くの下戸である。

眉山・緑雨・透谷

△

本郷春木町の今の柳島線の電車路へ沿うてゐるあたりが焼けたのは、明治二十三年頃かと思ふのだが、川上眉山君の家もあのあたりにあつて、類焼の厄に逢つたものと見え、その頃の硯友社の関係の雑誌か何かに、巌谷小波氏――その頃は漣山《さざなみさん》人《じん》――の眉山君に与へた火事見舞ひの句の、

『焼けあとによいもの出でよ山根草』

といふのが載つてゐたことを記憶する。

吾々の間で一番早く眉山君を知つたのは平田禿木君であるのだが、眉山君のおとつさんは、春木町の家主だか、差配だかであつたといふことを禿木君から聞いたや

うに思ふ。

眉山君は若い時分に生母に離れてしまつたらしく、おとつさんには若い同棲者があつて、それに兄弟が幾人かできてゐたやうに聞いてゐる。

二十八年頃、僕の家へ度々眉山君がたづねて来て呉れた時分、何かの話の序に、「僕の家の人は、土佐の生れだつたとも云ふんだがね……それに実は僕は何処で生れたのかはつきりしないいんでね……」

といふやうなことを云つたのを記憶する。『僕の家の人』といふやうに云つたのを、僕は川上君のおつかさんのことだらうかと思つた。他人の傷みに触れるべきでないと思つたので、そのおつかさんとは死別だか、生別だか、聞きもしなかつた。

川上君は時々高利貸しに苦しめられてゐるやうな話をしたのだが、何うもそれはおとつさんの為めに判をついたがためではなかつたらうかといふ気がする。

そのおとつさんの亡くなつたのは、二十九年の五月頃ではなかつたかと思ふ。一葉女史の日記『みづの上』の二十九年六月十日のところに、左の如く書いてある。

「門に人のあし音聞え初めぬ、お家にかといふ声はさながら其人なるに、あな川上ぬしにこそとて座をたてば、平田ぬしも同じく席をはなれて迎ふ……かれこれ共に悔みなどいふに、定まりたるにこそは、さても其後のせはしさよ、淋しなどいふ事かけてもなく、日々夜々にさまぐ\の相談事などいとうるさう、負債のぬしよりせめはたり来るなども多く、やる方なき暇なさなりといひて、さのみは憂はしげにもなく打笑ふ……」

僕はその時分、江州《がうしう》の彦根にゐたのだが、眉山君のところへ悔み状を出すと、その返事にあとの始末に忙殺されて、涙を滾ぼすひまもないといふやうな手紙を貰つたことを覚えてゐる。

「眉山君のおとつさんの後添ひの人は、年も眉山君と幾らもちがはない位で、眉山君と一緒になつてもいゝぐらゐな気でゐるらしいんで川上君も困まつてゐるだらう」

眉山君と親しい或る人はそんなことを云つてゐた。

その後、僕が眉山君に逢つた時——二十九年の八月頃かと思ふのだが——眉山君は次のやうに云つてゐた。

「子どもは僕の方へ引き取つてしまはなければ、教育上のことなど到底向ふではだめなんだから、その話をつけようとしてゐるんだがね、向ふぢやア子どもを手放なせば、僕から当人の生活の資が得られなくなるとでも思ふのか何うしても子どもをこつちへ渡すことを承知しないので、困まつてゐる」

眉山君は異腹の弟たちのことではひどく心を悩ましてゐるらしかつた。

これはずつと後になつて、眉山君が南榎町へ引越してからであつたかと思ふのだが、眉山君の家で撞木杖《しゆもくづゑ》を突いた二十位の青年の帰つて行くところへ行きかゝつたことがあつた。

「僕の弟なんだが、関節炎であの通り脚が悪くなつてゐる。画でも習はせてみようと思つてゐるんだがね……。」眉山君はさういふ風にも云つてゐた。

△

眉山君が上富坂の家を畳んで、あの『ふところ日記』の旅へ出たのは、二十九年の秋になつてからだと思ふのだが、あの旅へ出る前に、眉山君は、浦和の本陣であつた星野巴声氏の家にしばらくゐたのだらう。

三十年の一月末頃であつたかと思ふのだが、戸川秋骨君のところへ、川上君が箱根から電車で遊行を勧めて来たので僕も秋骨君に誘はれて、塔の沢の環翠楼へ行つた。眉山君は江見水蔭氏と一緒に泊まつてゐた。一二泊してから、吾々も一所に江見氏の片瀬の家へ行つて、とめて貰らつた。その家は、片瀬川の崖の上に立つてゐた家で、西の縁側から富士がよく見えた。座敷には、巌谷氏の、

「大山や富士を間に雲の峰」

といふ句の額が懸つてゐた。

翌日は、下の川から小舟を出して、江見氏か江見氏の家にゐた大沢氏——であつたかと思ふ——かが櫓を操つて、江の島を一と廻はりした。

その晩であつたか、その前の晩であつたか、明かには覚えてゐないが、川上君は酒を飲みながら、江見氏と東京へ帰ることに就て、相談を始めた。江見氏は眉山君に酒を控へろとしきりに忠告し、その末に、

「君が本気になつて稼げば、受け合つて月にヱイテイにはなるんだから、東京へ帰つて真剣になり給へ」

さういふ意味のことを云つてゐた。眉山君はもうその時分では一流作家のなかに入つてゐたと云つてよかつた。それが、相当に稼いで、月収たつた八十円といふ時代であつたのだから、当時の文壇の小規模であつたことは大凡察知することができるであらう。

尤も、その当時では中学校の校長で、年俸千円位なところはそんなに少くはなかつたし、主任教諭などだと、五、六十円ぐらゐであつて、一般に給料の金高の低い時代であつたのではあるが、勿論それに準じて物価も安かつた時代には相違ないの

だが、それにしても、文筆の収入は幾らもない時代であつたのだ。

△

眉山君がその後東京へ帰つての最初の家は、牛込の南山伏町――今の新宿線の電車路の南側――の一寸《ちよつ》と路次を入つたところの家ではなかつたかと思ふ。茶は上富坂時代にも立てゝゐたのであつたから、その時代からかも知れぬが、南山伏町の時には、何処か生花の師匠のところへ通つてゐるらしかつた。

その後で越したのが、矢来《やらい》の低い方にあつた家であつたらうと思ふ。何うもそれは三十二年頃のことのやうな気がする。

その後に越したのが、南榎町の家であらう。家も間数があつて、一寸と気取つた建てかたのものであつたし、第一、庭が可なり広かつた。眉山君はその家で結婚した。長男はその家で生れたかと思ふ。夫人が悪阻《つはり》が強くて困まると眉山君が云つてゐたのを記憶する。

その次の眉山君の家は、弁天町――早稲田南町から真直ぐに弁天町の大通りを突き切つて、東へ坂を上がつて、右側――であつた。此の家には、広津柳浪氏が前に住んだことがあり、後には、村山鳥逕《むらやまてうけい》君が住んでゐた。川上君がその家にゐたのは、三十七年頃であつたらうかと思ふ。

眉山君が最後の家、天神町へ越したのは三十八年頃であつたらうかと思ふ。その家で眉山君には逢はないでしまつたかと思ふ。尋ねてみたことは二度程あつたが、何時も留守であつた。

富士見町で、眉山君と門下の某氏との酒の席へ出たと、或る芸者が云つてゐたが、それは四十年頃であつたらう。逢つたら、そんな笑話もしようなどゝ思つてゐながら、つい尋ねそこなつてしまつた。

眉山君がなくなつたのを、新聞で見て、驚いたのは、四十一年の五月頃の或る朝であつたかと思ふのだが、或るいは記憶に誤りがあるかも知れない。

△

それからずつと後になつてのことであるが、或る晩、細川風谷がたづねて来た時、眉山君の話が出ると、風谷は、

「川上が死ぬ前に、僕の方が借金なんぞでよつぽど弱はつてゐたんで、これぢやア近々に腹でも切るか、ぶら下がりでもするかより外はないと云ふと、自分で死ぬなんてそんな心得違ひがあるかと云つて、川上からひどく意見をされたんだが

ね、ところが、それから一週間ばかりたつと、僕に意見をした川上の方があの通りにやつてしまつたんだ」と話した。

△

「川上君はある点までは、自分の心を人にうち明けるが、その点から先へは何うしても人を近づけなかつた人だ」

確か田山花袋君はそんな風に云つたと思ふ。さういふところは、眉山君の一種のプライドから来たものであらう。

紅葉君とのなかもさういふ点で余りうまく行かなかつたのではないかとも想像せられる。あの世話好きな紅葉君から云へば、すつかりまかせろと出さうであるし、眉山君の方からでは、それは困るとなりさうに思はれる。

三十年頃では、「紅葉に想なし、紅葉の天下は眉山取つて代はれり」といふやうな雑誌の若い記者の評などがあつたので、眉山君も紅葉君とは一寸《ちよつ》とうち解け兼ねるやうな破目になつたのではなからうか。

近き頃世を去つた小栗風葉君の口振りなどだと、硯友社の若い人々のなかなどでは、眉山君は余り尊敬されてゐなかつたやうだ。

△

硯友社の先輩のなかでは、眉山君が一番当時の新しい、若い文学者に近づかうとしてゐたやうに見える。

「川上君なども、旧い殻を破ぶらう破ぶらうと努力してゐるのだが、なかなか破ぶれないので煩悶してゐる。」

田山君が三十八年頃かに、島崎君と同席の時に、さういふ意味のことを云つたと思ふ。それは田山君が弁天町に住んでゐた頃のことであつたと記憶する。

眉山君は新しい時代のいぶきに敏感であつたがために、当時の既成作家としての悩みが多かつたのであらうと思ふ。

△

何にしても、眉山君の文章は美しかつた。「網代木」であつたかと思ふが、霧の夜の描写が評判であつた。「観音岩」は元よりのこと、その他の多くの短篇にも、美しい、情味に富んだ文字が、随所に見出されると思ふ。

「ふところ日記」の如き、「弔紅葉詞」の如きは、確に文の規範となるべき文字であることは疑ひがない。

眉山君の話はこれくらゐにして置て、次ぎには斎藤緑雨のことを書く。

「二十二年、三年頃なるべし、今おもへばいらぬ雅号も、見やう見真似にほしくなりて、友なる紫瀾子の紅露情禅、緑雨醒客とかきて送られしに、前者は其ころ咲盛る文壇の花形ともいふべき作家の、頭字一つ宛寄せたるにひとしければ、避けて後者を択みしは、是亦住処に因みありければなり。緑雨は若葉のしづくを謂ふとぞ」

これは随筆「日用帳」中の一節であつて、此所にいふ紫瀾氏は坂崎氏であらうと思ふのだが、明かでない。緑雨君の当時の住処は本所緑町の藤堂家別邸内であつた。緑雨がなくなつて三日目位に幸田露伴氏に緑雨の戒名を撰んで貰らつたが、氏はそれが春の朝であつたので、春暁院緑雨醒客として、信士とも居士ともしないで置いては何うかと云つた。吾々は至極結構だと云つて、さうきめてしまつたのだが、寺の僧には吾々の考が十分通じなかつたと見えて、居士がついてしまつたと思ふ。緑雨君の墓は本郷東片町の大円寺にあつて、高島秋帆の墓も同じ地内にあるであらう。緑

正直正太夫といふ別号に就ても、緑雨君自身、同じ『日用帳』のなかで、左の如く書いてゐる。

「正直正太夫といふは、古く伊勢音頭の狂言に見えたる役名なること、大方の人の知れる所なり。二十二年の末なりきと覚ゆ、小説八宗といふを出せるとき、わが生国の縁あるにまかせて、ほんの一時の戯れと之を仮りしに、後には往来中に正太夫君など呼懸けられて、オ、と言はんに躊躇《ためら》はれし事もありしが、曩《さき》に或人に答へし如く、吾家の油を秏《へ》らして他家の米を作る者よと不図思ひ浮べしより、喧嘩商売さらりと廃めにしたれば、今はこの名を掲ぐべき場合の、殆んど絶えたるやうになりぬ」

『小説八宗』と言ふのは、緑雨君の文集『あま蛙』のなかに入つてゐる諷刺文であつて、逍遙、二葉亭、篁村、美妙、紅葉、思軒七氏の筆癖をパロデイにして、冷やかしたものである。

△

ところで、此の正太夫の号のことに就ては、『おぼえ帳』のなかに、いろ〳〵可笑しい事実談が表はれてゐる。

「煤掃《すゝはき》なればと辞《いな》むもきかず、朝より妓楼に推登りて、畳十数枚積重ねたる上に大胡坐をかき、こゝへ酒よこせ、肴よこせ、第一は女よこせと喚き立つる人の、やはり正太夫と号し居たるよし、程経てわが知れる役者の話にきゝたり」

「いづれの若旦那かとおもはるゝ人の、芸者幇間《たいこ》を狩催《かりもよほ》し、意気揚々、われこそ正太夫なれと殊更名告らるゝを、恰も隣室に在りて昼食をなし居たるわれの、聞くともなくきゝたる時は、冷汗忽ち背に伝はりて、おのづから身も縮まるやうの心地したり、今考ふれば、其人慥《たし》かにわれよりは美き衣着け居たりしに相違無し」

△

緑雨君は伊勢の神戸《かんべ》に生れたのだと聞く。緑雨君の竹馬の友ともいふべき上田万年氏の記するところでは、緑雨君の生れたのは、慶応三年六月（実は同年十二月三十一日であつたといふ）で、伊勢から両親につれられて東京へ出て来たのは、明治十年であつたさうだ。又上田氏の記するところに従へば、緑雨君の学校教育は左の如くであつたさうだ。

「始めて本所弥勒寺橋畔にありし土浦藩主土屋侯が設立したる土屋学校に入り、東洋小学に転じ、暫くして籍を回向院裏の江東小学に移し其卒業を待ずして退き、後一ツ橋外の東京府第一中学に入り、続きて、内幸町府庁構内にありし第二中学に転じ、また中途より退学し、後其頃本所にありし明治義塾に入りしも、半年を出でずして之を去り、岸本辰雄、磯部四郎等の設立したる現今の明治大学の前身たる明治法律学校にて法律学を学びたるも、之れ亦業成らずして廃学したり……」

緑雨君には、譲、謙といふ二人の弟さんがあつたのだが、その二人の弟を教育するために、自分の教育は中止しなければならなかつたのだと云つてゐた。上田氏も云つておいでの通り、緑雨君のおとつさんは、医者であつたが、藤堂家の御隠居附きになつてゐただけで、さう患者などはなかつたので、家は豊かではなかつたらしかつた。

「僕が小さい時分にね、新しく西洋から来るやうになつた変つた鉛筆か何かがほしくつて、母にねだつたんだね。母は親のかたみだと云つて、銀の平打を大事にしてゐたんだがね。或る日観音さまへお参りをした帰りに、鉛筆を買つて来てくれたんだ。だが、行きに挿して出た平打はさしてゐなかつたんだ。平打を売つて、鉛筆を買つてくれたんだと思ふ。母は月のうちの或るきまつた日に必らず観音さまへお参りをするのだツたよ」

緑雨君は、そんな話を、或るうすら寒い日の夕闇のなかで、浅草の観音堂の前で、僕にしたことがある。

△

「夕立や、田をみめぐりの其角堂に永機翁の在りける時、父の入懇《じっこん》なりければ、遊びに来よといはるゝまゝ、われも音づれたり。よみ試みたまへと、かの故人五百題を与へられしも、一句も得作らざりき。さる頃人に強ひられて、覚束なくも呼子鳥、初めて口真似をなしたるが、俳とは薄元手の小商ひ也、融通を利かす也と例の理にのみ走りて、百はおろか、五十にも満たで止みたり。いつの年なりしか、『拾銭は貳銭銅貨を五枚かな』、這様なるわが性には適応《かなへ》るなるべし」

緑雨君はさうは云つて居るものゝ、『あられ酒』のなかの『春一ダース』『のこり物』『小細工集』『枯菊十句』などに出てゐる俳句を見ると、なかく老手であるやうに思はれる。文才のある人であつたので、俳句でも、和歌でも、本気にやらうとすればできぬことはなかつたらうと思はれるのだ。

「年十七の比なれば、猶学校に通へりしと覚ゆ、われは永機翁の紹介によりて、魯文翁に面したり。駒牽銭《こまひきぜに》に擬したる印一つ贈られしを用ひこそせざれ今も蔵せり。いかなる事を書きしか忘れたれど、携へ行きしわが一文に名を真猿と署し芳譚と称する雑誌に出されたり」

真猿は緑雨君の本名の賢の訓（まさる）から取つた号であらう。駒牽銭の印《いん》は野崎左文君の緑雨の記事（早稲田文学所載）のなかに緑雨の筆蹟と共に載つて居ると思ふ。

△

「名は元かり菰の分けもたゞさず、乱れし本末の闇の礫、甚だあたらぬ字義のまゝを、今は一般に小説と呼慣れたれど、以前はいづれの新聞社にても、単に続きものと称へしなり。われの初めて之れに筆執りしは、明治十九年一月、住処にちなみて江東みどりと号し、善悪押絵羽子板といふを、今日新聞に出したるときの事なり。引つゞきて二三の新聞紙に雨夜の狐火、杜鵑里初声、比翼蓮鴛鴦毛衣、紅白梅花笠、春寒雪解月などいふを出したるが、何れも所謂お伽草紙、七五づくめの極めて甘たるきものなりしは、已に命題に明かなるべし。はやく手元より取棄てたれば、書きし事柄の一部をさへ、われは全く記憶せざれど、むかしを言はば櫨の一本、面はもみぢすべきに定まれるを、あれのこれのと洗ひ立てのうるさければ、自らこゝに名告り置くものなり」

緑雨君がなくなると、直ぐ吾々は、緑雨全集といふわけには行かぬだらうが、責めて緑雨君の作物で本に纏まつてゐないものでも、此際一冊にして置かうでないかといふ相談をしたのであるが、その時に、前記の続きもの〻話が出ると野崎左文君が、緑雨君の筆になつたものなんだから、それ等の初期の作物でも当時の他の一般のものとは、余程違つた異色のあるものであつたと云つた。明治の小説史を編む材料としては、眼を通すべきものだらうと思はれるが、もう今日では、さがし出しようのないものであらう。

緑雨君は『日用帳』のなかで新聞社との関係を次のやうに書いてゐる。

「誰々は元校合方なりきと、よらでもあるべき人の垢を、より〳〵噂の世に流れしが、われも最初新聞社に入れる時は、やはり校合に従事したる身分なり。今日新聞といふに二度入りて、二度逐はれたり。自由の燈といふに入りしが、こ〻には改革沙汰の起りて除かれたり。朝日新聞の東京に創まるにあたりて、少しは取立てられしも退きたり。東西新聞の倒れしより、大江氏の下に政論社に在りしが、江湖新聞の倒れしより、又も同社にもどりて、末広氏の大同新聞となる迄居続けぬ。されど他に合併の都合ありて、放たれたり。国会新聞、改進新聞は惰《なま》け者なればとて、逐はれたり。二六新報に入り、時論日報に入りしも、われを迎ふるほどの社の、など倒れでは止むべき、共に法の如き最期を遂げぬ。逐はれしといひ、放たれしといふもの、皆わが罪なり、他人の罪にはあらず。決して、他人の罪にはあらず、最早われは新聞社に所縁をもつまじきものに考へ定めて、長らく浪人修行に慣れたりしも、あらぬ望みのあゝさて凡夫なりけり。再び動きそめて、万朝報に入りしに、こゝはわれより退社を申出でたるなれば、逐はれしにはあらざるべし。猶めざまし新聞、読売新聞等にも寄書したる事ありて、いかにも渡り者の埒無き末とわれも思へど、仮りに一切を運といはゞ、運は菅の根の長きも一年を超えず、蘆の葉の短きは二月に足らざる程なれば、われの筆取りし時間を総計するに、まことに僅少《わづか》なる事なりしなり。十露盤《そろばん》手にせぬ商人の扶持によりて、先つ年迄立ちしわが身をおもへば、変るにをかしきは元来《もとく》空蟬の人の志よな」

緑雨君の二六新報にゐた時に、与謝野寛君、坂本紅蓮洞《さかもとぐれんどう》君が緑雨君と知り合ひになり、万朝報時代に幸徳秋水、田岡嶺雲その他の諸氏と相知るに至つたのだ。

余りに緑雨君の書いたまゝを引用し過ぎたやうでもあるが、かうした方が当時の世相などが説明なしに端的に分ると思ふからである。

△

透谷北村門太郎君は小田原の生れであつた。先達て亡くなつた坂本紅蓮洞君などは同じく小田原生れなので、透谷君のことを話す時、門公々々と云つてゐた。透谷君のおぢいさんは可なり名のあつたお医者であつたといふ。

先年俳人倉橋如虹君が北村家の故宅を買つたといふので、尋ねて行つて見せて貰らつたことがある。それは昔の電車通りの会社――即ち小田原電車の停車場――へ曲がる手前に、藤棚といふ小停留場があつて、その又少し手前の南側で門口に大きな柳の樹のある茅葺きの古い家であつた。元は何うであつたか知らぬが、僕の見た時には、三間ばかりの家であつて、薬局であつたと説明されてみると、なるほどさうかと思はれるやうな跡が入口の部屋に残つてゐた。夜であつたが、一番広い八畳程の座敷に坐はつて、倉橋君と話をしてゐると、さアツといふやうな幽な音が聞えて来る。それは、その辺では、井戸の水が湧きこぼれるやうに泉んで来るので、その水を筧で浄手鉢《てうづばち》へ引いて来てあつて、それが下の溝へ流れ落ちてゐる音だといふのであつた。但し、此の筧は倉橋君の風流のすさびで作られたもので、前にはなかつたものだらうと思ふ。

此の家も無論十二年の震火で焼けてしまつたであらう。

透谷君の家は、京橋の数寄屋橋外の弥左衛門町の角――橋から銀座の方へ向いて云ふと、四角の銀座寄りの左角——にあつた煙草屋であつた。勿論代はかはつてゐたが、震災の時までは矢張りその家では煙草を売つてゐた。透谷といふのは、数寄屋を書き換へて音読したまでの全く無雑作な雅号であつた。雅号には大分そんなのが少くない。現に、戸川秋骨君なども文学界の始め頃には築地に住んでゐるので、棲月と号してゐた。

△

北村君は早稲田がまだ専門学校と云つてゐた時分の政治科の出身であつたやうに聞いてゐる。

妻君は、所謂る三多摩《さんたま》から代議士に出た自由党の石坂昌孝とかいつた人の娘さんだと、戸川君は云つてゐた。

『蓬萊曲』といふ長詩——劇詩といつて宜しいもの——が出たのは、明治二十四年頃であつたらうかと思ふ。それはバイロンのマンフレッド張りのところの余程ある詩であつたやうに思ふ。

透谷君と島崎君とが相知つたのは、明治二十五年ぢゆうのことであらう。僕は高知へ行つてゐた時、蓬萊曲の作者北村氏に逢つたが、有為の人だと思ふといふやうな手紙を藤村君から貰つたことを記憶してゐる。

藤村君が明治女学校の教師をやめて、旅へ出る時に、自分の後任に北村君を推薦したのだと聞いてゐる。

僕は何処で始めて透谷君に逢つたのか、明《あきらか》には記憶してゐないが、何うも秋骨君の居た秋骨君の伯父さんの原氏の家ででではなかつたかと思ふ。

「馬場君などの北村君にお会ひなすつた頃は、北村君のからだが大分弱りだしてゐた時分なんだ。もうあの時分では北村君は少し長く話してゐると正座してゐることができないで、何か物によつかゝるといふ風だツたからね」

藤村君は何時であつたか、そんな話をしたことがあるのだが、成る程、僕の会つた時分には、北村君の風つきにもからだの具合にも、如何にも神経質らしいところが現はれてゐた。後になつて考へると、何うもその時分の北村君の顔つきその他では、神経系統に病ひが生じてゐることが明らかに知れるくらゐになつてゐた。

明治元年か或いは慶応かの生れで、僕などよりは少し年長でもあり、世間知識も多かるべきであるのに、吾々と話をする時など、ヘンに堅くるしく、さばけないやうに思つたので、或る事情で、透谷君を前記の煙草屋の二階へ尋ねて行つた時など思ひきつてザツクバランといふやうな調子で、荒ぽい言葉も使へば、ふざけた言ひ廻はしもして対談したのであつたが、透谷君はあとで戸川君か誰かに、馬場はあんまり軽佻だから忠告しろといふやうなことを云つたさうだ。それは二十六年の晩秋頃のことであつたらう。

北村君が、国府津の手前の前川に住んだのは、矢張りその頃から二十七年の始めへかけてのことかと思ふ。

北村君の最後に住んだ家は、飯倉の坂上の四つ辻から、芝公園へ入つたところあたりで、今小学校がある辺であつたといふのだが、今はその家はなくなつてゐると、何時か島崎君が云つてゐた。

△

或る若い人が、透谷の創作は何《ど》れを見てもうまいと思ふものはないと、云つてゐた。どうせ開拓者の仕事なんだからその精神を買ふより外はない。当時の新興の文学さへまだ初歩の写実主義のうちに彷徨してゐた時分に、あれだけの詩（心の上の意味）の世界へ飛躍突進しようとしたあがきは確に多とすべきであつた。あの時分では、吾々も同じやうな動きのなかに入つてゐたので、自分たちのまはりで行はれてゐることに就ては、別に感服するといふ気は起らなかつたのだが、今日になつて、当時のことを回顧すると、或る人々の仕事や作物の本当の意味がずつと明らかに認め得らるゝ。

殊に、民友社の人々の文学に対する功利的観察に反抗しての論戦は全く目ざましいものであつたと云つて宜しからう。

△

『文学界』の始めの方に載つてゐる北村君の『人生に相渉るとは何の謂ぞ』といふ論文は、山路愛山氏が『頼襄論』のなかで述べた文学功利論ともいふべきものに対する論難であるが、大体論としては、今日も尚生命のある文字である。

「極めて拙劣なる生涯の中に、尤も高大なる事業を含むことあり。極めて高大なる事業の中に、尤も拙劣なる生涯を抱くことあり。見ることを得る外部は、見ることを得ざる内部を語り難し。盲目なる世眼を盲目なる儘に睨ましめて、真摯なる霊剣を空際に撃つ雄士は、人間が感謝を払はずして恩沢を蒙むる神の如し。天下斯の如き英雄あり、為す所なくして終り、事業らしき事業を遺すことなくして去り、而して自ら能く甘んじ、自ら能く信じて、他界に遷るもの、吾人が尤も能く同情を表せざるを得ざるところなり。

吾人は記憶す、人間は戦ふ為に生れたるを。戦ふは戦ふ為に戦ふにあらずして、戦ふべきものあるが故に戦ふものなるを。戦ふに剣を以てするあり、筆を以てするあり、戦ふ時は必らず戦を認めて戦ふなり、筆を以てすると剣を以てすると、戦ふに於ては相異るところなし、然れども敵とするものゝ種類によつて、戦ふものゝ戦を異にするは其当なり。戦ふものゝ戦の異なるによつて、勝利の趣も亦た異ならざるを得ず。戦士陣に臨みて敵に勝ち、凱歌を唱へて家に帰る時、朋友は祝して勝利と言ひ、批評家は評して事業といふ、事業は尊ぶべし、勝利は尊ぶべし、然れども高大なる戦士は、斯の如く勝利を携へて帰らざることあるなり、彼の一生は勝利を目的として戦はず、別に大に企図するところあり、空を撃ち虚を狙ひ、空の空なる事業をなして、戦争の中途に何れへか去ることを常とするものあるなり。

斯の如き戦は、文士の好んで戦ふところのものなり。斯の如き文士は斯の如き戦に運命を委ねてあるなり。文士の前にある戦場は、一局部の原野にあらず、広大なる原野なり、彼は事業を齎らし帰らんとして戦場に赴かず、必死を期し、原頭の露となるを覚悟して家を出るなり。斯の如き戦場に出で、斯の如き戦争を為すは、文士をして兵馬の英雄に異ならしむる所以にして、事業の結果に於て、大に相異なりたる現象を表はすも之を以てなり。」

かうして引用してみると、此の一節は、透谷君が自分自身の生涯の意義を弁明するために書いて置いたのではないかと思はれる位、今日に於ては読む者に取つて感慨なき能はざる文字である。

一葉の日記

上

樋口一葉の日記を公刊するといふことがいよ〳〵世間へ発表された。それに就て実否を問ひ合はせられる人があるので、読売の紙上を借りて、一葉日記の話を為《す》る。日記の原稿は、幸田露伴君の校閲を経て、博文館に廻はり、私の所で始の方百頁位は校了になつてゐる。樋口家と博文館との協定は、二冊から成る一葉全集を出さうといふのだ。日記へ持つて行つて、従来刊行の書簡文範を加へ、それを前篇とし、従来の一葉全集に、未刊の小説断片及び随筆を加へて、それを後篇とすることになつてゐる。即ち、一葉の遺稿といふべきものは、日記と、小説断片と、随筆とのこの三つなのだが、小説断片は一葉の文学生活の初期に属するものばかりなので、唯史的価値があればあるといふ迄に過ぎ無いもので、呼び物は無論日記だ。随筆もさう大した者では無い。

日記は、明治二十四年四月即ち一葉二十歳の時から始まつて、二十九年即ち歿したる年の五六月頃までゞ終はつてゐるが、その間に抜けてゐる処はタントは無い。さて、さういふ風に連続しては居るが、部分々々で、表題が付いてゐる。初めの方は『若葉かげ』中《なか》は『蓬生日記』『若くさ』『道しばの露』『しのぶ草』等末《すゑ》が『水の上日記』若《もし》くは、『水の上』といつたやうになつてゐるのだ。全体の枚数は今正確には云へ無いが、十行二十字詰の原稿紙に直ほすと大凡六百枚位にはならう乎《か》。尤も、原文は大抵半紙を四ツ折にした小さい帳面に書いてあるのだ。樋口家の人の話に依ると、現存の分は日記の全部では無く、一葉生存時に、自分で鼻紙にしたり、ほぐして、裏へ手習をしたりして、散逸せしめて了つた部分が少しはあるといふのだ。

それで、この日記をその書かれた場所で区分すれば、『若葉かげ』等は本郷菊坂町の大溝《おほどぶ》の向ふの真砂町《まさごちやう》の崖下の家で書かれ、下谷区龍泉寺町即ち京一の非常門近くの家で書かれた分には何か別に名が付て居り、最後の『水の上日記』は一葉終焉の地——本郷区丸山福山町四番地の家で書かれたのだ。その福山町の家は前と後とに池があつたので、表題をさう付けたのであらう。

間接に聞いた所では、一葉はこの日記を文章の稽古の積りで書いたといふことだ。初めの方は擬古文の体であるが、終りに近づくほど、だんぐ文体が砕けて、終は一葉の後期の小説にあるやうな文体になつてゐる。

私の気のせえか知らぬが、どうも初めから文章は旨いやうに思はれる。元より思想は平凡なり、筆付きも覚束なげではあるが、その初心らしい所に一種の体があり、発達すべき才分をほのめかしてゐる所が少なからずあるやうに思はれるのだ。日記は四月十一日に吉田かとり子といふ人の角田川《すみだがは》の家へ師匠の中島歌子及び同門の人人と一緒に花見に行く所から筆を起してあるのだが、当時のやうな世のなかでの二十歳の婦人の書いたものとしては、決して軽んずることの出来ぬ筆致なのだ。吉田氏の家の楼上から大学のボオトレースを見るくだりに『みの子の君うらやましげに見居たまひて、かち給はゞさもこそ嬉しからめとの給はすに、おのれもまけたまはばさもこそくやしからめと打うめきて笑はれにき』と書いてあるのだが、負けたら口惜しからうといふやうに直ぐ考る所が、一葉の気質を好く表して居て面白いと思ふ。墨堤の夕景を次のやうに叙して居る。『折しも日かげは西にかたぶきて、夕風少しひやゝかなるに、咲あまりたる花の三つ二つ散みだるゝは小蝶などのまふやうにみえてをかし。酔しれたる人の若き君たちにざれ言などいひかくるぞらうがはしくもいとにくし。やうく日の暮れ行《ゆく》まゝにそれらの人はかげもとゞめずなりにければ、今は心安しとて花の木かげたちめぐり、おのがじゝざれかはすほどに、いつしか名残なく暮れはてゝ、川の面をみ渡せば水上はしろき衣を引たるやうに霞みて向ひの岸の火かげばかりかすかに見ゆるも哀れなり』二十の婦人の書いたものとしては、確に才筆と云へようでは無いか。

中島門下の秀才田辺龍子《たなべたつこ》君は当時既に小説作家としての文名が高かつた。一葉は生活難から文を売らうと考へたのであらう、四月の十五日には、知人野々宮嬢の紹介で、半井桃水君に逢ひに行つて居る。日記には、斯う書いてある。

『君が住み給ふは海近き芝のわたり南佐久間町といへるなりけり。……愛宕下の通りにて何とやらんいへる寄席のうらを行て突当りの左り手がそれなり。……出きませしは妹の君なり。……座敷のうちへ伴《ともな》はれいるに、兄はまだ帰り侍らず今暫く待給ひねと聞え給ひぬ。……門の外に車のとまるおとのするは帰り給ひしなりけり。やがて服など常のにあらため給ひて出《いで》おはしたり。初見の挨拶などねんごろにし給ふ。おのれまだかゝることならはねば耳ほてり唇かはきていふべき言もおぼえず、のぶべき詞《ことば》もなくて、ひたぶるに礼をなすのみなりき。よそめいか斗《ばかり》をこなりけんと思ふもはづかし。君はとしの頃卅年《みそぢ》にやおはすらん、姿形など取立てしるし置かんもいと無礼《なめ》なれど、我が思ふ所のまゝをかくになん。色いと良く面おだやかに少し笑み給へるさま誠に三才の童子もなつくべくこそ覚ゆれ。丈は世の人にすぐれて高く、肉豊にこえ給へばまことに見上る様になん。……』

その日は、半井氏から小説を書く心得などを聞いて、帰つたが、それから数日経つて、四月廿五日に半井氏は、話し度いことがあるから、神田表神保町の俵屋といふ下宿屋まで来て呉れといふ手紙を一葉に送つた。翌二十六日の日記に依ると、その俵屋といふのは、洽集館《かふしふくわん》といふ勧工場——今の南明倶楽部の南手の所にあつた家だといふのだ。其所のありさまは、次のやうに書いてある。

『少《さゝ》やかなる間幾間かしらず数多かり、うしのいませしは二階下の座しきにて、二間に住居給ふかとみゆるに、簞笥などの並べあるは手廻りたる事よと心には思ひて座につくほど、君は手紙したゝめ居給へりき。暫し免《ゆる》させ給へとてかき終り給ふ。今日は洋装にて有りたり。……小説のことに就きてもねんごろに聞えしらせ給ひて、此次はかゝるも書きみ給へ、おのれかねてより書《かか》んの心組み有りしかども暇《いとま》を得ずして日頃過ぎぬとて、かく〳〵してかくせばをかしからんなど物語り給ふ。それより先に今日はまづ君に聞え置度《おきたき》事ありてとの給ふ。そは何事にかと問ひ参らすれば、いなとや、余の事にもあらず、余やいまだ老果たる男子《をのこ》にもあらず、君はた妙齢の女子なるを交際の工合甚だ都合よろしからずと、君真《まこと》に迷惑気にの給ふ。さもこそあれとかねて思へばおもて火の様に成りておのが手の置場も無く唯恥かはしさ面おほはれたり。猶の給はく、よりて吾れ一法を案ぜり、そは外ならず、余は君を目して我が旧来の親友同輩の青年と見なして万の談合をも為すべければ、君は又余を見るに青年の男子なりとせで、同じ友がきの女子と見給ひて隔てなく思ふ事の給ひねと聞え給ひて打笑みたり。』

その時半井氏は一葉の家の貧困であるのに同情して、いろ〳〵親切に話をした。半井氏自身の来歴をも語つた。一葉は、その日の記を『師がの給ふ所をきけば、吾が家の貧しきは未だ貧しとすべきにあらず、君の経来《へきた》り給ひけんこそ中々にまさり給へれとぞ覚ゆる』といふ言葉で終はつて居る。

半井氏対一葉の交際に就ては、世間で種々の臆測があるやうだから、以下、日記のなかから、半井氏に関する分だけを大凡拾つて見よう。

中

五月の八日には、一葉は桃水氏の宅で、小宮山即真居士《こみやまそくしんこじ》に紹介された。同十五日には、半井氏の転居した麴町平河町の宅を訪ひ、廿七日には、小説の原稿を携さへて再び半井氏を訪ふて居る。六月三日と同十七日に又半井氏を訪ふた。日記は六月の二十三日から七月の十七日までと八月の十一日から九月の十五日までとが欠けてゐる。九月二十六日の所に、斯う書いてある。『国子（一葉の妹）……半井うしのことなどをも聞《きゝ》て来ぬ。いでや猶記者は記者也、朱にまじはるになど色赤うならせ給はざらん、品行のふの字なること信用のなし難きことも姉君が覚す様には侍らずとよとてまめだちて聞えしらさるゝに胸つぶれぬ。我為には良師にしてかつ信友《しんいう》と君もの給へり、我が一家の秘事をも打明て頼み参らせ後来扶《こうらいたす》けにならんなどの約も有しをそも偽りなりけんかしらず、誰《た》が誠をかとて打もなげかれぬ』

十月十八日の所には、一葉を半井氏に紹介した野々宮菊子が来て『一昨日《おとつひ》より半井君《ぎみ》のもとに遊びてよべ帰りぬ、夏子ぬしはいかゞし給ひしやなどいといたう打案じての給へりし、参らせ給へよ』と云つた。一葉は之に答へて『みにもかねてより参り寄らまほしく思ひながら、猶なんさはる事ありて、まかでぬを常に心ぐるしうてのみなんある』と云つた。同二十四日の所には『半井孝子《かうこ》（桃水氏の令妹）ぬしが嫁入り給ふいはひもの少しもて行方《ゆくかた》よろしからめとてなり。さは明日早朝にと心がまへす。久しう訪《と》ひ奉らざりしうちにさまぐ〳〵あやしきもの語りども多かるを半井君のそをおのれにつゝまんとて苦心し給ふなど聞《きく》にも少しほゝゑまれぬ』と書いてある。二十五日には祝物を持て行つたまゝで上らずに帰つた。三十日の所には、

『半井君を訪ふ。……種々込み入りたる話しもあれば、此頃もとめし隠れ家にとの給ふ。伴はれて一丁斗《ばかり》手前なるとあるうら屋に参る。座敷の間数四つ斗あり云々』

とあつて半井氏の話は、

『……君がかく打絶《うちたえ》て訪《と》はせ給はぬなん我身に何事か有たる様にさかしらする人や侍りけん、身はしら雪の清きをもてうたがはれ奉るなんいと心ぐるしう、かつは君が中頃より打絶させ給ひしを小宮山などあやしがりて某《それがし》に猶曲事《まがごと》ある様になん思はるゝこれもつらし、依ていかで君に以前のごと訪はせ給はらん事をとていといひにくかりしかども野々宮ぬしに委しく語りまつれるにこそ、……兄弟中の醜聞より御母君などあやふがりてかく引止め給ふにや、其心配なう参らせ給はゞ

嬉しからんなどの給ふ』

と書いて、その次に『おのれはさる心にもあらざりしかど笹原はしるみ心なめりかし』と、一葉の評語が加へてある。十一月二十四日に一葉は、桃水氏を隠れ家に訪ふた。二十五年の一月七日に、一葉は半井氏の所へ年始に行つたが、本宅には貸し家札が貼つてあつて、半井氏に用のある人は、其近辺の小田といふ家で問ひ合はせろといふ貼紙があつた。で小田へ行つて聞くと、唯だ地方へ旅行したとばかりで要領を得無かつた。何うも例の隠れ家にでは無いかと、それへ行つて音なつたが、留守のやうであつた。水口の戸の開いて居る所から、家のうちへ入つて見たが、誰も居無かつたので、土産物を板の間に置て帰つた。同十一日には、旅行では無くつて隠れ家に居るのだといふ、半井氏の端書が一葉の所へとゞいた。二月の三日の所に、『半井うしへはがきを出《いだ》す、明日参らんとてなり、しばらくにしてうしよりもはがき来《きた》る、明日拝顔し度し来駕給はるまじきやとの文躰《ぶんてい》なり、こはおのれが出したるに先立てさし出したまへるなるべし、かく迄も心合ふことのあやしさよと一笑す」とある。翌四日には、雪を冒して半井氏を訪ふたが、桃水氏は、まだ眠てゐた。一葉は次の間で、十二時少し過ぎから一時頃まで待つてゐた。半井氏は起きて、雑誌『武蔵野』の発行さるゝことを話して、一葉の作を求めた。半井氏手づからしるこを作つて一葉に饗した。四時頃車で送られて九段へと堀端を通つた。『雪の日といふ小説編まばやの腹稿なる』と書いてある。

二月十五日には一葉『武蔵野』の原稿――『闇桜』――を半井氏のもとに持つて行つた。三月七日半井氏を訪ふて『武蔵野』同人の意気壮なことを聞き、『闇桜』の好評なるよしを聞いた。十八日半井氏初めて一葉を訪ふて、西片町へ転居の通知をした。二十一日一葉半井氏を訪ふて、自分は実際小説家になれる見込があるだらうか、直言して呉れと、頼んでゐる。半井氏は一葉の生計上に困難なことがあらば応分の助力はするから、何処までも小説を書いて見ろといふやうな意味で答へている。二十三日半井氏を訪ふと、『武蔵野』の表題を書て呉れと頼まれてそれを書いた。二十四日一葉半井氏を訪ふて、生活上の補助を依頼したが、半井氏は月末までには必らずと快諾した。廿六日半井氏から、宜いことがあるから来いといふ使が来たので、翌廿七日半井氏を訪ふと、一葉の別著の小説――『別れ霜』――を改進新聞に載せることにしたからといふ話であつた。再訂の必要があると云つて、一葉は原稿を持ち帰つて、其後の数日努力した。廿九日の所には『むさし野広告出たり何と無く極り悪るし』と書いてあり二三行後に『一日分丈草す（新聞原稿）半井氏のもとへ持参せしは十時なりし、今夜も国子同道』とある。四月六日の記事のあとに、歌が四五首書いてある『みちのくのなき名とりがはくるしきは人ぞきせたるぬれ衣にして』『散ぬればいろなきものを桜花こひとは何のすがたなるらん』『ゆく水のうきなも何か木の葉舟ながるゝまゝにまかせてぞみん』外二首だ。四月の日記の巻の首に『かまへて人にみすべきものならねど、立かへり我むかしを思ふにあやふくも又ものぐるほしきことい多《さは》なる、あやしうも人みなば狂人の所為《しよゐ》とやいふらむ』とある。これは後から書いたものかも知れ無い。四月十八日の所に『午前のうちに片町の大人《うし》がり行く、此の日頃悩やみ給ふ所おはす上に何事にやあらむ立腹の気にてはかぐ〳〵敷《しく》は物語も賜はらぬなむ心ぐるしければ、いでや今日こそは御心取らんとて出たつ』とある。廿一日の所には『午後より大人のもとを訪ふ、むさし野来月分趣向につきてなりけり、畑島《はたじま》君も参り合はされたり……、大人物の趣向の談合いとおもしろし』とある。三十日桃水氏を訪ふてゐるが、半井氏は痔を切断して病臥してゐた。五月一日、四日、九日、十九日、二十日半井氏を訪ふてゐる。多くは病気見舞の為であつた。廿二日の所には『半井うしの性情人物などを聞くに、俄に交際をさへ断りたくなりぬるものから、今はた病ひにくるしみ給ふ折からといひ、いづこへぞかく斯ることいひもて行かるべき、快方を待てと心に思ふ。……午後より又半井君病気を訪ふ、朝鮮より友人両三名来たりしとかにて此辺乱雑也けり、おのれ行きたる故にや人々は早かへりぬ。其のこと由謂《ゆゑ》なきにもあらじ』とある。

下

六月七日一葉は島田にゆつて半井氏を訪ふた。『人々めづらしがる。是よりは常にかくておはせよかし、いとよく似合ひ給ふをなどいはれて中々に恥づかし』とあつて、半井氏の言葉を斯う書いてある。『実は君が小説のことよ、さまぐ〵に案じもしつるが、到底絵入の新聞などには向き難くや侍らん、さるつてをやうく〵に見付けて尾崎紅葉に君を引合せんとす、かれに依りて読売などにも筆とられなばとく多かるべし……されど、それも是も我は日かげの身立出《たちいで》て何事かなし得べき、委細畑島にいとよくたのみてそれが知人より頼み込《こま》せしなり、此二日三日のほどに君一度紅葉に逢ひては身給はずや……との給ふ、何事のいなかあるべき、いと辱《かたじけ》なしといふ』とある。一葉は其足で直ぐ、中島家へ行つた。中島家の老人の祭典で、人が十四五人居たが、一葉の信友伊東夏子が一葉を別室へ呼んで、家の名が惜しくば半井氏と絶交せよと勧告した。十四日の所が面白い。

『我不図《ふと》師の君の前にいざり出ぬ。……聞き参らせ度きことゞもあり……といふに、師の君やをら座を定めて何事の問ぞ、今宵聞かんとの給ふ、半井うしのことはかねて師にも聞かせまつりて、……我心に憚かる処いさゝかもあらず、先《まづ》かく〳〵しか〴〵に人の申すなむ……或は半井のことに依りてにや侍らん、もとより……我より願ひての交際にもあらず、家の為身のすぎわひの為取る筆の力にとこそたのめ、外に何のこともあるならず、さるをか様《よう》に人ごとなどのしげく成るなんいと心苦し、哀《あはれ》師の君の御考案はいかにぞや、……御教へ給はらまほしといふ、師の君不審気《いぶかしげ》に我をまもりて、偖《さて》は半井といふ人とそもじいまだ行末の約束など契りたるにては無きやとの給ふ。こは何事ぞ行末の約はさて置《おき》て我聊《いささ》かもさる心あるならず、師の君までまさなき事の給ふ哉と口惜しきまゝに打恨めば、夫《それ》は実か〳〵、真実約束も何もあらぬかと問ひ極《きは》め給ふも悲しく、我七年のとし月傍近くありて、愚直の心と堅固の性は知らせ給ふ筈なるを、うたがひ給ふぞ恨めしく、人目なくば声立てゝも泣かまほし、師の君さての給ふ、実はその半井といふ人君のことを世に公けに妻也といひふらすよしさる人より我も聞ぬ、……もし全く其事なきならば交際せぬ方宜《かたよろし》かるべしとの給ふに、我一度はあきれもしつ、一度は驚きもしつ、……ひたすら彼の人にくゝつらく……猶よく聞き参らせば、田辺君、田中君なども此事を折々にかたりて……才の際《きは》なども高しともなき人なるに、夏子ぬしが行末よいと気の毒なるものなれなど云ひ合へりしなりとか、是に口ほどけて師のもとに召使ふはしためなどのいふこと聞けば、此取沙汰聞しらぬものは此あたりになしといふほどうき名立たるなりとか、浅ましとも浅まし、明日はとく行て半井へ断りの手段《てだて》に及ぶべしなど、師君にも語る。臥床《ふしど》に入れどなどかは寝られん』

とあるのだ。十五日に一葉は半井氏を訪ふた。

『我《われ》師の君より教えられつる様にことつくろひてもの語りす、師の君のもとに家のうち取まかなふ人なく我行き居らではもの毎に不都合也とて……今しばらくは手伝ひ居らんとす、さすれば……紅葉君のことも何も先へ寄りの事ならずば……其甲斐あるまじく……この事中さんとて今日はいさゝかのひまもとめて参りつるなり』

と云つて、小説修行中止のむねを半井氏に告げた。廿二日まで、中島家に泊つて居たが廿二日に家に帰つて、半井氏から借りて居た本を返しかたぐ半井氏を訪ふて一葉は実際の事情を打ち明した。半井氏の言葉は、

『必竟は我罪かも知れず、先頃野々宮ぬしに物がたりの時いはねばよかりしものを我思《わが》ふことつゝみ兼ねて、お前様のことしきりにたゝえつ、……よき聟君《むこぎみ》のお

世話したし、我れ何ともして我家を出《いづ》ることあたふ身ならばお嫌やかしらずしひても貰ひていたゞき度《たき》ものよなど我実《われじつ》をいひたり、夫や是れや取りあつめて世にさまぐ\にいひふらすなるべし』

と書いてある。記事の終りは、

『此人の心かねてより知らぬにもあらねばか様のこと引出しつる憎くさ限りなけれど又世にさまぐ\に云ひふらしたる友の心もいかにぞや……あれと是れとを比べて見るに、其の偽りに曲《まげ》てなけれど、猶目の前に心は引かれて、此人のいふことぐ\に哀に悲しく涙さへこぼれぬ、我ながら心よはしや、かゝるほどに国子迎ひに来る、家にても聊《いささ》かは疑ひなどするにやあらむ。打ちつれて帰る』

となつてゐる。廿六日

『国子の物がたりに聞けば、廿三日に半井ぬし宅前まで参られし由、折ふし来客ありしかば憚かりてにや立寄りもせで行かれたるとなり』

とある。二十三日には一葉まだ中島家に居たのだ。七月十二日

『中元として半井ぬしを訪ふ、君今日何方《いづかた》へか転居されんとする也けり、もの語ることも無くて帰る』

とある。それからは、時々半井氏を対象にしたやうな述懐の歌だの感想が書いてあ

るのみで、半井氏に逢つた記事は無い。十一月十三日には、其月の二十日に『うもれ木』が田辺龍子君の紹介で雑誌『都の花』に出る筈になつてゐたので、半井氏に一応挨拶に行かなければ悪るからうといふ母の意見に、一葉は喜んで、半井氏の出してゐた葉茶屋――三崎町――を訪ふた。

『六畳敷ばかりの処に机おきてゆたかに大人《うし》は寄りかゝり居たまへり、ふとあふげばものいはず打笑み給へる嬉しなどはよのつねたゞ胸のみをどりぬ』

『商ひのいと忙はしくして大人のしばしも落付給ふいとまなく立働らきおはすさま何とはなくかなし、ありし病ひの後はいといたうやせてさしも見あぐるやうなりし人の細々となりぬるに、出入りにつけてものはかなきみづしめ様《よう》のものにさへ客といへばかしら下げ給ふことのいたましさ、これをなりはひとすれば身にはつらしとも覚さざめるを見る目はいと侘し』

『人無きを見てつと御身近くさし寄りつゝ、何は置て御目に懸る事のいとはるかなるが口惜うこそ、何事も浮世に申合す人無きやうにて心細さ堪へ難しと云へば……もしこゝに申すことありと思さば、此うら道のいと淋しく人目といふものふつにあらねば此処より立寄り給はんに誰かは見とがめ申べきとさゝやき給ふ、いでや其忍びたるたぐひを厭へばこそ……と云はまほしけれど申さず来りぬ、何も何も残したるやうにて別れぬるなり』

などゝある。十二月七日の所には半井氏から、小説『胡沙《こさ》吹く風』の序歌を求めた。直にかへし認めて、『歌は一首、よからねども林正元《はやしまさもと》（小説の主人公）をよめるのなりけり、かゝる折ふしの音づれいと嬉し』とある。八日『龍田君来給へり……ゆかりある人と思へば何方《いずこ》か憎くかるべき、帰らんといふに、母君菓子をつゝみて兄君にみやげにと出す、龍田君より我がよろこばしさ上もなかりき』とある。三十一日『三崎町に半井君の店先を眺めぬ、年わかき女の美しく髪などもかざりて下女にては有るまじき振舞は大方大人の細君なるべしと国子のかたる』とある。二十六年二月十一日『国子と共に九段に遊ぶ、夜くらくして風あらく三崎町あたりは家々戸をおろしていと淋し、半井ぬしのもとには龍田君斗《ばかり》みえしと国子の語る』とあつて『みるめなきうらみはおきてよる波のたゞこゝよりぞたちかへらまし』といふ歌がある。二月二十三日の夜半井氏は『胡沙吹く風』を贈る為に一葉を訪ふた。

『半井にこそ候へ夜に入りて無礼なれどゝいふに、其人なりと聞くまゝに胸はたゞ大波のうつらん様になりて思ひかけず唯夢とのみあきれにけり……何事も靄の中にさまよふ様なり、明ぬれど暮ぬれど嬉しきにも悲しきにも露わすれたるひま無く夢うつゝ身をはなれぬ人の……せめては文にても見まほしきをなど人にいはれぬ物をおもへば幾度かどに出で立ちつくし、あらぬ郵便にたばかられて心恥かしかりしも一度二度ならず、いふべき事も覚えず、問ふべき事も忘れて面ほてりのみいと堪へがたし。……ともし火のかげよりかすかに面を仰げば優然としてうち笑みたる面ざし、まこと林正元今こゝに出現したらん様なり、我が小説『暁月夜』いつのほどにか見給ひけん、こまやかに物がたらる、猶折ふし目とゞめ給ふらん嬉しさいとかなし、……さらばと立つを止め参らせんも中々にて送り出《いづ》るほどかなしともかなし、嬉しとも憂しともいはんかたぞなき、夢うつゝとも得こそ分《わか》ねばいはまほしき事も何もたゞひたすらにものも覚えず』

とあるのだ。此辺には大分文学が入つてゐるやうだ。『胡沙吹く風』に就ては、『この小説うき世の捨て物にて……もよし、我がため生粋の友これを措《おき》て外に何かはあらん、孤燈かげほそく暗雨までを打つの夜人しらぬおもひをこまやかに語りてはゞかる所なく、なげきもし悦びもせんはうつせみの世にもとめて得がたき所ぞかし、此夜此書をひもといて暁の鐘ひとり聞けり、引とめん袖ならなくに暁の別れかなしく物をこそ思へ、昼はしばし別れんにこそ』

と書いてある。三月十二日

『わが家は細道一つ隔て上通りの商人《あきうど》どもの勝手とむかひ合ひ居たり……国子耳

とどむれば、かの大人があたりのことにぞ似たる、主人《あるじ》めきたる人二人三人あればいづれが主人《それ》なるや分らねど、色しろくたけ高やかなる人のものいひ少しありたるは大方この人主なるべし、奥方や、何や知らず面ざしなどさしても美事ならぬがものを買ふとてといとたかしなど小言云ひつるに、さなまが〳〵しく商人なしかりそとて、其のまゝの価ひに買とりくれたるはわかりし人なりし、家は三崎町の外れにて店がまへ立派なる葉茶屋なりと云ひ居たるよし、かの大人に違ひはあらじなど国子かたるに、忘れぬものを又さらに思ひ出《いで》ていと堪がたし。くれ竹のよも君しらじ吹く風のそよぐにつけてさわぐ心は』

それからその直ぐ後に、

『とある夕べ鐘の音を聞きて、まちぬべきものともしらぬ中空になど夕ぐれのかねの淋しき』とある。十五日の末に『入る日の方を眺むれば、かの大人のあたりそこと忍ばれて、うら山し夕ぐれ響く鐘の音の至らぬ方もあらじとおもへば』とある。

今原稿が手許に無いから確には云へ無いが、一葉と半井氏との交通は二十六年三月以後は殆ど絶えてしまつたと云つて宜いやうであつたと思ふ。唯、二十九年になつて、半井氏が斎藤緑雨が一葉を訪ひだしたと聞いて、『緑雨といふ男は油断のならぬ奴だから』といふ警戒を与へに一葉の所へ行つたことが、日記に出て居るのみだ。一葉は半井氏の意外にふけたのに驚いてゐるやうに書いてあつたと思ふ。

世に伝はつて居る一葉対半井氏の関係は、日記に表はれた所では、上来記する通りだ。一葉の方にも随分誤解があらうから、一葉が書いたそのまゝの言語態度で実際半井氏があられたことだか、俄には断ぜられ無い。唯だ此事件は日記のなかの一番艶のある部分のやうに思はれるので、ついながぐと書いて了つた。

一葉とのみ云つて何の敬称をも付ぬのは、文字の節約に外ならぬ。他意は無い。

少し与太のやうだ

一

山崎青雨といふ方の『半井桃水君の死』のなかの樋口一葉に関する記述には、甚だ怪訝に堪へぬふしぐ〳〵がある。

一葉女史の樋口夏子を初めて冊子『武蔵野』に紹介したのも君（半井氏）であつた。改進新聞に其作を紹介して近代稀に見る女流作家であると折紙をつけたのも全く君であつた。一葉が君を徳として常に其寓居を訪れて教を乞うてゐたのも蓋し当然の成行であつたに違ひない。

常にに○○をつけたのは、僕なんだが、此の『常に』が不審なんだ。何うもこれで見ると、一葉が一生半井氏の教を乞うたやうに聞える。つまり、その点が僕には不審に覚えられるんだ。

一葉女史が二十四年の春から二十九年の夏までの日記を遺してゐることは、明治文学の知識のある人なら大抵知つてゐるだらうと思ふ。ところで、あの日記の全体の調子から考へて、あの日記にはわざ〱虚《うそ》を書いてゐるやうなところはないと見なければならないんだが、あの日記に大体信を置くとすると、一葉女史が半井氏に師事した即ち教を乞うたのは、明治二十四年の四月の半ばから、二十五年の六月の半ば頃までのやうで、その後は友人等（そのなかには吾々ははひつてゐない）の忠告で半井氏とは交際を絶ち、その後は二十七年の春頃から二十九年へかけて僅に四五回ぐらゐ半井氏に会つたのみであることになつてゐる。勿論半井氏の世話で、女史の作品が『武蔵野』や『改進新聞』へ出たのは、この交際断絶以前のことである。これでは、常に半井氏の寓居を訪うて教を乞うたとは云へないやうに思はれる。山崎氏の書かれたやうだと、一葉の作中の優れたものが皆半井氏の教の下に書かれたといふやうに聞えさうなので、その点を明白にして置きたいと思ふ。少くとも明治二十七年の暮あたりから以後の一葉女史は誰の力をも借らずに独力であれだけのものを書いたものと僕は信ずる。一葉女史の日記『みづの上日記』の六月二十日（二十九年）のところに左の記事がある。

『二十日の夜、更けて半井君来訪、いとめづらしき事よとおもふに、あわたゞしげの車にてさへ参られき、唐突に此のほど斎藤正太夫わがもとを訪《と》ひ候ひき、御宅にまかり出たる由といふ。いかにもこのほどよりおはしまし初《そめ》ぬ。いと気味わろき御かたよと笑へば、誠にさにこそ、いと気味わろき男なればかまへて心ゆるし給ふな、我がもとに来たりて、君が身の上さまぐ〵に問ひき、此のほどの世の取沙汰はかく〳〵しかじかこそいへなどいとおほくつゞけけれど、左《さ》のみはわすれておもひ出でられず、知らせ給ふ如く我れはうき世の別物になりて、たゞみかん箱製造にのみ日をおくれば、文界の事など更にしり候はず、君がさばかり高名におはすなるをも、かれ緑雨より伝へ聞くまでは夢にもしらで過ぎ候ひき、御筆いたくあがり給へるのよしをかれはいひき、彼れは近々君の事を論じたる一文世に公にするのよし、材料もあらばとゝはれたれど、我れは更にしらぬ由をこたへぬ、我れと君との上につきてあやしき関係ありしやにいひしかば、こは心得ぬこといかでさる事のあるべき、世人はとまれ君などさへさる事をいふ、何《いか》なる心ぞやとなぢりしに、いな、君の事はすでに先口なり、こと旧聞に属す、今更あなぐるべきにも非ずといひき、かくて何を書《かき》いで候らんと、いとおぼつかなげにいふ、我れしば〳〵一葉君をとふ、悪口の種さがしにともおぼし給ふらん、さりながらおもへば種さがしの為めなりしかもしれずとかれはいひき、いと油断のなりがたき男よと心づけらる。

万朝報にて君のこと近々かゝばやと有しかば、同じくはとひきゝ参らせてあやまりなき処をかけかしと我れはいひおきぬ。かしこの社にて不似合のこと、君が事よく書くのよしとて笑ふ。

かたらまほしげの事多げにみえしが、何もふくめたるやうにて又もこそと帰る、いとめづらかなる人のまれ〳〵とひ寄りたる事なからずやはとかたぶかる。』

此れで見ると、一葉の晩年は半井氏とは交際が殆どなかつたと思はざるを得ないではないか。それから、も少し前へ戻つて日記のなかの『しのぶぐさ』（二十八年一月）を見ると、

『三日の朝年礼にとてなから井のうし門《かど》までおはしぬ、何事もかざりをすてゝすがたもいたくおとろへ給ひき。

ますかゞみわれもとり出ん見し人はきのふとおもふにおもがはりせる
聞こえし美男にて衣裳などいつもきらびやかなりし人なりけるを。』

とある。これでも、此の時分には、一葉女史は半井氏とは会はなくなつてゐたことが推定できると思ふ。しかし一葉女史及びその親族が半井氏の当初の推輓を何時ま

でも感謝してゐたことは事実である。

二

平田禿木、戸川秋骨、僕といふやうな『文学界』の連中が一葉女史と親しくなつたのは、女史が本郷の丸山福山町へ移居した二十七年の春以後のことであつて、その時分には、一葉女史と半井氏との交際は絶えて居たらしいのだから、山崎氏の文中にある左の項の事実が大分怪しくなつて来る。

一葉が度々君（半井氏のこと）の寓居をおとづれることによつて、孤蝶君や秋骨君などから色眼鏡をかけられるのがつらいと云つて、当分は私はお伺ひしない方がいゝでせうと真顔になつて君に話したこともあつたさうだ。それ程一葉は純な女性であつた。

此れは僕等から見ると、半井氏の話を山崎氏が早飲み込みをして、時代の観念などは少しもなく、僕等の名を此所へ引き合ひに出したに過ぎないものと思ふ。その時分を明治二十七、八年頃とすれば、一葉女史には少くとも『闇夜』『花ごもり』といふやうな辞句に可なり皮肉な調子の出てゐる作品のあつた時代である。あれほどもう考が大人びて来てゐた一葉女史が、僕等の名前まで挙げて、半井氏を度々訪問しがたい理由にする訳はないと思ふ。

一葉女史が半井氏と疎遠になつた事情に就ては一葉女史の日記に可なり詳細なる記述がある。『しのぶぐさ』（明治二十五年）の六月十四日から月末頃までのところを見れば、明白に書いてある。半井氏がその時分の話をしたのを、山崎氏が直接に聞いたか伝聞したかして、宜い加減にその事情の一部へ僕等のことをくつつけてしまつたのであらう。

『雪の散る夕、足袋もはかず、ぐる〳〵と櫛まきにした束ね髪で、一葉は君をおとづれたが……。』

さう山崎氏は書いてゐるが、これは何だか不正確なことのやうに思ふ。雪の日に一葉女史が半井氏を訪うたことは、日記の二月四日（二十五年）のところに可なり長い記述がある。僕は何うもその方を信じたい。

それから、山崎氏は一葉女史が二十六で死んだと書いておいでだが、女史は明治五年の生れだから、没年の二十九年には二十五であつた訳だ。山崎氏は一葉女史が今生きて居れば、六十二だと云つておいでだが、山崎氏の計算法は一寸合点が行き兼ねる。明治二十九年から今年昭和二年までは三十一年になると思ふ。一葉女史が今生きてゐれば五十六になるわけだ。従つて半井氏のなくなつた年が確に六十七だとするならば、一葉女史とは十二ちがうことになる。さうすると、一葉女史が半井氏を度々訪うた明治二十四、五年には、女が二十、二十一といふ齢で、半井氏の方は三十二、三十三といふ齢であつた筈だ。

三

一葉の文章はどこか垢抜けてゐて、殊に小説の構想や題材が当時のニキビ党作家の及びもつかぬものであつた。例の緑雨なぞは、どうせ素人娘ではなく茶屋女の果かなぞであらうと思つてゐたら心中の気持を研究に行く程真面目な女かと跡で感心したといふ逸話もある位だ。この作者の筆から『にごりえ』のあの伝法肌の文句がにぢみ出たかと思ふと、誰しも一寸驚くに違ひない。

ひどく揚げ足を取ることになるが、山崎氏の此の記述も何うも首肯し兼ねる。一葉女史の文章がどこか垢抜けてゐたといふのは、女史の作の何時ごろのをいふのであらうか。二十六年以前の作者では、それほど垢抜けてゐたとは云ひがたからうし、二十七年の終頃からの諸作ならば、どこかでなくして、十分垢抜けがしてゐると云つてやつてもよかりさうにも思うんだが何んなものであらう。

次にニキビ党作家といふのは当時のどういふ連中をさしたものなんであらう。その時分には、今日のやうに同人雑誌といふやうなものゝ殆どない時代であつて、当時の小説作家は、割合ひに筆がこなれてゐて、大抵皆商売人になつてゐたと思ふし、年齢から云つても、さう年寄りはなかつたのだ。特にニキビ党と云つて軽蔑すべき連中を記憶しない。山崎氏のこゝに云つておいでの緑雨に関する逸話なるものは、僕は聞いたことはない。一葉の文章を読んで、緑雨が一葉女史を茶屋女の果てかなんぞと思つたらうとは一寸想像のできないことだ。一葉女史の文章は、最初の作『闇桜』あたりを見ても、かなり文学の素養のある人の作だとは誰にも分かることだらうと思ふ。当時のやうな女性の間に教育の行はれてゐなかつた時代に、茶屋女のなかなどからあれだけの文章の書ける婦人がでて来ようとは誰も思ふ気づかひはない。まして、あれ程批評眼の鋭かつた緑雨が一葉女史の文章を見て、女史の身分に大凡誤まらざる推測を下し得なかつた筈がないと思ふ。知り合ひになるまでは、処女とは思はなかつたかも知れぬが、教養ある婦人とは思つてゐたらうと思ふ。

僕は一葉女史が半井氏の指導、推輓を受けたといふ話は、一葉女史の日記のことを緑雨から聞くまでは一向に知らなかつた。それを緑雨から聞いたのは、勿論女史殁後のことなんだが、緑雨が女史を知る前、女史のことを緑雨などは何ういふ風に聞いてゐたのかと、緑雨に尋ねてみたが、緑雨は、吾々は何だか半井の関係のある婦人だといふやうに聞いてゐたと答へた。唯それだけで、ほかには何も聞かなかつたが、心中の気持を人に聞きに行くことが、それ程緑雨を感服させたか何うか、何だかこの辺も少しそのまゝには受取り兼ねることのやうに思ふ。由来逸話などといふものにはヨタがあり勝である。何うも山崎氏の挙げられた此の逸話には、少しも辛味がない。関係者が緑雨であるだけこのまゝでは頂戴できにくいやうに思ふ。

次には、『にごりえ』の伝法肌の文句だが、一葉女史のそれまでの作を読んだならそれ程意外には思はないだらう。しかも、所謂る伝法肌の文句なるものは『にごりえ』の一部分にしきや過ぎない。女史の才筆ではあんなところぐらゐは、さう骨は折れなかつたらうと思ふ。

とにもかくにも、吾々が親しく見たり聞たりして来た時代が、今日の若い方々には全く見ぬ世のことになつてしまつたので当時の事柄に対しては、吾々とさういふ若い方々とは、余程考を異にするのは已むを得ない。唯、吾々の方では、吾々の考をそのまゝ提出して、ご参考に供すればそれで宜しいと思ふ。贅言ある所以である。

「文学界」のこと

雑誌『文学界』に集まつてゐた五六人の者の思想なり作物なりがどういふものであつたか、それらの者共の為人《ひとゝなり》がどういふものであつたかといふやうなことに就いては島崎藤村君の『春』といふ小説が殆んどそれを書き尽してゐる。その小説の中の青木といふのが北村透谷であり、岸本といふのが島崎藤村君であり、市川といふのが平田禿木君であり、菅といふのが戸川秋骨君であり、岡見兄弟といふのが星野天知君と同夕影君であり、福富といふのが上田敏君であり、栗田といふのが大野洒竹であり、足立といふのが馬場孤蝶であるといふ風で、中に書いてある事実も先づ全部実際あつたことだと云つて宜からうと思はれる。さうして見ると、『文学界』のことを僕が茲《ここ》で話すのは全く蛇足である訳になるのだが、然し、『春』の方は小説であるのだから、幾らか朧げなところもあるかも知れないと思ふので、茲には事実として話して見ようと思ふ。

ところで、『春』はご承知の通り印象的に書かれたものであるので、あの中に出て来る個人々々の行為、思想といふやうなものに就いては、『春』の中で書かれなかつたことは大分あるのであつて、それを話せば当時の文学者の謂はゞ裏面的生活に対して好奇心を持つ人々のおなぐさみ丈けには確かになることだと思はれるけれども、これは茲ではやらない。何故それをやらないかといふと、実際の事実といふものは、様々な人の利害に関係を有つて居るものであるから、それからしてまた、個人の私的生活といふものは何等か已むを得ざる理由あるにあらざれば他人から公にすべきものではないのであるから、それを芸術にでもするのでない限りは、この場合に於て公にすべきものでないと僕は考へるからであるのだ。

『文学界』の第一号（二十六年一月刊行）を僕が見たのは高知市に於てゞあつた。

僕は二十四年の暮に両親を東京へ遺して置いて僕一人高知市の共立学校といふ英語専門の学校へ教師に行つて、二十五年の夏休みに東京へ帰つて、それから九月の末位に高知へ行つたのであるが、その夏休みの間は眼病に罹つてゐたので、島崎君にも戸川君にもさう度々は会はなかつたやうに思ふ。島崎君が巌本善治氏の『女学雑誌』の寄稿家でその時あつたことは知つてゐたが、別に島崎君の交友達に就いて聞いたことはなかつた。

ところで、『文学界』第一号は島崎君から僕の手許へ郵送されたか、それとも島崎君自身の手から受取つたかどちらであつたか今確かには覚えてゐない。

二十六年の一月の末か二月の初めであつたか、その時日の記憶は今確かでないが、教場に出てゐると小使が古藤庵無声といふ名刺を持つて来て、かういふ人が会ひに来たと僕に言つた。僕は新聞社の人でも来たことかと思つて暫時待つてゐて貰ひたいと小使に言つた。で、それから少し経つて教場から出て来ようとしてゐると、小使がまたやつて来て、お客様は甚《ひど》くお急ぎのやうでございますといふのだ。そこで、一体どんな容子なのかと小使に訊くと、どうも旅をなすつてお出でになつたお方のやうでございますといふのだ。その瞬間に僕の心には、余程親しい人が訪ねて来て呉れたのではなからうか、思ひもかけぬ人が来たのではなからうか、といふやうな予覚が生じた。今思へばその時何となく島崎君の名が僕の心の中に微かに閃めいたやうに思ふのであるが、それは今の記憶なので当にならない。で、大急ぎで小使部屋へ行つて見ると、旅装束の島崎君が居た。僕は予期したことが当つたやうな感じと意外なことが起つたといふ感じとが妙に雑り合つた心持で島崎君を迎へた。が、島崎君に其処で会つたのは僕にとつては非常に嬉しかつた。高知は僕の故郷である、然し乍ら幼年の時其処を去つた僕に取つては、高知の言葉を殆んど忘れてしまつたやうな僕に取つては、高知は全く旅先であつた。その遠国の旅先で親しい友に会つたのであるから僕は非常に嬉しかつた。僕はその時甥を東京から連れて行つてゐたので、それにいひつけて島崎君を僕の家へ案内させて、それから僕自身は学校の仕事をしまつてから家へ帰つて島崎君とゆつくり話をした。『文学界』のことや『春』の中にある岸本捨吉君の恋愛の話をきいたのはその時であつた。二十三年以後の島崎君は、非常に沈黙な、非常に厳格な人に見えた。それは島崎君の自己改造に努力せられた時代であつた。女のことなどを話し会つたことのそれ迄一度もなかつた島崎君の口から、恋愛の話を聞くのは僕に取つては甚く意外であつた。僕はその時は既に性慾上の或る経験は有してゐたのであつたが、島崎君の話したやうな――即ち『春』の中の岸本君のやつたやうな――恋愛をば十分に理解することができなかつた。同情はあつたが、所謂共鳴はなかつた。島崎君は僕の家には精々四五日位しか居なかつた。或る霙の降る日に高知の濱から船に乗つて帰つてしまつた。それから少し後になつて我々の親友某君が、某君自身の恋愛に対して島崎君の同情が足りないといふ不満を島崎君に訴へた。すると島崎君は『それは誰しも有つ感情なのだ。現に高知の馬場の所へ訪ねて行ったときにも先方は非常に款待して呉れて心持がよかつたが、たゞ自分の恋愛に対しては馬場の同情や理解が足りないやうに思はれたので、たゞそれ丈けが自分には不足であつた。誰でも恋愛に熱中してゐるときには、他人の同情なり理解なりが足りないやうに思ふものだ』と答えたさうである。が、実際のところ僕は島崎君の恋愛に就いての話には面喰《めんくら》はされたやうな気持であつた。異つた世界を近々と見せられたのであるが、僕はその世界の人であつたこともなく、又その世界へ突入しようといふ気もなかつたので、僕の同情は熱中した恋人を慰めるに足りるものでは決してなかつたのだ。僕が島崎君の心持を理解し得る点まで近附き得たのは、それより後のことである。さうして見ると、島崎君は文学者として僕の先輩であると共に、さういふ人情の点に於ても確に僕の先輩であるのだ。

高知の鏡川の岸にあつた僕の家で、早い春の夜、島崎君は物静かなしかし沈痛な声で、島崎君自身の文学を本気にやりだした心持や旅に出た考や自身の人生観などを詳しく話した。

『春』を見ると、次のやうな青木――北村透谷――の文章が引いてある。

『極めて拙劣なる生涯の中に、尤も高大なる事業を含むことあり。極めて高大なる事業の中に、尤も拙劣なる生涯を抱くことあり。見ることを得る外部は、見ることを得ざる内部を語り難し。盲目なる世眼を盲目なる儘に睨ましめて、真摯なる霊剣を空際に撃つ雄士は、人間が感謝を払はずして恩沢を蒙る神の如し。天下斯の如き英雄あり、為す所なくして終り、事業らしき事業を遺すことなくして去り、而して自ら能く甘んじ、自ら能く信じて、他界に遷るもの、吾人が尤も能く同情を表せざるを得ざる所なり。』

これが北村透谷のみならず島崎君始め其他の文学界同人の考を最も雄弁に説明してゐると思ふ。

高知で島崎君から聞いた話や、其の他の諸君から聞いた話を綜合して見ると、『文学界』の起つた過程は大凡次のやうな風であつたらしい。巌本善治氏が出して居られた『女学雑誌』が次第に耶蘇教に縁故のある若い文学者の作物を発表する壇場になつて来たのは、明治二十五年頃である。ところで、その年の秋頃からして『女学雑誌』に文芸附録といふやうなものを附けることにして、そこへ『女学雑誌』関係の若い文学者に力を尽させようといふ話が出来た。が、巌本氏は宗教家であるのだから、文学者とは――殊に其の『文学界』同人になつたやうな人々とは――大分道徳観も違ふのであつたし、殊にさういふ文学者の連中には、もう既に耶蘇教に対する反対的態度を表明し出してゐた連中さへあつた位であつたのだから、そこで、双方の為めに『女学雑誌』とは一向関係のない雑誌を出す方がよからうといふことになつて、愈々二十六年の一月から『文学界』を出すことになつたのであつた、といふことだ。金は星野天知君が出し、編輯は星野夕影君がやることになつた。で、その時の執筆者は、北村透谷、星野天知、古藤庵無声（島崎藤村）平田禿木といふやうな後来『文学界』の幹部になつた人々に、戸川残花氏が謂はゞ特別寄稿家のやうな位置に加はつてゐたのであつたやうに記憶する。その時分、島崎君の書いたものは各行十七字になつてゐる戯曲若しくは抒情詩が主なもので、その外に芭蕉の俳文脈を大分取入れた散文が大分あつた。高知で島崎君に会つたときに、島崎君は『十七字にすると漢語が自由に使へるから、かういふ形を始めたのだ』と僕に説明して呉れたことのあるのを記憶する。

北村透谷は、『文学界』に加はらないうちから可成り作をしてゐたやうである。『蓬莱曲』といふ戯曲のやうなものが既に単行本になつて出てゐた時分だと思ふ。僕が透谷を見た時分には、最《も》う透谷の体が病的になり始めてゐた時分なのだと、何時か島崎君が云つたことがある。それはさうなのであらう、如何にも神経質らしい落着のない人のやうに思はれたのだ。年齢の割には世間的知識の狭い、考の偏つた人のやうに思はれた。妙に角の立つた人のやうな気がしたのであつた。が、心の弱い人とは見えなかつた。野卑だといふやうなところは決してない人であつた。が、惜しいことに耶蘇教がそれ程ぬけ切つてゐなかつた。けれども、さういふ風に稍《や》や一本調子に見えたところが或る仕事の——或る思想上の仕事の——開拓者としては必要な資格であるかも知れないのだ。

平田禿木君は、その時分はまだ二十一歳位であつたらうと思ふのだが、平田君は却々《なかく》成熟してゐた。芸術上の技巧に対する鑑賞力の精到なる人であり、一体に趣味の豊富な人であるのは勿論、人情に対する知識及び考察力が年齢の割には余程多かつた。今日の平田君は如何にも控目な人になつてしまつて、今は殆んど隠遁的生活を送つてゐるやうな有様である。けれども、二十六七年の頃の平田君は筆に於ても口に於ても却々の論客であり、警句家であつた。平田君の紅葉露伴両氏の作物に対する批評などは却々気の利いた粋な文章であつて、紅葉が書を寄せて平田君に或る作物の批評を頼んで来たことがある。『春』を見ると、『市川といふ男は西洋料理を食つて反吐を吐いたやうだ——かういふ有難い批評をある大家から頂戴したといつて市川は反りかへつて笑つて……』と書いてあるのだが、僕が誰からか聞いた話では、紅葉が『文学界』の連中は西洋料理と日本料理を一緒に食つて反吐を吐いたやうなものだと云つたといふのである。成程これは当つて居る批評であらう。ところで平田君の所謂反吐は、西洋料理と日本料理が可成り融合してゐたのであるが、島崎君等始め僕等に至る迄もの反吐はその二つの料理が生のまゝで出てゐた趣が確かにあつたらうと思ふ。

『文学界』の創立者達のことに就いては先づそれ丈けにして置いて、その人々の志といふ様なものを説明する事を試みよう。

『文学界』の創立者等は、兎に角孰《いづ》れかの耶蘇教の協会に籍を置いた人々である。その当時の耶蘇教なるものは可成り新知識の進歩主義の人々を集めてゐた。が、しかし、さういふ人々の中心思想は、東西の旧い道徳から何程も脱出してゐるのではなかつた。『文学界』の創立者等の志は、さういふ旧い道徳から自分等の思想を解放しようといふのに在つた。『文学界』の創立者等の間には『縄墨を脱する』といふ言葉が行はれた。即ち旧い羈絆を脱する、即ち習俗を脱するといふ意味だと解して宜からう。

前に引用した透谷の文章の中からも窺ひ得られるが如く、『文学界』の創立者等の志は所謂凡人の思想行為、即ち凡人の生活の尊重に在つた。凡人の存在の意義、凡人の尊厳を主張するに在つた。

『文学界』創立者等の当時文界に対する態度は――其当時の思想界に対する態度は、その当時文界の権威を成してゐたところの硯友社派及び民友社派の文学に対する反逆の態度であつた。謂はば物質主義に対する精神主義の反抗であつた。洗煉に対する野性の反抗であつた。文界の紳士に対する文界の書生の反抗であつたのだ。言葉を換へて云へば、理知主義に対する感情主義の反抗、客観主義に対する主観主義の反抗であつたのだ。

『文学界』の同人は自分等の失恋のことを平気で書いた。尤もその点では僕と戸川君とが一番罪が深かつたかも知れないが、他の諸君もその点で全然無罪だとは言へなからう。ところで、二十八年頃だと思ふのだが、川上眉山が、尾崎紅葉が『文学界の連中は恋の失敗のことを殆んど誇りがに書いて居るのだが、あれは並の人ならば隠すのが本当であるのに、どうしてあゝいふ風に露骨に書くのであらう。あの連中の心持がどうも解らない』と云つてゐるといふことを僕に話したことがある。『文学界』の連中が露骨に自分等の失恋を告白したのは、前に言つた通りの平凡生活の尊重、客観主義に対する主観主義の反抗、洗煉に対する野性の反抗、といふやうな所に根拠を有してゐたのだと思ふ。『英雄畢竟《ひつきやう》馬前の塵である。つはもの共の夢の跡は夏草である。羅馬の城壁は跡なく崩れてしまつた。英雄の事業に何の永遠があらう。恋を索め天地の美を探る凡人の心の方が、夐《はるか》に永遠であり、意義がある』と、島崎君が高知で僕に話したことがあるやうに思ふ。

『文学界』の同人等は当時の思想界の現状、当時の文界の現状にはあきたらなかつた。で、彼等はその現状から脱却しようとした事は前に言つた通りであるが、其脱却しようと思つた当人が矢張り彼等自身の裡に旧い多くのものを有つて居つた。なほその上に、残念なる哉、彼等は自然主義の開拓者等の如き良い師表を有つてゐなかつた。『ハムレット』と『若きエルテルのわづらひ』とではさう遠くまで行けないことは知れ切つてゐる。彼等は人生にロオマンスを索めた。即ち彼等の向つた方向は間違つてはゐなかつた。が、到着点を確かに睨んでゐたのではなかつた。『文学界』の創立者等及び『文学界』に可成り関係を有つてゐた人々の中で、出発点から到着点まで少しも疲れずに来た人が二人ある。それは島崎藤村君と田山花袋君である。

ところで、一口に云へば、『文学界』の同人といふことになるのであるが、勿論個人々々に就いて言ふと色々異つたところがあるのは勿論のことである。けれども、茲に極大まかな類別を示してみたいと思ふ。明治四十二三年頃かと思ふのだが、島崎君の浅草新片町の家で、『馬場君とは生れた階級が違ふので、色々相違があるやうに思ふ。馬場君等は上流の階級から出、僕等は下流の階級から出たのでそこに色々面白い相違があると思ふ』といふやうなことを島崎君が僕に言つたやうに覚えてゐる。この大類別法に従つてみると、一寸《ちよつ》と面白いことを発見する。即ち北村透谷、戸川秋骨の両君へ更に僕を加へ、それを一方に立たせ、島崎藤村君と平田禿木君とを他方に立たせて見るといふと、一方の人々は考が抽象的であり、趣味も粗大であり、万事大摑みな人々であるが、他方の両君はそれとはまるで反対で、思想も緻密であり、趣味もこまかく、万事に精到してゐる。前者は謂はば予言者肌であるが、後者は何処までも芸術家肌である。北村透谷は行きつまつて斃れたのであるが、性格に於て似寄つた多くを有つてゐたと云はるゝ島崎藤村君は、非常な努力によつて行くべき道を自ら開拓した。これは、この両君の性情の差にも基くことであらうが、上に言つたやうな類別もその原因を為してゐないわけはなからうと思はれる。

そこで、その次に来る問題は、『文学界』の創立者等の為し遂げたところのものがどういふ影響を、その後の思想界及び文学に及ぼしたかといふ問題であるのだが、これは最も手取早くいふとよく分らないといふより外はない。『文学界』の廃刊したのは明治三十年の十二月であるのだが、雑誌はそれ以前よりもその以後に於て弘く読まれたと信ずべき理由がある。さうして見ると、尠くともその時分の文界には多少の影響を与へたには違ひなからうが、その代り『文学界』の連中それ自身が、明治二十七八年頃の思想界及び文界から様々の影響をうけたことは事実であるし、また彼等の出現はその時分の青年の間に勃興しかけてゐた思想の大勢に推されたものと見るのが至当である。即ち彼等の出現は『時の徴《しるし》』であつたのだ。で、その後から起つた思想界並びに文界の様々の運動に『文学界』の出現それ自体がどれ程の貢献をしたのであるか、これを定めることは全く不可能である。が、『文学界』同人中の個人々々になると、それは大分異つた話になつて来ると思ふ。吾々は北村透谷、島崎藤村、田山花袋の三君の如きその人の思想、文体技巧等がその後に来れる若き人々の芸術に様々な直接な影響を与へた人々に敬意を表すべきであらうと思ふ。言ひ度いことは尽きないがこの話は先づこの辺で打切る。そこで、断つて置くが、この話の中で故人には大抵『君』といふ敬称をつけなかつた。これはその人々を軽蔑した訳では決してない。たゞかういふ場合の先例に従つたまでである。

それから『文学界』同人のことに就いては、島崎藤村君の『春』が最も良い説明書である。『文学界』同人のことを知らうと思はれる人々は『春』を精読せられんことを希望する。

優美高潔の人

森　まゆみ

馬場孤蝶の墓は兄馬場辰猪と並んで谷中墓地乙十号左五側にある。寛永寺の霊園を背にオベリスクの形の大きな墓が二基、並んで建っている。

あるとき、本郷ペリカン書房主人品川力さんが立派な顔立ちの紳士を御連れになった。その方は馬場孤蝶の孫の阿部洋さんで、あまりに写真に見る孤蝶に似ておられ、私は谷中を案内しながら顔がほころぶのを覚えた。あとで送ってくださったのがおじいさまの『明治文壇の人々』私家版である。

本書は昭和十七年、三田文学出版部から発刊された。明治の文壇とその雰囲気を回顧した文章や講演筆記をまとめたもので、三、四十年前の明治をリアルタイムで見てきた人ならではの臨場感に満ちている。鷗外、漱石、透谷、藤村、上田敏、山田美妙、川上眉山、その中でもとくに、明治二十九年に二十四歳で逝った樋口一葉、明治三十七年に三十七歳でなくなった斎藤緑雨について思いが深い。

とくに一葉については全体の五分の二を占めるほど何回も書いたり述べたりしており、いささか重複もあるが、その繰り返しにこそ孤蝶が何を印象深く思っていたのかがよく現れて興味深い。

馬場孤蝶は本名を勝弥といい、明治二（一八六九）年十一月八日、現在の高知市に生まれた。土佐藩士馬場来八の三男である。父親は酒と女性が好きで身を誤り、高知城下から立ち退きを命じられた。

明治十一年、一家で上京し、父は東京帝国大学の門番や弓道の道場経営をした。小さいときは病弱で就学が遅れたが、十歳で下谷の忍岡小学校に入り、十六歳で共立学校（のち開成中学）、さらに二十歳で明治学院二学年に編入した。北村透谷は一級上、戸川秋骨、島崎藤村とは同期、一級下に岩野泡鳴がいる。卒業後、高知の中学教師になった。

明治二十六年、北村透谷らと「文学界」を創刊、詩、小説、飜訳を発表しはじめる。

明治二十七年三月十二日、まだ下谷区龍泉で小間物屋をやっていた樋口一葉を平田禿木とともに訪ねた。そのときの一葉日記に、「孤蝶君は故馬場辰猪君の令弟なるよし。二十の上いくつならん。慷慨非哥の士なるよし。語々癖あり。不平〳〵の言葉を聞く。うれしき人也」と書いている。おんなである身を嘆き、英雄豪傑に憧れた一葉にとって、福沢諭吉門下で、ボストン大学や英国に留学、自由民権運動闘士として雄弁を謳われながら、爆発物取締規則違反の無実の罪でとらわれ、フィラデルフィアに客死した馬場辰猪は仰ぎ見る人であったろう。十九歳も歳の離れた孤蝶もまた兄の面影を宿した丈高き美男子であった。それのみならず兄を思わせるまつろわぬ言葉に、幕臣の父を持ち、貧困のうちに生きていた一葉は胸がすく思いをしたのであろう。

一葉が丸山福山町に移ってからは行き来も頻繁になる。彼が育ったのは本郷菊坂界隈で、そのころは本郷龍岡町に移っていた。土地勘もあり、一葉の通った寄席若竹にも親しんでいる。ちょうど三遊亭円朝の全盛であった。「柳町、指ケ谷町から白山下までが水田であつたことは、さう昔のことではない」などという言い方にも実感がこもっている。つまりその田んぼを埋め立てた新開の町に一葉一家は越してきて、その町の銘酒屋を舞台に「にごりえ」を書いたのである。また本郷法真寺境内の一葉が子供の頃いた家に「日本画家として有名であった原田直次郎といふ人が住んで居つた」というのも貴重な証言だ。講演速記のためか法真寺が法泉寺、洋画家が日本画家になったりしているとはいえ。

一葉と孤蝶のやりとりには恋愛ごっこというべき戯れが見て取れる。友人の戸川秋骨は「孤蝶子の君をおもふこと一朝一夕にあらず」とはやすし、孤蝶は「君をばただ姉君のやうに思ふよ」と顔を赤らめて「夏はやし女あるじが洗ひ髪」の句を詠んでいる。一葉もまんざらではない。「所座するものは紅顔の美少年馬場孤蝶子。はやく高知の名物とたたえられし兄君辰猪が気魂を伝へて、別に詩文の別天地をたくはゆれば、優美高潔兼ね備へて、をしむ所は短慮小心、大事のなしがたからん生まれなるべけれども歳はいま二十七」（一葉日記　明治二十八年五月十日）。リズミカルな文章もみごとだが、二十三歳の娘の辛辣極まりない直感に圧倒される。実にその通り、孤蝶は兄のようには大事をなさず、小説の世界で天才をも発揮せず、そのかわり飜訳家、随筆家、評論家、英文学者としておだやかで気持ちのよい一生をまっとうした。「気の利いた化物なら、もうとつくに引つ込む筈」と本人がいう通りだ。

二十八年秋、滋賀の彦根中学に教師として赴任、一葉と手紙の往復があり、貴重な資料となっている。本書でも孤蝶が「樋口をば様」とよんだことに一葉が「かつやをぢ様」と応えている。男女の別がありながら、明治にはめずらしい、ざっくばらんな隔てのない交際ができているのは孤蝶の人柄であろう。

二十九年の十月末、一葉がもう長くないとの知らせを受けた孤蝶は上京して見舞った。呼吸は苦しそうで、耳は遠くなり、頬はぼーっと赤みが差していた。来春また来ます、という孤蝶に、この次おいでになる頃には私は石になっていましょう、と一葉は言ったそうである。

一葉の死後、母も姉もなくなってひとりになった妹邦子を気にかけ、「一葉会」を結成してなき女友達をしのんだ。それについては面白い話があって、漱石門下の森田草平は一回り上の孤蝶を兄のように慕っていたが、自分が本郷に借りた家の様子を話すと「それはどうも一葉女史の家ではないか」といってさっそく足を運んだ。草平と協力して明治三十六年、遺族の樋口邦子、与謝野晶子、鉄幹、小山内薫、岡田八千代、上田敏、蒲原有明、河井酔茗、生田長江などが集まって一葉祭が催された。大正十一年、一葉の父母のふるさとである塩山に一葉追悼の碑が建った時にもはるばる参加している。

一葉は龍泉で小商いすることを「文学は糊口の為になすべきにあらず」と正当化したが、孤蝶は、本書では自分の才能に信念を持っていなかったと厳しい。また尾崎紅葉に紹介されていたら一葉女史はもっと早く文名が出たろう、とも言っている。

ひとりの愛された文人のなくなったあとにはさまざまなことが起こる。一葉の遺品を大事に保存した妹、その相談を受けて日記の所在が明らかになり、預かった斎藤緑雨から孤蝶は死に際に托された。自分について一葉が書いたことを読めば孤蝶の胸に波立つ感情もあったであろう。しかし「私なども あの野郎度々出て来るが、俺に惚れてゐるらしいといふやうなこともありますが、是は何れでも宜しい」と我が身を道化にして一葉をかばってみせた。あまり日記の刊行に乗り気でなかった緑雨なきあと、鷗外、露伴、藤村など当事者間を駆け回って刊行が実現したのは「馬場孤蝶の誠実な政治力と友情の結果」と和田芳恵がいう通りである。その恩恵を後学のわれわれは受けている。

もう一人、斎藤緑雨は一葉によれば「痩せ姿の面やうすご味を帯びて、唯口もとにいひ難き愛敬あり」（一葉日記　明治二十九年五月二十四日）であるが、孤蝶が彼に会ったのは一葉の死後の明治三十年であった。孤蝶は「余程妙なひねくれた性質を持つて居つた人で、又一面非常に面白い人であつた」といっている。一葉と同じ病を持ち、駒込千駄木林町にいたのに、人の訪問を煩わしく思って、本所横網町に引っ越して、そこで逝った。死亡自筆広告を筆写し、葬式の段取りを整えたのは孤蝶であった。それをしてくれる人として緑雨には頼む所があったのであろう。本書に書かれた緑雨の葬送の情景はさびしくしみじみとしたものである。いずれの場合にも孤蝶の筆には気負いや恩着せがましさや自慢がまったくなく、さわやかである。その他にも上田敏については、「幾ら考えても逸事と云つたやうなものが思ひ浮かびません」、鷗外大人は「如何にもやわらかな暖かな、率直な人」、漱石は「長者の風がある人、客扱ひのうまい人」、なかなか説得力のある見方ではないだろうか。

孤蝶は三十代の十年間ほどを銀行につとめ、それから慶応義塾の教師に迎えられた。孤蝶の姉が草郷清四郎に、姪が豊川良平に嫁ぎ、慶応関係の財閥と縁戚であったこともあるかもしれない。明治四十年代に入ると藤村の「並木」「春」などに孤蝶がモデルにされたことからいわゆるモデル問題がおこる。藤村はかなり神経を悩ませたが、孤蝶は「我々の方から云ふと、モデルに取るのも勝手、抗議を申し込むのも勝手と云ふことにして置いてもらふと、一番都合が好い」と彼らしいさっぱりした意見を言っている。しかし自分でも自伝小説「こし方」「漂」「屈辱」を書いたのは技痒を感じたからかもしれない。

飜訳としてはモーパッサン『脂肪の塊』、ツルゲーネフ『狼』、続いてトルストイ『戦争と平和』（本邦初訳）、ホメロス『イリアード』などを英語から訳し「芸苑」「明星」「三田文学」などに載せている。その飜訳は夏目漱石が原文と引き比べてうなるほどであった。後進を細やかに指導し、門下の佐藤春夫は「父母につぐ恩寵」を受けたと追悼文でいう。ほかに西脇順三郎、久保田万太郎、南部修太郎、小島政二郎、水木京太などがいる。講義の帰りには必ず銀座にのし、カフェパウリスタで談笑した。孤蝶の家はさながらサロンで、荒畑寒村、大杉栄、山川均、安成貞雄、生田春月らが出入りしていた。この面々から孤蝶の社会に対するスタンスも自ずから明らかであろう。「先生は安成貞雄の為人と青山菊枝さんの才能を愛して居られた」と佐藤春夫はいう。

明治の末に閨秀文学会の講師をしていた孤蝶が津田の英学塾を出た青山を見いだした。青山は一葉日記の浄書校正も手伝うが、孤蝶の媒酌で山川均と結婚、社会主義の理論家として母性保護論争などにくわわり、戦後、初代の労働省婦人局長を務めた。『おんな二代の記』『幕末の水戸藩』は名著である。この文学会には平塚らいてうも参加して居り、やがて「青鞜」を発刊したらいてうは大正二年、第一回青鞜社講演会の講師を孤蝶にたのむことになる。夫や子供に奉仕するだけでなく、女性自身の幸福と権利を勝ち取れ、と孤蝶は励ました。

孤蝶は上村源子と結婚し、二女一男を得、子供の望むままに育てた。育ちは東京なので、渋い着流しに角帯といった江戸好み、「気取りたくても気取れな、田草平）であった。川柳とそばが好き、またパイプを愛用し、夏みかんを好んだ。ニコチンの中和剤のつもりだったらしい。自ら衆院議員選挙に出たり、堺利彦の応援演説をしたりもした。上田敏と反対にすこぶるエピソードに富み、そのいずれもが読むほどに慕わしい。昭和十五年六月二十二日没、七十二歳。奇しくも兄辰猪と同じ命日となった。死の二年後に出た『明治の東京』（中央公論社）、そして本書『明治文壇の人々』は古びない、読み継がれる本であろう。

（作家・編集者）

編集附記

・本書は一九四二年（昭和十七）、三田文学出版部より刊行された『明治文壇の人々』を底本に使用し、文庫化したものである。
・表記は常用漢字については新字に改め、それ以外の漢字には正字を用いた。仮名遣いは原本通り旧仮名遣いとし、明らかな誤記・誤植を正した。但し、当時の慣用による旧仮名遣いの誤用は原文を尊重し、一部そのままとした。
・原本の振り仮名のうち、不要と思われるものは略し、難読語に適宜振り仮名を旧仮名遣いで附した。
・なお、著者の記憶違いによる文学史的事実と相違する記述もあるが、著者が故人であることに鑑み、そのままとした。

（編集部）

ウェッジ文庫

明治文壇の人々

二〇〇九年十月二十六日　第一刷発行

著　者……………馬場　孤蝶

発行者……………布施　知章

発行所……………株式会社ウェッジ
〒101-0052
東京都千代田区神田小川町一-三-一
NBF小川町ビルディング3F
TEL：03-5280-0528　FAX：03-5217-2661
http://www.wedge.co.jp　振替 00160-2-410636

装　丁……………上野かおる

組　版……………株式会社リリーフ・システムズ

印刷・製本所……図書印刷株式会社

※ 定価はカバーに表示してあります。

ISBN978-4-86310-056-5 C0195